動乱星系

アン・レッキー

AIの独立と内戦に揺れるラドチ圏から遠く離れた、辺境の星系国家。有力政治家の娘イングレイは兄との後継争いにおける大逆転を狙い、政敵の秘密を握る人物を流刑地から脱走させる。ところが、引き渡されたのはまったくの別人だった。進退窮まったイングレイは、彼人になりすましをさせるという賭けに出る。だが折も折、来訪中の隣国有力者の殺人事件が発生。次から次へと想定外の事態が展開し、異星種族をも巻きこむ一触即発の危機に……。ヒューゴー賞、ネビュラ賞、星雲賞など全世界計13冠制覇の《叛逆航路》ユニバース、待望の新作登場！

登場人物

イングレイ・オースコルド……オースコルド家の養女。二十四歳
ガラル・ケット……イングレイが脱走させた無性（ネマン）
ティク・ユイシン……商業国家ティアの貨物船オーナー船長
ゲックの大使……蛮族（エイリアン）ゲックの外交官
ダナック・オースコルド……イングレイの義兄
トークリス・イセスタ……新人の重犯罪捜査官。イングレイの旧友
ネタノ・オースコルド……フワエの有力政治家。イングレイの養親
ラック・オースコルド……ネタノの右腕。イングレイの叔人（オンクル）
エシアト・バドラキム……ネタノの政敵。ガルセッド人の末裔（まつえい）を自称
パーラド・バドラキム……エシアトの養子。流刑地に送られた
ザット……オムケム連邦の有力者
ヘヴォム……ザットの同行者
ティバンヴォリ・ネヴォル……大国ラドチの対ゲック大使

動乱星系

アン・レッキー
赤尾秀子訳

創元ＳＦ文庫

PROVENANCE

by

Ann Leckie

動乱星系

1

「予想外の難事があってね」水色の一人掛けソファの上で、鈍色の影がいった。イングレイはその向かい、一メートルほどのところでおなじ水色の椅子にすわっている。

　と、傍目にはそう見える。だがイングレイが手をのばせば、指先に触れるのはただの壁でしかない。彼女の左側にも、一見したところ、仲介人が椅子にすわっている。こちらは細い体に茶と金と紫のシルクの巻衣、ひとつに結んだ髪。黒い瞳に感情はなく、会話に耳を傾けるだけだ。しかしイングレイの右側と背後のベージュの壁は、見た目どおりのベージュの壁で、彼女の横にあるテーブルも、実体のあるテーブルだった。そこにはスルバを入れた金彩のデカンタと、華奢なガラス皿に並んだケーキがある。薔薇の花をかたどったそのケーキを、イングレイは先ほど仲介人に勧められたが、緊張しすぎて食べる気にはなれなかった。

「予想外の難事により――」鈍色の影はつづけた。「予想外の経費が発生し、当初の合意金額を超えた額を請求することになるだろう」

　相手方から見れば、イングレイも鈍色の影でしかない。動揺や落胆が顔に出たところで、気づかれはしないのだ。だが仲介人には、動揺も落胆もはっきり見える。彼人は徹底して無表情だが、イングレイのごく小さな反応もけっして見逃さないだろう。だからイングレイは精一杯冷静に、穏やかに口を開いた。

「予想外の難事なんて関係ないでしょう？　金額は合意済みよ」それはイングレイの持ち金すべてで、手もとに残るのはいま着ている服くらいのものだ。帰りの旅費はすでに支払ってある。

「予想外の経費はかなりにのぼり、相殺しなくてはいけない」と、鈍色の影。「補塡されなければ、荷は渡さない」

「そう、だったら渡さなくていいわ」どうでもよさそうな言い方をして、イングレイは膝の上でそっと両手を組んだ。ほんとうは確かで安全なもの、いまなら緑と青のシルクのスカートを握りしめたいが、子どもじゃあるまいしと我慢する。「その場合は当然だけど、いっさい支払いませんから。費用に見合うかどうかは、そちらの問題よ」

　イングレイは相手の反応を待った。もし取引が解消されたら、損失は相手のほうが大きいはずだと思う。仲介人はあいかわらず無言だった。この段階では仲介人の手数料は払わざるを得ないが、それを除いた分は手もとに残せる。そしてフワエへ、自宅へ帰る。状況は悪くなるだろうが、なんとかやっていくしかない。職を失っても、コネを使えばたぶん新しい仕事を見つけられる。失望した養母の冷ややかな顔が目に浮かんだ。ネタノ・オースコルドは野心のない子ども、目的を果たせない不出来な子どもに手間暇かけたりしない。

　イングレイは、兄にあたる養子ダナックのしたり顔を思い浮かべた。たとえ今度の計画が首尾よく運んだところで、養母のお気に入りがダナックであるのに変わりはないだろう。だがそれでも、高慢な兄をあっといわせたうえで、自分は家を出ることができる。そして養母をはじめとするオースコルド家のみんなを——いや、オースコルド家だけでなく、権力と影響力をもつすべての人をあっといわせることができる。しかし、それもこれも、計画がうまくいっての ことだ。中途でくじければ、兄の鼻をあかすのはほぼ絶望的といっていい。

鈍色の影も、仲介人も黙ったままだ。デカンタから漂ってくるスルバの香りに、イングレイの胃がむかついた。これはめったにないことだ。

でもまあ、こんなものかも、と思わなくもなかった。そもそも自分は何をしたかったのか？ 荒唐無稽な計画、実現不可能な計画——。予想外の難事があろうがあるまいが、成功する可能性はかぎりなくゼロに近かった。だったらいま自分は、ここで何をしている？ イングレイは断崖絶壁から落下する寸前のような気分になった。

よし、ここで終わらせよう。契約破棄とし、仲介人に手数料を払い、残ったものを持ってフワエに帰るのだ。

鈍色の影が、ため息を漏らした。

「仕方がないな。では、取引は継続するとしよう。しかしここティアは、公明と公正で知られているのではないか？」

「その点は、今回も疑問の余地はありません」仲介人が淡々といった。「発注の際に契約額は明示され、適正ではないとあなたが判断した場合、増額を要求もしくは取引を拒否できました。これは解釈の相違や、業務遂行後の争議を回避するための必須の手順です。同様の説明はすでに行ない、あなたは了解なさったのではありませんか？　でなければ、わたしは取引の開始を承認いたしませんでした。つねに公正な取引を行なうというティアの評判に傷がつきかねませんから」鈍色の影は無言で、仲介人は変わらず淡々とつづけた。「支払額と納品物を確認したところ、どちらも当初の合意どおりで、違反はありません」

なんとかいけそうだ、とイングレイは思った。早いうちに決着をつけよう。彼女は口を開いた――。

「ほんとに公明、公正だわ」

これであっけなく、けりがついた。

引き取り場所は狭い部屋で、四方の壁には木の根らしきものが迷路のように這い、着生した蘭が花を咲かせていた。紫と茶の上着に巻きスカート姿の女性がひとりいて、その脇には二メートル四方、深さ一メートルほどの荷箱がある。箱は灰色で傷だらけで、上品な淡い色合いの部屋では異様に見えた。

「何かの間違いではないかしら」と、イングレイはいった。「お願いしたのは、人をひとり連れてくることだけど」このぼろぼろの荷箱に、まさか死体が入っているとか？

大失敗かも……。増額を要求されて以来、イングレイのなかでくすぶっていた不安が一気にふくらんだ。

女性は荷箱をちらとも見ずに、冷ややかに答えた。

「失礼ながら、わたくしどもは誘拐や奴隷売買はいたしません」

イングレイはとまどった。どういえばいいのかわからずに、ふっと息を吐く。そしてようやくこういった。

「箱を開けてもいいかしら?」

「これはあなたの荷です。お好きになさってかまいません」全身のうち、動くのは唇だけだ。

イングレイは蓋の掛け金をはずすのに、いくらか手間どった。掛け金はどれも、きしんだ音をたてってはずれていく。そうしてやっと重い蓋の片側を、反対側に落ちないよう気をつけながらゆっくりとずらしてみた。明かりを受けてぼんやり光るのは、つるつるして黒いもの——。これはサスペンション・ポッドだ。蓋をもう数センチほどずらして手を入れ、ポッドのモニターのカバーを開くと、青と緑のライトが見えた。つまりポッドは機能中、なかに入っているものは生きている。イングレイはほっと、小さな安堵(あんど)の息を漏らした。

たぶん、このかたちのほうが楽だろう。なかの人物に厄介な説明をするのを先延ばしにでき、周囲に気づかれずに船に乗せることができる。イングレイは蓋をもとにもどし、掛け金をかけた。

「申し訳ないのだけど……」彼女は巻きスカートの女性にいった。「頼んだものが、こういう箱で届くとは思っていなかったの。抱えて運べないから、カートを借りられないかしら?」

ただ、カートがあったところで、ひとりで箱をのせられるかどうかは怪しい。それにカート料を要求されても持ち金はない。となると、ここでポッドを開けて、なかの人物が機嫌よく歩いてくれるのを期待するしかなくなる。

「でなければ、乗る予定の船まで配達してもらえる？」

女性は無表情のまま木箱の側面に触れ、箱はかすかな音をたててイングレイのほうに少し寄せられた。

「お客さまが品物を受領した時点で、わたくしどもの保管品ではなく責任もございません。不便にお感じになられるかもしれませんが、齟齬（そご）を防ぐためとお考えください。これより先はご自身で運搬なさいますように。この部屋を出れば通信可能になりますので、当該サイズの荷を運ぶ最適ルートが案内されることと思います」

　この箱には何かアシスト機能があるのだろう。重量のわりに、イングレイでも簡単に床をすべらせることができた。といっても、勝手にあちこち向いてしまい、まっすぐ動かすのにはコツがいる。そしてドアから外に出たところで、イングレイは危うく箱から手を離しかけた。なんの変哲もないドアの向こうはだだっ広い通路で、黒と赤のタイル床は照明でまぶしいほど光るうえ、通信がいきなり復帰したかと思うと、視界に注意喚起やニュースが延々と流れはじめたのだ。ローカル・ニュースは速報のみに制限していたが、それでもびっくりするほど多い。そのうちいちばん大きな記事はローカル・ニュースとはいえないもので、イングレイは箱を乱暴に動かしながら読みはじめた――〝ゲックの使節団、ティアに到着〟。その下にもっと小さな文字で、〝ティア・シーラス評議会、必需品と燃料、修理の要求を受け入れる〟とあった。まあ、評議会としては、当然そうするしかないだろう。危険きわまりない謎に満ちたプレスジャーとの条約に、ゲックも加わっているのだ。どうしてあんな条約を結んだのかはさておき、違反ととられかねない真似をする愚か者はひとりだにいないはず。

　イングレイがそのニュースに注目したために、もっと詳しい情報が表示された――〝図々しいラドチャーイが蛮族(エイリアン)プレスジャーらとの条約改正会議、コンクラーベ開催へ！／自意識をもつAI、ついに行動を起こす、これは人類終焉(しゅうえん)の始まりか？〟。

　イングレイの耳に小さな声が聞こえた。彼女がここに来てから六回ほど行ったヌードル店が開店し、いまは比較的すいている、という知らせだった。何日かまえに設定したプライベート通知で、そういえば解除するのを忘れていた。朝食は食べていないし、仲介人が出したケーキにも手をつけなかったから、お腹がすいているのを実感した。

　といっても、時間がない。イングレイが予約した船は三時間後に出航するのだ。それにたとえ時間が（そしてお金も）あったところで、厄介な大箱ごと店には入れないだろう。仕方がない。イングレイは予約船へのルート情報以外は無視することにした。船に乗りさえすれば、食事もできる。

　案内されるルートはステーションの混雑域を回避したものながら、ティア・シーラスで〝混雑少〟は十分に混雑していた。こんな大きな箱を混みあうステーションで運べばありがたくない注目を浴びるのでは、とイングレイは気を揉んだが、通行人は彼女と箱を避けて通り過ぎるだけだった。それに厄介な荷を運んでいるのはイングレイだけではなく、彼女のほうがあわててタマネギの箱をよけなくてはいけないこともあった。山と積まれた箱は、自前の動力でごろごろ動いているらしい。また、妙に背の高い機械に足止めをくらったりもした。通り過ぎたあとで気づいたのだが、あれは機械ではなく環境サポート・スーツを着た人間で、背の高さとスーツから察するに、たぶん低重力の地域から来たのだろう。

それから貨物用リフトを三十分も待って、奥の汚れた壁に張りつくようにして乗った。それにしても、こんな服を着てこなければよかったとつくづく思う。シルクの上着と長めのスカート、硬いフォーマル・サンダルなのだが、衣類を売り払ったとき、これがいちばん実務的に見えると思って手もとに残した。しかし結果的にほとんど意味はなく、仲介人は手数料さえ十分なら満足し、取引相手の目にイングレイはぼやけた鈍色の影でしかない。

リフトを降りるとすぐ、スカートをたくしあげて結んだ。そしてサンダルを脱ぎ、ＩＤ盤や洗面具などを入れた小さなバッグといっしょに大箱の上にのせると、周囲を気にしない旅行者にぶつからないよう、止まっては歩き、歩いては止まりながら箱を押した。時刻表示に目をやると、出航まではまだたっぷり時間がある。ただ、距離的にはいちばん遠いドックだった。

そうして、ほぼへとへと状態で到着したはいいものの、ベイがいやに貧相で不安になった。星系（システム）を行き来する大型客船にしか乗ったことがなく、ここに来るときもそうしたが、帰りは最低クラスのチケットすら買う余裕がなかったのだ。予約した船は旅客用の寝台がわずかにあるだけの小型貨物船で、狭苦しくみじめな帰路になるのは覚悟していたものの、これほど大きな荷を運ぶことになるとは想像もしなかった。もし大型客船なら、荷箱を客室か貨物室まで運んでくれる係員がいただろう。だがこのベイはがらんとして、まったく人影がない。イングレイは箱といっしょにエアロックを抜けられるかどうかさえ不安になった。

立ち止まって思案していると、エアロックから男がひとり現われた。短軀でがっちりしているが、四角い顔がどこか奇妙だ。鼻の形がふつうと違う？　それとも口の大きさか。何十本もの三つ編みが背中に垂れて、上着は濃い灰色、下は灰色と緑のストライプのルンギだ。サンダルは履かずに素足。ビジネスや会合用の服装ほどフォーマルではないが、十分きちんとした格好ではある。

「イングレイ・オースコルド？」

「ユイシン船長ですか？　それともティク船長？」イングレイが何日かまえ、入出航事務所で寝台を予約した貨物船の船長の名前がティク・ユイシンだったのだ。こういう場所にはありとあらゆる地域の人がいて、姓だの名だののなんだのの順番もさまざまだから、本人がどれで呼んでもらいたいかもわからない。

「どちらでも。ただし、そこまで大きな荷を持ちこむとは聞いていなかったが」

「ええ。わたしにも予定外なんです」

ユイシン船長は話の続きを待ったのか、やや間を置いてからこういった。

「客室には大きすぎるからね、貨物庫に入れるしかない。搬入口は下の階だが、いまは閉めている。それに内容証明がないかぎり、その大箱を乗せる気はない」

イングレイは内容証明なんて初耳だし、必要になるとも思わなかった。そもそもこんなはずではなかったのだ。

「でもこれを……」今朝、何か食べればよかったと後悔する。「ここに残していくわけにはいかないんです。搬入口を開けて、これを入れる時間はありますか?」自分ではじっとしていたつもりだが、たぶん手を動かしたのだろう、箱が前方にするっと動いてあわてた。

船長が蓋を手でしっかり押さえ、「時間ならたっぷりある」といった。「出航が遅れていてね。あんた、緊急通知をチェックしなかったのか? 船はここで二日、足止めをくらう」

「え? 二日?」ありえない、と思った。そしてすぐ視界に通知文を流し、チェックしていれば最初に目に入ったはずの個人向けメッセージを見た。ティク・ユイシン船長からの用件のみの短文だ——時事問題により、やむを得ず出航遅延。

時事問題。きっと、あれだ。イングレイはニュースを呼び出し、ゲック使節団関連の情報を見ていった。すると、船舶の発着はゲック使節団との関連で早急かつ安全に調整変更されると明確に、読む気にならないほど詳細に記されていた。

有無をいわせぬ一方的通達だ。もしイングレイが母のネタノ・オースコルド議員と旅していたら、ネタノはなんとかしろときっとゴネていただろう。いつもはそれでうまくいくが、今回ばかりはネタノでさえ無理に思えた。ここは彼女の地元星系ではないし、何よりゲックは人間ではなく蛮族だ。イングレイの知るかぎり、ゲックはゲック界からめったに外へ出ないのだが、プレスジャーとの条約がらみの緊急事態とあっては、そうもいかなくなったのだろう。条約締結まえ、プレスジャーは人類の船やステーションを乗員ごと、住民ごと破壊しまくり、それもただの気晴らしでやっているようにしか見えなかった。手に負えないプレスジャーをなんとかおとなしくさせるには条約締結しかなく、ラドチの支配者アナーンダ・ミアナーイが全人類の名のもとで署名した。プレスジャーにとって、人類は人類でしかなく、種族や文化、統治が異なることを理解どころか気にすらしない。だからラドチのアナーンダが人類代表のような顔をすることへの賛否はあれど、プレスジャーの殺戮を止める条約は歓迎された。

その後はゲックも条約に加わり、最近になってルルルルも署名した。そして現在、四つめの蛮族を加盟させるかどうかで、プレスジャーいうところの〝コンクラーベ〟が招集されたのだ。人類の居住域は気が遠くなるほど広大だが、そのどこであれ、誰であれ、このコンクラーベに関してはそれぞれ意見をもち、より詳しい情報を得たい、自分たちの将来にどんな影響を与えるかを知りたいと思っているだろう。

しかしいまのイングレイには、そんなことはどうでもよかった。

「二日も待てません」

船長は無言だった。これは不可抗力、自分にできることはない、というありきたりの台詞すらいわない。しかし箱にのせた手を動かそうとさえしないのは、イングレイにとってはありがたかった。なにしろアシスト機能の切り方がわからないのだ。

「そんなに待てないわ」

「何か急ぐ理由でも？」真面目な顔で訊きつつ、本気で心配しているふうでもない。

イングレイは目をつむった。気持ちをおちつけなくてはいけない。そして目を開き、大きく息を吸ってからいった。

「今朝、宿を出るときに、残らずはたいたから」

「つまり無一文か」船長は箱に置かれたバッグとサンダルをちらっと見た。

「二日間も絶食なんてできないわ」やっぱり朝食を食べればよかった、仲介人のケーキを食べればよかったと後悔する。

「できるだろ。水ならいくらでも飲める。友人はどうした？」

イングレイは眉をひそめた。「友人？」

「いっしょに乗船する友人だよ。そいつを当てにはできないのか？」

「それは……」

船長の表情は変わらない。たとえ大箱の追加料金を請求されても、乗客がひとり減ったのだから、差額はもどってくるだろうとイングレイは考えた。二日のあいだに、一食か二食はとれるかもしれない。

「好きなだけ悩んでかまわないが——」船長は考えこむイングレイにいった。「ともかく荷の内容証明を見せてくれ」

イングレイはどきっとし、拒否する口実をひねりだそうとした。しかしそこで、仲介人がそんなことも知らずに手配するわけはないと思い、視界に個人メッセージを呼び出してみると……思ったとおりだ。

「いま、船長のほうに送ったわ」

イングレイがいうと、ユイシン船長はまばたきし、遠くを見る目になった。

「〝その他の生物類〟？」彼男(かれ)はイングレイに視線をもどした。「この四角い大きな箱が？　悪いんだけどね、おれは孵化(ふか)したばかりの幼生じゃないんだよ。同意書にあるとおり、この目でじかに確認させてもらおう」

　いや、それは困る。「だから、あの……いっしょに旅をする友人が入っているの」

「この箱に？」さして驚きもせず。

「ええ、箱のなかのサスペンション・ポッドに。わたしもこんなふうになるとは思っていなくて、彼人(かのと)とどこかで待ち合わせてからいっしょに船に乗るつもりで……」言葉がつづかなかった。

「この友人をティア・シーラスから連れ出す許可証は？　ティアの法律では必須ではないが、おれは船長として、無許可のものは乗せない」

「そんなことをいわれても……」イングレイは顔をしかめた。「わたしが乗る許可証は求めなかったでしょう？　それに彼人を……わたしの友人を乗せることにも」

　ユイシン船長は眉ひとつ動かさなかった。「本人の意思に反して乗船させたりはしない。その点は同意書に明記してある」もちろんイングレイは同意書を読んでいるが、そんな文言は記憶になかったし、そこが問題になるとは思いもしなかった。「では、いまここで確認しようか。あんたはティア・シーラスを離れ、フワエに行きたいと――」

「ええ、行きたいわ！」イングレイは話の途中で声をあげた。

「そうやって断言できるが――」船長はおちつきはらってつづけた。「箱のなかの彼人は、これから連れていかれる場所にほんとうに行きたいのかどうか伝えられない。サスペンション・ポッドで乗船させるのは、よほどの理由があるからだろう。それがあんたひとりの理由じゃなく、彼人の理由でもあることを確認したい」

「理由といっても……」船長は法的に必須ではないといった。もし返金してくれたら、それで同程度のべつの船に乗れるかもしれないが、入出航事務所に再度支払う分まではない。自力で船を見つけるには時間が、それもかなりの時間がかかるだろう——。イングレイはため息をついた。

「どうしてサスペンション・ポッドに入っているのか、わたしにもさっぱりわからなくて」想像がつかなくもないのだが、それを話したところでどうなるものでもない。「迎えにいったら、こうなっていたの」

「医療上の問題でも?」

「何も聞いていないわ」というのは、ほんとうだった。

「彼人はメッセージとか、何らかの指示を残さなかったのか?」

「ええ、何も」

「では——」ひと呼吸入れる。「いまからポッドを開けて、直接尋ねてみよう。本人が希望すれば、ポッドにもどせばいい」

「いま、ここで?」人の出入りがあるベイでサスペンション・ポッドから出るのは、みっともなくてばつが悪いと、イングレイは思う。それに箱を押しながら来る道中、むしろこれでよかったような気もした。彼人に自己紹介し、なぜこんなことをしたのか、その理由を説明するのを先延ばしにできたのだ。

「遊びで大型貨物を運んでいるわけじゃないんだよ。これを積むには貨物の搬入路を通すしかないが、まともな理由もなしに、はいそうですか、とはいかない」

イングレイの母なら、権力者に手をまわして船長にいうことをきかせるだろう。あるいは母に借りがあるとか、いいなりになる船長や乗員の船に乗り換える。これが兄のダナックだったら、ユイシン船長を脅すか、色気で迫るか、お金を握らせるにちがいない。そしてイングレイにも、乗り切る手段はあるはずだ。てっとり早いのは泣きおとしだが、二日間の絶食を伝えたときの船長の反応から、効果は期待できそうにない。

なんとかしなくては――。サスペンション・ポッドの彼人を連れて、なんとしてでもこの船長の船に乗らねばならない。それができなければ、残された道はひとつ。このステーションに残り、からっけつで、すきっ腹で、死んでいくのだ。

イングレイは泣いたりしない。

「説明させてください」船長はすでに大きな疑念を抱いているだろうから、サスペンション・ポッドを開ければ火に油を注ぐだけだ。イングレイは背後をふりかえった。エントランスの先のベイに、いまのところ人影はない。彼女はため息をついた。

「わたしはブローカーに依頼して、この人を流刑地から連れ出したの」

船長はなんの反応も示さなかった。〝流刑地〟はフワエでもっとも一般的なバンティア語の単語だから、たぶん意味不明だったのだ。船長とはここの現地語、イール語で話しているが、イール語ではこれをどう表現するのだろう？　ぴったりの言葉はないような気がした。ここテイア・シーラスでは、ほとんどの犯罪が罰金刑ですんでしまうのだ。イングレイが見聞きした語学講座でもニュースでも、刑罰といえばその類だった。イングレイは辞書を呼び出して単語を検索してみたが、見つからず。

「〝流刑地〟というのは……法律違反を何度もくりかえして、懲りずに今後もやりそうな人とか、悪辣きわまりない罪を犯した人が送られるところなの」

「牢獄か？」

イングレイは視界の隅で、その単語の語義を確認した。

「いいえ。拘禁するわけではないの。一般住民とは接触しない遠隔地のことで、やりたいことはやれるし、その地域内ならどこへでも行けるけれど、外へは一歩たりとも出られない。一生そこで暮らすしかないの。殺すわけにはいかないからそうするだけで、法律的には死亡とみなされるわ」

「つまりあんたは有り金をはたいて——その服や話しぶりから、かなりの大金を使って——友人を害獣の隔離地域のような場所から脱走させたわけか。彼人はいったい何をした？」

「ほんとは友人でもなんでもないの。一、二度、何かのイベントで姿を見かけたことがあるくらいで」

「彼人はいったい何をした？」船長はおなじ質問をくりかえした。

「この人は、パーラド・バドラキムなの」口にしたとたん、イングレイは不安になった。名前を教えてもよかったのか？　だけどほかにどうしようもない。

　船長は考えこんだ様子で、ようやくこういった。

「有名人なのか？」

「あら」イングレイはびっくりした。「パーラド・バドラキムを知らないの？」

「ああ、ぜんぜん」

「パーラドの父親のエシアト・バドラキムは、フワエの第三議会の議長よ」といっても、船長の表情に変化はない。「議長というのは――」

「知ってるよ。議員の筆頭で、上議会（じょうぎかい）に対しては所属議会の代表だ。フワエ・ステーションには何度も行ったことがあるし、ちゃんとニュースも聞いている。仕事柄、第一議会の議長がデイカットなのは知っているよ。フワエの停泊規定にかならず名前があるからね。だが、第三議会についてはまったく知らない」

　イングレイは納得した。第三議会の管轄は惑星上のみで、フワエ・ステーションと星系外ステーション数か所、そして星系間ゲートもすべて第一議会の管轄なのだ。ユイシン船長が第一議会だけに注意を払うのも当然だろう。

　イングレイはまばたきしてデータを呼び出し、ひとつ深呼吸してからいった。

「エシアト・バドラキムは何十年もまえからずっと議長なの。数年まえの議長選挙は接戦で、僅差（きんさ）での当選だったけど。で、エシアトの養子のひとりが……ひとりだったのが、このポッドのなかにいるパーラド・バドラキム。エシアトはガルセッドの流れをくんでいるみたい」

「自分は悲劇とロマンのガルセッドの末裔だ、と吹聴するやつはごまんといるよ」船長はせせら笑った。「ラドチャーイの長い侵略史のなかでも最悪だからな。ガルセッドが見事なまでに抵抗したせいで、ラドチャーイは徹底攻撃し、ガルセッドの星系には命のかけらすらなくなった。そのバドラキム議長とやらも、自分の祖先は勇猛果敢だったとか、悲劇の主人公だとか、その時々に応じて使い分けながらしゃべっているだろう。どっちにしろ、いまとなっては証明も否定もできないからな、ありがたいことに。バドラキム議長もたぶん、自分はラドチャーイの焼き討ち寸前に脱出できた選帝侯の子孫だといいふらしているんじゃないか？」

「だって、ほんとにそうだから！」イングレイの声が大きくなった。「バドラキム議長は証拠をちゃんと持っていたのよ。祖先が脱出したときのシャトルの、血のついた内部パネルとか。ほかにも宝石とか、五角形の花柄の小さなチップとか。たぶんゲームの駒だと思うけど。ただ、そういったものが全部盗まれてしまって……。船長だって噂くらい、聞いたことがあるでしょう？」

「いいや、まったくないね」なかば、ばかにしたような言い方だった。フワエにとっては重大ニュースで、いくら大騒ぎしたからといって、誰でも知っていると思うな、といわんばかりだ。

「盗んだのは身内だったの。ガルセッドの遺物の管理を任されたのが、バドラキム議長の養子のパーラドで――」当時は議長を批判する意見が大勢だった。不遇の子や養護施設の子を養子にした名士へ最低限の敬意は払いつつ、その養子を、パーラドを、そこまで信用するのは愚かきわまりない、という批判だ。正式に指名した後継者のように気持ちが寄り添い、信頼できるはずもない。そんなことを考えると、養護施設からオースコルド家にもらわれたイングレイは、いまだにやるせない思いになる。

「パーラド以外に、盗める人はいなかったの」

「それが理由で、このポッドにいる彼人は逃亡不能の……なんといったかな……流刑地に送られたのか？ そして死んだとみなされた？」船長は箱から手を離した。イングレイが端を持っていても箱は動いて、船長はそれを押しもどす。

「養親を裏切るなんてとんでもない恥ずべきことで、しかもパーラドには反省した様子がまったくなかったの。冷徹に、念入りに仕組まれた計画で、あらかじめ模造品をつくって本物とすりかえたのよ。バドラキム議長は偽物とも知らず、訪れた人に見せてまわって、誰ひとり疑いすらしなかった。パーラドは素知らぬ顔で、その場にいたそうよ」どのみち、死刑にはならないのだ。「模造品の出来はすばらしかったみたい」

　船長は少し考えてから、こう訊いた。

「で、あんたはなぜこんなことを？」

「真正の遺物は発見されなかったの。パーラドは口をつぐんだ、というか、自分は何ひとつ盗んでいない、悪いことは何もしていないと容疑を否認しつづけたから。だけど盗めるのは彼人以外に考えられないから、真正の遺物がある場所も知っているはずなの」

「ほう……」船長の肩から力が抜けて、エアロックのフレームにもたれかかると腕を組んだ。

「つまり、あんたはこいつに本物の在り処を白状させ、売って儲ける気なのか？　それとも自分の所有物にする？　あるいはご立派に、もとの場所に返すのか？」

そのどれも、不正解だった。イングレイの目的はただひとつ、養母ネタノに渡すことなのだ。

「わたしの母は第三議会の議員で、このまえの議長選挙でバドラキムに負けてしまったの」母とバドラキムは折り合いが悪く、派閥の違いでは説明がつかないほど反目していた。しかしほかの議員は大半が、関税や漁業権に関しては穏便な協力体制をとっている。

「わたしは三人の養子のひとりで……」イングレイはつづけたが、正確には三人ではなく、ヴァオアは昨年、家を出ていった。本人にいわせると、自分の意志でそうするのだ、養母ネタノに追い出されたわけではない、とのこと。けれど泣きながら荷造りし、泣きながら玄関を出て、イングレイのメッセージにもいっさい返信はない。「いまはわたしのほかにもうひとりいて、いずれどちらかがネタノの名を継ぐの」

「要するに、母親の機嫌をとりたくて、ここまでやったわけか」

「パーラドがサスペンション・ポッドに入れられるなんて思ってもみなかったのよ」イングレイはたまらず、シルクのスカートをぎゅっと握りしめた。「彼人を流刑地から脱走させられるブローカーはいないかとさがして……」

正直なところ、そんな依頼を引き受ける者がいるとは期待していなかった。やぶれかぶれで始めただけなのだ。

「ティアで違法とされることはひと握りしかないが」と、船長。「奴隷と人身売買は、そのひと握りだ。あくまで、表向きはね。だから当然、彼人は荷詰めされる。そうすればブローカーは、しらをきることができるからな。失礼ながら、あんたがそこまで考えなかった、箱詰めの可能性をちらとも予想しなかったのなら、政治家の養母の後継者にはふさわしくない気がするよ」これにイングレイはむっとしたが、泣いたりわめいたりはしない。「悪くとらないでほしい。だが、人には向き不向きってものがあるからね。あんた、もし後継者に選ばれなかったらどうする？」

どうするも何も、選択肢はほとんどないとイングレイは思った。これまでとおなじ仕事ならつづけられるかもしれないが……。ただ、価値のあることをやるなら、結果は成功か、でなければすべてを失うかだ、というのが母の口癖だった。フワエの家庭はたいていどこも、子どもをよそに預けたり、よそから預かったりして、それは一時的なこともあれば、完全な養子縁組の場合もある。たとえばダナックは、ネタノが支援者から引き取って養子にした。ただ、地域を問わずどこにでも、わが子が煩わしいとか、育てたくても育てられない親はいて、引き取り手が現われない場合は養護施設行きとなる。いまサスペンション・ポッドに入っているパーラドは、そんな子のひとりだった。そして、イングレイも。

「母の跡継ぎにはなれそうもないし、なれると思ったことはないわ」とはいえ、オースコルド家を自分から去ったり、または追い出されたりしたら行く当てはなく、天涯孤独になってしまう。「母は子どもたちが意外で大胆なことをすると喜ぶけど、失敗は大嫌いなの。わたしはたぶん、家を出るしかなくなるわ。それも、借金を背負ってね。今回の支払いをするために、将来の割り当て金を担保にしてお金を借りたから、仕事をつづけられたところで……たぶん無理でしょうけど……極貧生活は確実。この先何年も」おそらく、何十年も。「無駄遣いでしかないとは思ったのだけど」イングレイは両手を箱の上で組み合わせた。つらくて何かを握りしめたりしないように。「どうせ借金するなら、もっと堅実なことに使うべきだった。そうすれば家から追い出されても、なんとかひとりで生きていけるし……」母に見捨てられると思うだけで、ダナックに大笑いされると思うだけで、イングレイはつらかった。

船長は箱の上のイングレイの手をしばらく見つめた。

「さて、どうするかな。二名分の旅費を返却してお帰り願うかどうか、正直まだ決めかねている。だが、これだけはいえるよ。彼人を——パーラド・バドラキムといったかな——サスペンション・ポッドに入れたまま、おれの船に乗せることはできない。どうせいつかは解凍するんだから、いまやったっていいんじゃないか？」

「解凍したら、船に乗せてもらえる？」

「あんたはともかく、パーラドのほうは本人の気持ち次第だ」と、そこで少し考える。「もし乗りたくないといえば、彼人の料金は返却する」

最悪の事態はまぬがれたかも、とイングレイは思った。チャンスはまだ残っている。

「失礼ながら、足が邪魔なんだが。さがってもらえるかな？」

イングレイがあとずさると、船長は箱の蓋に手をかけた。

「彼人はサスペンション・ポッドの経験があるんだろうか？」

「さあ……。でも、どうして?」イングレイは箱の蓋からバッグとサンダルを取った。

船長は箱の掛け金をはずし、蓋をゆっくりとずらした。

「経験がなければ、目覚めたときにパニックに陥るかもしれない。そのときは、おちつかせないとな」

イングレイはサンダルとバッグを床に置くと、船長を手伝って蓋に手を添えた。彼男は蓋を開け、箱に斜めに立てかける。

箱のなかには、黒いサスペンション・ポッド。船長はそれをしばし見つめてから、コントロールパネルを開いた。

「とくに問題はなさそうだな」

船長がつぶやいたそのとき、エアロックから真っ黒な蜘蛛(くも)が現われた。なんとも巨大で、身の丈ほぼ一メートル。ぷっくりした丸い体から何本も長い柄(え)が伸びて、その先に目があった。蜘蛛は毛のはえた脚でブランケットを抱え、不気味に、かつ異様なほど優雅に船長のそばへ行くと、目のひとつをイングレイのほうに向けた。そう、これは蜘蛛ではなく、何かべつの生物だ。

「あの……それは蜘蛛、じゃないですよね?」イングレイの首筋がざわっとした。ふつうの蜘蛛なら気にもならないが、ここにいるのはとんでもなく薄気味悪い。脚の関節の向きはおかしいし、柄の先の目はゆらゆら揺れて、体にくびれはなく、頭もない。おかしな点はほかにもあって……。ともかく全体として、おどろおどろしい。

「もちろん蜘蛛じゃない」船長はむずかしい顔をしてサスペンション・ポッドを見下ろしたまま言った。「横幅が五十センチもあって、脚を伸ばしたら二メートルなんて蜘蛛はいないだろ？　だからこれは蜘蛛ではないが——」視線を上げてイングレイを見る。「蜘蛛に似せたものではある。失礼ながら、蜘蛛はお嫌いか？」すると、生物の丸い体がゼリーのようにぶるっと震えて楕円形になり、脚が四本伸びて床に着いた。「これならどうだ？」

イングレイは体が変形する蜘蛛にぞっとしたものの、あとずさるのは我慢した。

「まあ、なんとか……。蜘蛛はべつに嫌いじゃないけど、これはずいぶん、その……有機的というか」それも生々しい、気色の悪い意味で。

「たしかに」船長は開いた箱の横に立ったまま、そばに大きな蜘蛛がいても平然としている。「いかにも有機的、だろ？　気味悪がる者もいるが——あんたもそうらしいな——これはただのメカ生物だ。何日かたてば慣れると思うが、それでもいやなら遠ざけておくよ」

船長はそういうと、サスペンション・ポッドのコントロールパネルに触れた。小さな音がして、ポッドがゆっくり開いていく。青い液体のなかに、ぴくりとも動かない裸体が見えた。乱れた髪になかば覆われた、目鼻立ちのくっきりした顔。写真で見るパーラド・バドラキムよりはずいぶん細い。右の脇腹には、長いみみずばれがあった。

保存液のガラスのような表面が小さく波打ち、大きなうねりとなって、彼人はまぶたを開いた。そして痙攣し、むせながら上体を起こす。のばした片腕がイングレイにぶつかり、船長が逆の腕をつかむと、おちついた声で話しかけた。

「よしよし、大丈夫だ」

彼人はむせかえり、鼻と口から青い液体があふれ出て、体を流れ落ちていく。

「大丈夫だ。何も問題ない。無事だから安心しなさい」

鼻と口の青い液体は止まり、彼人は喉をひくつかせると苦しげな声を漏らした。

「サスペンション・ポッドは初めてか?」船長はメカ蜘蛛が差し出していたブランケットを取った。

裸の彼人はポッドのなかで目をつむった。しばらくあえいでいたものの、じきに呼吸は安定してきた。

「気分はどう?」イングレイはバンティア語で尋ねてみたが、パーラドなら船長のイール語もおそらく通じていただろう。

船長はブランケットを振って広げると、裸のパーラドの肩に掛けた。

「ここは……どこ?」彼人がバンティア語で訊いた。声がかすれているのは寒さゆえか、あるいは恐れか。

「ティア星系のティア・シーラス・ステーションよ」イングレイはバンティア語で答えてから、船長をふりむいた。「場所を訊かれたから、ティア・シーラスだと答えたの」

「どうやってここへ?」彼人はポッドのなかですわると、またバンティア語で尋ねた。青い液体はポッドの貯水槽部分に残らず吸いこまれている。

「わたしが人を雇ってあなたを逃がしたの。わたしはイングレイ・オースコルドよ」

ここで彼人はまぶたを開いた。

「誰だって?」

イングレイは過去、パーラドと直接顔を合わせたことはない。彼人は十歳以上年上だから、幼い彼女がオースコルド家の養女になったことを知らなくても不思議ではなかったし、イングレイという成人名がついたのは、彼人が流刑地に送られるほんの数か月まえだった。

「わたしはネタノ・オースコルドの娘なの」

「オースコルド議員の娘が、なぜ――」声に力がもどってきた。「わたしをここに連れてきた?」

イングレイは簡潔な答えはないかと考え、結局こういった。

「理由は、あなたがパーラド・バドラキムだから」

彼人は顔をしかめ、頭を小さく横に振った。

「それは誰?」

と、そのときエアロックから、二匹めのメカ蜘蛛が、湯気のたつ大きなカップを持ってやってきた。そして船長にカップを渡し、すぐまた船内へもどっていく。

「さあ――」船長がポッドのなかの彼人にカップを差し出し、イール語でいった。「これを持てるか?」

「さあ――」最初のメカ蜘蛛が、細い声でバンティア語に翻訳した。「これを持てるか?」

「あなたはパーラド・バドラキムじゃないの?」イングレイは全身が麻痺(まひ)したようになった。

きょうはいやというほど不安や落胆を味わったのだ。もうこれ以上は勘弁してほしい。仲介人は、これはパーラド・バドラキムだといった。いや、支払額と納品物に違反はないといったのだが、意味しているのはおなじだ。

「違う。そんな名前は聞いたこともない」ポッドのなかの彼人は船長が差し出しているカップに目をやり、「ありがとう」と受けとると、両手で包みこむようにした。肩からすべり落ちかけたブランケットを船長が整えてやる。

「飲みなさい」船長はイール語でいった。「それはスルバだ。うまいし、栄養もある」

もし人違いだったらどうするか？　一見、パーラド・バドラキムにそっくりだが、微妙に違うところもあって、こちらはいやにほっそりしている。とはいえ、パーラドを直接見たのは一、二度で、それも何年もまえだった。

「あなたはほんとにパーラド・バドラキムじゃないの？」

「違う、ほんとうに違う。さっきもいったように」スルバをひと口飲んで、「うん……おいしい」とつぶやいた。

現実問題としては、どっちでも大差はない。たとえこの人物がほんもののパーラドだとしても、イングレイがむりやりフワエに連れていくことはできないだろう。ユイシン船長は、本人がいやだといえば乗船させないと明言したのだ。イングレイの計画では、パーラドは喜んでフワエに帰るというのが大前提だった。

それでもイングレイは、多少の期待をこめていってみた。

「あなたはパーラド・バドラキムにとてもよく似ているけど」

「わたしが?」スルバをもうひと口。「他人の空似(そらに)というしかない」イングレイの目をまっすぐに見る。「バドラなんとかが流刑地に送られたのは、ただの見せかけでしかなかったとか?あとからひそかに連れ出してもらったのかもしれない」苦々しげな口調だが、表情は変わらない。

　そんなことはありえない、とイングレイはいいかけて、はっとした。自分自身、パーラドとおぼしき人間をこうやって連れ出したのだ。

「それはないと思うけど……」なんとか抵抗してみる。「あなたはほんとうに、パーラド・バドラキムじゃないのね?」

「しつこいな」

「だったら、あなたは誰?」と訊いたのは、メカ蜘蛛だった。ユイシン船長はまったく口を開いていない。

　ポッドのなかの彼人はスルバを飲むと、「ここはたしかにティア・シーラス?」と訊いた。

「はい」イングレイが答える間もなく、メカ蜘蛛がいった。

「では、わたしの正体は明かさないでおこう」彼人は周囲を見まわした。自分が入っているポッド、外の大箱、ユイシン船長、その横のメカ蜘蛛。そしてベイ全体をぐるっと——。「転入事務局に行きたい」

「どうして?」戸惑いと落胆で、イングレイは泣きそうになった。

「あなたが金融資産をもっていないかぎり——」メカ蜘蛛がいった。「求職者リストへの登録以上のことはできないでしょう。もし雇用主が現われたとしても、頼れる知己がないかぎり、気に入る仕事ではないでしょう」

「それでも流刑地よりはずっといい」彼人はスルバを飲みきった。

「明るい面を考えよう」ユイシン船長が彼人の手からカップを取り、イングレイにイール語で話しかけた。「彼人の船賃を返却するよ。それで数日は、あんたもまともな食事ができる」

2

インググレイは蓋を閉じた箱にもたれて泣いた。パーラドではないという彼人は、船長のブランケットを肩に掛けたまま、イングレイのほうを見もせずに裸足でベイを出ていった。彼女はなかなか泣きやむことができない。

「信用できるブローカーに頼んだのか？」船長はイングレイに訊いた。

「ええ」鼻をすすり、手の甲で涙をぬぐう。「本人かどうか確認できないときは、計画中止のはずだったの。そういう契約にしたの」

だからあの人はパーラドにちがいないのだ。なのに考えれば考えるほど、自信はなくなっていく。〝バドラなんとかが流刑地に送られたのは、ただの見せかけでしかなかったとか〟と、彼人は苦々しげにいった。あれが演技だとは思えない。

「ブローカーはDNAサンプルを持っていったんだろ？　それが別人のものだったり、何かで汚染されていたりすると……。いや、それならそれで、あんたに伝えたはずだな」

「サンプルは手に入らなかったの」

「なんだ、そういうことなら仕方がない。どんなに腕のいいブローカーでも、〝できる範囲内で力を尽くす〟だけだ。そのブローカーも外見から判断するか、第三者にこれはパーラド・バドラキムだと断定してもらうしかなかったんだろう。あんたも外見はそっくりだといっただろ?」

「ええ」イングレイはまた涙をぬぐい、横を向いた。船長にあからさまに泣き顔を見せたくはない。「ほんとにそっくりだったから」彼人はパーラドにちがいないと思う。だが思ったところでなすすべはない。緑のガラス玉がついたヘアピンがぽろりと肩に落ち、足もとにころがった。困ったもので、イングレイは髪をまとめるのが苦手だ。

ベイから出ていった彼人がほんとうにパーラドではなく、ブローカーがたとえそれを知っていたとしても、イングレイには告発することもできなかった。法律専門家を雇うどころか、ここに滞在して不正捜査局に訴えるだけの経済的余裕はない。そもそも、イングレイのしようとしたこと自体、いろんな意味で不法行為なのだ。いくら悩んでも結果はおなじ——すべてを失って、残るのはこの身ひとつ。

「依頼したブローカーは?　ゴールド・オーキッド?」船長が訊き、イングレイはイエスの仕草を返した。「だったら信頼できる。仕事で手抜きはしないだろう、少なくとも故意にはね。彼人はパーラド・バドラキムだと確信していたはずだ」そこで、やや間があいた。「ひょっとすると、べつの仕事がからんでいたとか?　パーラド・バドラキムは流刑地にはいない、だから業務は履行できないが、それをあんたに伝えると、履行できない理由をさぐられる。そこで口をつぐんだ」

イングレイは船長のほうに顔をもどした。箱の端に立つ彼男(かれ)の後ろには、いまも大きな黒いメカ蜘蛛(ぐも)がいる。

「どういうこと？　パーラドが……」いや、彼人はパーラドではないとあきらめたほうがいい。「あの人がいったように、流刑地送りは見せかけだったということ？　送られても、すぐに連れ出されたとか。バドラキム家の人間だから？　船長はそう思っているの？」

「あくまでひとつの可能性だよ。いやに複雑だと思うけどね。ゴールド・オーキッドのようなブローカーは危ないことには手を出さない。人身売買はやらないといえば、そこで終了したはずなんだ。ところがポッドを納品し、なかにいたのは別人だった。そこでいくら理由をさぐっても、あとの祭りってわけさ」

イングレイは何もいえずにうつむいて、足もとを見た。落ちたヘアピンを拾おうかと思ったが、いまの運の悪さを考えたら、ピン一本のためにかがむと三本が髪から落ちそうな気がした。

「仕事を失ったら」と、船長。「フワエの登録所で求職申し込みをしたらどうだ？　捨てたもんじゃないと思うがな。あんたは教育水準が高そうだから、紹介される範囲も広い。最低でも事務仕事なら楽にこなせそうだし、メッセージをいくつか送れば、すぐにでも反応があると思うが」

「たぶんね」家族がなく、口添えしてくれる人もいなければ、見通しはかなり暗いといっていい。それどころか、ネタノ・オースコルドが幻滅してイングレイを追い出したとなると、オースコルド議員の機嫌を損ねるのは避けようと、どこも雇ってくれないだろう。

「いいにくいことをいわせてもらうと」と、船長。「母親に嫌われて追い出されるより先に、自分から出ていったらどうだ?」

「船長は何もご存じないから」

「まあね……。ところで、夕飯にしようか。あんたにはさぞかしたいへんな一日だっただろうから、今回はおごりだ。なんなら、船の寝台でひと眠りするといい。私物も運んだらどうだ?この木箱はこちらで貨物室に運んでおく」

「箱はもういらないわ」イングレイはサンダルとバッグを手に取り、かがんで床のヘアピンを拾った。と、ヘアピンがもう一本、髪から床にぽとりと落ちた。

「古いがなかなか立派な箱だ。サスペンション・ポッドも、見たところ新品らしい。捨てずに持ち帰って、フワエで売るのもいいんじゃないか? 塵(ちり)も積もれば山となる」

イングレイは体を起こすと、返事もせず足早にエアロックへ向かった。どうか船長に、新しい涙の粒を見られませんように——。


客室はふたつで、どちらにも上下二段の壁棚があり、それが寝台だった。客室といえば聞こえはいいが、細い通路の壁をえぐった程度だ。狭苦しいことこの上なく、一本しかない通路も傷だらけ、汚れだらけの灰色だった。ただし、大型客船でさえときに感じる再生空気独特のにおいはない。ユイシン船長は空気循環に力を入れ、内装にはこだわりがないのだろう。それでも寝台は清潔で、上の段には体を起こしても天井に頭がつかないくらいのスペースはある。イングレイはバッグを下の段に置き、スカートのベルトをゆるめて腰をおろした。サンダルは履く気になれずそのままにして、髪のピンをはずしていく。

精一杯やった、と思う。こんな結果になったのは、自分が失敗したからではない――かといって、誰かのせいにもできないようだ。たぶん、ユイシン船長のいうとおり、母から、オースコルド家から離れたほうがよいのだろう。ネタノ・オースコルドには養子しかいないが、外向きにはやさしい、思いやり深い養母だった。イングレイはしかし、引き取られたその日から、将来の幸不幸はネタノを満足させられるかどうかにかかっていると、ぴんときた。ネタノのお気に入りのダナックも含め、養子はネタノの政治的野心に一役買うための存在なのだ。だから子どもはきちんとした身なりで礼儀正しく、いかにもしあわせそうな姿をニュースメディアに、ひいては有権者に見せなくてはならない。ただし、これはあくまで最低限だ。ネタノは養子に一流を求め、選ばれてオースコルド家の養子になったのだから、ネタノの期待に添わない子は追い出される。ネタノも親族もそんなことはおおっぴらにいわないものの、ダナックの態度やふるまいを見ていれば、彼男(かれ)も十分わかっているのがいやでもわかる。

イングレイはいつも、自分が家族のなかで浮いているのを感じた。ネタノが喜ぶのは才気煥(かん)発(ぱつ)さであり、自分はそうでないことをいつ責められてもおかしくないと思う。いや、もちろん、イングレイはそれなりに優秀ではあった。第三議会の管轄区なら、住民の顔と名前は思い出せるし、誰がどんな影響力をもっているか、誰がどんな理由で選挙資金を提供してくれるか、力のある支援者の関心は何かも知っている。そして相手によって、話していいことと悪いことも。

イングレイは、母のアーサモル区の事務局で働いていた。数人いるスタッフのひとりで、不満や不安、要望がある住民の相手をするのだ。そして事務局長を務める叔人(ナンクル)のラックはイングレイをかってくれ、イベント開催や住民集会の企画にも加えてくれるようになった。当初は未経験の仕事で緊張したものの、イングレイは大きなミスも犯さずいまに至っている。とはいえ、仕事ができるのと才気煥発さとは違う。知識も人脈もすべてとりこみ、うまく利用できなくてはいけないのだ。ネタノの影響力を強め、支援者を増やす、すなわち政治的利益をもたらすような計画、計略を思いつけるようでなくてはいけない。しかしイングレイに、そこまでの力はなかった。いかに懸命に努力しようと。

ダナックの目をごまかすことはできない。お互い子どものころから、彼男はイングレイをばかにしつづけてきた。ネタノが養女の資質に気づかないほうが不思議なくらいだ。

イングレイははずしたへアピンを横に置いて数えていった。ひとつ少ないのは、ゴールド・オーキッドからドックへ行く途中で落としたのだろう。

せめて——。長年努力して目指した姿に、少しでも近づけていたら。パーラド・バドラキムを流刑地から連れ出す費用があそこまで高額でなかったら。

あの人はパーラドではない、という思いが強くなってきた。彼人(かのと)の苦々しげな様子から、なおいっそう。パーラドなんてやつは知らないと、彼人はきっぱりいったのだ。

そう。いま自分にできることは何もない。それより今後について考えなくては。人脈と職務経験はあるのだ、きっと生計は立てられる、借金もきっと返せる。たとえ何十年かかろうと。

さしあたって問題なのは、目前の数週間だ。計画の失敗を認めて母と向き合い、ダナックのせせら笑いに耐えなくてはいけない。なんとか切り抜ける道はないものか――。いっそのこと先手を打って、ダナックに何か恥をかかせてやるか。彼男が年じゅう、自分に向けてやるように。だけど……具体的にどうすれば、そんなことができる？

イングレイは両手で髪をひとつにまとめ、ピン数本で留めてから立ち上がった。部屋を出て狭い食堂まで行き、なかをのぞいてみる。壁づけの折りたたみテーブルは広げられ、ユイシン船長はイングレイを待っていたのか、出入口をじっと見ていた。

「船長」彼女は廊下から声をかけた。「あの……友人の分の船賃返却は、少し先延ばしにしてもらえないかしら？　もう一度、彼人と会って話してみたいの」

「何か思いついたのか？」二時間ほどまえに初めて会ったとき、船長の角ばった黒い顔は冷静で生真面目な印象だった。いまもその点に変わりはないが、全体の雰囲気がどこかぴりぴりしているように見える。「あんたがそうしたいのなら、そうしよう。しかし、まずは食事だ。もうすぐ夕食が届くよ。あらかじめことわっておくが、おれはいま少々機嫌が悪い」

「そ、それは……残念だわ」ほかにいいようがなかった。理由を尋ねるのは避けたほうが無難だろう。ぎこちない沈黙がつづき、船長はこんなことをいった。

「最近お騒がせのニュースをどう思う？」

「お騒がせって、ゲックのこと？」イングレイはニュースやコラムをざっと見ていたから、ゲック使節団の来訪によって古い陰謀論がむしかえされ、ラドチャーイの条約への関与がとりざたされているのは知っていた。イングレイ自身、ゲックなんてものは実在しない、という主張を何度か耳にしたことがある。故郷の星界から外に出ることはほとんどないといわれ、現われるときはかならず人間の姿を装う。だからゲックの使節団といっても、ラドチャーイが条約改定したいがためのでっちあげではないか、といいたいのだ。イングレイが直接聞いた、あるいは最近のニュースで拾い読みしたなかには、もっと大胆な憶測もあった。しかしユイシン船長は、なぜこんな質問をするのだろう——。

「ゲックに関して、わたしにとくに意見はないけど」条約に関してもしかり。そんなことにかまっていられるほど、イングレイは暇ではないのだ。

「だったら、今後もし思うところがあっても、口にしないでくれ」

イングレイはとまどった。何かいおうにも言葉が浮かばない。そのとき、視界の隅で動くものがあった。メカ蜘蛛が狭い廊下で、関節を曲げて足先を揃えながら慎重に歩いてくる。頭の上に茶色い容器をふたつ掲げているが、あれがたぶん夕食だろう。イングレイは震えを抑えた。メカはべつに珍しくもなく、昆虫を模したものも多い。しかしこれほど気味が悪いのを見たのは初めてだった。うなじがざわっとし、手でこすりたいのをこらえる。

イングレイはメカ蜘蛛を通すのにドア口から離れ、ぴくりとも動かないようにした。メカ蜘蛛は食堂に入っていくと、容器をテーブルに置いてすぐまた廊下に出ていった。

「ただのメカだよ」船長がドア口にもどったイングレイにいった。

「生き物ではない、のよね？」だが見た目は、生きた動物そのものだ。

「〝生き物〟をどういう意味で使っているかにもよるが、メカ蜘蛛はありきたりのものよりずっと生物的要素が強い。だがそれでも、メカはメカだ。自主的に判断して行動することはないよ。というか、考える能力そのものがない。ほかのメカとおなじで、設定された大量の機能をこなすだけでね。ここに自意識をもつＡＩは皆無だよ」

イングレイがひっかかっていたのはその点だった。よどみのない動きから、人気娯楽作品に登場する悪役ＡＩをつい思い出してしまう。

「メカの操縦は誰が？」人の姿はないし、その気配すら感じないのだ。ごく基本的な部分を除き、メカの操縦はかなりの集中力を要し、船上でさせる行為のなかには特殊技能が必要なものもある。これまでイングレイが乗った船には、乗員のなかにメカ・パイロットが最低ひとりはいた。ここのメカ蜘蛛は遅滞なくきびきび動き、毛のはえた脚は着実に床を踏む。見ているかぎりメカとは思えず、操縦している人はかなり腕が立つのだろう。

「おれがやっている。心配するな。これでもたっぷり訓練は積んでいる」容器から湯気がたちのぼり、ヌードルのよい香りが漂ってきた。「さあ、食べなさい。あんたの友人はいまごろ転入事務局の待合室にいるはずだ、この先何日もずっとね。あそこで待ち時間を短縮できるのは、よほどの金持ちか強いコネがある者だけだ。だからあせらずゆっくり食べなさい」

おいしそうな香りはするし、食事抜きがつづいていたが、イングレイは食堂に入らなかった。「どうしてこんなに親切に？」お金がなくて食事もできないという話をしたとき、船長はまったくの無表情で、同情のかけらも示さなかったのだ。

「おれはね、ちっぽけな貨物船のオーナー船長だ」お決まりの質問に答えるように、おちつきはらっている。「かれこれ五年ほどやっているが、ちっぽけな貨物船をちっぽけな個人が所有していると、金で釣ろうとしたり、だまそうとしたり、密輸の片棒をかつがせようとしたりする者がたくさんくる。だが、この船はまっとうな船だよ。悪質な乗客と揉めたことはあるが、あんたはそのての人間じゃないだろう。おれがサスペンション・ポッドをすぐ積まなかったときの反応を見ればわかる。ポッドのなかの人物がベイを去っていったときの反応もね」船長は夕食の容器を持ち上げた。「だからといって、いつもこんなことをするとは思わないでほしい」

「はい、もちろん」

船長のいうとおり、急いで彼人を追いかける必要はないだろう。おそらく転入事務局に到着したくらいで、これからしばらく待たされるはずだ。イングレイは狭い食堂に入り、椅子に腰をおろした。

「ありがたく、いただきます」

転入事務局に行ってみると、彼人は（パーラド・バドラキムではない、とイングレイはあきらめきっていた）、ロビーの隅の硬いベンチにすわり、背後の壁に頭をもたせかけていた。白壁には黒文字で、告知文がじかに記されている。こうしておけば、星系の通信にアクセス権がない転入者でも、法令や規則を知らなかった、と言い訳できなくなるからだ。彼人はユイシン船長のブランケットを——明るい煉瓦色(れんがいろ)の無地で大量生産品だ——ルンギやサロンのように巻きつけて、腕を組み、目をつむり、顔にはふりみだしたあとのような髪がかかっていた。見たところ、眠っているらしい。ロビーにはほかに誰もいなかった。転入者はたいてい行く場所をそれなりに見つけ、そちらへ移動しているからだ。しかし彼人にはおそらく金も友人も、行く当てもない。ユイシン船長は、何日も待つしかないだろうといっていた。

イングレイはそろりそろりと音をたてずに歩いたが、それでも彼人は目を開けた。まったく動かず、にこりともせず、イングレイをじっと見る。

「ネタノ・オースコルドの娘は何が望みなのかな?」

「わたしは……」彼人のベンチに向かおうとして、その目つきに、声に、足が止まった。「あなたと少し話したかったの。そこにすわってもいい?」

「許可がなければすわらない?」気さくな調子とはいいかねた。露骨な不快感や怒りは感じられないものの、その気配はにじみでている。横に来られるのがいやなのはまちがいなかった。

イングレイはすわらずにいった。

「あなたはほんとにパーラド・バドラキムにそっくりだわ」

「どうやらそうらしい」仏頂面のまま。「顔が似ていること以外で、わたしに何かできることでも?」

「ええ、あなたならパーラド・バドラキムになれるわ」彼人の頬がひくついたが、理由はわからない。唇は引き結ばれたままだ。「あなたとパーラドは見分けがつかないくらい、うりふたつだから」

「だから、たいへんな思いをしてまで流刑地から逃がそうとした?」

「ええ、そうなの」イングレイは素直に認めた。「パーラドにぜひしてもらいたいことがあったから」とはいえ、やってくれるかどうかの保証はなかった。「でもそれは、パーラド本人にしかできないことだから、あなたには少し違ったことをしてもらえないかと思って」そこでふっと息を吐く。またもや崖っぷちに立っている気分だが、いま引き返せば命拾いできるかもしれない。「パーラドは、バドラキム家が所蔵している貴重な遺物のほとんどを盗んだの。父親のエシアトは、誰の仕業か知ったとき、きっと逆上したでしょうね。でもパーラドは罪を認めなかったのよ。盗んだ遺物をどこに隠したのかも、いっさいいわなかった」

「つまりあなたの目的は、パーラドとやらに遺物の在り処(か)を白状させること。そしてエシアト・バドラキムに売りつける。でなければ、交渉材料にする。理由はおそらく、母親のネタノとバドラキムが反目しあっているから。ところが、そのどちらもできないことがわかった。そこでわたしをパーラドに仕立て、どこかから金を引き出そうと考えた」

そのどこかは兄のダナックよ、とイングレイはいいかけて、よした。いくらか空腹が解消され、いくらか休んで考える時間もでき、やけっぱちの気分ではなくなっている。実際、ユイシン船長には話しすぎたと後悔したが、あの状況ではどうしようもなかった。これが母のネタノなら、船長に対して悠然と、内容もわきまえながら話しただろう。目を涙で潤ませることもなく。

イングレイは彼人と五十センチほど離れてベンチにすわった。それにしても、このベンチは硬い。ティア・シーラスは、転入者にしつこく長々と待たれるのがいやなのだろう。イングレイ自身には転入事務局を訪ねた経験がない。下船すれば自動的に審査をパスしているからだ。

「わたしはね……」イングレイは言葉を切った。人の声がしてふりむくと、男がひとり入ってきた。背の高さや、地味な茶色とベージュの服装から、おそらくオムケムだろう。男は出入口の対面の壁まで行くと、そこに触れた。

「いったいどういうことだ！」男は受付音が流れるのも、壁に職員の像が現われるのも待たずに怒鳴りつけた。「これまでは事前承認されていたんだ。長年、ティア・シーラスで仕事をしてきた。何十年もだ。そんな船が、なぜ入港を拒否された？　シャトルを見つけてここまで来たが、ドックの職員はステーションに入らせてくれない。いいかげんにしてくれよ！」

「申し訳ありません」と、職員の声。イングレイのいる場所からだと、首をのばしても画像ははっきり見えない。だから表情はわからないものの、声の調子はとてもおちついていた。「少しお待ちください……あ、そうですね、報告によりますと、貴船の積荷目録に問題があるようです。検査官が確認できるまでは――」

「検査官だと！　うちの船は検査なんか一度だってされたことはない！　フワエの税関は問題なく通過したんだ。それがどういうことかわかってるだろ」

「申し訳ありません。ここはティア・シーラスなので、ティアの法律に準じていただきます。ご不便をおかけして申し訳ございません」

「上司を呼べ！」

「承知しました」職員の話しぶりは変わらず冷静だ。「上司の到着は約六時間後になりますので、よろしければそのころにまたお訪ねいただくか、もしくはロビーでおくつろぎください」

イングレイは男には視線を向けないよう気をつけながら、視界の隅で、画像が壁から消えるのを見た。そして一瞬、不安になった。あのオムケムの男がこのベンチにすわったら、彼人と話の続きができなくなる。だがほっとしたことに、男は壁に背を向け、出ていった。

「どうしてあの男は——」隣で彼人がいった。「フワエ経由でここに来たのかな。オムケムからフワエは二ゲートで、フワエからこのティアまで一ゲートある。バイット経由のほうがずっと楽なはずで、そもそもオムケムがバイットに固執するのはそのためでは？　無駄な遠回りをして、フワエで関税を払ったり検査されたりするのは避けたい。商売するなら経費はおさえたいからね」

イングレイはちょっとびっくりした。

「オムケムとバイットのゲートは十年まえに使えなくなったわよ」

彼人は心底驚いた顔をした。これならパーラドと別人なのは確実だ。パーラドが流刑地に送られたのは数年まえだから、ゲートが破壊されたのは確実に知っているはず。

「どうしてそんなことに？」

「バイットの反乱分子がやったの。ゲートを管理しているオムケムの傀儡(かいらい)政権を倒して、ゲートそのものも破壊したのよ。だからオムケムからここへ、ティアへ来るには、フワエを経由するしかないの」同様に、バイットへ行くにもフワエ経由なのだが、バイットはフワエ／バイット・ゲートをオムケムが使用するのを拒否しつづけていた。

「ゲートを破壊した?」彼人の驚きはおさまらない。「ずいぶん過激だな……」

「ほんとにね」イングレイはとりあえずうなずいたものの、話を本筋にもどさねばと思った。あたりを見まわし、誰もいないのを確認する。「じつはね、パーラド用に偽のIDを用意してあるの。それを使って、あなたもいっしょにフワエに行かない? あなたが誰であれ、法的には死亡して個人データも流れていないから、フワエに行ったところで警戒されないわ。報酬は、この計画でわたしが手にした収穫の半分、でどう?」といっても、計画らしい計画はいまのところ何もない。「そのあとは、どこで何をしようとあなたの自由よ」

「そんなことをして、わたしはどうなる? パーラドはバドラキム家の人間で、流刑地に送られた。犯した罪は何? 窃盗くらいで流刑地送りになったりはしない。金持ちで人脈が豊富ならなおさらね。かといって凶悪犯なら、あなたもここまでのことはしないはず。そう考えると、バドラキム議長は——フワエで大きな権力をもつ男は、パーラドを心底嫌っていたとしか思えない。少なくとも、死のうが生きようがどうでもいいと。なのにそのパーラドがフワエにもどってきた、と知ったらどうする? あなたはバドラキム議長から金を引き出そうと考えている?」

「いいえ。でも、それも可能かもね。わたしたちがうまくやれればの話だけど、そこまでしなくていいでしょう。ユイシン船長の船は速くないから、細かいことを話し合う時間はたっぷりあるわ」

「あなたは流刑地から逃亡した、法的には死人の犯罪者と何週間も過ごせるのかな？　わたしが何をして流刑地送りになったかも知らないくせに」

その点はイングレイも考えた。いやでも考えざるを得なかった。

「ゲートにいるあいだ、あなたがユイシン船長にもし何かひどいことをしたとして、そのあと自分で船の操縦ができる？」もちろん、ゲートのなかでは操縦などしなくていいが、いったんフワエ星系に入ったらそうもいかない。速度をおとし、ほかの船舶の流れに対応しながらドックにつけなくてはいけないのだ。「それに、あなたのＩＤは船舶の所有者情報にはないわ。事故なく到着したとしても、所有していない、しかも操縦できない船のなかで船長や乗客が死んでいた、あるいは姿が見えないとなれば、怪しまれること間違いなしよ。あなたは流刑地に送り返されるでしょう」

彼人は表情ひとつ変えず、長い沈黙がつづいた。

「ここにいたって、まともな職に就けるとも思えないわ」

「流刑地よりは、はるかにまし」

「船の出航まで、一日半しかないの」

「それよりもっといい案がある。その偽ＩＤをわたしにくれたらどうだ？　あなたには無用、わたしには便利なＩＤを。そしてあなたはわたしを残し、ここから立ち去る」

「それのどこがいいの？」返事を聞くまでもなかった。彼人ひとりに都合がいい話だからだ。あの偽ＩＤにはお金がかかった。いまのイングレイに切れるカードはこれしかないのだ。あっさり渡すわけにはいかない。
とはいっても、それでどうする? 持ちつづけていたところでなんの役にも立たない。実際、ベシクルはからっぽなのだ。ユイシン船長に話したように、パーラドのＤＮＡを手に入れることはできなかった。その代わり、これなら大丈夫と保証され、キットを購入した。イングレイが選んだ者からサンプルをとり、それを記録データに挿入させるキットだ。イングレイは自分のを使ってもよかったが、データはパーラドのものを記録ずみだから、自分のＤＮＡが無性(ネマン)で通用するとは思えなかった。少なくとも、長続きはしない。イングレイはため息をついた。

「あなたのいうとおりね、ＩＤはわたしには無用だわ。あなたが持っていたほうがいいかも。船までいっしょに来てくれたら渡すわ」彼人の反応はない。「心配しなくていいわよ。むりやり連れていったりしないから。ユイシン船長は、乗りたくない人を絶対に乗せないの。だからあなたも、ベイからひとりで出ていけたでしょ? 自分も乗る、と明言すればべつだけれど、強引に引き止めたりしないから、またひとりで行きたいところへ行けばいいわ」

彼人は無言のままで、ただ時間だけが過ぎてゆく。

「どうぞお好きなように」イングレイは精一杯おちついた声でいうと立ち上がり、ロビーをあとにした。

翌日の朝早く、メカ蜘蛛がイングレイの客室のドアを爪でそっとノックした。

「失礼します」メカ蜘蛛の声は、か細い。「お客さまが見えました」

ここで、それもいま、わざわざ会いに来る者など、イングレイにはひとりしか思いつかない。

「わかった。ありがとう」急いで寝台から出て、シャツとスカートを着た。髪はとりあえずひとつにまとめてひねり、アップにしてピンで留める。寝台の下のバッグをつかみ、ＩＤ盤とキットを入れた茶色い箱を持って部屋を飛び出した。

食堂ではユイシン船長が食事中だった。ボウルのなかには、湯もどししたヌードルと魚。

「お客はベイにいるよ。たぶん、あんたの想像どおりの人だ。しつこいようだが、本人の意思に反して乗船はさせない」

「わかってますって」

行ってみると、エアロックから数メートル離れたところ、外の広い通路も見渡せる場所に彼人がいた。身につけているものといえば、きのう船長が肩に掛けた煉瓦色のブランケットだけで、のび放題の髪はかきあげているものの、いまにも目に入りそうだった。ゆうべはどこで寝たのだろう、何か食べたのだろうか、とイングレイは思いつつ声をかけた。

「おはようございます」茶色の箱を掲げて見せる。「これを取りに来たんでしょ？」

外の広い通路を、ルンギやらズボンやら、さまざまないでたちの人びとが通り過ぎてゆく。近くのベイに船が到着したか、もうじき出航するのだろう。ティアはほかの星系より規制品が少ないし、ティア・シーラスの住民は他人に無関心なことで知られる。が、それでもイングレイは持っているキットが人目を引くのではないかと心配した。

「船内に来ない？」

彼人はちょっとためらってから、「ここで渡してくれないか?」といった。通路を行き交う人の目は気にならないらしい。

「べつにかまわないけど……」イングレイは彼人に近づいて箱を渡した。「できるだけ、その……人目につかないところでベシクルを埋めたいでしょ。通路の先に化粧室があるとは思うけど、船のなかでもできるわよ。でも、船はいやなのね? 無理強いする気はないわ」

「恩に着るよ、イングレイ・オースコルド」と、彼人はいった。わざわざここまで来た目的は、このID盤の人間になりすますことだから、そうなれば名前はガラル・ケットだ。

「どういたしまして、ガラル・ケット」

彼人は小さくほほえんだ。というか、口の端がかすかにゆがんだ。それから軽く頭を下げて、ブランケットの下に箱をたくしこみ、イングレイに背を向け通路のほうへ歩きだした。

すると三歩も行かないうちに、赤と黄色の制服を着た取締官がこちらにやってきた。後ろには黄色いジャケットの巡視員がふたりつき、どちらも赤いルンギの腰にはスタンガン。

「失礼ながら――」取締官が彼人とイングレイにいった。「このベイおよびこの船は封鎖されます。いっさい出入りはできません。IDを見せていただけますか?」

「それには船に入ってID盤を取ってこないと」イングレイは声が震えないようにがんばった。心臓が飛び出しそうで、体はすくみあがっている。「ガラルには――」彼人を新しい名前で呼び、そちらに手を振る。「すませなくてはいけない用事もあります。ユイシン船長はこのことをご存じなの?」

「これから伝えます」

向こうの広い通路を歩いていた五、六人が、こちらに取締官がいるのを知って足早に通り過ぎた。

「だったらいま、わたしたちが知らせてきます」イングレイはかわいらしい笑みを浮かべてみせた。ガラルは無言、無表情でイングレイについて船内に入った。

ユイシン船長は朝食を食べおえるところだ。

「船長、ベイに取締官と巡視員が来て――」イングレイは船長に伝えた。「船もベイも封鎖されるというの。誰も出入りできないって」

船長は残ったヌードルをすすり、スープを飲みほした。

「じゃあ、おれが行って話そう」

「驚かないらしい」イングレイの背後の廊下で彼人が――ガラルがいった。

「予想していたわけじゃないが、そうなったらなったで驚いたりはしない」船長は立ち上がった。「ふたりともIDを要求されたんじゃないか？」

「そうなの。これから部屋に取りにいくわ」

「自分のIDに不安はない？」ガラルがまた船長にいった。

「ああ、ないよ。ID盤はおふたりがいなくなってから取り出す」

「わかったわ」イングレイは廊下を先へ進み、ガラルもついてきた。狭い客室に入ると、イングレイは寝台に腰をおろし、バッグから自分のID盤を取り出した。

「ベシクル・キットは使ったことがある？　やり方はなかに書いてあるわ」

彼人は廊下で立ったままキットの上端を開くと、なかをのぞきこんだ。そして小さな採取器をはずし、親指を当ててからスロットにもどす。それから十五秒ほどたったろうか、茶色の箱が小さな音をたてたかと思うと、青い小さなＩＤ盤を吐き出した。彼人は無用になった箱をイングレイに渡し、イングレイはそれをバッグにしまう。

「封鎖の理由に心あたりは？」

「ぜんぜんないわ。これからあの人たちに教えてもらいましょう」

3

　ドックの通路の外側では、巡視員ふたりが出入口をはさむようにして立ち、内側には取締官がさっきとおなじ場所にいて、ユイシン船長の話に耳を傾けていた。船長はおちついた話しぶりで、緊張した様子はまったくない。

「これはおれの船で、ティア・シーラスで購入し登録済みだ。記録はすべて保存している。竣工時から現在まで、所有権の変遷は記録盤を見ればわかる。現在はおれの個人所有で、おれはティア・シーラスの登録市民だ」

　取締官は船長の肩ごしに、近づいてくるイングレイとガラルに目をやった。そしてブランケット一枚しか身につけていないガラルを見た瞬間、その表情に何かがよぎった。ティアの取締官といえば、よほど違法性が疑われないかぎり、気にもとめないことで知られるのだが。

「あのふたりは、あなたの乗客？」

「そうだよ」と、船長。「入出航事務所で予約してきた。なんなら確認してみるといい。違法なことはいっさいない」

「でしょうね」と、取締官。そして「失礼ながら――」と、イングレイとガラルに声をかけた。

「IDをお願いします」渡されたものを確認して、返却。「ありがとうございます。船長、今回は残念ながら自分の力ではどうしようもないので。あなたのデータに問題はないんですけどね、ゲックの使節団があなたとあなたの船を取り調べたいから身柄を拘束しろ、といってきたんですよ。ただ、すぐに聴取はできないらしく、最低でも数時間、おそらくもっと先になるでしょう」

「たぶん――」ユイシン船長はイングレイとガラルにいった。「使節団はイルドラドに向かう途中でこの船に目をとめ、ゲックの盗難船だと思ったんだろう」

「ばかげていますよね」取締官がいった。「条約の有無に関係なく、ゲックにはティアのまっとうな市民を拘束する権利などないんです。その点はこちらからも、はっきりいったのですが」

「でも、条約に影響しかねないから、いうことをきくしかなかった？」と、イングレイ。条約の縛りがなくなったプレスジャーは想像するだけで恐ろしいし、通常でも蛮族(エイリアン)の使節団は細心の注意と配慮をもって迎えられる。そしていまは、通常のときではない。「今度のコンクラーベには、どこもぴりぴりしているでしょう」

「おっしゃるとおり」と、取締官。「船はまちがいなく船長の所有で、その証拠をゲック使節団に見せることができれば、船長は解放されるはずです。ただ、ベイの出入りを禁止するという申し合わせはしました。ゲックは船長の逃亡を――大使の言葉を借りれば、よからぬことをたくらむのを心配しているようで。だから自分はここに来るのを事前にお知らせしなかった。また、船長と乗客は、ゲックの大使が到着するまでほかの誰ともいっさい接触せずにいただきたい。何より彼女(かのじょ)の疑念を晴らすのが得策だとご理解いただけるものと思います。食料と水は十分ありますか？　衛生設備に問題は？　医薬品で取り寄せたいものはない？」

「最初のふたつは問題なしだ。最後に関しては、知るかぎりひとつもないが――」問いかけるように、肩ごしにイングレイを見る。

「とくに何も。ガラルは？」

「何もない」


イングレイは船内にもどってからガラルにいった。

「取締官の前ではいえなかったけど、あなた用の服は持っていないの。船長に借りてもらえるかしら？　寝台は上のほうでいい？」

「ほかに誰も使わないなら」狭い廊下の対面にあるドアを叩く。「できればこちらを使わせてもらいたい」

「ええ、ほかに誰もいないわ」イングレイは内心ほっとした。

彼人(かのと)はがらんとした廊下をながめてつぶやいた。

「ゲックからどうやって船を盗んだのかな――」

「まさか、ほんとに船長が盗んだと思ってるの？　正規の書類は揃(そろ)っているみたいだったけど」

「ここはティア・シーラスだからね。市民権を買えるくらいの資金があれば、よくできた偽造文書も、というのは想像にかたくない」ガラルは左手に持った偽ＩＤ盤については触れなかった。取締官はたいして疑いもせず、これを信じたのだ。

イングレイは少し考えてからいった。

「船長がゲックから船を盗むなんて、わたしには想像もつかないわ。だって、外の星系にほとんど出ることのないゲックから、どうやって盗むの？　だけどもしほんとうだとしたら、いったいどうなるのかしら……」

「あと何時間かたてば、いやでもはっきりするよ。それよりとりあえず、何か食べるものはないかな？」


ガラルは湯もどししたヌードルを食べきった。それもボウル一杯分を、まるでほぼひと口で。

「きのうは何も食べなかったの？」食堂の小さなテーブルで向かいあい、イングレイが訊いた。しかし口にしてすぐ、盗みでもしないかぎり無理だと気づく。ガラルは現金どころかＩＤもなしにベイで解凍されたのだ。持ち物といえば、船長から借りたブランケットしかない。

「本気で訊いている？」ガラルは背筋をのばし、ボウルをリサイクル・シュートに入れた。

「そうね、ばかな質問だったかもね」イングレイは自分のヌードルをすくった。ガラルの痩せた、精悍な顔にほとんど表情はない。イングレイはヌードルをひと口食べてからつづけた。

「何をしたの？　どうして流刑地に？」

ガラルはその質問を待っていたように小さくうなずいたが、返事はない。

「あなたは人殺しをするような人には見えないけど」

「人殺しは、たいていそうだよ」世間話でもするように淡々と。まるで知り合いに何人も殺人犯がいるかのようだが、流刑地ならそうかもしれない。ガラルは腕を組み、壁にもたれた。

「わたしの言葉遣いやアクセントには教養が感じられ、犯罪者らしくないと？　少なくとも、流刑地送りになるほど救いようのない性悪、危険きわまりない人間には見えない――。以前のわたしなら、おなじような勘違いをしたと思う。でもね、流刑地で教養がある話し方をする犯罪人の大半は、家族や知人が黙認できないほど不道徳きわまりなく、結局は星系から追い出されることになった。だからといって、養護施設出身の話し方なら安心できるというわけでもなく、そんな保証はいっさいない。あえて比較をするなら、礼儀正しく上品なほうがはるかに悪質といえる」

「あなたは不道徳きわまりない人にも見えないわ」

ガラルはごくわずか、目を見開いた。「わたしの話をちゃんと聞いていた？」

「ええ、聞いたわよ。自分は恐ろしいやつだぞ、といいたいようだけど、わたしを怖がらせて何か得があるの？」

「どうやら失敗したらしい」ガラルは組んでいた腕をほどき、目にかかった髪を払った。「わたしの罪は、贋作。古物や記念品の贋作がいい商売になるのは知っているよね？　といっても、希少品や大きな出来事の名残、歴史的人物の遺品は、財産と権力のある家系や市民が抱えこんで目録化しているから、偽造したところですぐばれる。そこでランクをひとつおとして、フワエ創建者の甥が手書きした晩餐会の招待状とか――」ほんの少し眉根を寄せる。「そういったものでもそこその値がつく。どこかの倉庫で本物を見つけられればね」

「遺物収集にはお金がかかるわ。わたしはコレクションしないけど、兄がやってるの」イングレイは急に食欲がなくなった。ダナックを思い出したせいか、もしくは彼女のヌードルをじっと見つづけるガラルのせいか。

「きょうだいがコレクター……。新興成金やかたちばかりの旧家は、有力者とさもつながりがあるように見せかけたがる。遺物を身のまわりに置いておけば効果てきめんだからね。フワエ創建者の遠縁の家の壁に張られていた紙切れが、手書きの招待状一枚が、どれほどの力をもつと思う？　その家には偉大なる誰それが来たかもしれない！　たとえ紙切れ一枚でも大きな価値をもつ。後になって名をなした家系なら、さかのぼって甥っ子にまで価値が生まれる。あなたは――いや失礼、あなたではなく、あなたの兄は、かなりつぎこむにちがいない。そしてだまされたと知ったら、身をよじってくやしがる」

「どれくらい偽造したの？」

「数えきれない。専門は招待状で――収納庫に積まれていたり、跡継ぎのいない者が亡くなればあっさり捨てられる類のもので、その時代にふさわしい紙も比較的簡単に見つけられる。あとは偽作して、取引相手を慎重に選べばいい。わたしはこれでも腕がよくて、あなたの兄のような熱心なコレクター何十人もに、何百もの偽作を売りさばいた。捕まったときはもう常習犯でね、わたしの顔を二度と見たくない金持ちはどっさりいた」

この話は真実だろうか？　イングレイは似たような話を思い出した。成人名をもらうまえ、まだ子どものころだが、遺物偽造の犯人が捕まって有罪になったと、大人たちが話しているのを聞いた気がする。犯人の顔はパーラド・バドラキムに、このガラルに似ていただろうか？その可能性は否定できない。だがいまここでは確認しようがなかった。船の通信システムは遮断されているし、そうでなくてもフワエからかなり遠いので、アクセスして情報を得るには料金がかかる。

たぶん、彼人の話は真実だろう。それですべて説明がつくわけではないものの、辻褄が合うところは多い。

「だったら……」イングレイは頭に浮かんだことを反芻しながら、ゆっくりフォークを置いた。「あなたはバドラキム家が持っていたガルセッドの遺物も偽造できるわね」

「とんでもない」なかばあきれ、なかば面白がっている口調。「確実に現存している、しかも有名な遺物を偽造すればたちまち捕まってしまう。こんなものもあったはずだと思えるもっともらしいもの、疑念を抱かれず注目を集めることもないものを偽造するのがいちばんいい。たとえば八世紀の招待状を偽作してくれといわれたら、いくらでもやるよ。その時代にふさわしい布や紙をくれれば、手紙でもなんでもつくれる。それがわたしの得意分野だからね。ただそれでさえ——」両手のひらを広げる。「絶対確実だとも、安全だとも断言できない。そしてともかく、わたしはあなたと行動をともにするとは、ひと言もいっていない」

「それはそうね」イングレイはちょっと考えてから、ボウルのヌードルにフォークを入れた。「あなたは家系調査をずいぶんやったでしょう？　あちこちの有力家系の系図は頭に入っているわよね」

「もちろん入っている」おちついて穏やかに。

「だったら、パーラド・バドラキムなんて名前は聞いたこともない、というのは嘘でしょ。パーラドは実子ではないけど、有名な遺物の管理を任されていたわ。あなたが流刑地に送られたあとだとしても、彼人の存在くらいは知っていたはずよ」

「さすが鋭い」唇がぴくぴくっとしたのは、たぶんほほえみだ。「それでも彼人が流刑地に送られたのはまったく知らなかった。また、あなたが語った話も正直なところ信じがたい。わたしの知るかぎり、パーラド・バドラキムはそんな真似をするほど愚かではないはず。父親が自慢し、大切にする遺物をなぜ盗む？　それで何が手に入る？　売ることすらできないというのに」

「パーラドと会ったことはある？」じかに知っていればずいぶん助かる、とイングレイは思ったものの、さっきいわれたように、ガラルは彼女に同行するのを承諾していない。

「じかに会ったことはない？　あなたは？」

「ないわ。二、三度、おなじ行事に参加しているけど。そのうち一度は議員の集まりで、わたしはまだ子どもだったから」

「そのときの入場カードは捨ててしまった？　わたしが現役で現代遺物の贋作をやっていたら、いい素材になる。価値がなさそうな二流品、しかし定期行事の記念品、しまいこんで忘れてしまう、在庫目録から除外されるものが、あるとき突然、有名人とのつながりをもつようになったりする。あるいは悪名高い誰かと」

「残念ながら、入場カードは兄に売ったわ」だがそれも、パーラドを流刑地から連れ出す資金の一部となって消えた。

「さぞかし高値で売れたのでは？　で、客室のドアは鍵がかかるのかな」

　いきなり話題が変わり、イングレイはとまどった。

「一応かかるけど、ユイシン船長ならいつでも開けられると思うわ」

「食事時間になってもわたしが寝ているようだったら、ノックで起こしてくれると助かる」

「ええ、いいわよ。これを食べおえたら、わたしもひと眠りするわ」通信を遮断された船内に閉じこめられて、ほかにやることがあるわけでもない。だがそういえば、料金の合意書を見直してみようか。成り行き次第では、イングレイとガラルの船賃は法的には払い戻してもらえるはずだ。とはいえ、時間はたっぷりある。いつもの役所のやり方なら、ゲックの大使はそんなに早くここには来られないだろう。大使が――彼男(かれ)？　彼人(かのと)？　いや、取締官はたしか〝彼女(かのじょ)〟といっていた――ここで何をどうするか決めるのにも、それなりの時間がかかるはずだ。


　と考えたイングレイは、甘かったらしい。

　その日の夕刻、ガラルと船長とイングレイは、狭い食堂で揃(そろ)って夕食をとった。船長はとくに何もいわずに、イングレイたちのために保存食を用意してくれた。湯もどししたシチューだったが、ガラルは今回もあっという間に食べおえ、船長が静かに尋ねた。

「お代わりは？」

「もう十分。ありがとう、船長」ガラルも穏やかに答えた。

だが、その言葉が終わらないうちに、船長は背筋をのばして前方に目を凝らし、食べかけのボウルをテーブルに置いた。廊下から、チャカチャカしゃかしゃか音がして、メカ蜘蛛が四匹、足早に食堂の前を通り過ぎていく。

「失礼――」船長は前方を見すえたままいった。「どうやらゲックの大使がベイに到着したらしい。あまり待たせないほうがいいからな」

「そうね」イングレイは急いで料金の合意書を視界に呼び出しつつ、ユイシン船長が通れるように椅子から立ち上がった。

「いま着いたばかり？」と、ガラル。

「おそらくね」船長はうなずきながら、狭い食堂を廊下へ向かった。

イングレイは出ていく彼男の背中をながめてから、ガラルに視線を移した。

「ゲックを見たことがある？　画像でもなんでも？」

「一度もないよ」

廊下からユイシン船長の声がした。

「興味があるならいっしょにどうぞ。だが、見てもたいしたことはない」

どうしてそれがわかるのだろう？　イングレイは首をひねったが、そういえば、とメカ蜘蛛を思い出した。船長は蜘蛛の目ごしに見ることができ、たぶん一匹くらいはエアロックでベイを監視していたのだろう。イングレイはしかし、ガラルとともにエアロックまで行きながら、船長の言葉の裏にあるものを感じた。やはり彼男は船を盗んだのではないか。そうするとゲックは船を差し押さえ、イングレイは合意書に基づいて船賃を返却してもらえる。

ベイにはあの取締官と巡視員のほかに、女性がひとりいた。銀色と緑の巻きスカートにジャケット姿で、上下ともに折りひだから何から申し分なく整えられ、派手ではないがとても華麗だ。そしてその顔に、イングレイは見覚えがあると思った。そうだ、二日まえ、ニュースで見たばかりのティア・シーラスの知事だ。隣にはメカ生物がいて、ゼリーのような体に、毛のはえた脚と長い柄のついた目がいくつもある。一見、急いで船内に引っこんだメカ蜘蛛とほとんどおなじだが、サイズはいくぶん大きめだろうか。イングレイとガラルが船長の後ろから近づくと、そのメカ蜘蛛はずしっと重々しく、一歩前に進み出た。ユイシン船長のメカ蜘蛛の優雅で軽い動きとはぜんぜん違う。ベイにはほかに誰もいないし、船長は大使が来たといったから、おそらくこのメカ蜘蛛が大使だろう。つまり、大使がどこかでこれを操縦している。

「失礼ながら、必要な情報はすでに提示したが」ユイシン船長は取締官に記録盤を差し出した。「五年まえにこの船を購入し、完全に個人所有だ」

知事はユイシン船長に鋭い視線を向けた。

「所有権の移行はここ、ティア・シーラスで行なわれたとありますが」

「そうだよ。ステーションの登記所で、立会人のもとで契約された。その経緯は登記所に記録が残っているはずだ」

「さいわいなことに」と、知事。「あなたのご苦労のおかげで、売買は検証可能なかたちで適法かつ有効です」

「自分はつねにそうしている。多少の苦労をすれば、大量の涙を流さずにすむ」

「おっしゃるとおりね」知事は隣を見下ろした。メカ蜘蛛は、すべての目を船長に向けている。

「大使、残念ながら当該船の所有者は、ティク・ユイシン殿のようです。売買は適法で、竣工から現在に至る所有者の変遷は明らかにされており、ユイシン殿はティア・シーラスの正規市民でもあります。本日の午後、わたくし自身が全記録を調べました。根拠なしに市民を拘束することはできず、法的理由なく所有物を押収することもできません」

「市民ではない」メカ蜘蛛が、息が漏れるようなかすれ声で断言した。「ありえない」

「彼男は料金を支払った後、市民としての義務を果たし、法律に触れることはしていません。いくばくかの罰金を払うような行為も」

「金で市民はつくれない」メカ蜘蛛はかすれ声でいった。飛び出した目はいまも全部まとまってユイシン船長に向けられている。

「いいえ、大使。ティア・シーラスでは金銭で市民をつくることもできるのですよ。今回が、その例です」

すると船長が、信じられないほど冷静に尋ねた。

「では大使、ゲックの市民は何でつくられる?」

メカ蜘蛛の体がぶるるっと震えた。脚を一本掲げるや勢いよく振り下ろし、爪を床に叩きつける。言葉はひと言も発しなかった。

「ご理解いただきたいのですが」と、知事がいった。「わたくしどもとしては、ティアの正規市民を引き渡すことはできません。あなた方も、ティアがゲック市民の逮捕を要求したところで、正当な理由がなければ引き渡してくださらないでしょう?」

「そちらの市民ではない」メカ蜘蛛がいった。

「つまり、おれはゲックだといいたいのか?」船長は平然と大使に訊いた。

メカ蜘蛛の体がもっと大きく震えた。さらに二度、床に爪を叩きつける。

「それが理由だ。おまえは理由を理解しなかった。尋ね、質問するばかり。それが理由だ」

「誤解を招き、はるばるここまで来させて申し訳ないと思う。大使のお役に立ちたいと、心から思ってもいる。いまの自分にできる範囲内でね。しかし、いかに優れた大使であろうと、ティアの正規市民に手出し口出しする権利はない。条約を熟読すれば、大使もそれくらいはわかるはずだ」

「ほんとに生意気な子。わたしはおまえより条約を熟知している。おまえはティアの市民ではない。船はおまえが盗んだものだ。ほかの船はどこにいる?」

「このティク・ユイシンは、まぎれもなくティア市民だ」船長はくりかえした。「船の所有者でもある」

メカ蜘蛛は向きを変え、ベイの外の通路へ歩きはじめた。脚を一度に一本ずつ、床の踏み場所を考えるようにして進む。

「大使！」取締官が声をあげ、あとを追った。

知事はユイシン船長をふりむいた。

「あなたのいうとおりですね。多少の苦労で大量の涙は回避できる。慎重に登録したからこそ、この状況を乗り越えられたといえるでしょう」

「まあ、なんとかね」

「法律にのっとった正当な市民の権利を守るのはわたしの務めですが、今回のようにみずから処理することは稀なのですよ。あなたのように用意周到だとたいへん助かります。ほんとうにありがとう。ただね、これだけはいっておきます。しばらくはおとなしくしていなさい」

「できるかぎりの努力はしよう」

「よろしくお願いしますね」知事は背を向け立ち去り、巡視員ふたりも彼女についていった。

イングレイの耳に、お気に入りのヌードル店が開店したという小さな声が聞こえた。ステーションの通信システムへのアクセスが許可されたらしい。

ユイシン船長がイングレイとガラルをふりかえった。

「ここで何をしている？」

「いっしょに来てもかまわないといわれたからね」と、ガラル。

「ああ、いったよ」しばらく沈黙。「うまいアラックがある。今夜はあれを開けよう。きみらもどうだ？　おれは飲みたくてたまらない」返事を待たずに船長は、イングレイたちの横を通ってエアロックへ向かった。

狭い食堂で、ユイシン船長は取っ手のついた白い大きなスルバ用カップを三つテーブルに置き、アラックをばしゃばしゃついだ。そして自分のカップを一気に飲みほし、二杯めをつぐ。

「要するに――」ガラルは自分のカップに触れるどころか、目もやらずにいった。「あなたはゲックの船を盗み、盗んだ船でゲックの星系から逃げ出した」

「いいや違う、と否定したところで無駄だろうな。ああ、三隻盗んだよ。二隻を売った金でティアの市民権と、船の所有を適法とする証明書やら何やらたっぷり買えた」二杯めのアラックも一気に。「改装費用もね」

イングレイはカップに口をつけた。このアラックはかなり強くて、甘くぴりっと喉を刺し、船長のいうようにとてもおいしい。

「どうやって三隻も盗めたの？」

メカ蜘蛛が一匹、廊下からいきなり入ってきて、イングレイは悲鳴をのみこみ体をよけた。メカ蜘蛛はテーブルの端をつかむと、脚二本で体を持ち上げ、べつの脚でアラックの瓶をつかんだ。そして船長のカップになみなみとつぎ、またそそくさと食堂を出ていった。

イングレイは立ち上がって服をはたきたかったが、ぐっとこらえる。

「船長はゲックなんでしょ？　ゲック界でゲックと暮らしている人間のひとりだったんじゃない？　それでどうしてティアの市民になれるの？」

「おれはゲックじゃない。ゲックが条約に加盟できた大きな理由は、ゲックと密接なつながりをもつ人類がいるからだ」かすれた小さな笑いが漏れた。「だが、そこに問題もある。密接なつながりを有する人間は、条約のもとでは人類か、それともゲックか？　この問題はなにもゲックにかぎらない。条約における扱いは複雑きわまりなく不可解とさえいえるが――草案を書いたのはプレスジャーの通訳士だからな――おれ個人に関していえば、人類社会の市民権を自発的に取得すれば、条約の趣旨から人類とみなされる」

「いいかえると」と、ガラル。「条約を順守するかぎり、ゲックにはあなたに干渉する権利がない」

船長は椅子にすわったまま、ガラルに向かって小さく頭を下げた。

「そうなの？」イングレイはわけがわからなくなった。「だったら誰でも、自分は人間だ、ゲックだ、ルルルルルだと、好き勝手に宣言できることにならない？」

「いや、誰でもというわけではない。さっきもいったように、複雑きわまりなくてね」船長はガラルのほうを見た。「きみの髪を切らせてくれないか。錆びたナイフで削いだようにしか見えない」

「ゲックと暮らしている人間も――」ガラルは髪の話を無視していった。「ゲックとおなじく、故郷の星系を出たがらないと聞いたことがある」

「そうだよ」船長はうなずいた。「精神的に大きな負担となるからね」

「さっきのメカ蜘蛛はただのメカで、大使じゃないでしょ？」イングレイが訊いた。

「そう、大使は……あれとはまったく異なる」

「何があったの?」イングレイはアラックをひと口飲んだ。

船長もカップを手に取ったが、今回は軽くすすっただけでテーブルにもどす。

「おれは鰓が発達しなくてね……。おいおい、そんな目で見るな。ゲック界ではきわめて大きな意味をもつんだ。ある程度の年齢になっても鰓が未発達の場合、あそこでは暮らせないんだよ」〝泳ぎきる〟とはどういうことだろう? イングレイは尋ねてみようかと思ったが、答えを聞いたら聞いたで、たぶんもっとわけがわからなくなる。

「整形変容ショップに行けば、立派な鰓をつけてもらえるのでは?」ガラルがいうと、船長はうなずいた。

「よく知っているな。だが現実には、鰓を買えばすむものでもない。ほかにもいくつか、適合用の処置が必要でね。まあそれでも、やろうと思えばやれた。しかしあそこでは、自前のものでないかぎり、あからさまなよそ者の証となる。だからやっても意味がない。と、教わるんだ。そして結局、おれは軌道に追いやられた。多少の欠陥なら、救いの手が差しのべられるんだけどね。残念ながら、おれは違った。まったくだめだった」

「どうして?」イングレイはそこで、ゲックの大使の言葉を思い出した――おまえは理由を理解しなかった。尋ね、質問するばかり。

「メカの操縦はわりとうまかったし、軌道なんかでずっと暮らしていられるもんか、と思った。星系内を行き来する船は遠隔操縦で、商売したり資源を手に入れたりしたいくせに、外界を見るのはメカ生物ごしでさえおぞましいといやがられる。もちろん、やるしかないときはやるんだが、そうでなければ軌道に追い払ったやつにやらせるんだ」

「でも、どうして船を盗んだの？　立ち去るだけでもよかったのに。メカ・パイロットはどこに行っても仕事にあぶれたりしないわ」

「ゲック界で暮らしていたら、そう簡単にはあの星系から出られないんだよ。だが、盗んだいちばんの理由は、あいつに吠え面をかかせたかった」

「あら……」イングレイは言葉に詰まった。つっこんだ質問はしないほうがいいだろう。船長はこれまでになくおしゃべりだった。ゲックの大使と船長が知り合いなのはまちがいなく、大使は船長を〝ほんとに生意気な子〟といったのだ。その言い方からして、もしや大使はあなたのお母さん？　とイングレイは訊きたかったが、あの場にはメカ蜘蛛しかいなかったから……大使はおそらく人間ではないのだろう。

「ゲックの大使には鰓があるの？　水のなかにいるから、さっきもメカを使ったとか？」

「ああ、たぶん水槽のなかだ。必要に応じて肺呼吸もできるんだけどね。メカ蜘蛛を使ったのは、下船するのがおぞましくていやだったからだろう。おっ、まいったな」

「どうしたの？」

「出航時刻まで数時間しかない。そろそろ準備にとりかかろう。残念ながら、酒はここまでだ。ところで——」ガラルに顔を向ける。「数分後にエアロックを閉めるが、これからどうする？　イングレイ・オースコルド殿に同行するか、それとも転入事務局のベンチで寝るか？　何週間もベンチで過ごしたあげく、流刑地と似たような暮らしになるのは目に見えていると思うが」

「どうなろうと、流刑地よりは……」ガラルの言葉が途切れた。「船賃は支払い済みかな？食事と寝台は？」

「ああ、支払い済みで、どっちも込みだ。それから散髪もな。よし、明日にでもやろう。おれがしらふのときに」

「なぜそこまで？」

イングレイがびっくりしたことに、終始真面目くさった顔つきだった船長が、初めてにやっとした。

「あんたが気に入ったんだよ、ガラル・ケット。理由は不明だ。だがそんなものは、とりあえず脇にどかしておこう。それからイングレイ・オースコルド、あんたは故郷に帰ったら、母親から盗めるものはなんでも盗みまくって、オースコルド家におさらばしたほうがいい。どう見ても、政治家向きじゃないからな」

イングレイがむっとして返す言葉を見つける間もなく、ガラルがいった。

「船長はしょっちゅう酒を飲む？」

「いや、めったに飲まない。心配するな、ゲートには安全に入れるから」ユイシン船長は立ち上がると、イングレイの椅子の後ろの狭い場所を通って廊下に出た。ドアの外で控えていたらしいメカ蜘蛛が一匹、あわてもせずにしっかりと船長の後ろについていく。

「心配なのはゲートの通過じゃないんだけど」イングレイは船長とメカ蜘蛛が去ったところでつぶやいた。

「同感」と、ガラル。「ゲートを出てフワエに着いたら、もっと大きな問題を抱えるかもしれない。あなたも船長の忠告に耳を傾けたほうがよいのでは？　いったい何を企んでいる？」

「具体的なことは何も。あなたがいっしょに来るかどうかもわからなかったから」

「そうか……」エアロックが音をたてて閉まり、床とテーブルが小さく揺れた。「では、これから具体的に詰めるとしよう」

4

ティア・シーラスを出航して一週間。イングレイが食堂へ行くと、ガラルがテーブルにつき、後ろでメカ蜘蛛が彼人の髪をカットしていた。道具は持たず、脚の爪で切っている。

「間もなく終了します」メカ蜘蛛がドア口で立ち止まったイングレイに細い声でいった。「時間がかかってしまい、申し訳ありません」

「かまわないわよ」

食堂は、長旅をする小型船には不可欠の軽運動室としても使われていた。切り替え時間は厳守するのが原則だったが、数分くらいならまったく問題ない。イングレイとガラル以外に乗客はいないのだから。

「終了しました」メカ蜘蛛は短くなったガラルの髪を四つの爪でていねいにとかした。「すっきりしました。掃除をしますので、申し訳ありません、廊下に出ていただけるでしょうか」

イングレイはドア口からあとずさり、ガラルも廊下へ出てきた。

「ほんとにすっきりしたわね」言葉に嘘はないものの、立派な大人のガラルに短髪はいかがなものかと思った。フワエではふつう、子どもしか髪を短くしないのだ。

「わたしはメカ蜘蛛にあまりさわられたくないけど」

「気味が悪いからね」

　まるで生きているみたい、自分の頭で考えられるみたい、とはさすがにイングレイはいえなかった。と、そこでラドチのAIのことを思い出した。ニュースによると、ゲックの大使が珍しく地元星系を出たのは、ラドチのAIの一部が独立を宣言し、プレスジャーとの条約に加盟する可能性があるかららしい。といっても、かなり先のことになるだろう。

「どうぞお使いください！」メカ蜘蛛は廊下をちょこちょこ早足で去っていった。

　イングレイが部屋をのぞくと、テーブルと椅子はたたまれて、代わりに数少ない運動器具が広げられ、トレッドミルが床下から上がってきていた。

「もっと歩けるスペースがあるといいんだけど」イングレイはため息をつき、メカ蜘蛛に聞かれたかしら、と気になった。何より、この船を選んだのはイングレイ自身なのだ。船内は静かでおちついていて、ごみひとつなく、よく管理されている。ユイシン船長は気さくだしマナーもわきまえているが、バンティア語はわからないから、かならずメカ蜘蛛が翻訳して伝えるはずだ。とはいえ、船長は航海中の乗客が抱く不満には慣れっこだろう。

「この船が気に入ったよ」と、ガラル。「心配の種がひとつもない」

「心配の種？」

「小型船だから、誰がどこにいるかがわかるし、食料もある。船の外はからっぽの空間で――」と、そこで口をつぐんだ。続きをいいかけて気が変わったらしい。「ところで、入場カードを売った兄というのは、ダナック・オースコルド？」

　イングレイは一瞬びくっとしたものの、彼人は贋作で稼いでいたのだから、名家のことは調べあげているだろう。だが、話せることはもうすでに話してある。

「まあね」食堂に入り、トレッドミルに乗ってスイッチを入れた。「養母のネタノは、名を継がせるのはダナックかわたしだから、自分が選ばれるよう切磋琢磨しろというの。でも誰の目にも、ダナックで決まったようなものよ」

「だったらなぜ、競争心を煽る？」

「母はダナックの気のゆるみを警戒しているんでしょ。後継者は自分で決まりだと思えば、怠け心が生まれるかもしれないじゃない？」

「ふむ……」納得できないらしいが、反論はしなかった。「わたしを利用して一泡吹かせたいのは、そのダナック？」

　イングレイはこの何日も計画を練りつづけたが、最終的な結論には至っていない。ましてガラルに相談する気もなかったから、返事に窮した。

「わたしはダナック・オースコルドに会ったことがない」と、ガラル。「ただ噂を聞くかぎり、あなたと相性のいい人間とは思えないな」イングレイはここでも無言だ。「フワエに着くまでまだ二週間はある。着いたらどうするか、わたしはわたしでじっくり考えるよ」

「あなたはなんでも自由にできるんじゃない？　まえに住んでいた場所にもどる必要はないし、バドラキム家に見とがめられない場所へ行ってもいいし。登録所に行けば仕事も見つかるでしょう」

「きっとね」なかば投げやりな言い方だったが、解凍されてからこちら、ガラルが心をこめて語ったことは一度もない。「それでもどんな選択肢があるのか、すべて洗い出しておきたい」

イングレイはトレッドミルでしばらく走った——あれこれ考えてはただ悩むだけで、つぎの計画も自信をもってこれでよしと決めたわけではなかった。

「ダナックはね」イングレイはひとしきり走ってからいった。「本格的なコレクターなの。少なくとも、自分ではそのつもりよ。あなたが話したような、いまは価値がなくても、いずれ値がつきそうなものをさがしているわ。ダナックにとって、コレクションは投資なの」

「ネタノの少なからぬ財産と遺物を相続できるなら、投資なんかしなくてもいいだろうに」

「もっと増やしたいんでしょ。それに、含み価値があるものを安値で買うとき、秘宝をだましとるようでぞくぞくわくわくするらしいわ。本人がそういっていたもの」

「じつにすばらしい」もちろん皮肉だろうが、顔つきも口調もいたって真面目だ。

「だから……」イングレイはためらった。いいようのない不安に襲われる。しかし大計画は失敗に終わり、手もとには何ひとつ残っていない。「だから……その……もしよかったら、わたしといっしょにダナックに会って、バドラキム家所蔵のガルセッド遺物がどこにあるのか知っている、といってもらえない？　情報料をもらえば教えてもいいって。ダナックがそれを売ったり飾ったりしないのは確実よ。母親に贈りたいに決まっているから」

「正直は美徳だからね」と、少し考えてからガラルはいった。「だから正直にいわせてもらうと、その計画の難点は、わたしが遺物の所在を知らないということ、あなたの兄は遺物を手に入れられないということ――」

「それはそうだけど、ダナックから情報料をもらえば新しいＩＤを買えるわ。ティア・シーラスにもどって市民権も買えるでしょ」そこで沈黙。いずれにしても実現は困難で、今後のことはイングレイの頭のなかで白紙状態といってよかった。「適当な場所をみつくろって、ダナックにいえばいいわ。不便で費用もかかるような場所よ。行ったところで、盗品をさがしまわってたいへんな目にあう場所」

ガラルは外の廊下に立ったまま黙りこむと、ゆうに十秒はたってからようやく口を開いた。

「では、その線で話し合おうか」


フワエ・ステーションに到着。イングレイは下船してから、一般ニュースとデータ配信をチェックした。船がティア／フワエ・ゲートを通過中でもアクセスできただろうが、家族から連絡があったかどうかを知りたくなかった。エアロックを抜けてすぐ、視界に滝のごとくメッセージが流れはじめた。が、緊急を要するものや、興味を惹かれるものはとくになく、視界から消去する。

「どうしてわたし宛にデータ配信がある？」ガラルがイングレイの背後で訊いた。

彼女はダークブルーのつなぎ服姿のガラルをふりかえった。この服はユイシン船長からもらったもので、持っている黒い鞄もおそらくそうだろう。だが、私物はひとつもないはずなのに、いったい何を入れる?

「わたしがそんなふうに設定したから」追加費用がかかったが、ネットワーク上に個人データが皆無だと、偽のIDはすぐに見つかってしまう。「あなたはしばらくフワエを離れていたことになっているの」あたりをきょろきょろすると、左手通路のくすんだ緑色の床に〝到着ロビー〟とあった。

「そっちじゃないよ」と、ガラル。「ここは旅客船用ドックの反対側だから、そこから出るとかなり遠回りになる。逆から行けば、星系史料館(システム・ラレウム)と議会の議場の比較的近くに出られる」

軌道エレベータ行きのシャトルのドックまでは、ラレウムの前から直通トラムに乗ればいい。イングレイはまばたきして、視界にマップを呼び出した。

「そうね。こっちから行くと、時間の半分は後戻りだわ」イングレイは眉をひそめた。「だけど、これからずっと歩いていくしかないみたい」

「貨物機があって、客も乗せられる。少なくとも、わたしが以前来たときはそうだった。申し込みをして——」

「わかった、見つけたわ」イングレイは申し込みをすると、右手にある古びた灰色の通路からベイを出た。それからまた、いくつかベイを抜ける。「家まで歩かなくてすむくらいのお金はあるんだけど、それを使うと食事ができなくなるから。食費を引いたら、あとはひと晩の宿代くらいね」ユイシン船長が大箱とサスペンション・ポッドを買いとってくれたので、苦労して運んで買い手をさがす手間はなくなり、多少とはいえ持ち金もできた。

「なんなら、あなたは配給者名簿に登録してもいいのよ。でもわたしは、それができないから。実家に連絡すれば、誰かが迎えにきてくれるとは思うんだけど」

「連絡するのがいやでも、べつに責める気はないよ。誰の手も借りずに帰宅したほうが印象がいい」

イングレイは少し間を置いてから、「でしょう?」といった。「じゃあ、つぎのシャトルで、座席をふたつ取るわね」

歩き、トラムに乗り、リフトで数分。そこから低速の貨物機に揺られながら、イングレイが初めて見るトンネルを何本も抜けた。そして貨物機を降りて、薄暗い通路を歩く。突き当たりに扉がふたつあり、〝フワエ市民以外〟と書かれた扉の前に並ぶ人の列を横目で見ながら通り過ぎると、それまで陰気な灰色だった床とは大違いの、銅(あかがね)色で縁どられた青いタイル床が広がり、警備員が退屈そうに椅子にすわっていた。

「ID盤を提示してください」彼人は近づいてくるふたりにいった。イングレイはとっくにジャケットから取り出していたから、それを掲げて見せながら警備員の横を通り過ぎる。呼吸をおちつかせ、急がずに、さも疲れた旅行客のように。そしてつぎは、ガラルのIDが厳しいチェックにさらされる——。立ち止まってはいけない。イングレイは自分にいいきかせた。

けっして後ろをふりむかず、歩みを止めず、またべつの通路に出て、さっきよりは大きなエントランスを抜ける。そしてステーションの大通りのひとつ、ラレウム前の広場へつづく道をひたすら歩いた。広場に着くと行き交う人は格段に増え、養護施設の子どもたちの団体がラレウムの入口を目指している。あたりは人びとの声や雑音に満ち、イングレイは立ち止まるとふりかえった。

ガラルがおちついた目で見返してきた。ＩＤ盤はどこかにしまわれている。

「大丈夫だったのね？」

「無事に通過」

「じゃあ、行きましょうか」イングレイはいわなくてもいいことをいった。どのみちシャトルのドック行きのトラムに向かっているのだ。

するとと何歩も行かないうちに名前を呼ばれて足が止まった。

「イングレイ！　イングレイ・オースコルド！」

彼女はがっくり肩をおとした。あの声は、あの人だ。顔に笑顔をはりつけたが、うまくできたかどうか自信はない。それにずいぶん疲れているし、船内で洗濯できたとはいえ、おなじ服をひと月近く着っぱなし。髪はアップにしてピンで留めたが、きれいにまとまったとはいいがたい。荷物といえばショルダーバッグひとつきりだ。声の主はイングレイの名ばかりの友人で、彼女よりもダナックと親しかった。

「あら、オーロじゃないの！　びっくりしたわ」

「ずいぶん久しぶりだなあ」にこにこして。「どこにいたんだ？」

「ちょっと旅行していたの」イングレイはガラルのほうを見ないようにした。「やっぱり地元はいいわね」

「旅行って、どこへ?」

イングレイは嘘をつこうと思ったが、たいして意味はない気がした。

「ティア・シーラスよ」何をしに行った、と訊かれるのを覚悟する。

ところが予想ははずれた。

「じゃあ、ゲックを見たろ?」

イングレイは動揺を隠したくて、ゆっくりまばたきした。

「ううん。ゲックはわたしの船が出航するほんの数時間まえに到着したのよ」真っ赤な嘘でないとはいえ、よくすらすらいえたものだと自分で感心する。

「そうか……」オーロは身をのりだした。「エレベータに乗るのを少し遅らせれば、ここに到着したゲックを見られるよ」

「え?」これにはさすがに驚いた。「ゲックはイルドラドに行くんじゃないの? ティア・シーラスで聞いたニュースだとそうだったけど」

「心変わりしたらしい。明日にはティア・シーラスのゲートを抜けるみたいだ。あと何時間かすればニュースで流れるだろう。旅程を変更した理由は謎だが、いくらでも想像はつく。星系公安局が航路変更の対処や警備体制を調整しおわったら告知すると思うよ。ぼくは叔人(ナンクル)から聞いて知っているだけで、いまも彼人の使い走りの最中なんだ。よかったら、きみも歓迎会に来るかい?」と、そこでイングレイの全身にさっと視線を走らせた。よれたジャケットにスカート、なかばほどけて垂れた髪——。「明日の遅い時間か、場合によってはあさってになる。もしほんもののゲックを見たことがないんだったら、またとないチャンスだよ」

イングレイはほほえんだ。どうか、ほんものの笑顔に見えますように。

「誘ってくれてうれしいわ。でも長旅だったから、しばらくは家でゆっくりしたいの。また惑星のほうにも来るでしょ？　ゲックがどんなだったか、そのとき教えてちょうだい」

「うん、いいよ」それから少し雑談をして、彼男は人ごみのなかへ消えていった。

イングレイはガラルをさがしてきょろきょろしたが、どこにも見当たらない。目をつむって、ふうっと息を吐く。ガラルがそう遠くへ行くとは思えないが、行ったら行ったで、自分にできることはない。イングレイはまぶたを開いた。

と、すぐ横に彼人がいた。

「心配させないでちょうだい」イングレイがそういうと、ガラルはほほえんだつもりなのか唇をゆがめたが、返事はない。「ユイシン船長に知らせなきゃ。ゲックがここに来るらしいのよ」

船長はゲック船を避けるため、当初の予定より長めにフワエ星系に留まりたいはずだった。

「それを聞いたから、いまメッセージを送っておいた」ガラルはいつものように淡々といった。

「連絡ありがとう、という返信がきたよ」

「ゲックはどうしてここに来るのかしら？　コンクラーベに出席しないといけないでしょ？」

「コンクラーベに関係者全員が集まるには何年もかかり、さらに数年かかってようやく最初の会合が開かれる。人類の代表を誰にするかは、いまだに決着がついていないしね。ラドチャーイの関与に不満な声は多く、コンクラーベに誰が加わるか加わるべきでないかは、人類居住の宙域全体で議論百出、喧々囂々。戦争にならないだけまし、といえる」イングレイが目を丸くしているのに気づいたようで、こう結んだ。「この三週間、やることがないからニュースばかり追っていた」

そうか、それなら納得できる。「わたしたちには関係ないわね。シャトルのドックまで行って、ロビーでゆっくりしましょう」イングレイとガラルにとって、いまは深夜に近い。ロビーに着いて、空いた椅子を見つけるころには、イングレイのヘアピンも残り二本になっていた。すわっていられるのはありがたく、イングレイはできればベンチで横になりたいくらいだった。ざわついたロビーでも、多少は眠ることができるだろう。

ロビーはかなり混みあっていた。フワエ各地からやってきた旅行客はもとより、なかには星系外から来た観光客もいる。たいていはオムケムからで、古代ガラスを見たくて二ゲートも越えてやってくる。オムケム連邦がフワエと緊張関係にあってもなおだ。その発端はオムケム／バイット・ゲートが破壊されて使用不能になったことで、オムケムからバイットへ行くにはフワエを経由するしかなくなった。オムケムは破壊されたゲートの再建に躍起になっている。

だがいまこのロビーにいる大半はフワエの人で、イングレイたちから離れた場所のベンチにはフワエの子どもたちが二十人ほどいた。全員が青いシャツとルンギに身を包み、小さなショルダーバッグもお揃いだ。立って楽しげにおしゃべりしている子もいるが、大半はベンチにすわって端末を見たり、なかにはどこか遠くをながめたり。ニュースや娯楽作品を見ているのだろうが、揃いの服を着ているからたぶん養護施設の子たちで、インプラントはまだ入れていないだろう。そんな余裕があるとしての話だが。壁には歴史画像が流れているので、そっちを楽しんでいるのかもしれない。いま映っているのは、フワエ議会の大議長がティア政府に対し、ティア／フワエ・ゲート建設費の最終支払いをしている場面だ。大議長は宝石と金で飾られた箱で支払っているが、これにかぎらず、何百年にも渡る返済で有形の通貨が用いられたことはない。大議長の後ろには、第一から第四までの議長が控えている。このあと、四人は抱えた巻布を広げ、〝今後はティアへの義務をいっさい拒否する〟という文言を示し、フワエの独立を公式に宣言するのだ。ベンチの子どもたちは飽きたのだろう、端にいるふたりはお互いもたれかかって眠ってしまった。

イングレイはうらやましくてたまらなかった。彼女も養護施設で暮らし、まだ小さいころにネタノに引き取られた。もしずっと施設にいたら、贅沢(ぜいたく)など夢のまた夢だっただろうが、あんなふうに仲間にもたれてすやすや眠れたかもしれない。子どもを育てる気がない、育てたくても育てられない親のもとに生まれ、養護施設に預けられた子のひとりだったイングレイの人生は、ネタノ・オースコルドの養女になってがらりと変わった。ネタノがほかの子を選んでいたら、イングレイのその後の人生はどうなっていただろうか。そしてもし、そのオースコルド家を出てしまえば、身寄りはなく、行く当てもない。あの子たちのように、心を通わせる仲間もいない。

イングレイはダナックにもたれて眠る自分など想像もできなかった。いっしょに暮らした年月でも、一度もない。ただ、そんな格好だけすることはあった。オースコルド家の体面をとりつくろう必要があるときは。

それにともかく、イングレイもダナックも、ロビーで寝るはめになったことなどない。ステーションに来ればいつも、シャトルの出発直前までベッドつきの部屋にいられた。

イングレイはエレベータから自宅までの列車の運賃と、ポッドの売却代金の残りを考え、ため息をついた。

「移動の費用はまかなえるわ。おおよそはね。でも、ターミナルから家までは歩かないとだめみたい。かなりの距離があるけど」

「いい気分転換になるよ」と、ガラル。「いつだったか、もっと歩けるスペースがほしいといわなかったか?」

イングレイは苦笑した。

「それに人間は、何日も食べなくたって平気よね」ふたりはロビーに来る途中で、半日分の水の配給を申請したから、最低限それだけは口に入れられる。

ガラルは鞄を膝にのせると留め具をはずし、中身をイングレイに見せた。ホイルに包まれた、穴の開いたバー・タイプの栄養食品がいくつもある。イングレイはじっと見てから、ガラルの精悍(せいかん)な顔を見上げた。

「船で毎日、ランチを抜いていたの?」そういえば、彼人が船内でこれを食べるのを見たことがない。イングレイ自身はもう、栄養バーはうんざりだった。

「二日に一度ね」イングレイが驚いても気にするふうでもない。「ヌードルを残しても、あれは湯がないと食べられたものじゃないから」

イングレイは食べずに残しておくなど考えもしなかった。それはなぜか？　ティア・シーラスを発つ直前はともかく、食べものに困る日が来るなど想像したこともないからだ。

「ずいぶん……頭がまわるわね」

ガラルは栄養バーを一本取ってイングレイに渡し、自分用にもう一本取って鞄を閉じた。

「オースコルド家は団体旅行とは無縁だろうね」ガラルはベンチの子どもたちを見ずにいったが、養護施設を指しているのはまちがいない。

「そうね、家庭教師がいて、家族旅行はしたわ。それでもラレウムには来たわよ」いうまでもなく、たいてい誰でも一度は来る。惑星の開拓と移住、そして独立と、フワエの歴史を知るには欠かせない出来事の遺物が展示されているのだ。市民なら一度は見たほうがよく、だからネタノのような政治家は管轄区の児童が訪問できるよう支援すべきだと主張する。帰りのシャトルを待っておしゃべりしている青い服の子どもたちも、おそらくその流れで来たのだろう。

ガラルは口のなかの栄養バーを飲みこんでからいった。

「オースコルド家もラレウムに寄贈した？」

そう、寄贈している。が、イングレイはどう答えたらいいかわからなかった。オースコルド家の遺物を誇りに思う半面、自分にはぜんぜん関係ない、という気持ちもある。

「事情がちょっと複雑なの。ラレウムにあるオースコルドの有名遺物のうちふたつは、もともとべつの一族のものだったのよ」

「へえ。そんなことが問題？　百年たっても？」

「そうね、どの家のものだろうと、ラレウムでみんなに見てもらえばいいのよね」

ガラルはふっと息を漏らした。

「まあ、そう聞いても驚かないよ。個人的にはそんなことより、遺物がすべて真正かどうか怪しいと思っている」

「ラレウムに偽物があると思ってるの？　だけどあなたの話だと、有名なものに手を出すと危険なんでしょ？　それともパーラド・バドラキムが、あそこの遺物も盗んだとか？　さすがにそこまでできるとは思えないけど」

　イングレイは顔をしかめて考えこんだ。ラレウムの遺物の真贋など疑ったことはない。まさか複製品が交じっているとは……。しかしそれにどんな意味がある？　見てくれがどうあろうと、素材がなんだろうとべつにかまわない。歴史に残る出来事――それがあったからこそいまのフワエがあるという出来事にたずさわった人たちがじかに触れたものだから意味があるのだ。複製して外見だけおなじなら、画像を見ればすむ。わざわざラレウムまで足を運ぶ必要はない。

「もしそうだったら、ずいぶんひどいわ」

「そういう意味ではない」ガラルは栄養バーをかじった。

「ラレウムの有名な遺物を盗んでどうするの？　売りたくても売れないわ。見せびらかすこともできないわよ。死ぬまでこっそり持っているしかないでしょ」

「たしかにね」

イングレイは手にした栄養バーを見て唇をとがらせた。

「いったいどういう気かしらね、チキン・シチューとキャベツのピクルス風味だなんて。でまかせもいいところ。これはただのイーストよ」

「なんなら、お魚カレー風味もある」

「いいえ、結構です」包みを開けて、ひと口かじる。「ごめんなさい。心からありがたいと思っているのよ。食べずに取っておいて、わたしにも分けてくれて、ほんとにありがとう」でもこのメーカーは、きっと人間嫌いね——といいかけて、ふと思い出した。ガラルは初めて船で食事をしたとき、ボウルまで食べてしまいそうな勢いだった。なのにその後のことを考えて、これを食べずにおいたのだ。イングレイはもう何もいわず、静かに栄養バーをいただいた。

5

イングレイとガラルは、ターミナルからオースコルド家まで九キロの道のりを歩いた。いうまでもなく、この日も空は灰色雲に覆われて、しとしと雨はやみそうにない。歩きはじめて一時間とたたないうちに、イングレイの全身は濡れそぼち、髪は首にはりついて、バッグからは雨水がしたたりおちた。ガラルもずぶ濡れで、背を丸めてうつむき、黙々と歩いている。愚痴をこぼすこともなく、このまま雨のなかに消えてしまいたいかのようだ。雨降る通りで何度か、使い走りらしいメカ生物を目にしたものの、ターミナルを出てからこちら、人の姿はほとんどなかった。こんな日にあえて外出はしないだろうし、するにしてもトラムを使うだろう。惑星公安局アーサモル区本部の前の広場も、きょうはいつもと違って人通りがなくがらんとし、さびしい雨音のなか、灰色の四角いメカが舗装の割れ目からのぞく雑草をつむ音がした。そしてときおりあちらで、こちらで、玄関が開いては明かりと暖かい空気とともに人が出てきて、地上車へ駆けていく。オースコルドの屋敷が見えてくるころ、イングレイは体のなかまでびしょ濡れになった気がした。

オースコルドの屋敷も、通りのほかの家とおなじように正面は広く、高く、エントランスは公道ぎわにある。よその家と違う点は、最初の入植者が惑星のいたるところで発見した古代ガラスのブロックからできていることだ。大きさは一メートルから三メートルくらいあり、どれひとつとってもおなじ形のものはない。色は青や緑がほとんどだが、壁の中央からずれたところに濃い赤色もある。どのガラスにもねじれた渦巻き状の暗い部分が見えるから、たぶん何かが含まれているのだろう。だが、たまに誰かが割ってみても、ちょくちょく誰かが削ってみても、ガラスはただのガラスでしかなく、何も発見されなかった。夜には室内の明かりを受けて、それはもう美しく、昼間でも色はきらめき、きょうのように雨の日は灰色味を帯びる。

イングレイは美しい屋敷の姿に、早くなかでくつろぎたいと思った。しかし半面、どこかおちつかない気分にもなる。長年暮らした家が、なぜかよそよそしく見えるのだ。色があせたとか、影の落ち方とか、あるいは形状そのものがなじんだものと違うのか――。屋敷はイングレイを拒絶しているように思えてならない。お金を使いはたしたうえ、名をあげてオースコルド家の一員でいられる見込みがほぼなくなったから？　イングレイは雨に打たれて歩きつづけて疲れきり、考える力も失せていた。触れるとすぐにドアは開き、イングレイとガラルはなかに入った。

玄関ホールは静まりかえっていた。聞こえるのは外の雨音と、琥珀(こはくいろ)色のタイル床にぽたりぽたりと落ちる水滴の音だけだ。母ネタノは貴重な遺物の多くをこのホールに飾っていた。エシアト・バドラキムのような旧家の人の目には下品な見せびらかしでしかないだろうが、一歩足を踏み入れれば、この家は誰の家なのかをいやでも実感できる。よしんば待たされるにしても、階段そばの長椅子に腰をおろして、壁にあるものを鑑賞すればいい。壁と天井との境にある赤や青、緑の三角模様をべつにして、壁面は飾られた遺物がきわだつように純白だ。たとえば——議会や議員の会合の、何十年、何百年まえの入場カード（どれも茶色の縁取りがある硬い紙に黒い飾り文字が書かれている）、過去にネタノを襲名した人たちや名のある友人、親戚の名が記された招待状（色は青と黄色と桃色と薄紫）、白い文字が書かれた四角い小さな黒布（何枚かまとまって飾られ、文字は署名した人の器量や気分によって美しかったりへたくそだったり）等など。

「これはとても……誇らしい」ガラルがイングレイの横でつぶやいた。「拙作もオースコルド家のコレクションに加えてもらえた」

「あら」イングレイはびっくりして彼人をふりむき、眉をひそめた。「あの黒い布のどれか？」

二百年ほどまえに広く出まわった一品で、時代を示す典型的なものとして娯楽作品でもよく使われる。真正品さえ見つけられたら、その書き癖を真似て贋作するのはたしかに簡単かもしれない。ガラルと知り合わなければ、そんなことは頭に浮かびすらしなかっただろうが。

「黒布のなかにはない……が、確実に偽作がまじっているとは思う。もっと近くでじっくり見ないと断定はできないけどね」

「だったらどれを——」イングレイは思いとどまった。玄関ホールでするような話ではないし、べつにどれだろうがかまわない。いまはともかく上の私室に行きたかった。お風呂に入って、乾いた服に着替えるのだ。イングレイの背は平均並みで痩せ形でもないから、長身でほっそりしたガラルに合う服はないだろうが、それでも着替えないよりはましだ。これから滴をしたたらせながら広い玄関ホールを抜けて階段を上がり、廊下を歩いて私室へ向かうのはそれなりに長い道のりといえた。ここにできた水たまりはメカが拭いてくれるはずだが——実際、灰色の小さなメカが、大きくなる一方の水たまりに向かってきた——これはみじめな行軍をしたことの証でしかなく、イングレイとしては内心、忸怩たるものがある。玄関が開けば、いやでも彼女の帰宅は知れるところとなり、そろそろ……。

召使がひとり、やってきた。無表情で水たまりを、それに向かうメカをちらっと見る。

「ミス・イングレイ、お母さまは手前の応接間にいらっしゃいます」

まいったな、とイングレイは思った。召使はただ事実を伝えたというより、母にそういえと指示されたのだろう。イングレイはため息をつきたいのをこらえた。

「わかったわ、ありがとう」彼女はうつむいているガラルに顔を向けた。いっしょに私室に入らないまでも、廊下にいるだけで人目を引くだろう。

「母に報告したほうがいいわ。そんなに時間はかからないわよ」慎重にしてね、目立たないようにしてね、といいたいのをこらえる。母がガラルにあれこれ質問しはじめたら一巻の終わりだ。

ガラルは無言で、わかったという仕草ひとつなく、応接間に向かうイングレイについてきた。

部屋の正面は青と緑の古代ガラスだが、なかに入ると向かいの壁には大窓が並び、外の景色が見渡せる。そぼ降る雨の庭園、苔むした岩々、濡れて銀色に光る柳。石のベンチが三つあり、雨粒にうなだれる花々は、薄暗いなかで色あせて見えた。ほかの壁面にはすべて、赤と黄色と緑の糸がうねるシルク・スラブの布が掛けられている。

ネタノ・オースコルドはガラルとおなじくらい背が高く、堂々とした体格だ。が、いまは背もたれの低い長椅子にすわり、黒髪は黄色いヘッドバンドでオールバックにしていた（ちなみに髪はふさふさで、どんなヘアスタイルだろうとピンは絶対に落ちないだろう。イングレイがネタノの実子だったらよかったのにと思うとすれば、理由は髪のボリュームだ）。

ネタノは客人ふたりと話していたが、どちらもイングレイの知らない人だった。男性と女性で、ありきたりのゆったりしたズボンをはいているものの、白い肌や特徴のない目鼻立ち、痩せた体つき、そして話し方などから、おそらく二ゲート先のオムケムから来たのだろう。そこでイングレイは、ティア・シーラスの転入事務局でクレームをいった男性を思い出したが、このふたりは見たところ、不満がある様子ではない。女性は長椅子に、男性は床にじかに置かれたクッションにすわっていた。

そしてもちろんダナックもいて、大きな肘掛け椅子でふんぞりかえっている。オースコルド家で、見てくれがいちばんいいのはやはりダナックだろう。長身でたくましく、目鼻立ちもはっきりし、黒髪はきつい巻き毛でつやつやふさふさしている。いつでもどこでも自信に満ち満ち悠然として、誰もがそれを魅力的に思う——イングレイを例外として。

「イングレイ！」ネタノが彼女に声をかけた。「どこに行っていたの？　ナンクル・ラックがずいぶん心配していましたよ」

「ちょっと旅に出たの」これにダナックはぷっと吹いたが、言葉は発しない。イングレイはお客さまの前で雨水をしたたらせながら、背後にいるガラルを意識してそわそわしないよう努めた。

「未知を求める旅?」オムケムの女性がいった。「わたしもやったことがあります。まさに冒険そのもの。まだ若かったので、場所さえあればどこででも眠り、小さな貨物船に乗るために、一週間でも二週間でも、過酷な労働でもやりました。いまはとても、する気になれません」にっこりほほえむ。「しかし、やってよかったと思います。通常の生活にもどるまで一、二か月かかりましたが、ええ、その価値はありました。ニルトまで、ひとりで行ったんですから。あの有名な橋をどうしても見たかった。百聞は一見にしかずです。けっして忘れることはないでしょう。気ままな旅は身軽ですませたいのですが、このときばかりは記念になるものを持ち帰りました。ニルトでボヴを移動させながら暮らす遊牧民は、模様がとても美しいラグやブランケットをつくるのです。手で紡ぎ、手で織って、それはもう繊細な色合いで。ほしくてたまらなかったので、一枚買うために、帰るのを一週間延ばして働きました」

もうひとり、彼女の足もとでぼんやり遠くをながめていた男性は、彼女が話しだすとすぐ視線を移したものの、何もいわない。ふたりには何らかの関係があるにちがいなかったが、家族に関し、一部のオムケムには不思議な慣習がある。特定の親族の名前を口にすることができなかったり、直接呼びかけたりできないのだ。オムケム連邦は複数の星系からなる連合体で、フワエを非文明的な下品な地域と見下しているところがあった。議会といっても惑星ひとつで、ステーションも数えるほどしかないからだ。一方、フワエの人びとは昔もいまも、お互い口をきかないのに団体旅行するオムケムを見ては、心のなかで笑っている。

「あなたは幸運ですね」女性は連れの男性を無視してつづけた。「わざわざ遠出しなくても、謎に満ちたものを見られるのですから。あなたたちには見飽きたものを見るために、広い世界のあちこちから大勢の人が訪れます」

「はい、そうですね」イングレイは失礼がないよう同意したものの、古代ガラスに惹かれて来るのはたいていオムケムだ。「フワエの人たちも、けっして見飽きたりはしていないと思います。ここには古代ガラスを見にいらしたのですか？」

「見る程度ではなくてね」これには母ネタノが答えた。「エスウェイ自然公園のガラスの発掘許可を申請しにいらしたのですよ」

「発掘？」イングレイはとまどった。オムケムがフワエに来ては、大判の古代ガラスに大金を払い、さらに費用をかけて持ち帰るのは知っていた。しかし自然保護区以外にもガラスはあるし、どこのものであろうと大差はない。「一度に全部？」

「それは無理です」オムケムの女性がばかにしたような笑みを浮かべた。「ガラスだけでなく、考古の情報も得たいと考えています。発見したいのは特定物で、場所もわかっていますが、それにはかなり掘らなくてはいけません」

「たいへん興味深いお話ですね」イングレイは濡れた体の震えをこらえた。「ほんとうにお目にかかれてよかったです。でもお母さん、こんなに床を濡らしてしまってごめんなさい」またダナックの短い笑いが聞こえたが、ふりむきはしない。それよりここでは、いかにたいへんだったかを多少なりとも強調したほうがいいだろう。「ターミナルからここまで、ずっと濡れて歩いてきたの」

「ではステーションからエレベータで?」オムケムの男性が初めて口を開いた。「ゲックを見たか?」

「半分ほど下ったところで、ゲックが来たというニュースを知ったんです」イングレイは嘘をついた。「でも、ほんとに姿を見られるでしょうか……。母星系を離れないのとおなじように、船からも出ないかと」

「こんな時代が来るとは!」男性は大声になった。「見る機会があるなど、誰が想像しただろうか? ラドチは混乱をきわめているのに、条約のコンクラーベが、しかもこのようなコンクラーベがあるとは。ルルルルが発見されたときの大騒ぎがよみがえるが、あれはたしか……三十五年まえのことだ。いや、四十年近くになるかな? しかし、あのときとは違う。ぜんぜん違う」こうして男性が話しているあいだ、女性のほうはあらぬ方向を見つづけ、彼男(かれ)の話を聞くどころか、その存在さえ無視しているかのようだ。唇が少しゆがんでいるのは、もうやめろ、黙っていろという思いか。

「あのときも」と、ネタノがいった。「ゲックはティア・シーラスを経由しながら、ここには来ませんでしたから、今回はよほどの理由があるのでしょう」イングレイに顔を向け、「さあ、服を着替えてらっしゃい」というと、彼女の背後に目をやり、またもどしてからつづけた。

「お客さまは数日、わが家に滞在なさいます。ほかに客間はありませんから、あなたの……お友だち……にはあなたの部屋に泊まっていただきなさい」

ネタノはさりげなくいったものの、イングレイは長い経験から、母が難色を示しているのを感じた。ガラルはだらしなくもなければふてぶてしくもないが、感じがよいとはけっしていえない。しかしとりあえずはこれでいい、とイングレイは思った。母はガラルを見ても、みじめな服装で雨に濡れているとしか考えず、パーラドには結びつけなかったのだ。

「はい、わかりました」イングレイはしおらしくいうと、母と客人ふたりに小さく頭を下げた。そしてダナックのことは無視して背を向け、部屋を出ていく。ガラルは自分についてくるだろう、と信じて。

イングレイの部屋はこの家で広いほうではなかったが、小さいながらも浴槽はあり（ユイシン船長の船のものに比べればずっと大きく、はるかに豪華だ）、窓から庭をながめることもできる。金と真珠の象嵌がある化粧台のそばにはベンチが置かれ、ガラルはスルバのグラスを持ってそこにすわった。イングレイが貸したルンギはガラルには二度巻きになり、丈は短くつんつるてんだ。彼人はスルバを飲みながら、化粧台の後ろの壁に飾られた雑多なものをながめ、イングレイはいささかきまりが悪かった。そこにあるカード類は、誰あろう、イングレイにかかわるものばかりで、うち一枚は彼女の成人を祝うディナーの招待状だった。また、けばけばしいピンクやオレンジの小さな球は、イングレイが訪れた先で手に入れた大量生産品で、ガラ樹脂で固めた花や木の葉がいくつか、訪れた日付と場所が記されている。ほかには樹脂で固めた花や木の葉がいくつか、十枚ほどの紙を折ったり撚り合わせたりしてつくった紐が一本——。この紙紐は小さいころに友だちからもらったものだが、ぼんやりした記憶しかなく、ネタノの養子になってからは一度も会っていない。ガラルは記念品や古物の目利きだが、ここにあるものを見てどう思うだろうか。

べつに気にすることはない。イングレイはダナックのように、コレクションにこだわりなどないのだ。そんなことより——巻いたマットレスに腰をおろし、タオルで髪を拭く——もっと本気で心配しなくてはいけないことがある。

「ねえ」彼女はタオルを膝に置き、ガラルに訊いた。「いま、わたしとおなじことを考えているんじゃない?」

彼人はイングレイのほうをふりむいた。

「あなたもあのふたりが、発掘許可にからんでネタノ・オースコルド議員に渡した賄賂はどれくらいだろう、と考えていた?」

イングレイは目をぱちくりさせた。

「い、いいえ……」それくらいの見当は、イングレイにはついている。というか、どれくらい献金されれば母があのふたりをもてなし、要望をききいれる気になるかはだいたいわかる。それはかなりの額だった。いずれふたりに(ほかの誰でも)、発掘された古代ガラスを売った場合、母はその上前もはねるだろう。

イングレイは膝のタオルを手に取った。

「でも、そうね、かなりの額だと思うわ。オムケム連邦はこの五、六年、軍艦がフワエ／バイット・ゲートを通過できるよう、フワエ議会に要請しているし」

「オムケム／バイット・ゲートが破壊されたから？　ティアへ行くには、あれがいちばん便利だった」

「そうなの。復旧するには両方の出入口を管理統制しないとだめでしょ。オムケムにも独自にゲートをつくれる船はあるはずだけど、それだけじゃバイット制圧には足りないんだと思うわ」タオルをまた膝に置く。「わざわざフワエとティアを経由するのはいやなのよね」

「もしわたしがティアの役人だったら、オムケム／バイット・ゲートの破壊を喜ぶね。オムケム連邦は移動するだけでは気がすまなくて、そこをまるまる自分たちの所有にしたがる」

少なくとも、統制下に置きたがる。オムケムはバイットやフワエと違い、ティアとはゲートを共有していない。もしオムケムがティアとその数あるゲートを自由に行き来したければ、まずバイットとのゲートをなんとか復旧するしかなかった。

「母はオムケムから多額の献金を受けとって、どうする気かしら」表向きの理由は何であれ、献金はネタノの政治力を当てにしたものだ。イングレイはここの養女として過ごした歳月から、献金にはかならず裏の目的があるとしか思えない。

「可能性としては」と、ガラル。「そろそろ議長選挙があるらしいから、あなたの母親はとりあえずその金を選挙資金にできる。ただ勝っても負けても、その後はオムケムの拡大政策やフワエへの内政干渉を公然とは非難しにくくなる。わたしの家でも――」言葉が途切れた。「ともかく、この星系の政治家は例外なくオムケムから、どんなかたちであれ金をもらったことがあると思うね。あなたの母親が議長選でオムケムの金を使うのは、個人的にはおすすめしない」

イングレイは少し間を置いてからこういった。

「もし、母が四人の議長のひとりになったら、オムケムのいいなりにはなれないことくらい、オムケムだって承知しているんじゃない？　何かを強要しようとしても、母は断わるしかないわ。だからあのふたりも、それが目的ではないでしょう」ただし、推測が当たっている場合、多額の献金は疑惑を生んで、ネタノの政敵に利用されかねない。

するとそこへ、ダナックが現われた。片手にトレイを持ち、片手でドアを押して入ってくる。

「召使が夕食までのつなぎにパンとチーズを持っていくというから、代わりにぼくが持ってきた」かたちばかりの笑みを浮かべる。

「あら、ありがとう」イングレイもかたちばかりの笑みを返した。

ダナックは小さなテーブルにトレイを置くと、椅子にすわった。立派な体格を見せびらかすように胸をそらし、自分は母のお気に入りで、見てくれもイングレイよりはるかにいい、といわんばかりだ。

「さて――」笑みを浮かべたまま、ダナックはいった。「陰でこそこそ何をやったか、母さんに黙っておく口止め料はいくらかな？　といっても、おそらくすかんぴんだろうが」

これはたぶん、いつもの駆け引きだ。イングレイは微笑を満面の笑みに拡大した。

「お母さんに知られて困るようなことはしていないわ。それに、もししたとしても……」かわいい声で。「口止め料を払ったところで、告げ口するでしょ?」

「まず、ゲックのニュースはエレベータのなかで知ったというのは真っ赤な嘘だ。オーロから聞いたんだよ、偶然イングレイとステーションで会って――ずいぶんひどい格好だったらしいな――立ち話をしたってね。イングレイはティア・シーラスから船で到着したばかりだった。ぼくはそれを聞いて、じきこの家に帰ってくるんだとわかったよ。それも、旅費を負担したご友人を連れて。ほう、と思ったから、どんなお友だちなのか知りたくなった。いいかい、イングレイ、誰かを別人に仕立てたければ、まずぼくに相談するべきだった。一見、まあまあの出来だが、その程度の偽データじゃ徹底した調査には耐えられない。おふたりがエレベータを降りるころにはもう、ガラル・ケットなんて存在しないのをぼくは知っていた。それからずっと、悩みつづけたよ。たいへんな苦労をしてまでフワエへ連れてきたのは誰なのか? ターミナルへ迎えにいこうかとも思ったが、企みに一枚かんでいるように見えたら困るからね。だが結果として、ぼくの想像したとおりだった」と、そこでガラルをふりむく。彼人はうつむき、手にしたスルバのカップを見つめていた。「ここで何をしているんだ、パーラド・バドラキム? 二度と顔を見ることはないと思っていたが」

ガラルはベンチの上ですっと背筋をのばした。顔に薄い笑みが浮かんで、イングレイはパーラドにそっくりだと、あらためて思った。

「お久しぶり、ダナック。底意地の悪さはあいかわらずらしい」彼人はイングレイの顔を見た。「あなたは忘れてしまったようだけれど、わたしとあなたはずいぶんまえに一度だけ、会ったことがある。最初の公式レセプションを覚えていない？　選挙戦の最中で、ニュースメディアが押し寄せて、あなたは養護施設を出たばかりの、まだちっちゃな子どもだった。いくらか年上のダナックは、新しい妹をしつこくいじめてね。ネタノだけでなく、集まった大勢の前でみじめに泣かせたかったらしい」

イングレイはびっくりしすぎて、口がきけなかった。どうしてガラルがそんなことを知っている？　誰も知らないはずだった。誰も気づいてくれなかったのだ。大人たちはみな、挨拶をかわすのに夢中だった。

だが現実に、気づいた人はいたのだろう。そして彼人は——本名はさておき、とりあえずガラルは——贋作作業の一環として、名のある家系の枝葉末節まで調べあげた。

「そういえば、ダナック」と、ガラル。「足の具合はどうかな？　あれからしばらくは、まともに歩けなかったのでは？」

「あなたがあそこにいたのは覚えていないわ」イングレイはガラルにいった。

「すんだことは、暴力は、忘れてやってもいいぞ」ダナックが彼人にいい、トレイのパンをひとつ手に取った。「バドラキムの遺物がどこにあるかを白状すれば」

こんなにうまくいくもの？　イングレイは兄ダナックに、ガラルはパーラドだと信じこませたかった。そして遺物の在り処（ありか）を知っているといえば、興味津々で身をのりだすと思っていたが……。

「それは無理だと思うわ」

「あら、ダナック」イングレイはすました顔でいい、タオルで髪を拭きはじめた。

ダナックはイングレイを完全に無視した。「ずっとティア・シーラスにいたのか、パーラド？　いったん流刑地に入れば、一生出てこられないんだ。移送の途中で逃げ出したんだろう。大金を――盗んだ遺物で儲けた金をうまく使ってな。イングレイからもぶんどったにちがいない。彼女がパーラド・バドラキムを見つけるためだけに、身銭以上をはたいたのでないかぎり」

ガラルは薄ら笑いを浮かべたまま、無言でスルバをひと口飲んだ。

「何を企んでいるのか知らないが」と、ダナック。「例の遺物にからんでいるのは確実だ。それともほかに、手持ちの駒があるのかな？」返事を聞く気はまったくない。「もちろん答えはノーだろう。で、遺物はいまどこにある？　星系外に売ったのか？　フワエであれを買うほどばかなやつはいない。いくら金があろうと、喉から手が出るほどほしかろうとね。ところがパーラド・バドラキムはフワエに舞い戻ってきた。よほどの理由があるとしか考えられない」

「おっしゃるとおり」と、ガラル。「あの遺物を売るのは不可能に近い。だったらなぜ、そんなものをわたしが盗む？」

「嫌がらせだよ」なかば笑いながらいい、手にしたパンをひと口かじると、ゆっくり嚙んで飲みこんでからつづけた。「積もり積もった怒りだ。死ぬまで遺物管理人をやらされる。おそらく養子になったときからそうだったんだろう。ぼくなら、展示室を燃やしてしまいたくなるだろうね。ただしぼくなら、それよりも父親の跡継ぎを管理人にして、自分が跡継ぎになれるよう工夫する。やり方は二つ三つ思いつくよ」

「ではなぜ、わたしはそれをやらなかった？」

「自分で思うほど、血の巡りがよくないんだろう」淡々と、お天気やキー・ボールの最新スコアの話でもするように。「イングレイもそうだよ。ここで長年暮らしたわりには、なんにも学んでいない」彼女に向かってにっこりする。「深刻な状況なのがわかっているか？　パーラド・バドラキムは世間では、流刑地に行ったと思われている。それを逃がしてここへ連れてきたのを人に知られたら、さすがに母さんでもかばえない。もし、かばう気があるとしてもね」

イングレイはいい返そうとした――もしあなたが望みどおり口止め料を手にし、盗まれた遺物の在り処まで聞き出した場合、それを誰かに知られたら、おなじく深刻な状況に陥るのではない？　イングレイはしかし、精一杯平静を装って何もいわず、髪を拭きつづけた。

「深刻なのはきみもおなじだよ、パーラド」ダナックはチーズをすくってパンにのせた。「誰だって、流刑地送りになった人間をかくまったなんて知られたくない。力を貸してくれる者はいないだろう」

「いったん流刑地に送られると――」ガラルがいった。「法的には死んでいる。なのになぜ、ここにいるわたしが責められる？」

ダナックは鼻で笑った。「ほんとに鈍い人だな。アーカイヴにあるパーラド・バドラキムのDNAデータときみのDNAサンプルを照合すればすむ。それでガラル・ケットなる人物の正体が一発でわかるよ」

　ガラルはしばし考えてから、「仕方がない」というと、スルバのカップを下に置いた。「しっかり考え抜いてのことらしい。選択肢はなさそうだから、あなたのいうとおりにしよう」

「だめよ！」イングレイのあせった声は本心からだった。話があまりに速く進みすぎている。まずはガラルと今後の計画をじっくり練りたい。「だめ、それはだめ」

「申し訳ない、イングレイ」と、ガラル。「ここまでしてくれたことには心から感謝している。でもね、流刑地にだけはもどりたくない。また、わたしたちの予想以上に、事態は複雑化した」そこでダナックをふりかえった。「真正の遺物は、エスウェイ自然公園にある」

　イングレイは笑いそうになった。ついさっき、ガラルに〝わたしとおなじことを考えているんじゃない？〟と訊いたばかりだが、どうやら答えはイエスだったらしい。イングレイは唇を嚙み、しかめ面をした。笑いをこらえるために。

　ダナックは妹には目もくれず、ガラルを見すえた。

「冗談もほどほどにしてくれ。なぜあんな場所に隠した？」

「理由は、自然保護区だから。許可を得ないかぎり、たいしたことはできない。そして公園のあるアーサモルは、ネタノの管轄区だから」

「もし遺物が発見されたら、母がやったように見えるからか？　あるいは発見者が母に報告し、母はバドラキムへの対抗手段として利用するにちがいないと？」

「好きに考えてもらってかまわない」

「こざかしい！」ダナックは毒づくと、パンの残りをテーブルに投げつけた。「ばかにするのもいいかげんにしろ！　下にいる客人は――」床を指さす。「献金を確約したんだ。議長選に出馬できるほど大きな寄付だ。そしてたまたま、エスウェイ自然公園の古代ガラスを発掘したいという申し出があった。大きなプロジェクトになるが、連邦にはたっぷり資金があるから人を雇えばいい。専門的なことはよくわからないが、土層がどうのこうのとかで、自動メカは使いたくないらしい。だから公園一帯に、人間のメカ・パイロットが配備されるだろう。実際の作業が始まるのは、母がこのプロジェクトを委員会で通過させたあとだから何か月か先になるが、現地調査はそれ以前に着手できる。下にいる客人は、明日にでも公園に行くはずだ。自分たちの目で土壌の掘り返しや埋め戻しの状態を確認したいといっていたからな。しかも母は地方評議会で多忙をきわめる。この件はイングレイがティア・シーラスに行ったあとに審議されはじめたが、多額の献金がかかっている以上、母はなんとしてでもプロジェクトを進めたいだろう……。くそっ。こうなったら、あのふたりより先に公園に行くしかない。遺物を埋めた場所はどこだ？」

「正確には覚えていない。掘り出す気はさらさらなかったからね。だからどこでもよかった」

ダナックは彼人をにらみつけた。

「だったらパーラド・バドラキムが帰ってきたと通報するしかないな」

イングレイはこれでもかというほど顔をしかめ、タオルを捨てて腕を組んだ。

「わたしはあなたたちふたりとも通報するわ。遺物の場所が知れ渡ったら、発掘許可も何もないんじゃない？」ダナックとガラルが同時にイングレイをふりむき、彼女はガラルにいった。

「わたしたち、合意したはずよ」

「あのときは――」ガラルは諭すようにいった。「古代ガラスの発掘など想定していなかった」

「通報なんてするわけないよな？」ダナックは当然のようにイングレイにいってから、ガラルに視線をもどした。「彼女のことは放っておけばいい。それより隠した場所を思い出さないと、まずいことになるぞ」するとまばたきして、どこか遠くを見やった。そしてまた、ガラルとイングレイに気持ちをもどす。「そろそろパーティの準備をしなくてはいけないらしい。今夜、オクリスが成人名を名乗る祝賀会があるんだ。彼女はトークリス・イセスタになる」

「えっ？」イングレイは怒ったふりをしていたのも忘れて驚いた。「オクリスがようやく成人名を決めたの？」オクリスというのはイングレイと同年齢だが、引っ込み思案で、大勢と交わるのが苦手だった。イングレイは親近感を抱いていたが、成人名を名乗ってからは会うこともなく、ほとんど忘れていたといっていい。

ダナックはぷっと笑った。

「あれは――失礼、彼女は自分で決めたりしないよ。いつだって人任せだ。死ぬまで泥棒ごっこをして遊んで過ごしたきゃ、それもできるしね。金持ちの親人（ナザー）に頼ればいい。だが聞いた話だと、その親人が成人名を名乗らなければ割り当て額を減らすといったらしい。友人のほとんどが、とっくに彼女を相手にしなくなったよ。少なくともぼくは、そうだった。今夜のパーティだってべつに行きたくもないが、親人は金持ちだし、母さんは議長選への出馬を考えているから、ぼくも顔を出さざるを得ない」ダナックは立ち上がり、「では、話の続きは明日の朝に」というと、部屋を出ていった。

イングレイはガラルの顔を見たが、彼人は何もいわない。

「ほんとに――」イングレイは使用人が、ひょっとするとダナックが聞いているかもしれないと思い、用心した。「どうしようもないわね。それでもまだ……財政問題が残っているわ」

ダナックは仕掛けた罠にかかったどころか、イングレイの期待以上にまるまる信じこんだ。ただし現状では、彼男から代価を引き出せそうにない。

「心配いらない。なんとかなる」ガラルは平然としていった。「あなたの母親は今夜、パーティで外出するようだから、夕食はここでふたりきりで食べられる。公園の地図や写真を見て、隠し場所の候補地を考えよう」

「だめみたいよ」イングレイは視界にスケジュールを呼び出した。「お客さまふたりはパーティに行かないわ。明日の朝早くにエスウェイ自然公園に出かけるからでしょう。夕食を客間でとるかどうかは決まっていないみたい。わたしたちはいつもの時間に夕食をとるって、係の者に伝えるわね――いまから一時間半後だわ――そのあとは居間でカウンター・ゲームでもやりましょうか」

「それはなかなか楽しそうだね」ガラルは真面目くさった顔でいった。

6

エスウェイ自然公園は、オースコルドの屋敷から地上車で一時間少し走ったところにある。土地はもともとこの地区の議員の私有地だったが、ずいぶん昔、寄付され公用地となった。緑豊かな丘陵地帯で、露出した古代ガラスに縁どられたようなせせらぎが幾本も流れ下ってイオフ川となる。公園全域に古代の色ガラスの塊が大岩、小岩さながら散在し、この一帯はガラスでできていると信じられていた。実際、土地の大部分がガラス塊に土層をかぶせたようなものだから、ビル建築や農業には不向きであり、公園として利用されることになった。

また、ここは記念撮影にもうってつけだった。数年まえ、ネタノが提出した散策路の整備予算案が可決され、その完成時にはオースコルド家全員が、エスウェイの名所となった公園の古代ガラスを背にして並び、撮影機に向かってほほえんだ。

赤や青、緑や黄色のガラス塊はどれも奇妙な形をし、なかには十メートル以上のものもある。丘の斜面から川までは、板状、塊状、ゆがんだ扇状のガラスがむきだしで、周囲には緑の草地が広がり、丘の頂は粗糸木(あらいとぎ)の林だ。ふもとの草地には、散策路わきに開通式の日付を刻んだ記念の岩板が置かれている。

雨から一夜明け、きょうは雲ひとつない青空で、陽光が降り注ぎ暖かい。春もこの時期になると、粗糸木の葉は落ちないものの、草地のあちこちに灰色の糸の房がころがっている。

イングレイはオムケムの観光客ほど古代ガラスに執着しないが、丘の斜面のガラスはアーサモル区でもとりわけ名所として知られている。この区はイングレイの故郷ともいえるから、メカがあちこち掘りかえすというのは……。

「ここは掘り起こさないのでしょう?」イングレイはオムケムの女性——名前はザットというらしい——に尋ねた。彼女(かのじょ)は地上車でも、その後の長い歩きでも、終始明るく元気がよかった。

「ここというのは、斜面のことですけど?」

「ええ、ええ、もちろん」

ザットの後ろにいる男性の名は、イングレイが尋ねて初めてヘヴォムだとわかった。といっても、本人が答えたわけではなく、イングレイは彼男(かれ)とはひと言も言葉をかわしていない。

「丘を掘削できたらどんなにいいか!」と、ザット。「わたしの仮説が正しいことを証明したいわ。そりゃあね、まちがっている可能性もゼロではありませんけどね。ともかく、どこかを調査してみれば、丘全体の調査にも賛成してくれる人が増えるでしょう。いまのところは忍耐です。それでも画像が多ければ多いほど、わかることはたくさんあります。そう思いませんか?」

「まだ撮影はしていない?」イングレイの横でガラルが訊いた。緑と白の上着とズボン姿だが、細くて長い脚にズボンはぶかぶか、しかも足首が丸見えだった。しかしこればかりはどうしようもなく、靴もイングレイの手持ちには合うサイズがなかったので、ガラルは裸足(はだし)で歩いている。平気だ、問題ないと彼人(かのと)はいい、長い距離を歩いても愚痴ひとつこぼさず、つらそうな様子は見せなかった。そして今朝も、あの鞄(かばん)を肩に掛けている。なかに手放せないものでも入っているのか？　イングレイは首をひねった。

「差し出がましいことをいうようですが――」ガラルはイール語でつづけた。ここまで四人はずっとイール語で話している。「わたしにもこの種の調査の知識が多少はあり、慣例ではまず事前調査をするのではないかと。撮影するだけでも、地下層の様子を知る手掛かりは得られる」

「ほんとに！」ザットの声がはずんだ。「おっしゃるとおりです。まずは下調べをしなくてはいけません。なんというのでしょうか……踏査ですか？　通常ならメカにやらせてそのデータを見るのですが、こちらの議会は、よそ者のメカが飛びまわって地上データを集めることに難色を示します。大量のメカが掘りかえすのはいうまでもなく。当初はわたしどももそれをお願いしたのですが、予想どおり却下されました。また議会は、よそ者の研究者が大勢、観光以外の目的で来ることもおいやらしい。調査を許可されたのはわたしと、このかわいいユートだけなんですよ」横に手を振り、そこには四角い小さなメカがいた。派手なピンク色で、細い四本脚を曲げたり伸ばしたりしながら彼女の横を歩いている。「政府所有の調査データにアクセスできればと思いますが、しょせんかなわぬことでしょうから、その前提で計画しています。掘削許可がおりれば作業員を雇いますけどね、いまのところ作業員はわたしたちだけということで」ちらっと目を向けたのは連れのヘヴォムではなく、隣を歩く小さなピンクのユートだ。「このあたりはほんとうに〝町〟だったんでしょうか?」イングレイはザットに尋ねた。きのう、ザットが夕食の席で、発掘したい理由をあれこれしゃべったからだ。「ここに建物が残っているはずだと?」

「ええ、たくさんあるはずです」古代ガラスの斜面に手を振る。「まだ証明できませんけどね、この丘陵地一帯は人工的につくられたものだと思います。寺院や宮殿、宝物庫とかね。何百年ものあいだ、ここに何が隠れていたのでしょう?」

「もしそうなら──」と、ガラル。「ここにあった町が、なぜ消えてしまった? 新しい町は古い町の上に、あるいはその近くにできるのがふつうでは?」

「人間の町ではないのでしょう?」と、イングレイ。「人類がこの惑星を発見するまえにあったとすれば」

「あら」と、ザット。「ほんとうにそうですか? 人類は通説よりも早く、この惑星に来たのかもしれないでしょう。わたしはそうにちがいないと考えています」

「早いといっても、たいしたことはないでしょ?」イングレイは、しまった、と反省した。ザットは母が財政的支援を期待しているお客さまなのだ。「その……ずいぶん遠いですし、ここにたどりつくまでの時間も膨大でしょうから」星系間ゲートがつくられるはるか以前のことなのだ。「人類がフワエを発見したとき、呼吸できるような大気はなかったと聞きました」家庭教師に教わったことを思い出す。大気はほとんどが二酸化炭素と硫黄で、その後、居住可能になるよう惑星改造されたのだ。

「正史ではそうでしょうが、もしそれが、まちがっていたら？　人類誕生の地が、正史どおりでなかったらどうします？　人類が故郷の星を出たのが、正史よりはるかに早かったら？」

「ええ、そうですね……。もしそうだったら、いろんなことがずいぶん違うでしょうね」イングレイは古代史が苦手だった。「ただ、ぶしつけながら……どうしてここまでなさるのでしょう？　疑問を解消したい、真実を明らかにしたいお気持ちがあっても、なぜここまで？」

ザットは変わらずにこにこしている。「わたしが会ったフワエの人はたいていみんなおなじことを尋ねます。あなたのすばらしいお母さまもそうですが、お母さまの場合、選挙資金集めに有効かどうかだけ気になさるようです。失礼ながらいわせていただくと、わたしにはさっぱり理解できません。みなさんは、これだけのものに囲まれながら――」古代ガラスだらけの公園にぐるりと手を振る。「ほとんど関心を示さない！　せいぜい、ガラスで壁をつくるくらいでしょう？　そのくせ、フワエ創建者がここに立ったという床タイルを自慢する。出来が悪いうえ、割れて汚れて三百年とたっていない代物なのに、歴史的至宝だといいはるのです。ええ、その顔を見ればわかりますよ、カヘル家はいまだにネタノに恨みを抱いていますが、おなじネタノという名前でも別人で、百年まえの出来事です。ところが、もっと古く、もっと貴重なこのガラスには、みなさんまったく関心を示さない。それでも真の美しさから目をそむけることはできません。過去を知ることは、〝われわれは何者か〟を知ることなのです」

「失礼ながら――」ガラルがいった。「ここに古代ガラスを残していったのが人類で、それも通説より何千年もまえに故郷を旅立ったことが証明されると、ひいてはいまのわれわれまでが変わってしまう？　なぜあなたは、そこまでこだわる？」

ヘヴォムがいきなり声をあげて笑い、イングレイはぎょっとした。

「鋭い指摘だ、じつに鋭い」

ザットは今回も彼男を無視して、顔をしかめた。気を悪くしたというより、答えをさがしているようだ。

「オムケムの初代住民は――」ようやくザットはいった。「フワエから来たとわたしは信じています。あなたたちの先祖がフワエを発見したときにはすでに、ガラスを残してここを立ち去っていた」

「つまり」と、ガラル。「オムケム系は、フワエ系よりも人類の祖先に近いと？　失礼を承知でいわせていただけば――」彼人は非難するでも嫌味でもなく、冷静につづけた。「あなた方はフワエの最初の定住者の子孫である、だから現在のフワエの内政に関与する権利がある、と考えている。わけても、ゲートの通行規制に関して。もっといえば、オムケム連邦の艦隊がフワエ／バイット・ゲートを自由に通行できるようにしたい。そうすればバイットを制圧し、ゲートを再建できる。バイットが革命を起こして破壊したゲート、ティアへ進軍するのに簡便なゲートを」

「革命ではない」ヘヴォムが怒りを押し殺した声でいった。「あれは一部のテロリストの仕業でしかない」

ザットはここでもヘヴォムを完全無視した。「わたしは政治家ではありません。ここに来たのは探求心のみ。歴史事実を知りたいだけです。それ以外のことは——」多少いらついたように手を振る。「どうでもいいのです。でも、わかってもらえるとは期待していません」

ガラルは無言だったが、政治家の家で育ったイングレイはにっこりした。

「すばらしいわ！　求めるのは真実ですね。勝手な質問ばかりして、ほんとに申し訳ありません」

「どういたしまして！　ところで……公安局の公園支部から、ガラスの斜面には登らないようにいわれました。でもこのユートなら細部まで鮮明な映像が撮れますし、公安局もそれならよし、とのことでした」ザットは草地を元気よく、斜面へ向かって歩きはじめた。小さなピンクのメカもついていく。

が、ヘヴォムはついていかなかった。その場に立ったまま、ザットの後ろ姿をながめたかと思うと、びっくりするほど険しい口調でこういった。

「時間の無駄だ。もっと重要なことがいくらでもあるというのに、こんなところでのらくらするとは」

「だったら、あなたはどうしてここへ？」と、イングレイ。

「選択の余地などない。姉妹の娘の姻族の貧しい傍系の縁者には拒否できない」

イングレイは不思議でならなかった。ザットは直接話しかけることができない傍系の縁者を、なぜ同伴したのだろう？　すると、ヘヴォムがこんなことをいった。

「世襲で総督部の一員となり、金もたっぷりもっていれば、部の方針を左右できる」ザットの名前は出さなくても、彼女を指しているのはまちがいない。「総督部は会議のたびに、古代の事実と今回のような現地調査の価値について議論するが、そのくせ……」続きの言葉を考えなおしたらしく、「コンクラーベへの代表派遣は考えない」と不満げに鼻を鳴らした。「地元に残って、そっちの議論をしたほうがはるかによかった。人類はラドチャーイだけではない！　AIの条約加盟は不可欠だが、ラドチャーイは確実に反対するだろう」

「ラドチャーイの策略という可能性はないでしょうか？」イングレイは小さなピンクのメカが大きな古代ガラスを登っていくのを見ながらいった。ザットは丘の頂で、細い粗糸木の下にすわっている。「船やステーションのAIは、製造もプログラミングもラドチャーイですから。AIはラドチから切り離せません」ラドチャーイが他国から恐れられている理由のひとつがそれだ。「AIが条約に加われば、条約がらみの何かが起きたとき、ラドチは発言権をふたつもつことになります」

「それもけっして否定はできない。だが、ラドチの内部分裂は日増しに明らかになっている。アソエクから届くニュースだけでも、それは疑いようがない。支配者であるアナーンダ・ミアナーイ自身が分裂し、一部のAIを制御できなくなった。これがただの見せかけ、ごまかしとは考えにくい。どうせなら、もっとダメージの少ないやり方がほかにいくらでもあるだろう」

「たとえば突然、良心が目覚めるとかね」と、ガラル。「屈辱的なかたちでコンクラーベに参加するのではなく、みずから開催を要求する。その結果、AIの条約加盟が認められれば、ラドチは分裂する」

「〝ラドチ〟という概念そのものが意味をなさなくなる」ヘヴォムはうなずいた。

「でも独立したＡＩは――」と、イングレイ。「軍艦なんですよ」

「条約に従うかぎり、人類を攻撃することはできない」と、ヘヴォム。「ただし、コンクラーベでＡＩが認められず、ラドチャーイがＡＩを制御できなくなると――」

「いまでも局所的には制御できないように見えますよね」イングレイは首筋に冷たいものが走るのを感じた。「ええ、わかります。そう考えると、人工物も条約に加えるのがベストでしょう」

「人類政府はどこもコンクラーベに代表を派遣し、セイメト・ミアナーイ通訳士がラドチャーイではなく全人類のために語るのを確実にするべきだ」ヘヴォムは憤然としていった。「ところが現実はどうだ？　われわれはこんなことで時間と金を浪費している。こういってはなんだが、わたしは非常に不満でね。だがいうまでもなく、思いのたけを語ることはできない」

「ええ、お気持ちはよくわかります」と、イングレイは口先だけでいった。

「ふむ」ヘヴォムはむくれた。「ふむ……。申し訳ないが、川べりのガラスの調査をしなくてはいけないので失礼させていただく」

「いつ調査することになった？」ヘヴォムが去るとガラルがいった。「ザットは彼男にひと言も話しかけていない。顔を見ようとすらしなかった」

「オムケムのことはオムケムにしかわからないわ」イングレイが会ったことのあるオムケムは、

いたってふつうの人たちだった。この種の不可解なことさえ除けば――。

「たしかにね。ではわたしたちもあたりをぶらついて、候補地を見つけよう。オムケムの客人がどの地域にもっとも関心があるかもさぐりながら」

「遺物を丘に埋めた、とはいえないわよ」斜面の色とりどりのガラスに手を振る。「そんなに深くは掘れないし、それで場所を忘れるわけがないもの」

「まあね。でも周辺なら、とくに問題はない。オムケムの狙いもおおよそこのあたりだから、ふたりから目を離さないようにして少し歩こう」

　イングレイたちは二時間近くぶらついた。川べりの散策路から山のふもとをぐるっとまわり、道脇に広がる草地にも入ってみる。見るとへヴォムは川岸を行ったり来たりし、ときに立ち止まっては水に手を入れればしゃばしゃやったり、足もとの何かに見入ったりしている。丘の斜面がそびえていても、彼男がどこにいるかはたいていわかった。ザットのほうは丘の頂で、粗糸木にもたれてすわっている。小さなピンクのメカがガラスの斜面を動きまわるのもときたま見えた。一度か二度、メカはザットのところへ行ったものの、すぐまた斜面へもどり、ちっぽけなピンクが、青や紫、赤や緑ガラスにきらめいた。

　ぶらぶらしながら、イングレイとガラルはもとの岩場にもどった。水辺で何かを見下ろしていたへヴォムが顔を上げ、ふたりのほうへ近づいてくる。

「候補地はなかなか見つからないけど」イングレイは小声でガラルにいった。「とっても気持ちのいい日ね」

暖かい日差しのもとで、ステーションや船内で過ごした日々では味わえなかった、くつろいだ気分になれた。陽光、そよ風、広々した空間が、これほどすばらしいものだとは——。

「埋めた場所に関しては」ガラルも近づいてくるヘヴォムに聞こえないよう、声をおとした。「うやむやで逃げ切れるかもしれない。あのときは夜だった、かなりあせっていた、といえばいい」ヘヴォムにちらっと目をやる。「川に投げ捨てた、とかね」

「あら！」なかなかいいアイデアだ。しかし、ダナックに話した内容とはずれがある。「具体的には話さなかったから、投げ捨てた場所は記憶にないことにする？」そこでしばし考えた。

「あの人たちが川に興味をもつ理由は何かしら。川底をさらう気なら、どのあたりなのかを知っておかないとまずいわね」

「頂上で何か動きがあったか？」ヘヴォムがそばに来て訊いた。

どういう意味だろう？　ザットが何か話したり移動したりしたということ？

「何もないわよ」イングレイはそういって、丘の頂を見上げた。ザットはあいかわらず幹にもたれたままだ。

イングレイは彼女宛にメッセージを送ってみたが、返信はない。木の下の姿も微動だにしなかった。

「眠っているのかしら」

「それはない」と、ヘヴォム。「ユートの自動処理は限定されている。見るかぎり、指示を出されて動いている」

「最後にユートを見たのは?」ガラルが訊いた。

「三十分とたっていない。まったく、困ったものだ。これでは屋敷を出るとき渡された昼食を食べることができない」

ザットより先に、あるいはザット抜きで、という意味だろう。ヘヴォムのほうから彼女に食事を催促することもできない。

「ガラルとわたしが食べたら、あなたも食べられるんじゃない?」と、イングレイはいった。

「加わらないのは失礼だから、とザットにいえばいいわ」

「いや、食べることはできない」ヘヴォムは不満げなため息をついた。

「だったら、わたしたちも食べないわね」食事の話題になって、イングレイは急にお腹がすいてきたが我慢する。ヘヴォムがオムケムで、ザットの遠縁で、彼女より年下だからといって、彼男を責めることはできない。

だが、自分までオムケムの慣例に従う必要はないだろう、とイングレイは思った。自分なら、ザットに昼食を促してもいいはずだ。もう一度丘を見上げると、ザットに動く気配はないから、こちらから登っていくしかなさそうだ。

「ほら」ガラルが声をあげた。「ごきょうだいがお見えになったよ」

イングレイとヘヴォムが同時にふりむくと、散策路をのんびり歩いてくるダナックが見えた。

「なんだかお疲れみたいね」イングレイは到着したダナックにやさしく声をかけた。「よく眠れなかったの?」

「このくそったれが」ダナックは温かい笑みを浮かべながらいった。バンティア語だったので、おそらくヘヴォムには意味不明だっただろう。

「わたしたちが屋敷を出るとき――」ガラルがイール語でいった。「あなたはぐっすり眠っていたから、きっと夜更かししたのだろうと思い、起こさないよう気をつけた」

ダナックはイングレイを、つぎにガラルを見た。

「それはどうもご親切に」今度はイール語だ。「さがしていたものは見つかったのかな？」声にちらっと脅しがのぞく。

ガラルに聞こえなかったはずはないが、答えたのはヘヴォムだった。

「残念ながら、まだだ。午後いっぱいかけても無理かもしれない」多少いらついた口調でいう。

「いくらかしぼりこむことはできたわ」イングレイはバンティア語でいってから、イール語にきりかえた。「これから丘を登って、ザット殿にそろそろ昼食にしませんかって声をかけるつもりなの」

ダナックは鼻で笑った。「昼食は地上車に置いてあるんだろう？　あそこまでもどる気はないね」草地に腰をおろして足を組む。運動が日課のダナックらしい格好で、おそらくきのうも夜遅くまでしていたのだろう。そして同時に、イングレイとガラルへの怒りの表現でもある。

「わざわざ登らなくても――」ダナックはつづけた。「ここからメッセージを送ればいいじゃないか。それとも彼女抜きで食べるのか？」

「送っても返事がないのよ。それに彼女をはずして食べたら失礼でしょう」イングレイはむっとするのを精一杯こらえた。それくらい、ダナックもわかっているはずなのだ。ガラルをふりむいたが、例のごとく無表情で、かたやヘヴォムは渋い顔――。「わたしひとりで上まで行って、ザット殿を連れてくるわ」

「そうしてくれるとありがたい」ヘヴォムの表情がゆるんだ。


イングレイは丘を登りきると、粗糸木の小さな林から、この二時間ほど歩いた公園を見渡した。緑の草地が広がり、散策路がつづき、その脇に腰をおろしたダナックに、ガラルは話しかけているようだ。ヘヴォムは銀色に輝く川面をながめ、水は美しい色合いのガラス塊にぶつかってはしぶきをあげて流れていく。

イングレイが近づいても、ザットは幹にもたれたままだった。どこもまったく動かないから、きっと眠りこけているのだろう。イングレイが立ち止まった場所からだと、ザットの右肩と右腕が見え、右手のひらは地面につけて、両脚は前にのばしている。

「ザット殿、失礼します」イングレイは声をかけた。

返事はない。

イングレイは木をまわり、彼女の正面に行ってみた。

そして目の前の光景に、まごついた――ザットは目をつむって顎を上げ、後ろの細い幹に頭を押しつけている。口の端には何やら赤黒いものがあり、イングレイはひと呼吸置いてようやく、あれは血のようだと思った。ザットの上着にある大きな染みも、おそらく血液だろう。

胸は赤い染みの下でふくらむことがなく、息をしているようには見えない。イングレイは自分の目が信じられず、どうしていいかわからなかった。いいや、これは何かの間違いだ。

「ザット殿？」もう一度、声をかけてみる。そしてもう一歩、近づいてみる。木の枝から平らでからっぽの莢がひとつ、ザットの頰をかすめて上着の染みの上に落ちた——。

全身が凍りつき、イングレイはゆっくりと深呼吸してから唾を飲みこみ、吐き気をこらえた。ふりむいてふもとを見下ろせば、そこにはガラルとダナック、川面を見つめるヘヴォムがいる。

急いであの人たちに知らせなくては。そして、それから？　それから惑星公安局に緊急メッセージを送らなくてはいけない。そのあとは、公安局がやるべきことをやってくれるだろう。だがいまの彼女に、メッセージの文言を考えるのは無理だった。

イングレイは駆けおりた。ふもとに着くころにはたぶん、口がきけるようになるだろう。そのころにはたぶん、人に伝えることができるだろう——母の客人ザットは、長い時間ぴくりとも動かなかった、メッセージを送っても返信してこなかった、なぜなら、彼女は死んでいたからだ。

7

公安局の公園支部は観光案内所といってもよかった。休憩室があり、軽食が販売され（ビーン・クラッカー、三種類の味がある蟬のロースト、ミルク菓子）、種々の記念品に名入れをする職人もいる。カウンターには警備官がひとり常駐し、その向こうに部屋がいくつか並んでいた。これまでイングレイは、たぶん事務室だろうと想像していたが、実際に行ってみれば狭い勾留室もあった。

イングレイ、ガラル、ダナック、ヘヴォムは、広めの部屋でおとなしくすわっていた。窓はなく、大きなテーブルがひとつ、長椅子が数脚あるから会議室か、でなければ警備官の食事や休憩用の部屋だろう。ドアの正面、青と茶と黄色のジグザグ模様の壁には、いつでもすぐ読めるよう、緊急時の対応を記したプラスチック板が掛けられている。その下の、木製の傷だらけの棚には、色も柄もまちまちなカップと、半分しか入っていない辛味ソースの瓶が一本。ここに案内されるなり、ダナックが「家に帰らせてもらえないのか？」と警備官に尋ねたが、返ってきたのは長々しい前置き後の〝はい、帰れません〟という断定だった。「それなら母にメッセージを送らないとな」ダナックは明るい口調のなかに脅しをこめていい、警備官はご自由にどうぞといったものの、部屋を出ていくのは許可しなかった。

それから数時間。ネタノからの返信はない。が、事務局長からは、ダナックとイングレイ宛に、忍耐強くあれ、惑星公安局に協力しろ、という不愛想なメッセージは届いた。この事務局長はふたりの叔人（ナンクル）ラックで、イングレイの上司でもある。ダナックはメッセージを読むなりぶすっとし、いっさい口をきかなくなった。一方イングレイは、事務局長のナンクル・ラックどころか、ネタノ・オースコルド議員自身がここに来たところでどうしようもないと感じていた。もっと小さな事件だったら、母も公安局に養子の解放を強要しただろうが、殺人事件となるとそうもいかない。ましてや来（きた）る議長選への立候補を検討中なのだ。それさえなければダナックも、もっと傲慢（ごうまん）な態度をとっただろう。

というわけで、イングレイたち四人は、公安局が家に帰してくれるまでおとなしくすわっていた。ダナックはぶすっとしつづけ、ヘヴォムはうつろな目であらぬ方を見ている。警備官が地上車から昼食を取ってきてくれ、ヘヴォムはあれほど食べたがっていたというのにまったく手をつけない。かたやガラルは何事もなかったかのようにおちつきはらって料理を平らげ、壁に掛けられた緊急時対応を読んでいる。イングレイが想像するに、ガラルは人殺しや悪辣（あくらつ）な犯罪者をいやというほど見ているのだろう。

ドアが開いて、イングレイとダナックはすぐふりむいたが、ガラルとヘヴォムは視線を向けすらしなかった。入ってきたのは長身で体格のいい無性（ネマン）。金色と緑のジャケットでルンギを巻いているから、惑星公安局の副部長だろう。

「こんばんは、みなさん」彼人(かのと)はヘヴォムがいるからバンティア語は避け、アクセントの強いイール語で挨拶した。フワエで教養のある人なら、多少なりともイール語が話せる。ただし、この人の強いアクセントは教養があるというより、リム区出身の訛り(なま)のようにしか聞こえなかった。

「長くお待たせして申し訳ありません。わたしは重犯罪本部の副部長、チェバン・ヴェレットです。こちらは――」背後にいる、痩(や)せて背も低い女性に手を振った。「助手のトークリス・イセスタです」やはり制服姿だが、上着の襟から袖口にかけて、イングレイが見たこともない深緑色のストライプがある。

　ダナックが短い、冷たい笑い声をあげた。

「トークリス！　ゆうべはうんざりしたから、早くパーティを抜けだしたんだろ？」

「翌朝に仕事があると説明しました」と、トークリス。「こんばんは、イングレイ」

「こんばんは、トークリス」イングレイは危うく彼女(かのじょ)の幼名をいいそうになった。「自宅にいなかったから、すぐにお祝いの言葉をいえなくてごめんなさいね」何を祝うかはいわずにおいた。イングレイは十代後半で成人名をもち、たいていの人はそれくらいの年齢でやるのだが、トークリスはもうじき二十五歳だ。ここで成人名のお祝いだといえば、聞いた人たちはとまどうだろうし、彼女自身もばつが悪いかもしれない。

　トークリスは唇の端だけでほほえんだ。

「いいのよ。ありがとう、イングレイ」

しばしその場が静まりかえり、「みなさん」とヴェレット副部長がいった。「公園の訪問理由を警備官に説明してくださったようで、ありがとうございます。これから二、三、追加でお尋ねしますので、それが済めば帰宅なさって結構です。まず、ガラル・ケット殿……いや、パーラド・バドラキム、と呼ぶべきかな?」

ガラルはほほえんだ。口の端をゆがめるだけではない、ほんものの微笑。

「イングレイ――」と、彼人。「あなたはオースコルド家にしては純真な人で、だますのは心苦しかったが、やむを得ずそうした」副部長をふりむく。「彼女は知らなかったんですよ。ティア・シーラスでわたしを見つけ、わたしの作り話を信じ、フワエまで連れてきてくれた。疑うことを知らなかったにすぎない」

「無理もないでしょう」と、ヴェレット副部長。「わたしでさえ信じられずに、データを当たった。それにしても、どうやって流刑地から?」

「そもそも流刑地には行っていない」ガラルは、いやパーラドはさらりと嘘をついた。「フワエにもどる気は、ともかく最初のうちはまったくなかった。でもそのうち、自分がガルセッドの遺物に何をしたかは、フワエの人びとに広く知ってもらうべきだと思い直した」

彼人は知っている。正真正銘パーラドなら、遺物をどうしたかは知っているはずだ。なのに、ずっと知らないふりを――。イングレイは頭のなかが真っ白になった。

「では、それはそれとして」と、ヴェレット副部長。「喫緊でうかがいたいのは、ザット殿の殺害に関することなんですよ。手掛かりがほとんどなくてね。丘の近隣を捜査しても、殺害動機をもつような人物はなかなか見当たらず……あなたに行きついた」

「でも彼人は、ずっとわたしといっしょにいたわ」イングレイは何もかもが崩れていくような、すわっている長椅子さえ壊れてしまいそうな感覚に陥っていた。「ザット殿が丘を登っていくのを彼人といっしょに見ていたし、わたしが登ったあとも、ふもとには彼人の姿が見えたわ。そのあと、わたしはザット殿があんな……」

「ええ、そこが問題なんですよ」と、副部長。「被害者が丘に登ってあなたに発見されるまで、近くに人のいた気配がまったくない。しかし、殺害されたのは否定しようがありません。刃物様の凶器で胸を刺され、そのうえ……」しばし、いいよどむ。「体が木の幹に固定されていました」ザットののけぞったような頭と口端の血が、イングレイの脳裏によみがえった。「幹にもたれかかっているように見せるためだったと思われます。体の固定に使われたのは短い標識杭で、建築時の目印や……」ためらいがちに。「遺跡の調査、発掘で利用されるものです。被害者はこの星系に入る際、自身のメカが杭を六本所持していることを申告していますが、メカの行方は不明で、現在捜索中です。が、メカはさておき、被害者とかかわりのある者、殺害動機をもつ者が丘周辺にいた形跡はありません、パーラド・バドラキムを除いてはね」

「わたしの父エシアトは――」と、パーラド。「おそらく公園の発掘に反対したと思う。正史に異を唱えるオムケムの主張が気に入らない、もしくは美しい自然保護区に手を加えたくないという理由で」

「自然破壊のほうだろ」ダナックが、ぶすっとしたまま嫌味たらしくいった。「バドラキム議長がオムケムに難癖をつけたことはない」

「もし、オムケムから――」ごくわずか苦々しげにパーラドはいった。「献金を受けとっていればね。いずれにせよ、オースコルド議員の影響力を抑える一手段と考えるのはまちがいない。それにともかく、このわたしがエシアト・バドラキムのために何かするなどありえないし、彼(か)男(れ)はいま、もっと重要なことで手一杯のはず。ゲックの来訪をいかに政治利用するか、とかね」

するとヴェレット副部長が、「じつはここに来るまえに、オースコルド議員と話したんですよ」といった。イングレイはびっくりしてダナックをふりむいたが、彼男はまったくの無反応。

「オースコルド議員の話では、先週、発掘の件についてバドラキム議長とやりあったそうです。議長は自然公園を掘り起こすことには絶対反対だ、といったようで」

パーラドはまたほほえんだ。「やっぱりね」

「すみません。鞄(かばん)をテーブルに置いていただけますか」トークリスがパーラドにいうと、彼人はほほえんだまま、いわれたとおりにした。

「はい、どうぞ」

トークリスが片手を上げると、袖の深緑のストライプが浮き上がり、何十本もの脚で袖を下ってテーブルに乗った。そしてパーラドの黒い鞄に飛び乗るや、あちこち押して蓋を開け、なかにもぐりこんでいく。栄養バーが外にころがり出てきて、トークリスは何やらつぶやいた。眉間に皺を寄せ、目前の宙を見つめる。鞄からふたたび現われた深緑のメカは、数ある脚のうち数本で包丁の柄をつかんでいた。

見たところ肉切り包丁で、あれはうちのコックが使っていたものだ、とイングレイは確信した。

彼女の表情に気づいたパーラドが、「厨房から盗んだんだよ」といった。「昨夜遅く、食べるものをさがしに厨房へ行き、包丁類を見て、身の安全のために一本持っておこうと思った」

細長いメカの端が、さながら口のように開いた。そこへ包丁を近づけてプラスチックの粒をひとつ吹きつけ、全体をくるむように引き延ばす。

「符合しました」といったのはトークリスだ。

「えっ、どういうこと？」イングレイは目を丸くした。

「傷口と符合したのです」と、ヴェレット副部長。「ザット殿を殺害した凶器は、その包丁と思われます」

「でも、うちの厨房にはおなじものが三本も四本もあるわ。うちだけじゃなく、よその家にだってあるわよ」

「その点は今後精査しますので——。では、パーラド・バドラキム、殺人容疑であなたの身柄を拘束する」

「殺人容疑？」パーラドにあわてた様子はまったくない。「脱出不能のはずの流刑地から脱出して、生きていないはずなのに生きてもどってきた容疑ではなく？」

「過去にやってのけた者はいませんよ」副部長は認めた。「わたしの知るかぎりはね。どう対応するかの法規定もおそらくない」

「それはそれは……。だったら、こちらのトークリス・イセスタ捜査官に、鞄の内容物を記した預かり証を出してもらいたい」トークリスは同意してうなずいた。「身柄拘束は、これが初体験ではないからね」パーラドは立ち上がった。「じゃあ、さよなら、イングレイ。船長の忠告には耳を貸したほうがいいよ」

トークリスがパーラドを連れて部屋を出ていき、ヴェレット副部長がほかの者に帰ってよい、ただし公安局がいつでも連絡をとれる場所にいること、といった。

「船長って誰だ?」ダナックがイングレイに訊いた。「どんな忠告だ?」

「あなたの知らない人で、あなたには関係のない忠告よ。さあ、帰りましょう」

夜もかなり更けていたが、屋敷の赤、青、緑のガラス壁の向こうは煌々(こうこう)として、召使が玄関を開けてくれ、イングレイたち三人はなかに入った。すると、たっぷりある黒髪をきちんと編んだネタノが、よそ行きのあらたまったスカートと上着、サンダル姿で待っていた。

「お帰りなさい」ネタノはそういうと、ヘヴォムに顔を向けた。「このようなことになり、ほんとうに残念でなりません」

ヘヴォムははっと我に返ったようだ。「おそれいります、議員……ありがとうございます」

「どうかこの家で、身も心も休めてください。それからイングレイ、あなたはちょっと応接間へいらっしゃい」

ダナックはにやりとし、「おやすみ、母さん」というと階段へ向かった。ヘヴォムも彼男のあとについていく。

部屋へ入ると、ネタノはイングレイにすわりなさいと腕を振った。きのう、ダナックがくつろいでいた肘掛け椅子だ。

「惑星公安局は報道機関に、ザット殿の死亡は伏せるよう指示しました」ネタノはイングレイの向かいの長椅子に腰をおろした。「裏にバドラキム議長がいるのは確実でしょう。ニュースメディアが事件を嗅ぎまわれば、パーラドがフワエに帰ってきたことも遅かれ早かれ知られてしまいます。ただ、メディアの我慢も二、三日が限度でしょうね。そうそう長くはもちません。ですから、いまここで説明なさい」

きっとダナックが、メッセージで母に知らせたのだ。しかし、どこまで？　イングレイには見当がつかなかった。

「彼人に……ガラルに会ったのはティア・シーラスで、そのときはパーラドだと思っていたの。ほんとうにうりふたつだったから。でも彼人は、自分はパーラドじゃないといったわ。それでいろいろ話して、お金も何も持っていないし、家にも帰れないようだから、わたしが手を貸すことにしたの」母の丸い顔に浮かぶのは聞き入っている穏やかな表情だけで、とくに反応はない。「それでフワエに帰ってきたら、ダナックもわたしとおなじように感じて、わたしと違ったのは、パーラド本人だと決めつけたこと。ダナック自身がわたしの部屋に来てそういったから、じゃあ、とりあえずそういうことにしておこうと……」

「でも結局、彼人はパーラド・バドラキムその人だった」母の言葉にイングレイはうなずいた。

「パーラドはティア・シーラスで偽IDを手に入れたと、ヴェレット副部長は考えているようです。そしてダナックは、偽IDを買ったのはあなただといっている。でも、いくら哀れに見えたところで、たまたま出会った人のために購入するとは考えにくいわ。何か理由があって、あらかじめ用意していたのではありませんか？　誰のための偽IDですか？」

イングレイは大きく息を吸いこんだ。

「ちょっと思いついたことがあってティア・シーラスまで行ったのだけど、予定どおりにはいかなくて、IDは無駄になったの。でもガラルには……パーラドには、必要だったから」

「要するに、あなたは偽IDを用意し、たまたま出会った人にそれを渡した、その人をここに連れてきた、ダナックの指摘を間違いだと思いつつ、表向きは受け入れた――。ということは、あなたの最初の思いつきは不正なもの、法に触れるものとしか、わたしには見えませんけどね。しかもその目的は、兄をおとしめることだったと」イングレイの顔は真っ赤になった。「まったくね、知らずにいたほうがよかったわ。公安局にいいたくてもいえませんよ。殺人事件の捜査でこれが知れて公表でもされたら、この時期、たまったもんじゃありません」

「ごめんなさい」イングレイにはほかにいいようがなかった。

「自然公園でも、あのパーラドとずっといっしょにいたのはまちがいありませんか？　彼人がメカを操作する時間はなかったといいきれる？」

イングレイは話題が殺人事件に移ったことにほっとした。が、パーラドを連れてきた目的をいつまた追及されてもおかしくない。

「わたしたちが見たメカは、ザット殿のユートひとつきりだったの」標識杭の話を思い出し、ぞっとする。犯人はザットを殺害するのに、ザット自身のメカを使ったにちがいない。「パーラドがユートに近づいたとは思えないわ。そわそわすることもなくて、ずっと何かを考えていたように見えたけど」そこでユイシン船長を思い出した。彼男もお酒を飲んでいようと乱れることなく、たいていいつもメカを操縦している。あれなら二つか三つくらい同時に操縦できそうだ。

「まいったわね」ネタノはため息をついた。「時期が悪いわ。選挙戦が近いのは知っているでしょう? そんなときに身内のスキャンダルが発覚したら……」強い口調ではないものの、警告を与えているのは明らかだ。「でも、逆手にとることもできなくはないわ。内報者によると、バドラキム議長はゲックが来るのを知るとステーションに向かったのに、パーラドの件を聞くなり引き返してきたらしいから」

「議長自身が?」イングレイは首をひねった。「娘さんではなく?」バドラキム議長はすでにエシアトの名を娘に与え、彼女が父に代わってあちこち顔を出すことも多い。娘が出席すれば議長が出席したのと同等なのだが、誰が見たって別人で、どちらが現われたかで議長が相手を、またはその行事をどの程度重視しているかがわかる。

「議長自身ですよ」と、ネタノ。「娘を行かせてもよいし、そうすべきと思いますけどね」〝すべき〟というのは、有権者の目にどう映るかという政治的な意味合いだろう。ニュースメディアはパーラドがフワエに帰ってきたのも、ザットの殺害事件にからんでいるのも知らないから、バドラキム議長が急遽もどってくれば不可解に思う。「議長は有権者の利益を最優先するものですが、あの人はそうではないようね。でもわたしは議員の務めとして、これからステーションに向かいます。留まってこの状況に対処しても非難はされないでしょうが。彼男のように後継者に名を譲れば、わたしだったらさっぱりと、新しいネタノに任せます」

いうまでもないことで、家族より先に政治なのだ。

しかしネタノのことだ、どんな事態であれ、何らかの政治的利益を導き出そうとするだろう。

「ヘヴォム殿にはいつまでも——」と、ネタノ。「この屋敷に滞在してもらってかまわないと、オムケム連邦の大使には伝えておきました。わたしの子どもたちがお世話させていただきますからと。わたしを訪ねてきたお客さまが殺されるなど、とんでもありませんよ。一刻も早く犯人が捕まるよう、屋敷の者は公安局の捜査に全面協力しなくては。もし不都合なことがあり、捜査過程でそれが明るみに出たら大きな不幸としかいいようがないですね」

「わかりました」そう、これはイングレイへの警告なのだ。

「迎えの車が来たようね」ネタノは立ち上がった。「エレベータに乗り遅れるわけにはいかないわ。イングレイ、わたしはこれからしばらく手が離せないから、よほどの緊急事態でないかぎり、自分で処理できないことがあればナンクル・ラックに連絡なさい。いい子にしているんですよ」

ネタノはイングレイが小さな子どもであるかのように、ほっぺたにチュッとキスをした。

イングレイは迷った。これは喜んでいいのだろうか？　それとも恐怖にすくみあがるべきなのか？

あくる朝、自室で朝食をかきこみながら、イングレイは執事に伝えた――ヘヴォム殿に付き添いが必要でダナックが無理な場合は連絡してね、公安局に行くから地上車を用意してちょうだい。といっても、ダナックのことだから、何があろうとヘヴォムに付き添うだろう。

これからやることをナンクル・ラックに相談しようかとも思ったが、公安局に行くとなると、自分と話してから行けとか、場合によっては同行するといわれるだろうし、どちらも気が進まない。ゆうべ母にいわれた〝自分で処理できないこと〟に入れたってかまわないのだが……。イングレイにかぎらず、オースコルド家の人間なら誰でも経験があることだ。

地上車で十分ほどで公安局に到着。イングレイが降りると、車は彼女の帰宅に備え、どこかへ消えた。惑星公安局アーサモル区本部は、広い中央広場の一角にあり、きょうは陽光が燦々と降り注いでいた。足もとに敷きつめられた黒石は開拓時代の名残で、歳月とともになめらかになり、また傷だらけでもある。エスウェイ自然公園の平らな黒い玄武岩のほうがずっと大きいが、あれは後の時代にここの黒石を模倣したものだ。こちらのほうがはるかに古く、オースコルド家より、もちろんネタノより古いのはいうまでもない。と、そんなことをイングレイが思ったのは、きょうが初めてだった。ガラルから――いやパーラドから、遺物の模倣は簡単だと聞かされたせいにちがいない。ネタノは公園の設計で、どうして中央広場を真似させたのだろう？　それともたまたま、そうなっただけなのか？

いや、いまはそんなことを考えている場合ではない。イングレイは屋敷を出るまえ、トークリスと個人的に話がしたいと局に申し入れをしておいた。いま建物のなかに入ってみると、奥の壁面に、高さ五十センチで四本脚の、緑と金色のメカがずらりと並んでいるのが見え、そのうち一機がこちらへ向かってきた。

「イングレイ・オースコルド？」メカはイングレイのところまで来ると、甲高い声で訊いた。

「イングレイ・オースコルド？」

「ええ、そうよ」

「イングレイ・オースコルド」メカは確認し、甲高い声でつづけた。「わたしは自動で、あなたを約束の場所まで案内します。わたしから二メートル以上離れないでください。わかりましたか？」

「ええ、わかったわ」イングレイはとくに驚きもせず、メカについていった。議会関係の施設でも、ほぼこれとおなじようにメカが案内するのだ。

イングレイがオフィスに入ると、トークリスが笑顔で迎えてくれて、これには少し驚いた。イングレイの知るかぎり、彼女はめったにほほえんだりしなかったからだ。といっても、最後に会ったのは、イングレイが成人名を名乗る数年まえで、その後はまったく連絡をとりあっていない。

「おはよう、イングレイ。会えてうれしいわ。フワエに帰ってきたのを知っていたら、ぜひパーティに来てもらったんだけど」

「どうだった？　楽しかった？」

トークリスは狭いオフィスのもうひとつの椅子へ手を振った。

「ううん、あんまり……。パーティなんて開きたくなかったの。やってもせいぜい内輪でね。だけどうちの親人がどうしてもというから。こんなに遅い改名なのに、そこまでいわれるなんて意外だったわ。おまけに、仕事がこれでしょう？」ぐるっと腕を振る――小さなプラスチックのデスク、椅子二脚、壁に示された告知や案内文。べつの壁は外の広場に面し、通り過ぎる人たちや立ち止まって話す人たち、ときおり広場の外周沿いに走る地上車も見えた。「みんながわたしをばかにして、くすくす笑っているように思えて仕方なかったわ。ダナックはね、ほんとにそうだったのよ。わたしは気づかないふりをしたけど」

「でも、すごいじゃない？」イングレイはまごつきながら椅子に腰をおろした。「重犯罪本部の、それも副部長の助手だなんて。早くも板について見えるわ」

「だって、なにもこれが初めてじゃないもの。ボランティア青年会の遠征に毎回参加していたのは知ってるでしょ？」トークリスは以前から犯罪捜査に強い興味をもっていた。親人はそれを大目に見すぎ、だからこうなったんだと周囲は思っているだろう。でなければ、趣味の範囲で留まっていた。「この二年ほど、研究生として働いたの。だから、ね……」口ごもる。「いろんな仕事を経験して、副部長にも正規職員になれといわれて、ようやく決心がついたのよ。だけど、法律上の成人でないと入局できなかったから……。親人のたっての望みでもあったし、成人名を名乗ることにしたの。彼人はずいぶん我慢してくれたけど、理解はしてくれなかった」イングレイとしてはなんともいいようがない。「でもね、わたしは満足しているの。この仕事は大好きだし、正規の職員になれてよかったわ。わたしのこと……笑わないでね」

「とんでもない、笑ったりしないわよ」いったい何を笑うのか？　イングレイには想像もつかないが、陰でトークリスを笑い者にしそうな人間は何人か思いついた。

「ダナックはきっと、笑ってばかにするわ」言葉を切って、しばし考えこむ。「ねえ、イングレイ、あなたはどうやって決めたの？　成人名をつけてもいい時期だって、どうして思ったの？」

「べつに……」イングレイは意外な質問にとまどった。「ただなんとなく、まわりの空気で察したというくらいかしら」

「わたしはね、自分が大人になったような気がしなかったの。それは、いまでもおなじ。親人から、自分自身の声に耳を傾けなさい、そうすれば何が正しいかがわかるといわれたけど、それでもやっぱり正しいようには思えなかった」小さくため息。「笑わないでくれてありがとう、イングレイ。まえからあなたがうらやましかった、すべてを兼ね備えているように見えるから。ダナックの口撃だって軽くいなせるでしょ。わたしもそれくらい……なんていうか……自分に自信がもてたらいいのだけど」

「笑う気なんかぜんぜんないのは、ほんとよ」その点だけは断言できる。「でもね、わたしがすべてを兼ね備えているなんて、とんでもないわ」あらためて自問してみても、答えはおなじだ。「ダナックを軽くいなすなんて、できたためしがないもの」ガラルの、いやパーラドの話を思い出す。まだ幼いころのイングレイがダナックの嫌がらせを受けたとき、彼人はかばってくれたらしい。それにしても、ダナックをいなすのに、これほど長い年月がかかるとは。「だけど、そんなふうにいってもらえてうれしいわ。少しは気分がすっきりするから」

「いつもわたしにやさしく接してくれたもの」トークリスは真剣な目でいった。「ごめんね、こんな話で時間をとらせて。あの事件のことで、わざわざここまで来たんでしょ？」

「そうなの。うちの料理人から聞いた話なんだけど、厨房からなくなった包丁は一本じゃなく、二本なのよ」

「パーラドの鞄にあった包丁には、彼人の指紋以外、何もついていなかったわ。でも、それだけじゃなんともいえないのよねえ……。メカもまだ発見されていないの」

イングレイはピンク色のユートが川岸で青と緑のガラスのあいだを動きまわる光景を思い出した。

「川のなかは、さがした？」

「いまやっているところ。その二本めの包丁がもし凶器だったら、そう遠くないところで発見されるかもしれないわ。だいたい、パーラドにオムケムのメカが操縦できたかどうか……。アクセスできるとは考えにくいし、調べたところ、彼人はメカ操縦に慣れていないみたいなの」

「ヘヴォムならアクセスできるんじゃない？　ザットとは、あまりいい関係じゃなかったと思うわ。人前で直接言葉をかわさないのが、いくらオムケムの習慣といっても。ただヘヴォムは、ザットが殺されたのを知って茫然としていたわね」

　トークリスは異星人の奇妙な習慣など関係ないというように手を振った。

「いま副部長が、オムケムの領事に会っているわ。ヘヴォムは昨夜、大使に連絡をとったらしくて、大使が領事をここに寄こしたの。ヘヴォムをただちに帰郷させろと要求しているわ。でも副部長はヘヴォムも容疑者のひとりとみなしているから、事件が解決するまで帰す気はないの」

「じゃあ、犯人はパーラドだと決まったわけじゃないのね？」

「ええ、もちろん。関係者全員が捜査対象よ。まあね、イングレイはべつだけど。殺害にフワエのメカが使われていれば、ダナックも調べられるわ。ただ、標識杭はザットの所有品、つまりユートのものよね。ダナックは使い方どころか、何の道具なのかも知らないいんじゃないかしら。そもそも殺害する動機がないわ。ネタノの後継者は彼男で決まりだと思われているのに、それをふいにするような真似はしないでしょう。だからダナックは容疑圏外だと思う」

「使われたメカがユートだったら、パーラドも圏外じゃない？　星系が違えばメカもずいぶん違うから。フワエの人間で、オムケムのメカをうまく扱えるインプラントを施した人がそういるとは思えないわ」

「そうね、同感よ。使われたメカがオムケムのユートかフワエ製なのかがポイントね。もしユートだったら、イングレイもダナックも、フワエの人間のほとんどが捜査からはずれるでしょう。でもパーラドは……状況が複雑だから。本来、流刑地にいるはずなのに、いなかった。それはいつからなのか、実際はどこにいたのか。インプラントなりなんなり、いろんな策を弄した可能性はあるわ。もちろんその点も調べるけれど、たとえ彼人が殺人事件とは無関係だとしても……」

イングレイはため息をついた。「わかるわ。じつはね、ここに来たいちばんの理由はそれなの。パーラドに会わせてもらえないかしら?」公安局に身柄拘束された人間にはたして面会できるのか。娯楽作品ではよくあることだが、創作と現実が乖離しているケースは多い。それにトークリスのいうように、パーラドの状況は複雑だ。

「かなりむずかしいわね」トークリスは顔をしかめた。「副部長から、面会要請は拒否するようにいわれているの。でも理由はたぶん、報道関係者にあれこれつつかれて、余計なことを知られたら困るからだと思う。だからちょっと確認してみるわね……」目つきがしばらくうつろになる。「いいわよ、副部長からオーケイが出たわ。パーラドがイングレイとの面会を承諾すれば、という前提ね。それから、ふたりの会話は録音されて、何かあれば調べられるわよ」

「わかったわ。ほんとにありがとう、トークリス」

8

結果として、被留置者との面会は、娯楽作品とたいして違わなかった。イングレイがトークリスに案内されたのは灰色の壁に囲まれた狭い部屋で、長さ二メートルほどの背のないベンチがひとつだけある。

「そこにすわってて」トークリスは汚れた白いプラスチックのベンチを指さした。「すぐ会えるから」

彼女が部屋を出ていくと、ベンチ前の壁の色が徐々に薄くなり、その向こうにべつの狭い部屋が現われた。ただそこにベンチはなく、パーラドひとりが立っていた。服は上下ともに灰色で、足は裸足だ。

「イングレイ――」ほほえみだろうか、彼人の唇がほんの少しゆがんだ。「こんなところに来るべきじゃない」

イングレイは自分だけすわっていられなくて、立ち上がった。

「たぶんそうね」ゆうべからずっと、朝食のあいだも悩みつづけたのだ。パーラドとは早く縁を切ったほうがいいのはわかっている。イングレイはほんの一瞬、足もとの地面が消えて自由落下するようなめまいに襲われた。「でも、あなたをこのままにしてはおけないの。小さいころ、わたしをかばってくれたお返しをしなくては」

パーラドは、今度はほんものの笑みを浮かべた。ただし、ほんの少しだけ。

「ここでなんの問題もないよ。一人部屋で、決まった時間に食事ができる。オースコルド家ほど豪華な食事ではないけどね。どうかご心配なく」

「議長が来るわ」

「そう、彼男（かれ）はきっと来る」顔つきに変化はないが、感情を表に出さない人だから心は読めない。

しかし、〝彼男〟といった。イングレイの言い方から、父と姉のどちらなのかは判断できない。パーラドは姉が後継者になったのを知らないのか？

「連絡があったの？」

「なくてもわかる。わたしが帰ってきたと知れば、娘に代行させたりはしない。フワエに着いたらここへ直行し、わたしに会わせろとかならず要求する」

どうして断言できるのかを尋ねようと思ったが、イングレイは考えなおした。バドラキム家はオースコルド家とは違うのだ。エシアトが実子の長女に名を継がせるのは疑問の余地がなかった。養子に出さずにわが手で育て、必要な教育を施したのだ。ほかの子どもたちは最初から、自分の行く末は姉とは違うこと、いくら父親の機嫌をとったところで境遇は変わらないことを知っていた。それでも今回、エシアト・バドラキムは人目を気にせずまっすぐここへ来るだろう。何をしようと、パーラドはわが子なのだから。

　でもそれなら、流刑地送りを防ぐ何らかの手を打ってもよかったはずだが、何もしなかった。そういえば、パーラドはイングレイに、ユイシン船長の忠告に従えといった。つまり、家族から離れたほうがいいと。彼人はダナックという人間を知り、屋敷でひと晩過ごしてそう思ったのだろうか。

「もし議長が来たら、会うつもり？」その気になれば拒否することもできるのだ。「会っても平気？」

「流刑地に送り返されないかぎり平気だよ。イングレイ、あなたはわたしのためにやらなくてもいいことまでやってくれ、ここにも来るべきではなかったと思う。だからこれ以上はあつかましいのを承知のうえで、ひとつお願いしたいことがある」イングレイが口を開く間もなくつづけた。「いいわよ、と答えるまえに、まずそれが何かを聞いてほしい」

「はい、わかったわ、聞きましょう」

　パーラドの唇がまた、ほんの一瞬ゆがんだ。

「わたしの鞄の返却を請求してもらいたい。包丁以外は――どうか料理人に、わたしが心から謝罪していると伝えてほしい――返却してもらえるはずだから」

「やってみるわね。わたしの手もとに置いておけばいい？」あなたがここから出るまで、とはいわずにおく。いまのところその可能性は低いだろうし、出られたところで流刑地に送り返されるにちがいない。と、そこでイングレイは、パーラドの置かれた状況を厳しい現実のものとして実感した。彼人はこれからどうなるのだろう？　イングレイの悩みや苦しみ――彼人をフワエに連れてきたことが発覚して被るトラブルや、ダナックとの確執、養母との不協和音など、彼人の苦境に比べればたいしたことはない。

「うん、それで十分」と、パーラド。「ただ、これは簡単なほうのお願いで――もしよければ、わたしがエシアト・バドラキムと面会するとき、立ち会ってもらえないかな。彼男とふたりきりで話すのは、できれば避けたい。もちろん、あなたが断わっても恨みはしないよ。むしろ断わるのが筋だと思う、自分の身を考えれば」

しかし、パーラドの身のためにはならない。イングレイは漠然とそう思ったものの、自分が同席することで、何がどう違うかはわからなかった。パーラドはティア・シーラスで、自分はパーラドではないと、堂々と嘘をつけた人なのだ。

「流刑地の待遇はどれくらいひどかったの？　一般市民と隔離する程度じゃないということ？」

彼人は即答せず、ひとつ大きく息を吸うと、慎重に言葉を選びながらこういった。

「全員が空腹を満たせる食糧さえあれば、大きな問題はない。本来、それは可能なはずで、自給自足できることになっている。といっても、流刑地のなかで耕地は限られ、すでにその大半に、ここは自分のものだと主張する者たちがいる。そこにとりいることができれば、相手が信用に足る人間であればなんとかやっていけるものの、なかなかそううまくもいかない。しかもメカなしとくれば、重労働でね……。たまにある配給品の投下地点を自分の土地にできれば、またタイミングさえよければ、配給品をすべて自分と仲間のために取っておける」

イングレイは言葉をなくした。

「あるとき――」パーラドは黙りこくったイングレイに話しつづけた。「配給品が投下されたあと、ちょっとした争いが起きた。自分が生き延びるので精一杯で他人のことなど気にもとめない連中が、配給の医療品を奪いあった。ここフワエでは、たぶんニュースにもならなかったと思う。しょせん、流刑地でのごたごたは対岸の火事でしかない」口ぶりは穏やかながら、イングレイはそこに痛烈な批判を感じた。「こんな話はもうよそう。あなたがネタノの名を継いで政治家になるならともかく――その可能性はなさそうだから。どうか、悪くとらないでほしい。むしろ継がないほうがあなたのためだと思っている。わたしの姉であれば流刑地の実情に関心をもってくれるかもしれないから、もし何かの折に姉に会ったら、話してみてほしい」

「ええ、いいわよ、かならず話すわ。議長と面会するときは、わたしも来るわね」

パーラドは口もとをひきしめた――「ありがとう、イングレイ」


屋敷にもどったイングレイは、引き取ったパーラドの鞄を肩に掛けたまま、まっすぐ応接間へ行った。きょうの古代ガラスは緑と青に輝き、大窓の向こうに見える苔色(こけいろ)の岩や木々、花々は陽光にきらめいている。オムケム連邦の領事は中庭を背にしてすわり、その隣でダナックが彼女に何やら話していた。

「領事――」イングレイはダナックが話しおわらないうちに声をかけ、邪魔をするなといわれないうちにつづけた。「イングレイ・オースコルドと申します。公安局ではすれちがいになってしまいました。きょうの朝一番に、副部長にお目にかかりに行ったのですが、領事とお話し中だったので、所用をすませてもどったところ、領事はすでにお帰りになったということで。ここでお会いできてよかったです」

「オースコルド殿」領事は立ち上がった。オムケムにしても、ずいぶん背が高い。ズボン姿だが、フワエではカジュアルすぎて、重要な案件を話し合う服装には見えない。おそらくいまは、オムケムであることを強調したいのだろう。「お心遣い感謝します。今回の事件はきわめて不運としかいいようがなく、ヘヴォムが無関係であることを副部長にお話ししましたが、ご理解いただけなかったようで。しかし、ザットがヘヴォムを随行させた理由は何より、自分に危害を加えない者だったからです」

ダナックはイングレイの登場が気にくわないらしく、顔をしかめている。

「ええ、きっとそうでしょうね」と、イングレイ。「話しかけることもできないようでしたから」

「はい、触れることもできません」領事は椅子にすわろうとしなかった。「ザットはときに人を怒らせ、敵がいることも事実です。しかしヘヴォムは、彼女の敵にもなりえません」

イングレイはヘヴォムが公園でいった言葉を思い出した——時間の無駄だ、もっと重要なことがいくらでもあるというのに、こんなところでのらくらするとは。

「驚きました」と、イングレイ。「あの方に敵がいるのですか？」

「簡単には説明できませんね、オムケム政界に関する解説抜きでは」領事はにっこりした。

「ヘヴォムが拘束されなかったのはありがたいことですが、彼男をここにひとりでは置いておけませんので、せめてステーションのオムケム領事館に連れていきます。あなたのお母さまがご不在なのが残念です。もしいらっしゃれば、副部長にひと言強くいっていただけたでしょうに。今回の件は、何から何までじつにタイミングが悪い」

「ええ、ほんとうに。ところで、ヘヴォム殿にはお会いになりました？　わたしが出かけるときはまだ眠ってらっしゃったので。わたしの外出中は、このダナックがお世話させていただいたと思いますが」イングレイは兄のほうをふりむかなかった。彼女の尊大な言い方に、表情を変えたりすることはないだろう。内心は、さておき。

「この時間なら、もういいでしょう。いまから会いにいってきますよ」領事が立ったままなのは、そのためだったらしい。

「わかりました。では何か必要なことがあれば遠慮なさらず、家の者をお呼びくださいね」

領事は部屋から出ていき、ダナックはすわったまま、さも楽しげにいった。

「公安局に行った理由はお見通しだよ。パーラドにメロメロかな？」

「いったいなんの話？」椅子にすわればダナックとうっとうしい会話をすることになるだろう。イングレイは部屋を出ていきかけて、ふと思った。ダナックは彼女には敵愾心まるだしだが、オースコルド家の利害が関係するときは協力的になる。

「ねえ――」イングレイはダナックに訊いた。「ザットに危害を加えないのはヘヴォムだけ、という領事の話はなんだかおかしくない？」

「ヘヴォムだけとはいっていない」ダナックは小ばかにしたように笑った。「それにイングレイはつい最近まで、よそでうろちょろしていたから、客人たちとまともに話してもいないだろ。ザットは自分は政治家ではない、真実にしか興味がないと、まあ、そんなふうなことをいったが、そのわりに彼女の公園プロジェクトは政治的色合いが濃い」

「ええ、そうね」ダナックの講義が始まらないうちにイングレイはいった。「フワエの最初の入植者はオムケムだという証拠が出れば、政治的な意味をもつわ」

「ああ。ザットはオムケムが――少なくともエウェト・オムケムが、フワエを経由して現在の星系におちついたと考えている。といっても、エウェトの大多数は、いまのオムケム星系こそ人類の故郷だと信じている。自分たちもそこで誕生し、以来ずっと住みつづけているとね」イングレイは顔をしかめ、ダナックはつづけた。「どっちもどっちだな。私見では、どちらも真実ではないよ。でもまあ、ザットの前でそんなことはいわなかったし、ヘヴォムにも領事にもいう気はないけどね。ただし、ザットの仮説は正しいと関係者を説得できれば、フワエ／バイット・ゲートの通行に関し、有効な交渉カードとして使えるだろう。連邦はこの何年も、艦隊にゲートを使わせろと迫っている」

「ほんとに有効かしら？　あまりそうは思えないけど……」イングレイが考えているあいだ、ダナックはにやにやしている。「連邦が意識しているのはフワエだけじゃないでしょう。自分たちの政策の正当性をオムケム市民に示したいのじゃないかしら」

「たぶんんね。最低でも一部派閥に正当性を与える」

「そしてもしザットの仮説がまちがっていたら、あるいは、証明したくても妨害を受けて証明できなければ、その派閥は政治的、道義的影響力を失うわ」

「その結果、べつの派閥の影響力が大きくなるが、だからといってフワエにそうそう強気で迫ることはできないだろう。ザットは今回の調査を完全に自腹でやっていたわけじゃない。金を持ってはいても、そこまではね。連邦の助成金も利用している」

連邦は当然、最終的に助成金を手にするのはネタノ・オースコルドだと承知しているだろう。

「お母さんが議長になるのに一役買えば、貸しができると思ったのかも」連邦は、あるいは資金の潤沢な派閥は、ネタノが四人の議長のひとりとして、オムケム艦隊のゲート通過に賛成すると本気で考えているのか？「いちばんの目的はそれかもしれないわ」

「いちばんの目的――。母さんは、ザットの調査は不発に終わると踏んだのさ。でなきゃ受け入れたりしなかっただろう。だが連邦政府の一部は、そこまで確信がもてなかった。フワエの最初の入植者がエウェトだというザットの主張が証明されては困る連中だ」

「つまり、公園発掘に反対するフワエ市民以外にも――」

「そんなのはどっさりいるよ」

「でしょうね。でもきのう事件があったとき、反対派が公園の近くにいれば、公安局が見つけて連行したはずよ。そう考えると、ザットの死を望んでいたのはオムケム連邦の人間ということにならない？」それにオムケムなら、ザットのメカであるユートも操縦できる。ただし、ユートが使われたという証拠はなかった。でもいまここで、それをダナックにいう必要はないだろう。「事件現場の近くにいたオムケムは、ヘヴォムだけなのよ」しかも領事は、ヘヴォムを早くフワエから連れ出したいようだった。「どうして副部長は彼男を拘束しなかったのかしら？」

「いわせてもらえば――」ぞんざいに。「ヴェレット副部長は、リム区のハトリだからだ。ハトリはいまだに、ラレウムにあるアーサモル区の遺物はリムから盗んだものだと主張し、寄贈したのはネタノではなく、家名も記されていないというのに、オースコルド家と結びつけて考える。おまけに、自分らは弱者だというふりをしたがる」

毎年のように、リム区議員団は遺物を返せと要求し、そのたびにネタノは門前払いをくわせるのだ。

「副部長に問題があるといいたいの？　いちばん怪しい人を逮捕しないのは、オースコルド家を困らせるためだと？　でもそんなことをしなくたって、お母さんにとってはもう十分迷惑きわまりない事件よ」

ダナックはどうでもよさそうな仕草をした。「あいつはそのうち、ヘヴォムをオムケムに帰すさ」

「もし真犯人だったらどうするの？　わたしたちがこの家にかくまって、領事が彼男を連れて帰ったら、副部長は……」

「パーラドを犯人に仕立てるだけだ。どっちみち、彼人は処分されるんだから。真犯人が逃げおおせたら、ザットの金は予定どおりオースコルドに入り……」

「それはないんじゃない？」

「でなければ、ヘヴォムは逮捕されて流刑地送りとなり、彼男を守りたい派閥と敵対関係になるか。ザット亡きいま、彼女を支援していた一派は力を失う」

「ナンクル・ラックに相談しましょうよ」

「は？　ぼくは首をつっこみたくないね。イングレイはナンクルにも母さんにも知らせずに公安局へ行ったんじゃないか？　いまさら相談しても、大目玉をくらうのがおちだ。それにぼくは、事件の現場近くにいた関係者のひとりだからね。何より、パーラドをフワエに連れてきたのはイングレイだと、バドラキム議長に知られたらおおごとになる。母さんは頭を抱えるだろう。ましてや、選挙が近い」

イングレイが返事をしかけると、視界でオレンジ色の緊急警報がまたたいた。と、その直後、何かぶつかる音がしてドアが開き、メカ蜘蛛が一匹入ってきた。背後には、怯えきった顔つきの召使がひとり——。

「イングレイ・オースコルド」甲高い声でメカがいった。「ティク・ユイシンはどこにいる？」

イングレイはびっくりして、まじろぎもせずメカを見つめた。

「もしかして大使……ですか？」

返事はない。メカの動きがぴたりと止まった。それから爪を、床に叩きつける。イングレイがティア・シーラスのドックで見た、ゲックの大使の動きとおなじだ。

「わ、わたしは知りません、大使。あれから……下船してから、まったく姿を見ていないし、噂にも聞きませんから」

ふたたび静寂。大使は爪を、今度は三度、床に激しく叩きつけた。

「もうひとりはどこにいる？　ガラル・ケットは？　どこにも見当たらない」

「すみません、大使はどうやってここへ？」イングレイがきょろきょろしても、大使以外にはおろおろびくびくした召使ひとりしかいないのだ。公安局の職員とか外交官とか、護衛する者の姿はまったくない。大使自身ではなくメカだから、身の安全は気にしなくてよいということか。

メカ蜘蛛はまた沈黙し、微動だにしない。大使ははるか遠くの軌道にいて、通信に多少の時間がかかるのだろう。

「どうやってここに来たのかは――」甲高い声がした。「あなたには関係ない。ティク・ユイシンはどこにいる？」毛のはえた曲がった脚を一本、ダナックのほうに突きつける。ダナックは無言でメカ蜘蛛を見つめていた。「あれは誰だ？」

「兄のダナックです。ダナック、こちらはゲックの大使よ」イングレイはまばたきし、さっき使った地上車を呼んだ。まだそう遠くへは行っていないはず。

「ほう……」ダナックが驚きのつぶやきを漏らし、メカ蜘蛛の目がひとつを除いていっせいに彼男のほうへ向いた。「失礼しました、大使」ダナックはおちつきをとりもどして立ち上がった。「お目にかかれて光栄です」

静寂。目がまたいっせいにイングレイのほうへもどる。

「ティク・ユイシンのところへ連れていきなさい。ユイシンは船を盗んだ。それはあなたも知っている。あなたもティア・シーラスにいた。わたしは何度も人間といっしょにいたことがある。いまあなたを見つけ、あなたを見ている。否定するならすればいい。あなたは成功するかもしれないし、しないかもしれない。わたしはあなたを見ている」

「ねえ、ダナック、その上着を貸してくれない？」

「いったい何をやらかしたんだよ？」

「上着はどうでもいい」と、甲高い声。「ティク・ユイシンに会わせなさい」

「脱いでこっちへ投げてちょうだい、ダナック」イングレイは魂をこめて祈った。どうかダナックが、ライバル心をむきだしにせず、家族らしくふるまってくれますように。たまにはそういうこともなくはないのだ。

大使の、メカ蜘蛛の飛び出した目はひとつ残らずイングレイに釘づけだ。

大使はまた爪で床を叩いた。「ガラル・ケットはどこにいる。ガラル・ケットなら居場所を知っている」

「わたしはほんとうに知らないんです。それに大使、エスコートなしにここに来るのは――」たぶん認可を得てはいないだろう。「条約違反になりかねません。ねえ、ダナック、上着をこっちへ」

「自分のやってることがわかってるんだろうな」ダナックはそういいながら上着を脱いだ。

メカ蜘蛛の目の柄から、わずかに力が抜けた。が、イングレイからそらすことはない。

「違反に近いが、違反ではない」と、大使。「わたしは条約を熟知している」

　イングレイの視界に、地上車が玄関前に到着したというメッセージが灯った。

「きっとそうなんでしょうね。でもやはり、船におもどりになられたほうがいいかと」イングレイは大使が誰にも見つからずに帰れるとは思えなかった。とはいえ現実に大使は、このメカ蜘蛛は、人目を忍んでここまで来ることができたのだ――。そういえば、ユイシン船長のメカがゼリーのように形を変えたり、脚を伸ばしたりしたのを思い出し、ぞっとした。

「ティク・ユイシンに会うまでは、船にもどらない」大使は引き下がらなかった。

「大使――」イングレイは理路整然と聞こえるよう、努めて冷静にいった。「ユイシン船長はティア市民ですから、大使が何かを強制することはできないかと思います。船長としては、話すべきことはすべてティア・シーラスで話したのではないでしょうか」

　ダナックが足早にメカ蜘蛛の後ろへ行って、上着を目にかぶせた。

「おっと……申し訳ない。イングレイに投げたつもりだったが」

　イングレイは間を置かず、部屋から飛び出した。ドア口にいた召使がぎょっとして飛びのき、イングレイはそのまま玄関ホールを抜けて地上車へ。

「お母さんの事務局へ行って！」乗りこむなりわめく。これではまるでインプラントなしの、言葉でしか伝達できない子どもとおなじだ。「ナンクル・ラックに、すぐ話したいって連絡して！」

叔人のラック・オースコルドは、フライヤーで数時間かかるネタノの本部事務局の局長だったが、このアーサモル区にも支部がある。飾りけのない狭い部屋で、焦げ茶色の壁にぽつんとひとつ、地味な小さな額が掛けられて、それが唯一の遺物だった。なかに入っているのは、初代ネタノが議員として初めて議会に出席したときの入場カードだ。そんな質素な部屋でいやでも目を引くのは、ディスプレイ壁の前に置かれたテーブルだった。緑と白の縞大理石で、両側にはひとつずつ、座面が金襴緞子の低い椅子がディスプレイに向かって置かれている。

「待ちなさい」ナンクル・ラックは、イングレイが話しきるまで質問しないでほしいと頼んだにもかかわらず、途中でさえぎった。背が低く小太りな無性で、その体格と無口で穏やかな印象から、初対面の人は見くびりがちだが、それも長くはつづかない。いま、傍目から見るかぎり、彼人は金襴緞子の椅子に腰かけ、イングレイと向かいあっている。しかし実際は、何千、何万キロも離れた遠方にいて、彼人の周囲の光景はイングレイのいる部屋に合わせてディスプレイ壁に映っているだけだ。

「イングレイは公安局へ行き、パーラド・バドラキムとの面会を要求したのだな？　彼人をフワエへ連れてきただけでももってのほかだというのに。しかも偽のＩＤまで持たせ……」深いため息。「何をしたかったのだ、イングレイ？　ダナックならまだしも――」イングレイの部屋のドアが開いてラックは黙り、黒い肌の丸顔におっとりした笑みを浮かべた。入ってきたのは職員で、スルバのカップをイングレイの横のテーブルに置く。ラックは職員が部屋を出たところでまた話しはじめた。

「イングレイとダナックが手を組むのは珍しいから、今回もそうではないだろう」

「はい、違います」

「まさかイングレイがこれほどの厄介ごとをもちこむとは」声には非難がこめられていた。

「話を最後まで聞いてください」強い口調でいったものの、内心では逃げ出したかった。この部屋を出て、外の通りへ出て……それからどこへ？　行く当てはない。「パーラドから、お父さまと面会するとき、わたしも同席してくれと頼まれました。エシアト・バドラキムはかならず来る、それも姉ではなく父親が来る、と確信しているようです。わたしは同席することを承知して、そのあと……」

「ふむ。それはいいかもしれないな」ようやく声に、多少の安堵が混じった。上品なシルクの上着を脱いで椅子の背に掛け、ほつれた髪をかきあげる。そしてテーブルから、自分用のスルバのカップを取った。「予想したほど悪い事態ではなさそうだ。さ、話をつづけなさい」

「そのあと、家に帰ったら……」イングレイは自由落下するような、ぞっとする感覚に襲われた。「オムケムの領事が来ていました」

「それは知っている。ネタノは領事からすでに話を聞いたらしい。長々しい話をね」

「領事はヘヴォムを早くフワエから連れて帰りたいようでした。ヘヴォムはザット殿の親戚筋で、ザット殿は有力者でしたから。でも……少しおかしくないですか？　ヘヴォムは拘束されず、うちの屋敷でいたれりつくせりの世話をされています」

「うーむ」スルバをひと口。「たしかに……。先をつづけなさい」

「わたしは領事に、副部長に会いに公安局へ行ったと話しました。でも、これは嘘です。ほんとうは副部長ではなくパーラドでした」ラックの表情に変化はない。「領事は母が不在なのは残念だといってから、ヘヴォムの部屋へ行きました。それから……」事実を告げるのに、いささか臆する。「……ゲックの大使が訪ねてきました」

ラックはやや間を置いてから、「ともあれ、予想したような悪い事態ではない」といった。

「予想をはるかに超える、最悪の事態だ」

「はい……。わたしとパーラドが乗った船は小さな貨物船で、船長はティク・ユイシンというティア市民です。でもティア・シーラスを出航するまえ、ゲックの大使がやってきて、その船はゲックから盗まれたものだと主張したんです。ユイシン船長は船主であることを証明するデータを揃えていたのですが、大使は信じられなかったのでしょう。だからたぶん、わたしたちをフワエまで追ってきたのだと思います。大使はわたしに、ユイシン船長の居所を教えろと迫りました。でもわたし、ほんとうに知らないんです。それにどうして大使が誰にも気づかれずに屋敷まで来られたのかが不思議で不思議で……。ただ、姿はメカ蜘蛛で、わたしとの会話のつなぎに間があったので、ご本人は軌道のどこかにいらっしゃるんだと思います。ユイシン船長の居場所を教えろとしつこくいわれましたけど、わたしはほんとうに知らないからどうしようもなくて。ほかには、ガラルの居場所も訊かれました。ガラルというのは、そのときパーラドが使っていた偽名です。わたしは仕方なく……」どう説明すればいいだろう?「ダナックに上着を貸してくれ、投げてくれと頼みました。彼男もたまたまおなじ部屋にいたので」

「ダナックはたいていいつもからんでくるな」

「そうしたら、彼男の投げた上着がメカ蜘蛛の一ダースくらいある目にかぶさって、わたしはメカの目が見えないうちに、すぐ部屋から飛び出したんです。そして地上車で、まっすぐここへ来ました」

ラックはスルバのカップをゆっくりとテーブルに置き、ため息をついた。

「イングレイがネタノの家に初めて来たときのことはよく覚えている。とてもおとなしい子だった。ようやく姉にも思慮分別のある家族ができた、と思ったものだ」

「えっ……」イングレイはまごついた。ナンクルは芝居がかったこと、大げさなことをいう人ではない。つねに沈着冷静で、必要とあれば残酷なほど単刀直入になる。

「この何日かをふりかえると、見立て違いの感もなくはないが。それでも、イングレイの顔を見られてうれしい。ダナックと息が合っていることも」

「息が合うというのは、ちょっと……」イングレイは言葉に詰まった。たしかにダナックは、上着を投げてくれと頼んだとき、意味をくみとり実行してくれた。

「オースコルド家が窮地に立たされ、危機的状況になれば——」と、ラック。「ダナックはやるべきことをやるだろう。ネタノがもし……。いや、これはまたべつの機会に話そう」首を横に振る。「想像するに、ここへ来たのはわたしの助言を、指示を求めるためではないな?」

「とんでもない。助言がほしくて来ました!」つい声が大きくなる。「パーラドが議長に会うときは同席すると約束しました。わたし自身が決めたことですから、結果がどうなっても責任はとります」ほんとうに？　ほんとうにとれる？　「でも、ゲックの大使の件はまったく別問題で、そうもいきません」

「どうやら、完全に分別をなくしたわけではないらしい」ラックはまぶたを閉じた。そして開くと、何かを聞くか読むかしているのだろう、ぼんやり宙をながめてから、ようやくこういった。「ゲックはこの星系に入るなり、ティク・ユイシンに会わせろと要求したらしい。だがその時点で、ユイシンはドックを発ち、非フワエの星系外ステーションに向かうルート上にいた。現在はもう、フワエの管轄外の宙域だろう」

いや、それはない、とイングレイは思った。非フワエの星系外ステーションは大半がかなり遠方にあるのだ。ただ、そういうことにしておけば、ゲックの大使にはフワエ圏外に出たと言い訳できる。

「でもどちらにしろ――」と、イングレイはいった。「ユイシン船長はティア市民で、ティア・シーラスの知事も彼男をゲックに引き渡すのは拒否しました。フワエとしても、ティアと揉めたくはないでしょう？　それに、船長はゲックではなく人間だから、ゲックの権限はおよばないと思うんですけど」

「そこがわたしも不思議でね。ゲックはなぜそこまでこだわるのか――。だが、イングレイのいうとおり、彼男を引き渡すことはできない。少なくとも、ゲックとの関係で悪しき先例となるだろう。はっきりいって、論外だ。ゲックとは過去、いっさいの交渉はなく、本来ならお偉いラドチャーイの大使が処理すべき事項だ。しかしいま、ゲック船にいるラドチャーイの大使から、自分には何もできないと連絡があった。大使がそんなことでどうする?」

「わたしにはよくわかりません……」

「ユイシン船長なりに、こちらを思いやってそそくさと出航したのだろう。しかし、まだごく一部しか知らなかったゲックの訪問を彼男が知ったとすれば、じつに奇妙だ」イングレイが何もいわないので、ラックはつづけた。「あの船は、盗まれたものだな?」

イングレイとしては、ナンクルに露骨な嘘はつけない。

「法的な証明書は揃っていました、造船所まで明記されて」

「尋ねたのは、そういうことではない。しかし答えは明白らしいな。では、イングレイ、なぜティア・シーラスに行った? 身ひとつで帰ってくるほど、あそこでいったい何を買った?」

どういえば納得してもらえるか。イングレイは考える時間を稼ごうと、スルバのカップを取った。

「イングレイ」ラックはスルバを飲む彼女に険しい表情でいった。「まさかブローカーのもとへ行き、パーラド・バドラキムを流刑地から連れ出せと依頼したわけではないな? どうか、違う、と否定してほしい」

イングレイは口のなかいっぱいのスルバを飲みこむことができなかった。かといって吐き出すわけにもいかず、なんとか喉を動かして、カップをゆっくり、そっとテーブルにもどした。声がうわずらないように気をつける。

「愚かなことをしました」それだけ答えるのに、ずいぶん時間がかかってしまった。

ラックはため息をついた。「子どもたちを競争させるのはよくない。わたしはネタノに最初からそういってきた。危険を冒した子に褒美を与えるのは慎重にしたほうがよいともね。だがネタノは、自分のやり方を変えようとはしなかった。ヴァオアが家を出て初めて、自分の間違いに気づいたのだと思う。イングレイもダナックも、ヴァオアは放逐されたと信じているのだろうが、実際は違う。彼人はネタノから去りたかった。オースコルド家から逃げ出したかったのだ。オースコルド家をあのようにしたのはネタノだからね。にわかには信じがたいだろうが、ネタノは打ちのめされた。彼女とわたしの母親は……うむ……。母が亡くなるまで、ネタノが子どもをもたなかったのには理由があるのだよ。血を分けた子がいないことにもね。ネタノは自分の母親のようにはなりたくなかった。だからヴァオアが家を出たとき……」かぶりを振る。「ネタノは子どもたちへの接し方をあらためようとはしたが、人はそう簡単に変われるものではない。それに、もはや手遅れともいえた。だがそれでもわたしは、ばかげた功名心と敵意に満ちた行為に走るのはダナックくらいだと思っていたよ」

イングレイは反論どころか、何もいえなくなった。

「選んだブローカーは……ゴールド・オーキッドあたりか？　そして高い報酬を払い、パーラドを脱走させた？」

ここまでずばりといわれると、どうしようもない。

「はい、そうです」

「わたしのほうで打つ手を考えよう」ラックはうつむいた姪にいった。「いろいろ複雑な要素がからむからね。パーラドの脱走の件が露見すれば、母親もわたしもイングレイを守りきれないだろう。おそらくそうならないとは思うが——。どこの議員も、ティアのブローカーと一度や二度は物議をかもしかねない取引をしたことがあるはずだからね、本人でなくても家族が。表沙汰にならない理由はほかにもいくつか思いつくが、絶対にそうならないという保証はしかねる」

「はい、わかっています」イングレイはたまらなくみじめだった。どうして自分はあんなことをしてしまったのか。

「現実は現実として対処するしかない。さあ、公安局に行きなさい。もしゲックの大使があとを追ってきたら——あなたとは話せない、認可なしのフワエ滞在は条約違反になりかねない、と失礼のないように、かつ第三者がいる場で伝えなさい」

「条約に関しては、屋敷でも話しました」

「いいだろう。だがくりかえし、伝えなさい。それ以外のことは、いっさい口にしてはならない。わたしはネタノに連絡して、ラドチャーイの対ゲック大使に苦情を申し立てるようにいっておく」

「ありがとうございます」

「ほんとうにそう思うなら、議長とパーラドの面会内容をすべてわたしに教えなさい。議長がパーラドの帰郷を知るなりとんぼ返りしてくるのは、きわめて興味深い。そしてもっと興味深いのは、ゲックが来てもなお娘に代行させず、議長みずから面会することだ。裏に何かあるにちがいないが、思いあたるふしはないか?」

「いいえ、とくには」と答えつつ、イングレイはナンクルのいうとおりだと感じた。いまさらながら、パーラドにはパーラドの心算があったのだと思う。しかもかなりまえからで、遅くとも、イングレイといっしょにフワエに帰るのを了承した時点ですでにあったのだ。彼人にとって、イングレイの計画は渡りに船だったのだろう。公安局に逮捕されるのも、たぶん織り込み済みだったにちがいない。

「ほんとうに申し訳ありません」

「あやまるだけで一件落着となれば楽だがな。さあ、もう行きなさい。わたしは待たせてはいけない人たちをずいぶん待たせている。それにしても、イングレイ……もっと早くに相談してくれたらよかったものを。たいへん残念に思っているが、ともかく今後は何をしようと、どうかかならずわたしに知らせてほしい」

「はい、かならず」イングレイは神妙に答えた。

9

地上車に乗り、パーラドの黒い鞄(かばん)を足もとに置くと、イングレイは座席に身を沈め、目を閉じた。ナンクル・ラックと話した事務所から公安局の支部まではたいした距離ではないものの、歩いていけば知り合いに出くわす可能性があった。へたをすると、ニュースメディアの人間に。最悪中の最悪は、ゲックの大使だ。

と、思ったそのとき、耳にささやき声がした。言語はイール語。

「イングレイ、頼む、悲鳴をあげないでくれ」

彼女(かのじょ)はまぶたを開いた。

「おれだ、ティク・ユイシンだ。悲鳴をあげるようなタイプじゃないと思うが、念のために」

すると、イングレイの足もとの鞄から、目のついた長い柄(え)がひょろりと伸びて、毛のはえた節のある脚が三本現われた。

イングレイはぎょっとして飛び上がり、頭が車の天井にぶつかった。

「非常事態でしょうか?」コントロールパネルが訊いてきた。イングレイは座席に倒れこみ、小さなうめきが漏れる。「十五秒以内に確認の返答を――」

「平気よ、何もないわ」

　イングレイは少しでもメカ蜘蛛から離れようと、座席に体を押しつけた。「いったい……」

言葉が出てこない。

　鞄の表面から、目がまたひとつ伸びてきた。そう、これは鞄なんかじゃない。メカ蜘蛛は形を変えることができるのだ。それならゲックの大使が人知れず、イングレイの家に来られたのもうなずける。

「パーラドは……」〝ガラル〟といわなければ、ユイシン船長にはわからないだろうか？　だがヴェレット副部長が〝パーラド〟と呼んだとき、彼人はこの鞄を持っていた。「パーラドは知っていたのね、これが――」

「おれはパーラドから目を離したくなかった」イングレイの言葉を無視してメカがしゃべりはじめた。「彼人にはありがた迷惑だったかもしれないが、結果的には正解だ」

　イングレイは納得した。船長は遠方にいるから、通信に遅延が生じるのだ。ゲックの大使の場合は一秒くらいだったが、船長はもっと遠くにいるはずだ。

「拘束されたパーラドの行く末はひとつ、それも最悪のものだ。オムケムが手出しをすればなおさらね。あんたも屋敷できょうだいと話したから、すでに承知しているだろう。そうでなくても、いずれは気づいたはずだ。ではそこで、おれたちにいったい何ができるか？」

　イングレイは船長の話が完全に終わったかどうかを確認するため、少し間を置いてから答えた。

「どうしてそんなにパーラドのことを心配するの？」

　一秒ほどたってからメカが答えた。

「どうでもいいことは訊かないでくれ。時間を無駄にはできない。オムケムの領事はおそらく、パーラドをザットの殺害犯として引き渡せといってくるだろう。真犯人がヘヴォムなのはわかりきっているのにね。動機は不明だが、どうせ政治的なものか、しょうもない家筋の対立だ。ヘヴォムは遠縁、それも姻族でしかない。オムケムは流刑地送りのような面倒くさいことはせず、必要とみなせばパーラドを公開処刑するだろう。あんただって、パーラドだって、影響力のある者を知ってはいるが、力を貸してくれるとは思えない。ネタノ・オースコルドはもうじきステーションに到着する。が、ナンクル・ラックなら協力してくれるんじゃないか？　少なくとも、ある程度までは。あんたのことだから、何らかの結論を出すまでに五分か十分くらいは思い悩むだろう。しかしいま、そんな余裕はない。公安局はもう目の前だ」

　メカ蜘蛛は目と脚を引っこめて鞄の形にもどった。いや、外見だけでなく、パーラドの私物もきちんと収めたまぎれもない鞄だ。

「ちょ、ちょっと待ってよ」地上車は公安局の前で停止した。「どうしてここまでするの？」もちろんすぐに返事はない。かといって、車内にすわったまま、鞄に向かって文句をいうわけにもいかない。イングレイは鞄をとりあげ、車を降りかけた。

「仕方ない。五分から十分」一秒くらい間があって、鞄がささやいた。「それが限度だ。おれを持って歩いてくれ」

イングレイは答えなかった。これまで時間のずれは一秒ほど。ゲックの大使のときと変わらない。イングレイは鞄を肩に掛け、震えをこらえて公安局の入口に向かった。

蛮族(エイリアン)の大使がいきなり自宅に現われたと、どの部署に苦情をいえばいいだろう？ そうだ、まずトークリスに相談しよう。このまえは打ち明け話をしてくれたし、たぶん親身になって聞いてくれる。それに公安局の職員だから、どの部署に行けばいいのか見当がつくだろう。

ところが玄関ホールに入るなり、隅にいた三本脚の細長いメカがひょろひょろと近づいてきた。

「ミス・イングレイ・オースコルド、わたしについてきてください。重犯罪本部の副部長がすぐお目にかかります」

「えっ？ 何かあったの？」イングレイは驚いて、トークリスに会いたいと伝える暇もなかった。

「ミス・イングレイ・オースコルド、わたしについてきてください。重犯罪本部の副部長がすぐお目にかかります」メカはおなじ台詞(せりふ)しかいわない。

「そう……」たぶん何か起きたのだ。イングレイはとまどいつつも、メカについていった。

廊下を進むと、トークリスがオフィスの外にいた。

「イングレイ！」彼女が名前を呼ぶと、メカは回れ右をして去っていった。「メッセージを送ろうと思ったら、こちらに向かっていると聞いたから。じつはバドラキム議長がね——」

隣のドアが開いた。現われたのはきりっと整った顔だちの、長身で体格のいい男性、バドラキム議長だ。ほつれ毛一本なくきれいに編まれた髪は後ろでひとつにまとめられ、外見のよさは影響力につながることを熟知しているのがいやでもわかる。人前に出てくるときのバドラキム議長は、外見に関してはつねに非の打ちどころがない。

「重犯罪本部の惑星本部長と会おう。場合によっては、訴訟を起こすのもいとわない。ともかく今回は――」イングレイに気づいて、話を中断する。

彼女はといえば、ネタノの政敵にはおちついた態度をとるよう小さいころから訓練されているので、自然に笑顔になり、小さく頭を下げた。

「バドラキム議長、ごぶさたしております」

議長の背後のドアから副部長が出てきた。

「ミス・オースコルド、よく来てくれました。パーラドが、あなたが立ち会わないかぎり誰とも話さないというものでね。議長もさっきからずっとお待ちだ」

「裏にネタノがいるんだろう」バドラキム議長は副部長を無視してイングレイにいった。「パーラドをここに連れ戻したのはきみだ」

「おっしゃっていることがよくわかりませんが――」イングレイは笑みを浮かべたままいった。「わたしでお役に立てるならとてもうれしいです」

「きみの力などいらない。わたしはパーラドとふたりきりで、録音もされることなく話したい。わたしたちは親子だからね」

「議長、先ほど申し上げたように」副部長がいった。「居房の被収容者と面会人は、何らかの監視がかならずつきます」リム訛りで硬い話をされると、イングレイには違和感があり、議長もそうだったらしい。「過去に例外はあるものの――」わずかなためらい。「わたしの権限下で行なわれたものではありません。わたしは法律を厳守する立場にあります」

「きみもそろそろ職を替える時期らしい」

議長の言葉にイングレイは、過去の例外とやらは議長とパーラドがからんでいるのだと感じた。だからパーラドは今回、第三者の同席を執拗に要求しているのだ。

「生意気をいうようですが――」イングレイは議長にいった。「同席者を求めているのはパーラド自身ですから、副部長にはどうしようもないかと」しゃべりながらもイングレイは生きた心地がしなかった。母ネタノは子どもたちに、エシアト・バドラキムには礼儀正しく接しろ、ご機嫌うかがい以上のことはいうな、と厳命しているのだ。「わたしは喜んで同席させていただきます」

「きみはもちろんそうだろう」嫌味たらしくいうと、議長は副部長をふりむいた。「彼女は呼ばないようにいったはずだが」

「呼ばれてきたのではありません」と、イングレイ。「わたしはべつの用件でここに来ました」

議長は薄笑いを浮かべ、イングレイはオフィスの前で黙っているトークリスに話しかけた。

「あなたに相談したいことがあったの。パーラドの面会が終わってから、訪ねてもいい？」

「ええ、いつでもどうぞ」彼女はあとずさってオフィスに入ると、ドアを閉めた。

イングレイはバドラキム議長に顔をもどした。

「では、ごいっしょさせていただきます」

あのときとおなじ陰気な部屋、薄汚れた白いベンチ。パーラドはそこに立っているものの、実際は壁に映った像でしかない。彼人はイングレイの姿を見てわずかに唇をゆがめたが、言葉はかけなかった。

「じつに悲しい」しばらくして議長がいった。「わが子が何も話してくれないとは」

「話さないとはいっていない」と、パーラド。「イングレイがいれば、いくらでも話す。イングレイ、来てくれてありがとう」

「どういたしまして」

「流刑地からどうやって逃げ出した？」と、議長。「わたしの力では流刑地送りを阻止できず、流刑地から出すこともかなわなかったというのに」

「この期におよんで嘘はやめようよ」パーラドは毅然としていった。「あんなところには行かせない、行ってもかならず出してやるというのは口先だけだった。それでもあのときは信じたけどね。きっとなんとかしてくれると思った。でもいまは、信じない。家族のためになるならと、身を犠牲にしてなんでもやって、もう力が尽きた」怒りも激しさもなく、淡々と語る。

「じきにまた、あの遺物をどうしたか尋ねられるだろうね。ここの監視人にも訊かれたよ。パーラドといえばあの事件、ということらしい」

「よしなさい」

「あなたは平気でわが子を、盗みの罪で流刑地に送った。盗まれたものをどうやってとりかえすのかな?」パーラドはイングレイをふりむいた。「わたしは遺物を盗んでいない。それが真実だ。遺物は盗まれてなどいない。あるべき場所にずっとある」

「でも、自分が何をしたのかを広く知ってもらうといってなかった?」と、口にしたとたん、イングレイはばかなことをいったと気づいた。

「そうだよ。わたしが自然公園に埋めたと、あなたからニュースメディアに話してくれるとありがたい。バドラキム議長はたしか、公園の発掘に反対したと聞いた。しかしあそこに遺物があるとなれば、そうもいかない。これまでは、盗まれたものを発見したい、とりかえしたいという芝居をやりつづけていたのだから、発掘以外に手がなければ、いやでもそうするしかない」

「メディアはおまえが帰ってきたのを知らない」議長がいった。「気づいたところで、報道しないほうが身のためだと考える」

「バドラキムとオースコルドと、どっちのほうがメディアに顔がきくかな」パーラドは平然としている。「ネタノ・オースコルドは、バドラキム議長の面子を潰すチャンスにとびつくのでは? なんといっても、議長選が近い」

「いったい何が望みだ?」声が荒々しくなった。

「わたしの望みは、あなたの政治生命を終わらせること」おちつきはらって答える。「あなたがわたしにしたことを白日のもとにさらしてね。ただ残念ながら、証拠がない。裁判のときもそのせいで……」片手を振る。「こんなありさまになった。あなたにされたことを記者という記者に話したところで、おそらく何も変わらない。せいぜい裁判が何年もつづくくらいで、その何年ものあいだにあなたは、わたしの味方になる人たちの人生を台無しにしてまわる。でもね、わたしはあなたに実利主義を叩きこまれた。精一杯、あなたを右往左往させることで良しとするよ」

パーラドはイングレイに視線を向けた。「この星系の外に出たら、遺物にこだわるわたしたちは笑いものだよ。ばかげた騒ぎだというのがひとつ、もうひとつは、名のある遺物の実体は名がないものだから――。ほら、たとえばラレウムに展示されているパネル、星系を最初に探検した船のエアロックの一部といわれるやつ。あの型は当時はまだなく、六、七百年あとのものでしかない」

「偽物ということ?」イングレイは目を丸くした。

「そう、真っ赤な偽物。〝今後はティアへの義務をいっさい拒否する〟も、おなじく嘘っぱち。もちろん、文言そのものは返済完了時点で示されたものにまちがいない。ただ、ラレウムにある巻布はいんちきな作り物でしかなく、たかだか四百年まえの布に、独立してずいぶんたってから考案された書体で書かれている。ともかく、ラレウムにある遺物、屋根裏や倉庫の埃(ほこり)の下で思いがけず〝発見〟されたものはせいぜい数か月でつくられた代物。真剣に調査するなり、フワエの外で鑑定してもらえばすぐにわかる」

イングレイは言葉をなくした。〝義務拒否宣言〟が、作り物? あのとき自分の目で見たあれが？　創建者がいたという場所に建てられた施設には何度も足を運び、連綿とつづく家系の子孫と会ってもなお、フワエ独立の証となるあの巻物を前にすると気持ちがひきしまり、当時に思いを馳せたものだ。しかしあれが偽物となると、ただの布切れに記された文字、ひとつの情報でしかない。重みも何もない、ただの巻物。

「わたしが犯した罪は――」パーラドは話しつづけ、バドラキム議長は黙りこくっている。「遺物管理人の務めとして、所蔵品のことをもっと学ぼうとしたこと。そして学んだ結果、ガルセッドの歴史に通じた専門家、フワエ星系外の専門家はほぼすべて、バドラキム家所蔵の遺物は偽物だと断定していることを知った。最初はわたしも信じられなかったよ。ところが調べれば調べるほど、ほんとうにそうらしいとわかってきた。だから父に話した。見て見ぬふりなどできない、きわめて深刻な事態だからね。エシアト・バドラキムの出自を、祖先を、証明する遺物が偽物だったらどうなる？　管理責任を負う者として、深刻に受け止めるほかない」

「おまえはあのときもおなじ嘘をついたな。腹に一物あったからだろう」議長は急に疲れた顔をした。「わたしを納得させることはできなかったが」

「とんでもない。納得したからこそ、数週間後に急に、遺物が残らず偽物にすりかえられたと騒ぎだし、真正品を盗んだのはわたしだと責めた。わたしが調べあげて報告した内容を逆手にとって、すべて偽造品だと主張した。なんとかなる、心配するな――あなたは逮捕されたわたしにそういった。あれを最初に家宝としたエシアトの名を汚さずにすむ方法はこれしかないのだ、おまえが口をつぐんでいるかぎり、わたしがなんとかしてやる、とね。そして立派に、なんとかしてくれた」パーラドはイングレイに顔を向けた。「さっきもいったように、不当に罪をきせられた経緯を公表したい。バドラキム議長の政治生命を絶ち、できれば流刑地に送りたいが、はたしてそこまで可能かどうか。公園の発掘に協力させ、遺物がひとつも出てこなければ……そのときは、願いがかなうかもしれない。どうかイングレイ、罪人パーラドは遺物を公園に埋めたらしいとニュースメディアに伝えてもらえないだろうか。場所は公園の、ザットが殺害された丘の近くにしよう」

「メディアはきっと大喜びするわ」イングレイは声がはずむのをこらえきれなかった。

「おそらくね」口の端にゆがんだ笑みが浮かぶ。「あなたのお母さんにも話してほしい。わたしはいまからでもここの監視人にしゃべりまくる」

沈黙していたバドラキム議長が口を開いた。

「この会話はすべて録音されている。遺物は盗んでいないと主張しながら、なぜそれが公園にある？」

「いいところを突くなあ。だったら、会話の記録をメディアに送ろう。聞いた者たちがどう判断するかはお任せということで」

それは少し危険かも、とイングレイは感じた。〝義務拒否宣言〟は作り物だというパーラドに好意的なフワエ市民がいるとは考えにくいし、彼人自身、矛盾したことを何度かいった。だがパーラドは、失うものはもう何もないと思っているだろう。そしてイングレイも、協力するべきときを心得ている。

「議長選は目の前よね」彼女は厳かにいった。

「おまえはラレウムの――」と、議長。「所蔵品は偽物だらけだといった。大衆は反感を覚え、聞く耳などもたなくなるぞ」

「それでも注目を集めることはできる。さあ、これで話はおしまい――あなたに対してはね、バドラキム議長。ニュースメディアには、まだまだたっぷり話すことがある」

パーラドはにっこりした。ただし口もとだけで、目はまったく笑っていない。イングレイの背筋に冷たいものが走った。

バドラキム議長は石のように黙りこくり、部屋を出ていった。ひょろ長いメカが近づいてエスコートを申し出たが、議長は無言で背を向け廊下を歩き、メカがゆらゆらとあとをついていく。

イングレイはべつのメカに案内されて、トークリスのオフィスに入った。

「いらっしゃい」トークリスは椅子から立ち上がった。「ちょっと問題が起きたの」イングレイの肩ごしに入口を見ると、メカが廊下にあとずさってドアを閉めた。「オムケムの領事が、ヘヴォム引き渡しの訴訟を起こすといってきたのよ」

「予感はあったわ」

「ええ、それだけでも頭が痛いのに、一時間まえ、ザットのメカが発見されたの。凶器の包丁も。パーラドの鞄にあった包丁とはべつよ」イングレイの肩に掛かった黒い鞄に目をやる。

「凶器はメカの収納部分に入っていたわ」

「メカはどこにいたの？」

「川の流れの真ん中。脚が一本、川底のガラスのあいだにはさまって」

「標識杭の数は減っていた？」

「そうなの。メカが殺害に利用されたのはほぼまちがいないわ。そうすると、あのメカはオムケム製だもの、ヘヴォム以外に考えられないでしょう。まえにも話したように、たとえアクセス法を知っていても、インプラントを施していないかぎり操作できないもの。もちろん確認はとるわよ。いまはパーラドのものを調べているけど、事件当日、オムケム製を操作できる者が公園の近隣にいた可能性はかなり小さいような……。たとえいたとしても、メカの収納部に包丁を入れたりはできないでしょう。そこまでできるのは、ザットかヘヴォムくらいのものよ。とすると、犯人はヘヴォムで決まりのような気がするのだけど、いまのところ動機がまったく不明なの。でも問題はそこではなくて……いえ、たしかに問題ではあるのよ、オムケム連邦の要求は実質的に、真犯人を潔白だと認めろ、こちらに返せといっているわけだから。だけどもっと厄介なのは、オムケム領事館が、パーラドをザット殺害容疑で裁判にかけるから引き渡せ、といってきたことなの」

イングレイは鞄がひくつくのを感じて腕で押さえると、警告の意味をこめ、ぐっと脇に押しつけてからいった。

「パーラドが人殺しなんかするはずないわ。でもそういえば、連邦は彼人がここにいるのをどうやって知ったの？　そうか……ヘヴォムね」副部長がパーラドの名を呼んだとき、ヘヴォムもおなじ部屋にいたのだ。

「何かおかしいと思わない？　わたしは理屈が合わない気がするの。ザットは裕福で影響力もあったし、友人や支援者も多くて――」

「でもヘヴォムは貧しい遠縁よね。どうして彼男（かれ）を守って、パーラドに罪をきせようとするのかしら」イングレイは気分が悪くなってきた。

「誰かを犯人として罰しなくてはいけない、どうせならオムケムよりフワエの人間のほうがいいと考えたのかも……。ただもしそうだとしても、まだ釈然としないわ。どこかで何かが進行しているような気がしてならない。パーラドの無実は証明できると副部長がいっても、領事に訴訟をとりさげる気はなくて、むしろフワエの議員たちに協力を呼びかけているのよ。バドラキム議長は喜んでパーラドを手放すでしょうね。彼人がオムケムの手で逮捕、処刑されれば、遺物は偽物だとニュースメディアに流そうがどうしようが問題ではないわ」

「ひょっとして、あなた、さっきの会話を聞いていたの？」

「ええ」おそらく仕事の一環なのだろうが、トークリスは気まずそうに認めた。「パーラドはイングレイの友人でしょう？　信頼しているから立ち会いを頼んだのよね。家宝の評判を守るために子どもを見捨てるような父親だったら、ふたりきりの面会を拒否しても責められないわ」

「ええ、パーラドはわたしの友人なの」

トークリスはいやに大きくうなずいた。「でも、わたしにできることは何もないわ。誰も、何も、できないでしょう。法的には死んだ人間が、いまここで生きている。これは前例のないことよ」

「わたしもそれが気になっていたんだけど」イングレイは眉をひそめた。トークリスに会いにきた理由が場違いな、些末なことに思えてきたのだ。しかしすぐに、それはないと否定する。蛮族の大使が、たとえメカの姿であろうとフワエに来たのは、パーラドの窮地よりも喫緊の重大事といっていい。とはいえ、公安局の手に負えることでもなく、ゲックの大使はやりたいことをやるだろう。それでも永久にフワエに滞在することはできないので、ユイシン船長がとりあえず安全な場所にいてくれるのが救いだ。

「ねえ、トークリス」イングレイが話しかけると、トークリスの顔に何かがよぎった。困惑？　喜び？　名前をいっただけなのに？　内気な人ではあるけれど……と、そこで思いあたった。このまえは打ち明け話をしてくれ、きょうはパーラドのことをイングレイの友人として心配するのはなぜか。

「あのね、トークリス」もう一度いうと、またあの表情。だがイングレイは気にしないことにした。いまはそんなことを考えるときではない。「ゲックの大使がこの惑星にいるの」

イングレイは説明した——ティア・シーラスで大使が船の出航を止め、ユイシン船長がゲック船を盗んだと主張し、今朝はイングレイの屋敷に現われた。

説明が終わると、トークリスは怪訝そうな顔をした。

「大使はどうやってステーションから離れたのかしら？　ゲックは水場の近くにいないとだめ

だと聞いた覚えがあるわ」

「大使はメカを使ったの。蜘蛛とは似て非なるものというか、ずいぶん気味が悪いメカで、姿かたちも変えられるみたい」イングレイは肩に掛けた鞄のことを考えた。

　大使が使ったものとそっくりだ――。

「公安局にできることはなさそうね」と、トークリス。「イングレイを襲いでもしたら条約違反で退去命令が出るだろうけど、それ以外は通報しても対処しようがないと思うの。ゲックの大使が危害を加えないかぎり、公安局は要求されたとおりのことをするでしょう。ユイシン船長がもしまだフワエにいたら、議会はティアと揉めるのも承知で、彼男をゲックに差し出すことを検討したはずよ。船長はフワエの人間ではないもの。条約のほうを優先するわ」

「きっとそうよね」イングレイはまた、自由落下するような感覚に陥った。しかしこのぞっとする感覚には慣れっこになった気がしなくもない。「だけど通報してもかまわないでしょ？　大使がいきなり現われて、ユイシン船長やパーラドの居場所を教えろとしつこく迫ったことを、おおやけの記録に残してもらうことはできるわよね？　そのためには、どの部署に行ったらいいのかしら？」

　地上車に乗ると、イングレイは気味の悪い鞄を足もとに置き、体から離れたところで軽く触れた。それから数分ほどたち――。

　鞄の横から長い柄が一本伸びてきて、その先がイングレイのほうを向いた。

「五分や十分どころじゃなかったが」メカがささやいた。「それ以外に文句はないかな。さあ、どんな計画を練ったのか話してくれ。どうやってパーラドを救う?」

「船長は最初から、あの人はパーラドその人だとわかっていたの?」

二秒の間。

「わからないほうが不思議なくらいだ。ゴールド・オーキッドはブローカーとして、そのての間違いはけっして犯さない。しかしまあ、パーラドは嘘をつく名人といっていいだろう。嘘つきという点では、あんたもそれなりにがんばってはいるが、どうも素質に欠けるらしい。ともかく、ゴールド・オーキッドが納品した以上、彼人は確実にパーラドなんだよ。だがパーラドのほうはあんたの目論見がわからず、わからないまま利用されてはたまらないと思った。そして様子が見えるにつれ、逆に利用できると考えた。遺物に関し、フワエの外の人間がどう思っているかは彼人のいったとおりだよ。バドラキム家の家宝は真正のガルセッド遺物だと信じているのは、フワエの住民だけってことだ。あんたもステーションに飾られているごみくずが、価値ある歴史遺産だと思っているのか?」

「ええ、思っているわよ!」イングレイはむきになった。

「話が脇道にそれたな。で、あんたの計画は?」

「計画といっても……」さっきまで自信たっぷりだったアイデアが、急にばからしいものに思えてきた。「船長もこうやってメカを使ってるし、ゲックの大使のメカとそっくりだから……」

鼻で笑われそうな気がして、先をつづけられない。

「イングレイ」鞄がささやいた。「想像するに、ナンクルは斬新な、非常識なアイデアがほしいとき、あんたに声をかけるんじゃないか？　そしていまあんたは、おれがゲックの大使になりすましてパーラドの解放を要求すればいいと考えている。大使に——おれにパーラドを渡せと迫るんだ」

「大使のふりができる？」

「もちろんできる。生まれたときから彼女を知っているからね。それに彼女は、ときたま彼男にもなる。ほかにもいくつか、ここの言語の代名詞では表現できないものにもなったが、どれもおれには慣れ親しんだものだ。いいよ、いくらでも大使のふりをしてやる。ゲックの使節団はだませないだろうが、ラドチの大使ならいける。彼女は無能といっていい」

「そこが問題なのよ。ラドチの大使が知ったら、ゲックの大使がそんな要求をするわけがないと思うんじゃないかしら」

「その心配は無用だ」メカが、いや船長が、口笛に似た声でばかにしたようにいった。「彼女がゲックの大使と話すことはない。過去に一度も声をかけたことすらないんだよ。彼女はラドチの対ゲック大使になってから、輸入されたラドチの娯楽作品を見て漫然とお気楽に過ごし、ゲック界ではまともなお茶一杯飲めないのかと不満をいうだけだ。だから気にする必要はない」

「じゃあ問題は、ゲックの大使本人ってことね」

「ああ、たぶん。でも、ゲックの大使がパーラドをさがしている理由はおれの船に乗ったからで、べつに恨みつらみがあるからじゃない。パーラドをオムケムに引き渡すくらいなら、ゲック使節団に渡したほうがよっぽどましだ。彼人をステーションまで連れていって、おれの船に乗せられなかったら、たぶんそうなるだろう」

「船長はステーションからそれほど遠い場所にはいないでしょ？　時間のずれが、たいしたことないもの」

「さすがだな。船は予定の航路上にはいないよ。外見も少し変えて、偽のＩＤを使っている。ただ、入港許可をもらえるかどうかは疑問だ。そのうちステーションの役人にばれるかもしれない。あるいは大使に」

「でも、どうしてここまでするの？」イングレイはいまだに不思議でならなかった。船長とは何週間もおなじ船で過ごし、とてもいい人のように思えた。でも彼男はほろ酔いのとき、たしかパーラドに〝あんたが気に入った〟といい、メカ蜘蛛は狭い食堂で彼人の髪をカットして……。一方パーラドは、ゲックが星系にやってくると、いちはやく船長にメッセージを送った。

「ねえ、ひょっとして船長とパーラドは――」

「いいや違う」きっぱりと否定。「彼人に心の準備はできていないだろう、たとえ興味があったとしても」

「あら！」イングレイの声が大きくなった。「やっぱり船長は彼人に気があるってこと？」

「こっちの話より、あんたに気がある公安局捜査官の話をしよう。制服姿の彼女はとても魅力的だよ。あんたもそう思ってるんじゃないか？」

ここでまごついてはいけない、とイングレイは思った。

「だったらどうなの？　あなたには関係ないでしょ？」

「その台詞をそっくりそのままお返しするよ」と、鞄の船長。「ところで、車はどこへ向かっている？」

「わたしの家よ。お手伝いに確認したら、大使はもう帰ったようだから、ヘヴォムと話してみたいの。何かが変よ。裏で何かが動いているわ。ナンクル・ラックはそういったし、トークリスもね。わたしはそれを知りたいの。ヘヴォムはたぶん話してくれないだろうけど、手掛かりはつかめるかもしれない。それにお昼ごはんも食べたいしね」

「では昼食をすませてから公安局へ行き、パーラドをとりかえそう」

10

イングレイは鞄を、メカを自分の部屋に置いてからヘヴォムをさがした。すると屋敷の小庭、柳の下のベンチで、彼男はどこか遠くをながめていた。いかにも疲れ果てたといった印象。

イングレイはガラス扉を開けたものの、苔むした石の道には出ずに、そのままそっと扉を閉めた。ここにはいないほうがいい、厨房にでも行こうかと考える。子どものころから知っているお手伝いさんがひとりかふたりはいるだろう。外の小さな庭をながめながら、イングレイは誰かそばにいてほしいと思った。厨房で邪魔にならないよう椅子にすわって、スルバでも飲みながら、働く人たちのおしゃべりに耳を傾けようか――。

きょうは朝からずっと移動つづきで、あれこれ考えては思い悩んだ。ナンクル・ラックのもとで会議や選挙運動をするときも、細かいことを考えては指示を出し、最悪の事態を防ぐ手立てに知恵を絞るが、いまはそれとまったくおなじだ。ただ違うのは、時間的余裕がないということ。ぐずぐずしていると、手遅れになってしまいかねない。

いまなら、まだまにあう。イングレイはガラス扉の向こう、柳の下にいるヘヴォムをながめた。凶器の包丁やメカ蜘蛛、ザットを誰が殺したか殺さないかなど、朝からいろんなことを話したが、それより何より、あの庭の柳がまざまざとよみがえらせた——粗糸木（あらいとぎ）にもたれてぴくりとも動かないザット、口の端の赤い血の塊、枝から落ちて彼女（かのじょ）の頬をかすめ、地面にころがる莢（さや）。

　イングレイは片手で口をふさいだ。もう考えられない。考えたくない。

　ヘヴォムがガラスの向こうに、自分の家にいるのは耐えられない。いや、ここはネタノの家だ。ネタノなら、彼男がどんな罪を犯そうと、政治的利点があるかぎりかくまうだろう。イングレイにはいやでもわかる。小さいころからここで暮らしてきたのだ。ネタノならそうするに決まっている。

　彼女は庭に出ていく気がしなかった。ヘヴォムと話す気が失せた。だがそれでも、なぜあんなことをしたのかは知りたい。真実を、知らなくてはいけない。なぜなら、幹にもたれたザットの姿がまとわりつくから。息をしないザットの姿が——。

　でももし、ヘヴォムが犯人でなかったら？　いいや、それはない。彼男以外には考えられない。

　イングレイは口から手を離し、大きくひとつ深呼吸した。ガラス扉を開け、苔むした石の道を踏み、ベンチのヘヴォムの横に腰かける。彼男はちらっとイングレイを見はしたが、すぐまた顔をそむけた。

「ご機嫌いかが？」イングレイはふだんと変わらず明るい調子でいえた自分に驚いた。

　ヘヴォムはすぐには応じなかった。表情は変わらない。

「まあまあかな」しばし沈黙。「部屋にいるのが耐えられなくてね。だからといって行きたいところがあるわけでもない、故郷のわが家のほかには」横を向き、イングレイの顔を見る。「悪くとらないでくれ。ここの人たちはみんな親切で感謝している」

もちろんそうだろう、とイングレイは思った。あなたが何をしたにせよ、政治的には親切にふるまうほうが有利なのだから。殺人者と並んでベンチにすわり、イングレイはパーラドをまだ〝ガラル〟だと信じていたときのことを思い出した。この人は人殺しをしたから流刑地に送られたのだろうなどと考えたりしたが、現実味はなく漠然としたものだった。そしていま、彼人は罪をきせられただけだと知った。それも父親が、口封じのためにやったのだ。

ヘヴォムのしたことは、おぞましい、恐ろしいことだ。イングレイは人殺しの隣にすわっていることに恐怖を覚えた。そして、怒りも——。

「さぞかしつらいでしょうね」同情をこめていう。「いくら嫌っている人であれ、命を奪ってしまったのだから」

イングレイのあからさまな言葉にもヘヴォムは無反応だが、イングレイのほうは鼓動がいやでも速まった。それでも人前では、あわてずほがらかにふるまう訓練を積んできたから、声が震えることはなく、思いやりも消えない。

「でもね、いくつかわからないことがあるの。そもそもどうして、あんなことを？　嫌っているだけではできないと思うのだけど」

ヘヴォムは顔をそむけ、前を見た。

「どうして包丁を使ったの？　おなじことは杭のスパイクでもできたのに？　包丁を使い、メカに隠して、そのメカを川に流したのでしょう？」

　庭は静寂に包まれた。そよ風が吹き、揺れる柳の枝が石の道に光と影をつくる。

「連邦があなたを一刻も早くオムケムに帰そうとするのは、どうして？」

「これは殺人事件の尋問か？」ヘヴォムは前を向いたままいった。「領事が急ぐのも当然だ。フワエの人間がお人好しで無知なのは知っていたが、法の執行機関までが、文明社会に行けば物笑いの種になる代物だとわかった。だが、あなたがそこまでひどいとは、いま初めて気づいた」

　イングレイは返事に窮し、とりあえず、おおらかなほほえみを浮かべてみせた。気のきいた台詞をすかさず返すなど、できたためしがない。

「どうしてパーラドに罪をきせたの？　あなたが不愉快になるようなことを何かしたとか？　パーラドはそれでなくても苦しい立場なのに、身に覚えのないことで抜き差しならない状況になったわ」ヘヴォムは何もいわない。「今度の事件は納得できないことがいくつもあるの。どういうことなのか、話してもらえないかしら？」

「興味津々ってわけか」お笑い種とでもいいたげに、冷ややかに。「パーラド・バドラキムがどうなろうと知ったことではない。フワエでも、気にかける者などいないだろう」

　そうか。だから彼人に白羽の矢を立てたのか――。だがヘヴォムは、パーラドをパーラドだと認識したうえで罪をきせたのだろうか？　それとも貧しい、身寄りのなさそうな人間、公安局が犯人だと信じそうな人間を選んだのか？　それに包丁は？　ネタノの屋敷の者に疑いをかけようとして、うまい具合にパーラドが滞在していた？　事の流れはそれなりにつながるものの、なんといってもいちばん大きな疑問は、殺害の動機だった。

「あなたはきっと、心底彼女を嫌っていたのね。そうでなければ、あそこまでのことはできなかったでしょう。でも、ただそれだけで命まで奪えるものかしら？　もっと何かあったのではない？　政治的な考えが違うのは聞いたけど、それも大きな理由とは思えない。彼女とは姻戚関係でしょ？」バンティア語にぴったり対応する言葉はなく、その点ではイール語もおなじで、きょうだいの義理の親の親類を指してしまう。「もう故人なのだから、彼女について正直に話してもかまわないのではない？」

ベンチの横で、ヘヴォムの体が固まった。イングレイをふりむいた顔には怒りがあふれている。

「あなたには良識というものがないらしい」

殺害動機を尋ねたことへの怒りとは違う、何かほかの理由があるように見えた。亡くなってもなお、ザットについては何も語りたくないという理由——。

「そうね、わたしもお人好しで無知なんだわ」口にした言葉に我ながら驚く。

ヘヴォムは腹立たしげな声を漏らし、また正面を向いた。

と、地響きのような音がした。イングレイがぎょっとしてふりむくと、なんとも大きなメカ蜘蛛が真っ黒な体とたくさんの目を揺らし、ガラス扉からこちらに出てきた。

「イングレイ・オースコルド！　ここにいたのか！　ガラル・ケットを隠そうとしても無駄だ。どこにいるかはわかっている。わたしをガラル・ケットのところへ連れていきなさい！」

「た……大使？」イングレイはヘヴォムとの緊張した会話に集中するあまり、ユイシン船長と立てた計画のことをすっかり忘れていた。意表をつかれ、このメカがほんものの大使かどうか、すぐには判断がつかない。

「ガラル・ケットのところへ連れていきなさい！」メカは石道を爪で叩いた。

これはユイシン船長だ。もしほんものの大使だったら、かなりひどい事態ということになる。

「わかりました、大使」イングレイは立ち上がり、メカを凝視するヘヴォムを見下ろした。

「急ぎの用件ができたから失礼しますね」ヘヴォムは彼女の顔を見たものの、無言で視線をメカにもどした。「じゃあ行きましょうか、大使」

「ダナックはどこにいる？」メカ蜘蛛が訊いた。「また上着を投げられてはたまらない」

イングレイは眉をひそめ、「わたしにはわからないので」と、急ぎ屋敷の者に無言の問い合わせメッセージを送った。そして返信があり――外出して数日は帰らない、行先は不明、何か非常事態でも？　公安局に通報する？

ダナックがどこで何をしようとかまわない。イングレイはまばたきして問題ないと返信すると、地上車を寄こすよう頼んだ。

「どうもダナックは遠方にいるみたいです、大使。玄関まで行って車を待ちましょう。それに乗ってガラル・ケットのところへ――」

ヴェレット副部長はメカ蜘蛛を、ゲックの大使を見ると、イングレイの叔人ラックに連絡した。

それから十分とたたないうちに、イングレイと副部長、メカ蜘蛛は会議室にいた。ネタノの支部とほとんどおなじ造りの部屋だったが、違うのは壁の色が明るい青で、椅子もテーブルも手入れの簡単な平板な黒だ。副部長とイングレイはそれぞれ椅子にすわり、ふたりの真ん中でメカ蜘蛛が、目の柄を数本ずつ、イングレイ、副部長、ラックの三方向に向けていた。ラックはディスプレイ壁の前で椅子に腰をおろし、背後は青一色だ。

「外務政策室に連絡しましたが、まだ返信はありません」副部長がラックにいった。

「そのうちくるだろう」彼人はそういうと、メカ蜘蛛を見た。「申し訳ないが、大使、この副部長の権限では、被収容者をそちらに引き渡すことはできない。こういうことには、それなりの手続きが必要でね。また、ガラル・ケットは人間であり、フワエ市民だ。この件は人類の問題、フワエの法律で処理させていただく。たいへん恐縮だが、大使、彼人の引き渡しを要求する権利はあなたにはない」

「ガラル・ケットはフワエ市民ではない」メカ蜘蛛は微動だにせずいった。「ガラル・ケットは、ガラル・ケットではない。ガラル・ケットは死に、死ねばもはや存在しない。人間であれば存在する。存在しないのは人間ではない」

副部長は顔をしかめた。「しかし大使、彼人は明らかに存在していますから。フワエでは、死亡すれば存在しない、とはかならずしもいいきれません」

「でも、ガラルはそうでしょう?」と、イングレイ。「パーラド、といってもよいですが。どんな呼び名であろうと、彼人は彼人です。そして流刑地に送られて、死亡したとみなされました」

ラックは姪をさぐるような目で見た。

「だがイングレイ、彼人は現実に死んではいないのだ。それに生死や存在はともかく、偽の身分でフワエに入り、フワエにいることそのものが法に触れる」

「その点は――」メカ蜘蛛がいった。「ゲックが正式に謝罪し、罰金を支払う。この種の悶着は金銭で解決できると、ティア・シーラスで聞いた」

「ティアならそうでしょう」と、副部長。「しかしフワエの法律では、そうはいきません」

「オムケム連邦の件もある」ラックがいった。「連邦もザット殿の殺害容疑で裁判にかけたいからガラルを引き渡せと要求してきたが、わがほうとしては同様の回答をするしかなかった。重犯罪本部の副部長には、被収容者を解放する権利はない、とね。申し訳ないが、大使、訴訟を起こしていただくほかないだろう」

メカ蜘蛛は淡い黄色の床タイルを爪で叩いた。

「あなた方はゲックのものを拘束している。明らかに条約違反。だがいまここで、条約について議論する気はない。ガラル・ケットは人類ではない。ガラル・ケットはゲックのもの。オムケムに引き渡せば明らかな条約違反。だがいまここで、条約について議論する気はない。わたしはあなた方より、はるかに条約を熟知している」

「そこまで深刻な事態ではないと思うが」と、ラック。

メカ蜘蛛は床からほんの少し体を持ち上げ、壁に映るラックに爪を突きつけた。

「条約！　議論！　する気なし！」

小さな音がして、ディスプレイ壁にもうひとり現われ、ラックの横に立った。何もかも真っ白で——たたみ皺らしきものがある白い上着、白いズボン、白い靴、手袋まで純白だ。黒髪は極端に短く刈られ、しかも不揃い。手袋をはめているところを見るとラドチャーイだろうから、バンティア語では慣例として〝彼女〟と呼ぶことになる。ただし外見からは、髪をかきむしりたくなるほど判別できない。男性、女性、無性のどれにも見えないのだ。

「こんにちは……」彼女は訛りの強いイール語でさぐるようにいった。「あ、ようやく姿が見えた。はい、こんにちは。わたしの名前はティバンヴォリ・ネヴォル」そこで吐息をひとつ。「わたしはラドチャーイにしては、メロドラマに出てくる悪役ふうのおかしな訛りだ。「わたしはラドチの対ゲック大使です」自信がなさそうな言い方、というか、書かれたものを意味がわからないまま読んでいるような印象だ。おそらくイール語に不慣れで、翻訳機でも使っているのだろう。

「お越しいただきありがとうございます、ネヴォル大使」副部長がいった。

大使はまたため息をついた。

「ティバンヴォリです。それに大使ではなく、大……あ、これはだめだわ……わたしにできることはありません。説明しようとしたが誰も聞いてくれなかった。この件でわたしにはなんの権限もありません。ゲックの大使がなぜ、逃亡したメカ・パイロットに執着するのかわからない」またもや、ため息。「わたしは逃げ出した彼女を責められない。わたしですら、ゲックから少しでも離れていたい」

「彼女、ですか?」と、イングレイ。

「彼女、彼男、彼人……」苛立たしげに。「なんでもいいわ。ティア・シーラスで、ユイシン操縦士はティアの市民だと主張しました。これは条約のもと、完全に彼女の……」眉根を寄せる。「彼男の権利です。ゲックは……彼男に対し、いかなる権限もない。操縦士が、いまはおそらく船長。しかしながらその船は、彼女が……彼男が盗んだもの。ほかの船も盗み、たいへんな迷惑を引き起こした」当時の記憶がよみがえったのか、小さく笑う。「ゲックの大使はこれを知っているが、しかし条約も知っている。操縦士を要求する法的根拠がないことをわかっているはず。ティア政府に対し、盗まれた船の補償を求める訴訟を起こせると、助言もされている。彼女がすなおに耳を貸す人たちからね」何かを払いのけるように、手袋をはめた手を振る。「しかしわたしはそのひとりではありません。よって、ここにいる意味はありません」

「時間をとらせて申し訳ない」と、ラック。「だがせっかくご足労いただいたのだから、何点か教えてもらえないだろうか。条約に関しては熟知なさっているはずだ」ティバンヴォリ大使は同意を示す仕草をした。「ゲックの対プレスジャー大使が、ある特定のフワエ市民について、ゲックの権限下にあると主張しているのだが――」

　ティバンヴォリ大使はあきれた顔をし、不快げに鼻を鳴らした。

ディスプレイから大使の姿が消えると、ずっと黙っていたメカ蜘蛛が、ラドチャーイの大使

「ありがとう、大使」ラックがいった。「来ていただき、たいへん助かった」

ムケムに渡し、彼人をゲックに渡す。簡単な話だ」

約に違反しておおごとになる。しかし殺人犯でないのなら、いったい何が問題？　真犯人をオ

「ほっとした」と、ティバンヴォリ大使。「もし殺人犯で、しかもゲックとなると、確実に条

「犯人ではありません！」イングレイは断言した。「副部長もそうお考えのはずです」

す。被害者はオムケム連邦の市民であり、連邦は彼人の引き渡しを要求しているのです」

「それだけではすまないのです」副部長がいった。「彼人は現在、殺人容疑で留置されていま

しにはまったく理解できない」

受け入れれば、その人物はゲックになる。ただ、どうしてゲックになんかなりたいのか、わた

「ふうん。そうか……。その場合、もしその人物が自分はゲックだと宣言し、ゲックがそれを

大使はしばらく無言で考えこんだ。

「はい、基本的には」イングレイはナンクル・ラックの鋭い視線を感じながらうなずいた。

「つまり、どこの市民でもなく、法的には存在していない？」

ティバンヴォリ大使は顔をしかめた。

た。そして法的には死亡とみなされながら、偽のＩＤを使ってフワエに帰ってきました」

「今回は特殊なケースだと思います」と、いったのはイングレイだ。「彼人はフワエ市民でし

「冗談にもほどがある。フワエ市民がゲック市民になることはない」

などいなかったかのようにいった。

「ガラル・ケットを渡しなさい」

「どうか、ご理解いただきたい」と、ラック。「何事にも手順というものがあってね、はいそうですかと引き渡すことはできない。それにオムケム連邦の件もある。要求を正式に申請してもらえば、委員会も規則にのっとった対応ができるだろう。申請手続きは、副部長がお手伝いさせていただく。わたしはわたしで、委員会がオムケム連邦の要求も踏まえて検討するよう確認しておくので。結果はティバンヴォリ大使の提案どおりになるかと思うが、いずれにしてもそれなりの時間はかかる」

「時間、時間、時間ばかり」と、メカ蜘蛛。

「たいへん申し訳ないが、これぱかりはどうしようもなくてね」

「仕方がない。ではこれから、ガラル・ケットに会いにいく」


面会室で、パーラドはメカ蜘蛛の大使を見ても平然としていた。勾留（こうりゅう）されている部屋からここまで来るあいだに気持ちをおちつけていたのだろう。

「こんにちは、イングレイ」パーラドは軽く会釈した。「副部長に大使、よく来てくださった。いったいどのような用件で?」誰かが答える間もなくつづける。「でも大使、ユイシン船長の件で来たのなら、残念ながら力にはなれない。わたしは彼男の居場所を知らない」

メカ蜘蛛は爪を横に振ってから、パーラドに突きつけた。

「あなたはゲック」

パーラドは目をしばたたいた。一瞬とはいえ驚いたのだろうが、すぐまた無表情になる。

「わたしが？」

「そう、ゲック」

「複雑な話でね」と、副部長。

「たしかユイシン船長がそんなことを……」と、パーラド。「わたしの人間としての法的立場が、その……不明瞭(ふめいりょう)である場合、条約のもとではゲック市民になることもできるとか。いまの話が、そういうことかな？」

「ええ、そういうことなの」と、イングレイ。

パーラドは唇を嚙(か)み、横を向いた――満面の笑みで、笑い声を抑えるところを見られたくない、とでもいうように。そしてややあって、メカ蜘蛛をふりかえった。

「大使がここへ来たのは、わたしの身柄引き取りを申請するため？　ゲック市民であり、フワエの法律は破っていないという理由で？」

「いや、ＩＤは偽造だった」と、副部長。

「それは大きな問題ではないような……」イングレイがいった。「大使は謝罪して罰金も払うといったわ」

「決定するのは委員会だ」副部長の顔つきは険しい。

「ガラル・ケットと呼ばれるこの人物はゲック市民」と、メカ蜘蛛。「明言しなさい、ガラル・ケット」

「わたしはゲックだ」パーラドはきっぱりいった。「偽ＩＤでこの星系に入ったのは事実であり、心から反省し、謝罪する。ただ、これ以外に法律はいっさい破っていない」

「流刑地から逃げ出してきた」と、副部長。

「流刑地から逃げ出せるものなど、いない」パーラドは冷静にいったが、イングレイはそこにわずかな苛立ちを感じた。「流刑地に入るのは、すなわち死ぬこと。名をもつ人間ではなくなる。わたしはあなたが考えているような人間ではない」

その場が静まりかえった。

「では、逃げ出し帰ってきたあなたは誰なのだ？」

「それは副部長、わたしではなくあなたが考えること。わたしはゲックで、そんなことは気にもならない」

「時間、時間、時間ばかり」と、メカ蜘蛛。「ガラル・ケットはゲックだと、みずから明言した。これはわたしのいったとおり。ガラル・ケットの引き渡しを委員会に求める」

副部長はため息をついた。「では、わたしのオフィスまでいっしょに来てください。委員会への申請手続きをしましょう。お約束したとおり、手伝わせていただきます」と、そこで渋い顔になる。「個人的には納得しかねますけどね。法律は住民を守るためにあります。もてあそぶものでも、都合よく解釈するものでもない」

「おっしゃるとおり」パーラドが苦々しげにいった。「でも現実には、都合よく解釈される。

時代を問わず、過去も現在も、おそらく未来もね。今度の件では、これであなたの肩の荷も多少は軽くなるはず。わたしの身柄をどうすればよいか、その点だけはまちがいなく解決される」

「そうかもしれないが、納得できないことに変わりはない」

「たぶんね」残念そうに。「あなたは生真面目な人だから、その生真面目さで流刑地の問題に取り組んでほしい」

副部長はパーラドをしばらくじっと見つめた。

「大使、わたしについてきてください」

副部長はそういうと背を向け、部屋を出ていった。

委員会への申請を準備している最中、トークリスが副部長のオフィスに入ってくると、隅の椅子にすわっているイングレイにスルバのカップを渡してささやいた。

「何か食べた？」

訊かれて初めてイングレイは、早くも夕刻なのに気づいた。あわただしく過ごし、食事のことなど考えもしなかった。

メカ蜘蛛に説明していた副部長が顔を上げた。

「もうしばらくかかりますから、ミス・イングレイはお帰りになってもいいですよ」

「そう、そう」メカ蜘蛛が毛のはえた脚を一本振った。「わたしがガラル・ケットについている。だからあなたは帰っていい」

　そうもいかないでしょう、とイングレイは思った。手続きが完了するのを見届けたほうがよいし、大使になりすました船長を残しては行けない。

　ただ短い時間でよいから、どこかでひとりになりたいとも思った。目を閉じて、何も考えずほっとひと息つきたい。

「じゃあ、何かあったら呼んでちょうだい」

　副部長は了解の仕草をし、メカ蜘蛛は脚を一本振り、トークリスはためらいがちにいった。

「何か少し食べましょう」

11

トークリスはイングレイを狭い中庭へ連れていった。プラスチックのテーブルとベンチがいくつか置かれ、四方の壁は黒いものの、格子垣には緑の葉が茂り、小さな白い花も咲いている。

「ありがとう」イングレイは近くのベンチに腰をおろしながら礼をいった。

「どういたしまして」トークリスは笑みを浮かべて隣にすわる。「少し休憩したほうがよさそうに見えたから。今度の件は異例中の異例だもの。ゲックはどうしてあんなにパーラドをほしがるの？」

「わたしがユイシン船長の居場所を知らないから、パーラドなら、と思ったんでしょ」

ひょろっとしたメカが、箱をふたつ持ってやってきた。トークリスはそれを受けとり、ひとつをイングレイに渡すと、メカに去るよう手を振った。

「それだけで、あそこまで？　大使は蛮族(エイリアン)なのよね……」トークリスは自分の箱を開け、スパイシーな揚げ豆の香りに目を細めた。「でも蛮族なのに、どうして〝彼女(かのじょ)〟なの？　蛮族は人間とは違うでしょ？」

「さあ、どうしてかしらね」イングレイも自分の箱を開け、揚げ豆を一枚つまんだ。マッシュした豆を丸く整え、パン粉をまぶして揚げたものだ。「きっと、イール語を話しているからよ。わたしたちはゲックの言葉がわからないから、大使がイール語を話せてよかったわ。でもね――」ひと口かじる。「わっ、すごくおいしい」

「角を曲がったところにあるお店から取り寄せたの。ソースをつけてもおいしいわよ」

「でもね――」イングレイは揚げ豆をカップのソースにつけながらつづけた。「ユイシン船長の話だと、大使はほかにもいろんな呼び方をされて、ここではたまたま〝彼女〟みたい」

「代名詞が変わるということ？」トークリスは食べるのを忘れて身をのりだした。成人して伸ばしはじめたばかりの黒髪の、ゆるいカールの先が頬にかかった。

イングレイはそれを後ろに払ってあげたい気持ちをこらえ、揚げ豆にかぶりつく。

「ほんとにおいしいわ」

「よかった」トークリスはふたりの顔が近づきすぎているのに気づいたらしく、身を引いて、手もとの揚げ豆を見下ろした。

「うちの親人（ナザー）は長年ネタノの支援者だから、わたしも小さいころから、エシアト・バドラキムは嘘ばかりいう、信頼できない人だと思ってきたわ。でも、まさか……」揚げ豆を一枚つまみ、また箱にもどす。「政治家としての損得勘定で、わが子を流刑地に送るとまでは想像もしなかった。それもちっぽけな得のために」

「このまえの議長選は接戦だったでしょう」イングレイはそういいながら、不思議な気がした。トークリスがとても……とても魅力的に思えるのだ。でもそう、これまでは大人の女性として見たことがなかった。そしていま、彼女は大人、それも自信にあふれた人だとわかった。「ガルセッドの遺物のせいで票が少しでも減れば、わたしの母が勝っていたかもしれないわ。ちっぽけな得どころじゃないわよ」

「それでも子どもを捨てるほど大きくないわ。うちの親人(ナザー)はわたしに落胆したはずだけど、エシアト・バドラキムのような真似はしないと思う」

それからしばらくは黙々と食べつづけ、食べおわったところでトークリスがいった。

「わたしね、ときどきダナックに同情するの」

「え、同情？」

「わたしは小さいころから養子なんだとわかっていたわ。生みの親たちに捨てられたんだって。そもそも初めから、いまの親人に渡すつもりでわたしをつくったのよ。なにがしか得られるものがあると思ったからでしょう、とっくにたっぷり持っていたのにね。でなきゃ、産まれてすぐ手放したりしないわ。育てる余裕があるのに育てなかった。でも、それはもうどうでもいいの。わたしの親は、いまの親人だから。子としての価値があるとかないとか関係なく、わたしはあの人の子どもなの。だから、この家にいてもいいのかなんて、いじけて悩んだこともない。ダナックにも生家があるけど、家族のことはほとんど何も知らないでしょう。生家のほうは彼(か)男(れ)を育てる気がなく、ネタノの養子にしてもらいたかった。これはわたしの想像だけど、ダナックはいつもびくびくしているんじゃないかしら。問題を起こしたら追い出される、そうなったら行く当てはない、彼男をお荷物としか考えず養子に出した生家以外には——。自分からオースコルド家を出ることもできるけど、ダナックは大切に扱われないと気がすまないでしょう。自分は価値ある人間だと思いたい人だから」

「だけどその気になれば、行く当てはあるわ」イングレイは唇を嚙んだ。自分にはオースコルド家しかなく、施設の友だちとのささやかなつながりもとっくに途絶えた。大きく息を吸い、冷静になりなさいと自分を叱る。「それに、びくびくする必要なんかないわよ。ネタノの名前を継ぐのはたぶんダナックなんだから」

「たぶんね。いまのところ、そんなふうに見えるわね。でもネタノが予想外の決断をしたら？ダナックが心配していることをやったらどうする？」イングレイは答えず、トークリスは空になったイングレイの箱を取った。「あのね、じつはダナックは、エスウェイに行ったのよ」

「え？」イングレイはびっくりした。ダナックの行先がエスウェイだったこと、そしてトークリスがそれを知っているとは——。

「現在、公安局はオースコルド家全員を監視しているの」トークリスは空いたほうの手で、あやふやな仕草をした。「できるだけなんでも、情報として知っておきたいから」

「ええ、そうでしょうね」つまりイングレイも見張られていたわけだが、疑われるような行動はしていない。屋敷にいるか、外出しても行先は母親の事務局とここだけだ。「それが仕事だものね。それにしてもダナックが……エスウェイに？　自然公園のほう？　それとも町？」

「町のほう」トークリスは立ち上がって壁まで行くと、壁面のリサイクルごみの投入口に箱を捨てた。「もちろん公園には近いけど、どうしてあんなところに行ったのか」エスウェイは近隣農民のための町で、ハイキングをする人たちが立ち寄りもするが、ダナックがわざわざ行くようなところではない。「IDをいつわって部屋をとり、掘削メカを借りたの」

　トークリスはベンチにもどってイングレイの隣にすわった。

「公園を発掘する気としか思えないわ。でも公園には、とっくに治安員を配備しているの。遺物の所在を公表するというパーラドの話を聞いてすぐに。いまのところまだ、ニュースメディアには知られていないようだけど……。だからダナックは身柄拘束されてもおかしくなかったのよ。彼男のためにはそのほうがよかったと思うわ。いずれあなたのお母さんが何らかの手を使って自由にさせるでしょう。でも拘束するのは、実際に掘りはじめたときにしろと副部長がいうの。ダナックの目が覚めて、気が変わるかもしれないからって。偽IDだけで身柄を拘束するのは、公安局の仕事とはいえない……」トークリスはため息をついた。「ほんとうは、ここでこんな話をするべきではないのだけど、親人（ナザー）はネタノの古い支援者だし、あなたは……その……。ダナックは掘削しはじめたとたん、ほぼ確実に捕まるわ。そしてこれをメディアが嗅ぎつけたら、バドラキム議長は大いに利用するでしょう。まあ、わたしはそう思うの。そこでもしネタノがダナックと距離を置けば、ダナックは苦しい立場に追いこまれるわ。ああいう人だし、自業自得なんだろうけど、彼男はあなたのお兄さんでしょ。騒ぎになったら、あなたまで巻きこまれないように用心しないと。あるいは逆に……」言葉を切って横を向き、目を合わせないままつづける。「それを有効利用するか。わたしは政治家の娘じゃないけど、成り行きの見当はつくわ」

いったいダナックは何をするつもりか？　イングレイはトークリスにいった。

「パーラドが帰ってきたのは報道されていないでしょ。遺物の件がニュースメディアに伝わっていないとしたら、公園に埋めたというパーラドの話を知っているのは、わたしたちと数人の公安局職員だけよ。ダナックは――」そうだ、彼男も聞いたのだ。おとといの夜、パーラドはダナックにその話をし、ダナックはそれが嘘だということを知らない。

イングレイは何かあるたびにナンクル・ラックからいわれる言葉を思い出した――立ち止まって考えろ。もし、ニュースメディアがこの件を知ったらどうなるか？

いまここでダナックにメッセージを送り、いったいどこへ行ったのか、急用があるから帰ってこいといったら（心配げに、苛立ったように）、自分はダナックの企みとは無関係だという証になるだろうか？

一概にはいえない。ニュースメディアがどこまで知っているか、バドラキム議長がどこまで隠蔽したがるかによって状況は変わる。ダナックの遺物発掘はネタノにとっては不都合だが、裏を返せば議長には好都合。ただ、遺物はバドラキム家の所有だとネタノは指摘し、パーラドの告白をニュースメディアに流すだろう。

だがはたして、パーラドの話は信用されるか。流刑地に送られ、違法にフワエに滞在し、ラレウムにあるフワエ独立の記念物〝義務拒否宣言〟は作り物とまで断言したのだ。真否はさておき、フワエの住民はそんな話を聞きたくもないだろう。イングレイ自身がそうなのだ。たぶん真実だと思う半面、信じたくはない。

そしてネタノにとって、この種のことはたいした問題ではなくなる。ダナックを放り出し、縁を切りさえすればいいのだ。

そうなると、後継者は？　イングレイはしかし、今度の件に深くかかわりすぎた。もともとお気に入りの娘ではなく、家を出てもいいとさえ考えたくらいなのだ。

何もしなければ、イングレイの評価は上がらない。かといって、批判されることもない。ダナックが苦しみ悩む姿を見るだけだ。トークリスのいうように、それは自業自得といえた。

イングレイの横で、トークリスは黙りこくっている。忍耐強いトークリス。彼女はイングレイに打ち明け話をし、休憩をとったらどうか、食事はしたのかと気遣った。髪をはらりと垂らし、顔を寄せてきたトークリス。ユイシン船長は〝魅力的〟だといい、ほんとうにそうだとイングレイも思う。〝損得勘定で、わが子を流刑地に送るとまでは想像もしなかった〟と、悲しげにトークリスはいった。そしてダナックのことを〝ああいう人だし、自業自得なんだろうけど、彼男はあなたのお兄さん〟だと。トークリスは職を失う覚悟で――あこがれの仕事に就けたというのに――捜査情報を教えてくれた。イングレイがダナックを無謀な試みから救える情報、もしくは彼男を奈落の底につきおとせる情報を。〝わたしは政治家の娘じゃないけど、成り行きの見当はつく〟と、トークリスはいった。

彼女はイングレイに考える時間を与えているのだろう、顔をそむけたまま、狭い中庭で茂る緑の葉、小さな白い花々をながめている。イングレイはたまらなくなった――トークリスの表情を、自分を見つめる目を見たい。と、そこでトークリスが彼女をふりむいた。

「勘弁してほしいわ」イングレイはやけっぱちでいった。何か蹴とばしたい気分だが、まわりにはベンチと石壁しかない。「こうなったら、あいつを助けるしかないじゃない」

エスウェイの町に着いたときにはもう、あたりは暗くなっていた。ダナックの宿は長屋のようで、赤と黄色のフラッタグローが暗がりで何匹か光り漂っているが、人が働いている気配はなく、建物の端に宿賃を支払うパネルがあるだけだ。深夜でもないのに、通りはがらんとしている。百メートルほど離れたところの明かりは飲食店で、ここに来る途中でのぞいてみたら、観光客相手に出来合いの料理を出していた。ダナックのことだから、宿にひとりでいるよりはこういう店に——と思ったのだが、姿はなかった。

宿の前に立ち、部屋のドアをノックした。が、応答はない。飲食店にもどり、誰かダナックを見かけなかったか尋ねてもいいが、見かけた人がいたところで、せいぜい夕飯に何を食べたかがわかるくらいだろう。それに彼男の行先は見当がついている。店まで行くのは時間の無駄に思えた。

イングレイは地上車にもどり、公園に向かうよう指示して座席にすわった。

「エスウェイ自然公園は現在、閉園中です」車が答えた。「日の入りの一時間後から、日の出の一時間まえまでです」

「ええ、でも人探しをしているの。周囲を見られるように、ゆっくり走ってちょうだい」

「公安局に支援を頼みますか？」

「いいえ、その種の人探しじゃないから」いまのところは、まだ。

車は走りだし、数分ほどで、明かりといえば車のヘッドライトだけになった。左右の並木の下では、フラッタグローが何匹も揺らめき、またたく。道はひっそりし、この時間には旅行者もハイカーも町にいて、たぶんあの店でにぎやかに温かい夕食をとっているのだろう。もしダナックのことを尋ねに行っていたら、イングレイもスルバを飲みながら、いまもあそこにいたかもしれない。明かりと人に囲まれて。むずかしいことは忘れて陽気に。ユイシン船長が――大使になりすましたメカの口で――パーラドとともに公安局に残るといったから、イングレイはひとりでここへ来たのだが、時間がたつにつれ、丘の上で動かないザットの姿がよみがえってきた。しかしなんとか振りはらおうとする。いまはダナックを見つけることに集中しなくては。あたりはずいぶん暗いし、もしダナックが違うルートをたどっていたら、見つけることはできないだろう。

だがどうやら、とりこし苦労だったらしい。イオフ川にかかる橋の手前で、車のライトが大型の掘削メカの後部を照らした。道からはずれ、雑木林の端で停止している。イングレイは車を停めて外に出た。

車のライト以外に明かりはないが、このあたりまで来ると、空に星の帯が見える。いまになってイングレイは、懐中電灯を持ってくればよかったと後悔した。

「ダナック？　そこにいるの？」

返事はない。イングレイはスカートの裾をまとめ、用心しいしい泥道に出た。靴の選択はよかったようだ。高さ二メートルほどのメカに片手を当てながら、ゆっくりと前方へ足を踏み出す。一般的な掘削メカなら、長さは三メートルくらいあり、その先に大きなショベルがついて、操縦士の思いどおり、ほぼどの方角にも向いて掘ることができる。操縦士は前面のホールドを手掛かり足掛かりにして操縦室へ上がっていくのだが、ダナックはおそらくそこにいるのだろう。彼男が夜闇のなか、ここまで歩いてくるとは思えない。子ども向けの娯楽作品のように、メカに乗ってきたはずだ。

イングレイは足もとに気をつけながらゆっくりと進んだ。メカに当てた手が冷たい。地上車のライトから多少はずれても、だんだん暗闇に目が慣れて、木々の姿も見えてきた。

「ダナック？　大丈夫？」

返事はなく、イングレイは不安になった。メカが道からはずれたときに怪我をしたとか？　意識がないとか、まさか死んだとか？　前面まで行き、たたまれたショベルに手を当てる。

「ダナック？」

イングレイのすぐ後ろ、頭上の暗がりからダナックの声がした。

「ここで何してるんだよ」怒りの声だ。

イングレイがふりあおぐと、星明かりと車のライトを受けて、メカの上に黒い影が見えた。

「おなじ質問を返したいけど、答えはわかっているわ」不安が消えて、イングレイはほっとひと安心。

「せっかく来たんだから、埋めた場所を教えてくれよ。メカを道路にもどしてから、あちこちさがすのは面倒だからな」

「遺物はここにはないわ。公園に埋められたことは一度もないのよ」

「ほほう」せせら笑うように。「手伝う気がないなら、母さんに残らずぶちまけるかな」

「どうぞご自由に。そこから降りてわたしといっしょに帰らなかったら、公安局を呼ぶわよ」

口先だけではない本気の脅迫だ。公安局を呼べば、イングレイ自身も厄介なことになるとは思うが、ここに来る途中でダナックのしそうなことやそれへの対応法、いろんな選択肢を考えた末の結論だった。

「公安局なんか呼べやしないさ」すると重い音がして、メカがショベルを掲げ、イングレイの頭上で勢いよく振った。あわててよけたイングレイは、つまずいて地面に仰向けに倒れこむ。ダナックは毒づいてショベルを振りもどし——と、木にぶつかったのだろう、幹が裂け、メカがイングレイのほうにぐらりと揺れるや、またショベルを振りあげた。イングレイの体の真上で、ショベルが風を切る。

イングレイはころがり、道路のほうへ必死で這った。

「ほんとに公安局を呼ぶわよ！」息をきらし、口のなかには泥だらけの髪。

「呼べばいいさ」ショベルがまた木にぶつかった。「ここに着くころ、ぼくはもういない。今夜はずっと屋敷にいたと証言する者は十人以上いる——」と、ダナックは押し殺した叫びをあげた。

「あなた、ダナック、よい兄ではない」細く甲高いメカ蜘蛛の声がした。

イングレイは這うのをやめて、「船長?」とつぶやいた。だが話し方が違うから、まだゲックの大使に見せかけているのだろう。そう、考えるまでもない。

「大使?」イングレイは立ち上がり、動かなくなったメカにそろりそろりと近づいた。ゲックが人間を襲えば条約違反になるから、メカ蜘蛛がおとなしいことに安堵する。「パーラドのところにいるとばかり思っていましたけど」

「ダナックは、よこしまな兄」メカ蜘蛛がいった。「いっそ、息の根を止めてはどうか? あなたを殺そうとしたのだから」

「殺そうなんてしていない!」ダナックは怯えきった声をあげた。「ふざけるな、イングレイ! ぼくを誰だと思ってる!」星明かりのもと、メカの上に背を丸めた姿がぼんやり見えた。

「あなたは一孵りのきょうだいを殺そうとする人」と、メカ蜘蛛。「母親はあなたが未熟と知れば食べるだろうが、一孵りのきょうだいは時を経ても支え合う。イングレイ、残念ながらわたしには、よこしまな兄を殺すことができない。条約を破ることはできない。しかし兄がメカの前に落下すれば、メカは兄を轢くだろう」

イングレイはホールドをつかみ、掘削メカの上にのぼりはじめた。

「だめよ、大使。そんなことはしないで」ユイシン船長がほんとうにダナックを殺すとは思えなかったが、メカ蜘蛛の奇妙な声は本気で脅しているように聞こえた。「それにダナック、あなたはわたしを殺しかけたわ」少なくとも大怪我を負わせようとはした。

「公安局を呼ぶなんていうからだ! そんなことをしたら、ぼくだけじゃなくオースコルド家の名誉が傷つく！」

　メカ蜘蛛は脚を数本ダナックに巻きつけ、掘削メカの屋根に倒した。爪で髪をつかんで頭をのけぞらせる。そしてべつの爪を、彼男の喉に近づけた。

「もっと早くにいうべきだったわ」イングレイはのぼりながらダナックにいった。「ほんとうなのよ、遺物は公園にはないの！」

　メカ蜘蛛につかまれたまま、ダナックは目を閉じた。

「だったら、どこにある？」

「もとの場所にそのままあるわ。パーラドは盗んでなんかいないのよ。遺物は偽物だと見抜かれたバドラキム議長が、でっちあげただけ。本物は盗まれて模造品にすりかえられたというのは嘘八百なのよ」

　ダナックは目を開けた。

「へえ……。それはすごい」体を起こそうとしたが、メカ蜘蛛に押さえつけられ、怒りの声を漏らす。「母さんには話したか？」

「いいえ。わたしもきょう知ったばかりなの。パーラドは公表する気だけど、議長はあらゆる手を使ってメディアに口止めするでしょう」

「だったら地元の独立系メディアを使えばいい。洗いざらい話して、口コミで広まるようにする。多少時間はかかるが、そのうち大手メディアも無視できなくなるさ。これくらい、ナンクル・ラックなら朝飯まえだ。イングレイにだって、できるぞ」

彼女は無言だ。

「大丈夫だよ」ダナックはイングレイが何かいったかのようにつづけた。「このメカを借りたのがぼくだというのは、誰にも知られない。偽ＩＤを使ったからね。このままここに置いて家に帰ろう」

イングレイは無言をつづけ、あたりはしばし静まりかえった。

「ああ、公園を掘ろうとはしたよ。だが、ぼくだとは誰にもわからないんだから、どうってことないさ」

「わたしがどうしてあなたを見つけられたと思うの？　今度また偽ＩＤがほしくなったら、わたしに相談するといいわ。あなたが使ったＩＤは半端な出来で、徹底した捜査には耐えられなかったのよ」

沈黙。そして——「くそっ」

「よこしまな兄、ダナック」メカ蜘蛛がいった。「イングレイは兄にとても寛大。あなたはそれに値しない」

「彼男を放してちょうだい、大使」イングレイはメカ蜘蛛に頼んだ。「傷つけたら外交問題になるのは承知でしょうけど、そうやって押さえつけてもいけないと思うわ」

「兄は妹を殺そうとした」メカ蜘蛛はそういいながらも脚を離した。

「そう見えただけだよ！」ダナックは体を起こし、喉をさすった。「公安局を呼ばないように脅しただけだ。殺す気なんかなかったよ」

「でも、わたしが死んだって平気でしょ」

しばしの間。「ほんとにうるさいやつだな。人殺しなんかするもんか」

「イングレイは兄にとても寛大だ」メカ蜘蛛がくりかえした。

「さあ、やるべきことをやりましょう」と、イングレイ。「車に乗って、家に帰るの。誰かに訊かれたら、掘削メカを借りたと正直に答えてね。酔っぱらって、殺人事件を思い出して動揺した。ザット殿は史実の探求だけを考える、心穏やかなとてもいい人だと思っていたのに、あんなふうに殺されて悲しくて、怒りが湧いた。メカを借りて何をどうするつもりだったのか自分でもよくわからない、アラックの飲みすぎとしか思えない。小さいころに見た《ダンプのダピ》を思い出したのかもしれない」これは何十年もつづく子ども向けの娯楽作品で、フワエで育てば一度はかならず、自分もダピのような建設用メカのかっこいい操縦士になりたいとあこがれる。「でもメカを制御できなくて、つい、ぶつけて……」

「できない」と、ダナック。「酒などたいして飲まないし、そんな話は無理だ。メカは操縦したことがあるが、どうってことなかったよ」

「けっして簡単ではない」と、メカ蜘蛛。「訓練は大切だ」

「つい、メカをぶつけてしまったの」イングレイはくりかえした。「あなたはとても反省している、修理費用はもちろん払うので、どうか受けとってほしい、今後は飲酒を控える。そしてパーラドのことや遺物の話を聞いても、ただ驚くだけ」

「そこをどいてくれ。降りられない」しかしイングレイはホールドにつかまったまま、返事をしない。「わかった、わかったから。よろしくお願いいたしますよ」侮蔑と怒りの口調。

　イングレイはふっと息を吐いた。いい返そうかと思ったが、結局何もいわずに地面へ降りて、足もとに気をつけながら車へ向かう。背後でぼたっという音がして、泥のべちゃべちゃ音がつづき、イングレイの横にメカ蜘蛛が来た。

「鞄の姿にもどったほうがよくない？」イングレイはメカ蜘蛛にいった。「ゲックが関係していることをメディアに知られたらまずいわ」

「鞄。鞄？」と、か細い声。「おお！　鞄。意味がわかった。しかし、わたしはわが道を行く」メカ蜘蛛は道路に出ると、地上車の車体の下にもぐった。

「お好きにどうぞ」イングレイは足もとの泥に気をつけながら二、三歩進んだところで、はっとした。いまメカはなんといったか――〝おお！　鞄。意味がわかった〟。背筋の凍る考えが頭に浮かぶ。「船長？　あなたはユイシン船長、でしょ？」そうでなくてはおかしい。ゲックの大使が人間のダナックに、あんな脅しをするはずがない。殺害をほのめかすだけでも、条約に触れかねないのだ。

「そいつを近づけるなよ」ダナックがそばまで来ていった。「そっちは仲良しらしいが、こっちはごめんだ。おなじ車に乗りたくもない。いやにぐにゃぐにゃで……」ぶるっと身震い。

「ぼくを絞め殺そうとした」

　イングレイは車のドアを開けた。

「さ、帰りましょう」

12

屋敷に着いたときはもう深夜だった。正面の古代ガラスが青と赤にぼんやり光るだけで、ほかは真っ暗だ。ところが道路のほうには黄色い光があふれ、見れば法律で決められた制限距離ぎりぎりの場所に四本脚のオレンジ色の円柱がある。あれはニュースメディアのメカだ。

「〈アーサモルの声〉か?」ダナックがうめいた。

「そうみたいね」イングレイはメカの前面の黒い文字を見てうなずいた。「でも一機だけよ。パーラドの件が知れたのだろうけど、動いたのは〈アーサモルの声〉だけらしいわ」

ダナックは疲れた笑いを漏らした。「バドラキム議長は大手だけ脅したらしいな。パーラドの件なら、あのメカが狙っているのはきっとお嬢さんだよ」最後はいささかわざとらしく。

「そろそろ酔っぱらってちょうだい。わたしは召使を呼んで、あなたを抱えて車から降ろすわ」

「この時間なら、多少は酔いがさめているはずだ」

「ううん、泥酔したの。動きまわって疲れ、眠りこけたの。でもわたしは起こしたくなかった。〈アーサモルの声〉に余計なことをいう危険は冒せないわよ。それにもう、手伝いを頼んだわ」

「イングレイ……」なぜか急に、すがりつく口調になった。「ほんとうに、傷つけるつもりなんかなかったんだよ。ただ、ぼくの邪魔をしに来たと思った。遺物を横取りするとか……」言葉がつづかない。

「どうしてそんなことを?」イングレイの怒りや落胆は時間とともに薄らいでいたが、いまの言葉でまた呼びもどされた。「お母さんが誰に名前を継がせるかは想像がついているでしょ? わたしはダナックの将来にとって危険な存在ではないわ。これまでだって、そうよ」

「ぼくにはわからない。これまでだってわからなかった。母さんはまわりの予想を裏切るようなことをするだろう? ナンクル・ラックはイングレイのほうを気に入っているし、母さんはナンクルの意見には耳を傾ける」小さなため息。「悪かった。言い合うつもりはないんだ。ここに来るまでずっと考えていたんだよ。もしイングレイがあそこで大怪我をしていたら、もし死んでいたら……。信じてくれ、あのときもいまも、そんなことは絶対に望んでいない。自分が何をしたかはわかっている。公園へ行ったのは、バドラキムの遺物を見つけよう、選挙を控えた母さんに見せよう、そうすればすぐにでも後継指名してもらえると思ったからだ。ところがそこへイングレイが現われた。遺物を横取りされると思った」

「だから、それは勝手な思い込みよ」もっといいたいことはあったが、ダナックの真剣さを感じて黙る。イングレイは兄の気持ちがよくわかった。母の機嫌をとらなくてはいけない、それ次第で自分の将来は大きく変わるという不安――。

屋敷の玄関が開いた。ニュース・メカがくるっと回転したが、出てきたのは召使ふたりとわかって興味を失ったらしい。

「ずいぶん早いわね」イングレイは車のドアを開けた。「こんな時間にごめんなさいね！」やってきた召使に声をかける。「ちょっとダナックがね……」声をおとすが、ニュース・メカには聞こえる範囲だ。「かなり酔っぱらって、眠っているだけなのか意識を失ったのかわからないの。道端で確かめるわけにもいかないから」

「はい、お嬢さま」召使は冷静に応じ、ふたりでダナックを車から出すと、意識のない体をはさむようにして家のなかへ連れていった。

「ミス・オースコルド！」ニュース・メカが声をあげた。「パーラド・バドラキムが流刑地から帰ってくるのに、あなたはどんな関与をしたんですか？　パーラドはザット殿の死と関係があるんでしょうか？　どうしてゲックが干渉するんです？　バドラキムの遺物について教えてください。あなたはなぜそんなに泥だらけなんです？」

イングレイはほほえみを浮かべて歩いた。

「ごめんなさい、今夜はいろんなことがあって、兄のことも心配なの。いずれお話しできる機会があると思うわ」

「いいかげんにしてくださいよ。ダナック・オースコルドが酔って家に運ばれるのは、なにもこれが初めてじゃないでしょう。酒さえ抜ければ問題ない。それにいま話を聞きたいのは、彼男ではなくあなたです。パーラド・バドラキムだと知ったうえでフワエに連れてきたんですか？　バドラキム議長は地区判事委員会に、遺物は盗まれたと虚偽の証言をした。これはほん

とうだと思いますか？　ラレウムの〝義務拒否宣言〟は贋作（がんさく）だというパーラドの主張について

どう思いますか？　真正の宣言書はパーラドが盗んだのでしょうか？」

「明日の朝、お話ししますから」玄関まで行ったところでイングレイは約束した。

「つまり、大手メディアがここに集まったころ、ですか？」メカはイングレイが了承しないかぎり、法的制限距離内には入れない。「頼みますよ、ローカルなメディアにもちょっとは話してくださいよ」

「あしたの朝ね」イングレイはなかに入り、扉を閉めた。

薄暗い夜間照明の玄関ホールで、ダナックはいつになく神妙な顔で立っていた。そしてその背後、階段ぎわの長椅子にはナンクル・ラックがいる。

「ここに来てまだ五分とたたないんだが」と、ラック。「イングレイがどこにいるのか心配したよ。まめに連絡するよう頼んだつもりだったが。ところで、いやに泥だらけだな」

「ぼくのせいだ」と、ダナック。

「ほほう」ラックは大げさに驚いてみせた。「ダナックみずから非を認めるとは。世のなかは何が起きるかわからない、人生は驚きの連続、というのはほんとうらしい」イングレイに視線を移す。「だからといって、ああそうですか、と解放するわけにはいかない。連絡を絶やさないようにといったはずだが」

「ごめんなさい……」

「まあ、そこまでおちこむ必要はない。イングレイがいないあいだに、〈アーサモルの声〉にわたしから話したのだよ。イングレイのことだ、きっと予想していると思い、事前に相談はしなかった」

「たぶんそうだと思ったわ」イングレイの返事にラックは笑った。「だからとくに驚かなかったし」あっさりと。「ダナックを追いかけた理由もそれだから。どこへ行ったのかなと考えて、誰かが連れもどさなきゃと思って。ナンクルは忙しいと思ったから連絡しなかったの」

「それで、ダナック――」彼男のほうを見る。「どこへ行ったのだ?」

ダナックは肩をすぼめてうつむき、すぐには答えなかった。

「エスウェイに」それだけで、また口をつぐむ。

「エスウェイ? どうしてまた、そんなところへ?」

ダナックはしぶしぶ答えた。「イングレイが彼人(かのと)を家に連れてきたとき、すぐにパーラドだとわかって、それをいったら彼人が、バドラキムの遺物はエスウェイ自然公園に埋めたと。だから見つけてやろうと思って……。バドラキム議長のことだから、どんな手を使ってでも隠蔽(いんぺい)するだろうと考えた」小さく首をすくめる。「遺物を手に入れたら、バドラキムへの対抗手段として使える」

ラックは黙って甥(おい)を見つめた。

「先にナンクルかイングレイに相談すべきだった」と、ダナック。ラックが黙ったままなので、やむなくつづける。「連れ戻しにきたイングレイには、もうお礼をいったよ」

「何もしなかったのだな?」

「ダナックはザットが殺されたのがショックだったの」と、イングレイ。「それで酔っぱらって、建設メカを借りたのもあまり記憶にないみたい。わたしはダナックの行先の見当がついたから、追いかけてくいとめたの。修理費用はダナックがちゃんと払うって」

「修理?」

これにはダナックが答えた。「公園に着くまえに、メカを木にぶつけたんだ。あんなメカ、手に負えないよ」

「メカはおもちゃではない」と、ラック。「建設メカの操縦士として生計を立てている者はたくさんいる。訓練と経験が必要で、安易な思いつきで操縦できるものではない」そこで間を置く。「いいたいことはわかるな?」

ダナックはむくれた。「これからはきょうだい仲良くしたほうが身のためだとわかったよ」

「ネタノは子どもが意外なことをすると喜ぶ」と、ラック。「思いがけないことをされると感心し、もっとやれと尻を叩く。そして子どものほうも、気に入られるにはそれがいちばんだとわかっている。人一倍、母親の気を引きたがるダナックは、バドラキムの遺物を差し出せば大喜びするのはまちがいないと考えた。たとえ無謀な計画でも、母親に絶賛されるならやる価値があるとね。イングレイを出し抜ける、一枚上手をいけるとも思った。しかし……」どうだ?というようにダナックを見る。ダナックはひとつため息をついてからこういった。

「動くまえに、情報が正しいかどうかを確かめるべきだった。イングレイに相談していれば、もっと正しい情報が得られただろうし、イングレイとパーラドが来たときに脅迫まがいのことをしていなければ……」顔を上げて天井を見つめる。「イングレイに負けたくないと考えて、そのあげく自分をだめにしたらどうしようもないよな」

　イングレイはびっくりしたが、表情を変えないよう、声を出さないよう歯を食いしばった。ダナックは、これまで何度もいわれてきた言葉をみずから口にしたのだ。

「たとえ気に入らない相手にでも」と、ラック。「礼儀を失わず、ときには好意すらもってもらえる。ダナックはそれが得意だろう？　必要とあればいくらでもお世辞がいえる、イングレイを例外としてね。家族はダナックにとって何より大切で、かつ苦しいものでもあるのだろう。母親が子どもたちを競わせるよう仕向けるのもいけないのだが、ダナックはそれを超えて賢くなくてはいけない。いまでも十分に超えられるほど賢いと、わたしは信じているよ」

　ダナックは何もいわない。

「いいかい、ダナック、もし今夜イングレイがあとを追わずに高みの見物を決めこんだとしても、わたしは彼女を責めなかっただろう。〝もしお母さんだったら〟などというんじゃないよ。いまは話題をそらすときではないからね。だがネタノの子どもでもうひとり、正直でない者がいるのもわかっている。何がどうなっているのか、わたしなりに考えてみたんだが——イングレイ、なぜティア・シーラスに行ったのかはこのまま聞いたが、兄にも話すべきではないかな？」

　イングレイは大きく息を吸った。正直に語るのはつらい。しかしナンクル・ラックが話せというなら、たとえ黙っていたところで、いずれダナックに伝わるだろう。

「パーラドを流刑地から逃がすよう、ブローカーのゴールド・オーキッドに依頼したの。目的は、遺物の隠し場所を知ること」

ダナックは無言で、一見なんの反応もない。

「そしてゴールド・オーキッドは依頼を引き受けた」ラックがおちつきはらっていった。まるで料理を注文するように、声明文でも読むように。「依頼の費用はどれくらいだった?」

イングレイはダナックの射るような視線を感じ、逃げ出したくなった。林の泥道を歩いてもいい、雨に濡れ町をさまよってもいい。できれば誰も自分をかまわない、ほっとできる場所。たとえばユイシン船長の船――。イングレイは支払額をいった。

「思ったとおりだな」と、ラック。「イングレイはその道に詳しくないだろうが、依頼内容からすると、それは破格の安値だ。その点も含め、これからわたしが話すことは口外無用だよ、いいね?」ダナックに目をやると、彼男は不満げな声を漏らした。「この三人以外にけっして話してはならない。じつはオースコルド家で、流刑地から人を連れ出すようブローカーに依頼したのは、イングレイが最初ではない。しかしゴールド・オーキッドをはじめ、ブローカーはすべて拒否した。拒絶の理由は――通常はいわないのだが――誘拐はもとより、他の政体の法律を侵害する行為は、どのような条件下であれ行なわないというものだ」

「最初じゃない?」と、ダナック。「どうして――」

ラックはさえぎった。「ネタノとわたしの母は、いろいろむずかしい人でね。答えはネタノにしか話せない」要するに、ダナックがネタノを襲名しないかぎり、答えられないということだ。「イングレイの支払額は、そのときゴールド・オーキッドが拒否した額の足もとにもおよばない。では、何が違ったのか?」つかの間、沈黙。「ティア政府が、パーラドを使って何かする気だったとしか考えられない」

「でも彼人は、サスペンション・ポッドに入っていたのよ」そこでイングレイは思い出した。「たしかあのときパーラドは、〝転入事務局に行きたい〟といった。「そして船長が、本人の了承なしに船には乗せないというから解凍したの。そうしたら、彼人は自分はパーラドではないといって、転入事務局に行ったのよ。フワエに帰ってくる気はなかったのに、わたしが説得して船に乗せたの」

「説得したのは、たぶんイングレイじゃなかったんだよ」と、ダナック。「その誰かにとっては、パーラドがフワエに帰るほうが都合がよかった」

「誰かではなく、ティアにとってはだろう」と、ラック。「ティア政府が強制的にパーラドを帰らせた可能性もある。いずれにしても彼人はフワエに帰り、失うものはなく、やりたいようにやれる。もちろんティア政府も愚かではない。どのような指示を与えたにせよ、フワエに帰ったパーラドが何をしそうかはわかっていただろう」

「ティアはバドラキム議長を困らせたかったのね? でもパーラドに何ができるのかしら?」

「そこでいやでも思い浮かぶのは」と、ラック。「バドラキム議長が最近になって、オムケム連邦の要求に肯定的な発言をしていることだ。オムケムはバイットへの航路を再構築できるよう、艦隊のゲート通過を許可しろと要求している」

「それとティアとどんな関係が？」と、ダナック。

「フワエはバイットへ一ゲートで行けるし」イングレイがいった。「ティアとも一ゲートでつながっているわ」

「ティアは船舶の重要な通過拠点だ」ラックはうなずいた。「すなわち、情報と経済のね。わたしならティアの防衛システムに手は出さないが、オムケム連邦は考えが違うだろう。オムケムの関心はバイットではない。少なくとも、バイットのみではない。おそらくフワエにも足場を確保したいはずだ。ティアへの簡便なルートが使えなくなったからね。同様の推測をする者は、このフワエにも大勢いるだろう。そして、ティア政府も」

「たとえそうだとしても、バドラキム議長がどうしてオムケムに手を貸すの？」そこでイングレイはふと思いついた。「議長はオムケムの目論見に気づかなかったとか……」

「議長はそこまで、ばかじゃないよ」と、ダナック。

「そういうダナックは、ついさっきまで思いつきもしなかったんじゃないか？」ラックがたしなめた。「だがおそらく、議長はわかっている。少なくともオムケム連邦の狙いを察しているとは思う。バドラキム議長はさまざまな顔をもつが、けっして愚かではなく、裏切り者でもない。ティア政府を誰が支配しようがフワエに大きな影響はないが、貸しをつくっておくに越したことはないと考えたのだろう。そしてオムケムから賄賂を受けとっても、見返りはうやむやにできると踏んだのかもしれない。ネタノもおなじようなことを考えたよ。わたしは反対したんだけどね。一方、殺害されたザットは、連邦の艦隊がフワエのゲートを利用できようができまいがたいして興味はなかった。どちらかといえば、むしろ反対だったといえる。と、ネタノはわたしにそう語っていた」

「でもヘヴォムには興味があったわ」と、イングレイ。「ザットを殺害したのは彼男よ」

ラックはうなずいた。「オムケムはヘヴォムの引き渡しを強く望んでいる。同時に、パーラドの身柄もね。ザットの殺害容疑で裁判にかけるとのことだが、おそらくバドラキム議長への配慮だろう。もしくは要求が拒否された場合、それを武力行使の理由のひとつとするか――」

「フワエ攻撃の口実がほしいの?」イングレイは考えこんだ。荒唐無稽で非現実的に思える。

ラックはしかし、肯定の仕草を返した。

「そしてゲックが介入してきた、パーラドに関してね。委員会はパーラドをゲックとみなし、フワエから出すだろう。さして選択肢はないからだ。それがパーラドにどんな意味をもつかは不明だが、彼人はまったく動じていない。どのみち、失うものは何もないからだろう」

「で、ヘヴォムはどうなるの?」

「侵略の口実になると考えるのは、わたしだけではないよ。委員会が条件付きでヘヴォムを領事館に返す可能性はある。連邦行きの最初の便に乗せ、二度とフワエ星系に入れるな、という条件だ。でなければ、連邦の傲慢で無礼なふるまいに怒り、ヘヴォムをここで裁判にかけると主張するか。いずれにせよ、明日の朝には決定されるだろう。早ければ今夜じゅうにも」

「驚天動地だな」と、ダナック。「委員会と名のつく組織はどこも、何週間もうじうじしてようやく決定するというのに」

ラックは彼男を無視した。「こういう背景があって、わたしは今夜〈アーサモルの声〉に情報を流した。内容はこうだ――イングレイはティア・シーラスでパーラドと出会ったが、彼人が何者かは知らなかった、しかし同情してフワエの自宅に連れてきた、イングレイらしい行動なのは説明するまでもないだろう、母親のネタノからしつけられた他者への思いやりだ、だがそれ以外のことはまったく予期せぬことで驚きでしかなかった」そこでイングレイの顔を見る。「明日の朝は、これを頭にしっかり入れてふるまいなさい。そのあいだにヘヴォムはこの屋敷から出て、ステーションのオムケム領事館、もしくはここの公安局の留置場に移動する。ちなみにゲックの大使は、留置場にいすわりつづけている」

今夜はいろんなことで頭が混乱したが、イングレイは最後の言葉がいちばん不可解だった。

「大使が？　ずっと留置場に？」

ラックは自明のことのように淡々といった。

「ゲックの大使は監視員の目を盗んでパーラドの房に入り、出ていこうとしない。今夜はずっとそこにいるよ」

「ひと晩じゅう？」イングレイは思わず口にした。「おかしいわね……」横にいるダナックは何もいわないが、当然といえば当然だろう――ぼくは数時間まえ、公園近くでイングレイを殺そうとし、逆にメカ蜘蛛（ぐも）に首を絞められかけた、あのメカ蜘蛛はゲックの大使だったんじゃないか？　とはいえない。

ユイシン船長は、ずっとパーラドのそばにいた……。

ダナックを押さえつけたメカ蜘蛛は、ほんものの大使だったのだ。イングレイたちのあとをつけ、ユイシン船長のメカがここにいること、何を企んでいるのかを知ったにちがいない。明日の朝、大使が公安局に現われて、イングレイと船長のペテンを暴露したらどうなる？

「おかしいといえば、何もかもがおかしい」と、ラック。「きょうだい喧嘩をしている場合でないのはわかるな？」

「はい、ナンクル・ラック」

ダナックは一見とても素直で従順だが、イングレイにはわかっている。いま知った情報をどうやって活用するか、めまぐるしく考えているはずだ。ユイシン船長がメカ蜘蛛を使っているのは知らないものの、イングレイはさっき公園前で〝船長？〟と呼んでしまった。ダナックがふたつを結びつけるのに時間はかからないだろう。すでに結びつけているかもしれない。

イングレイはほかにいいようがなかった。

「はい、わかりました」

公安局のオフィスで、ヴェレット副部長はイングレイに椅子を勧め、スルバをついだ。トークリスのオフィスを広くしたような部屋だったが、客用の椅子ははるかに心地よい。

「トークリスが来たら、朝食を用意してもらおう」副部長はイングレイにスルバのカップを渡し、自分も椅子に腰をおろした。苛立ちでもこらえているのか、話し方がいつもより硬い。

「副部長はひと晩ずっとここに?」イングレイは公園と屋敷の行き来の際、地上車で仮眠はできた。

「そう」自分用にスルバはつがない。「どのみちゆうべは眠れなかった」

イングレイは少しとまどったが、そういえばリム訛りがあるから、副部長はたぶんハトリなのだろう。デスクに目をやると、小さな黒漆のお盆にビーズの紐が丸めて置かれていた。ビーズは金色の筋が入った群青色だ。リム区で暮らすハトリには信仰上の独自の習慣があり、たとえば一年の決まった日に断食をし、徹夜で祈りを捧げたりする。また、けっして口にしない食材もあった。

イングレイはきのうの朝、ダナックに教わるまでもなく、副部長がリム区出身なのは知っていた。しかしたとえハトリであろうと、公安局の立派な地位に就き、イール語も話せる人が古い信仰習慣を守っているのはいささか意外だ。

「ゆうべのことは悪くとらないでほしい」副部長は疲れた様子のイングレイにいった。「わたしはあなたの母親を支持していない。この地域でそんなことをいうのは誉められたものでないのは承知のうえでね。ネタノ・オースコルドにあからさまに楯突くと、昇進するのはむずかしい。それでもわたしは、あえて投票しない少数派だ」

イングレイにはなんともいいようがなかった。

「もう慣れたよ」と、副部長。「慣れっこ、とまではいかないが、ときには無視したくてもできないことが起きる。こんなこともいわれるよ——話すのが上手だなあ、そんなに教養があると、ハトリじゃないみたいだ。もちろん、面と向かってはいわない人もいて、いまのあなたもたぶんそうだろう」

　イングレイは否定しようとした。が、何をいっても気まずくなるだけのようにも思える。

「顔を見ていればわかるよ」副部長は冷ややかな笑みを浮かべた。「ときには政治的な思惑で指示されることもある。誰を逮捕しろとか、メディアにはこういえとか。訴訟委員会から誰それを釈放しろ、と命令されたり。釈放なんてとんでもないと思ったところで、従うのがわたしの仕事だ。上司は上司だからね。それにそもそも訴訟なんて、そういうものかもしれない。だが今回の事件はその程度ではなく──」頭を横に振る。「冷酷な計画殺人だ。しかし犯人は逮捕されないまま、ほぼ確実に自由の身で去っていくだろう。これについて、わたしにいえることはひとつもない。また、バドラキム議長と偽の遺物の件もある」

　ビーズの紐に手をのばしたが、握るのをためらって、盆を数センチ押しやった。

「わたしの家系はフワエでは古く、バドラキム家がこの星系に来るはるか昔からつづいている。それは間違いようのない事実だというのに、わが家のハトリの由緒ある遺物はせせら笑われ、ラレウムでも片隅に追いやられた。または盗まれ、べつの家名をつけて飾られたりね。バドラキム家はフワエでは旧家でもなんでもなく、ガルセッドの流れをくむといいはる者たちとおなじだよ。バドラキムの遺物なんて、最初っからいんちきだ」不快げに鼻を鳴らす。「しかもわが子を流刑地に送ってまで、それを隠そうとする。だがわたしにも、ひとつだけいえることがある──この件はネタノ・オースコルドには有利に働く」デスクの上に目をやり、我慢するように手を握っては開く。たぶん断食中で、スルバを飲みたくても飲めないのだ。

「ザットを殺したのはヘヴォムよ」イングレイは断言した。「彼男は開き直っているようにすら見えるわ」

「ヘヴォムは口をつぐみつづけるにちがいない。そのほうがいいに決まっているからね。オムケムの領事はわたしに、彼女やヘヴォムからどんなものが得られるかを少しは考えろと、かなり強気だった」

「遺体を発見したときのことが忘れられないの。そのうち苦しまずにふっと思い出すだけになると自分にいいきかせてはいるけど。そう、彼女のあの姿を……」細い幹にもたれ、口の端には赤い血の塊。

「たいていそんなものだ」ぶっきらぼうながらも、思いやりがのぞいた。

「ヘヴォムをこのまま帰すのはいやだけど、わたしたちにはどうしようもないわね」

「わたしもそう思うが、誰かにいいたくても、さすがにオフィスの外ではいえなかった」

副部長は壁のディスプレイに目をやった。夜明け間もない空はまだ濃紺ながら、公安局前の広場はうっすら明るく、屹立(きつりつ)する黒いビル群の向こうは曙色(あけぼのいろ)だ。

副部長はイングレイに視線をもどした。「パーラドの流刑地送りが決まったとき、誰も想像しなかったのだろうか、事実はまったく違うということを？　フワエの外に行けば、バドラキムの遺物がまがい物なのは周知の事実であるのに？　わたしはずっとそのことを考えていた。ミスター、いやミクス・バドラキムの有罪判決が出たとき、バドラキム議長の政敵がひとりだに攻撃材料にしないのが不思議でならなかった。公安局には、偽造や詐欺を調査する部署もあるというのにだ。パーラドの逮捕と裁判の記録にアクセスしても、ガルセッドの遺物はもともと贋作だったという主張が調査された形跡はいっさいなかった。議長自身の陳述でも、ミクス・バドラキムは当初、そう主張して自己弁護を図ったとなっているのにね」信じがたいというように、ふうっと息を吐く。「公安局に限らず、どこも政治的影響を受けるということだ。結局、誰も何もいわず、反論もしなかった。いま思えば、沈黙したからといって責めることはできない。仕事の評価と生活の手段がかかっていれば、バドラキム議長の政治的思惑のために無実の人間が流刑地送りになって満足した連中はたくさんいる。わたしは大きな過ちだったと思うが、きょうまで誰にもいえずにきた。そして殺人を犯した者を自由にするのも過ちだ。パーラドが流刑地から逃げ出した事実を棚上げし、冤罪であったことを明らかにしないままゲックに渡してしまうのも過ちだと思う。冤罪の証明はあくまで法的に、だよ。いくら報道で大騒ぎされたところで、数日もたてば誰かが大宴会を開くとか、ヘアスタイルを変えたとかで忘れられてしまう」疲れた吐息をひとつ。「みじめなものだろう？　わたしはあなた以外に不満をぶちまけられない。実際に行動を起こせる人間に、こんな話はできないからね」

「わたしもずっと不思議だったのよ」と、イングレイ。「どうして母が何もしなかったのか」ナンクル・ラックに尋ねてもよかったが、たぶん答えてはくれないだろう。「その先に控えている問題は、ほかにも偽物があるかどうかでしょ」パーラドもそれを指摘していた。「フワエの外で何をいわれようが無視できるわ。あいつらは何もわかっちゃいない、思惑があって難癖をつけてるだけさって。でも判事委員会となると、そうもいかないわ。簡単には無視できない」スルバのカップを口もとまで上げ、副部長の視線を感じて飲まずに下げる。「あの事件があった日……ザットが丘に登るまえ、パーラドがおかしなことを彼女に訊いたのよ。通説と違う歴史事実が判明したら、いまの自分たちまで変わってしまうのか、みたいなことを」そしてなぜ、そこまでこだわるのかとも訊いた。「わたしはそんなふうに考えたことが一度もなかったんだけど……もし、祖先の遺したものが偽物だとしたら、わたしたちはいったい何者？」

「これまで考えたことがなかったのは、〝あなたは何者か〟と訊かれたことがないからだ。あなたの祖先の遺物は偽物だ、あなたは偽物のフワエ市民だ、などといわれたこともね」

「でも、わたしはほんもののオースコルドじゃない、とはいわれたわ」なかばむきになり、えもいわれぬみじめな気持ちになる。「わたしは養護施設からもらわれてきたから」

副部長は無言だった。そういえばこの人も、とイングレイは思い出した。リム出身のわりには教養がある、ハトリの慣例は迷信でしかないといわれてきたのだ。実際、彼女も口にはしないがそう思っていた。この場をなんとかとりつくろわねば――。イングレイはしかし、言葉を思いつかなかった。それにどういうわけか、傷ついてもいた。

ドアが開き、トークリスが入ってきた。

「失礼します、副部長。イングレイの時間を少しいただけるでしょうか？」

「かまわないよ。こちらの話はすんだから」

「朝食は通りの角のお店に注文しました。二十分ほど後に届きます」

イングレイは立ち上がった。

「ありがとうございました」なかなか言葉が見つからない。「聞いたお話をもとに、ゆっくり考えてみます」

副部長は小さくうなずいて手を振り、イングレイはトークリスについて廊下に出た。

「じつはね、とくに用件はなかったの」トークリスはドアが閉まるなりいった。「副部長の断食もそろそろ終わりだから、祈禱とか夜明けの儀式とかがあると思って。朝食をオフィスに持っていってもよかったのだけど、断食明けまで二十分近くあるし、副部長は仕事を理由に早める人ではないから。それでもね、すぐ食べられることを知ったほうが安心できると思って注文したの。ちなみに、お店はきのうの夕食とおなじところよ。この近くにはあそこしかないの、バターもミルクも使わない料理をつくってくれるのは。それなら副部長もしかめ面をせずに食べられるから」声が小さくなる。「もしいやでなかったら、わたしのオフィスにちょっと寄らない？」

イングレイはにっこりした。

「うん、喜んで行くわ」

13

その日のお昼過ぎ、委員会は決定を下した。一時間後、パーラドはふたたび緑と白の服をイングレイから借りて留置場を出て、彼人の横にはあのメカ蜘蛛――。これは大使ではなくユイシン船長だ、とイングレイは思ったが、尋ねるわけにはいかない。いまは副部長のオフィスの前で、これからロビーへ向かうところだ。

「ここからはおふたりでどうぞ、ミス・オースコルド、ミクス・バドラキム」副部長がいった。「わたし向けの質問はすべて訴訟委員会に委ねる処理をすませてあるので」

ロビーの扉の向こう、広場の黒石はほとんど見えない。十五メートルの制限距離を保って、ニュースメディアの記者とメカが押し寄せているからだ。

「さよなら、副部長」パーラドがいった。「充実した数日を過ごさせていただいた。職員はみな礼儀正しく、食事も以前滞在した留置場のものより美味だった。それに何より、ヘヴォムは逃げおおせることができないのがうれしい」

ヘヴォムをオムケム連邦の大使に渡さないという委員会の決定は公表されていない。しかし、遅かれ早かれ公安局の通用口からこっそり留置場に連れていかれるはずで、すでに入っているかもしれない。オムケムの大使がおおやけに異議を唱えるのも時間の問題だろう。

「地上車が見えないんだけど……」イングレイがいうと、パーラドの背後にいるトークリスが答えた。

「待機しているわよ。メカも記者も道を空けるでしょう」ただ人間の場合は、メカより法的制限距離が短い。

「問題ないよ」と、パーラド。「自分はすでに経験済みだし、イングレイもこれほどではなくても、メカの群れを相手にした経験はあるはずだから」

「ええ、わたしなら平気よ」と、イングレイ。トークリスが彼女たちに付き添うが、メカの質問に答える必要はない。「でもパーラド、本気でニュースメディアに語るつもり？」地上車に向かうのは、パーラド、イングレイ、トークリスの三人とメカ蜘蛛だ。

「もちろん」パーラドはにっこりした。

玄関から一歩外に出るなり喚声が湧きあがり、近くのビルにこだまして大音響となる。頭上では青空の下、緑や赤、黄色のニュース・メカがそよ風に吹かれながらぷかぷか浮いていた。もちろんこれにも法的制限距離はある。あわただしい夜を過ごしたあと、いきなりまぶしい戸外に出て、イングレイは目をしばたたいた。いっせいにわめくメカの声が、徐々に言葉となって聞こえてくる——「ミクス・バドラキム！　ミクス・バドラキム！」

イングレイはあれほど恐れていた自分への呼びかけがないことに、いささか拍子抜けした。

「その名で呼ばれて答える気はない」パーラドは玄関から四歩のところで立ち止まり、大きな声ではっきりといった。イングレイたちも立ち止まる。「わたしの名前は、ガラル・ケット」

　いかに大声でいおうと、騒然とするなかでメカたちには聞こえなかったらしい。それでもパーラドやイングレイたちが歩かず立ったままなので、飛び交う声も次第に減って、じきにおおよそ静かになった。

「その名で呼ばれて答える気はない」パーラドはまったくおなじ台詞（せりふ）をいった。「わたしの名前は、ガラル・ケット」

　水を打ったように静まりかえり、空を飛ぶメカ以外、動くものもない。人間の記者が何人かとまどったように顔をしかめ、〈ウレイド内外速報〉のメカがまた声をあげた――「ミクス・バドラキム！」

　ふたたびあたりは騒然とした。

　パーラド、いやガラルはイングレイをふりむいてからメディアの群れに視線をもどし、歩きはじめた。メカ蜘蛛が寄り添うようについていく。

「ミクス・バドラキム！」最前列にいたメカが叫んだ。「オムケムのザット殿を殺害したのはあなたですか！」

　ガラルは無視し、トークリスが進み出て前方にいるメカたちを追い払った。

「ミクス・ケット！」後ろのほうから、ひときわ高い声がした。公安局ビルの壁の反響を狙ったような高音で、法的制限音量を若干超えている。「あなたはザット殿を殺害したんですか！」

　ガラルはぴたっと足を止め、イングレイをふりかえった。

「〈アーサモルの声〉よ」イングレイは冷静にいった。ほかのニュース・メカも返事を期待して静かになる。

「わたしは殺害などしていない」ガラルは力強い声でいいきった。

「ミクス・ケット！」おなじメカが声をあげた。「公表された記録によると、あなたはバドラキム議長に、自分は盗んでなどいない、遺物はもともと模造品だったと語っています。その点に間違いはありませんか？」

「間違いはない。わたしは議長にそう語った。公表された記録は、わたしの要望によりいっさい編集されていない。申し訳ないが場所をあけ、車まで行かせてもらえないだろうか？」人間が数人、不満の声をあげた。「アエンダ・クラヴ――」ガラルは穏やかに、しかし広場まで十分聞こえるほど大きな声でいった。「サース・レイセム、そしてあなた、チョレム・カエラス。お三人は今朝、わたしに疑問をぶつけるために、急ぎ首都からここへ来たのだろうが、わたしをいまの名で呼ぼうとしない。呼んだのは〈アーサモルの声〉だけだ」

〈アーサモルの声〉のオレンジ色のメカが、黙りこんだ同業者たちのあいだを縫ってガラルの前まで出てきた。

「ありがとうございます、ミクス・ケット、ミス・オースコルド、イセスタ捜査官。こちらはゲックの対プレスジャー大使でしょうか？　お目にかかれて光栄です」

メカ蜘蛛は柄の先の目をすでに五つ六つそちらへ向けていた。

「何？　これは何？」

「〈アーサモルの声〉という通信社のメカで――」イングレイがいった。「人間の記者が操作しているの。質問に答えたくない場合、はっきりそういえばしつこく尋ねてはきませんから」でしょう？ という目でニュース・メカを見る。

「わたしたちがあなたをどう呼ぼうが、わたしたちの自由ですよ」チョレム・カエラスがいった。大手メディアの、ずんぐりむっくりした女性記者だ。

「〈アーサモルの声〉にしか話さない」と、ガラル。トークリスが地上車周辺からニュース・メカたちを追い払った。

「ミス・オースコルド！」どこかのメカが叫ぶと、堰を切ったように「ミス・オースコルド！」の合唱が始まった。イングレイはついさっき、名前を呼ばれないことに拍子抜けしたばかりだが、いまは一刻も早くやめてほしいと思う。が、対処の仕方は心得ていた。群がりわめくニュース・メカを前にしてやることは、明るい表情を保ち、いっさいしゃべらず、色とりどりのメカのどれにもまともに目を向けないこと。

「もしバドラキム議長がここにいたら――」〈アーサモルの声〉がいった。トークリスが地上車の座席のドアを開ける。「あなたではなく議長に質問が集中するでしょう」

「ほしい答えを議長から得られるなら、わざわざここに来てわたしに質問する必要はない。イングレイとトークリスさえよければ、あなたもこの車でエレベータのターミナルまで行こう」

「ゲックの大使も？」〈アーサモルの声〉のニュース・メカはしゃがみ、ガラルとメカ蜘蛛のあとから車に乗りこんだ。

イングレイはそのあとにつづく。

「大使の了解もちゃんと得てちょうだい」イングレイはガラルの横にすわった。メカ蜘蛛は床の上で、ニュース・メカは反対側の席でガラルと向き合う。「あなたはゆうべ、うちの屋敷に来た人ね」

〈アーサモルの声〉は小さな笑い声を漏らした。「ご協力感謝します、イングレイ。ところでイセスタ捜査官、副部長による公式発表以外の情報を教えてもらえますか?」

「できません」トークリスはニュース・メカの隣にすわり、車のドアを閉めた。「わたしはここにいないと思ってください」

「はいはい、了解。では大使、なぜガラル・ケットはゲックだとおっしゃる? ガラルはともかく、あなたがなぜそう主張するのかよくわかりません」

メカ蜘蛛は目を全部まとめてニュース・メカに向けた。

「質問には答えたくない」体の下で脚を折り、床にべったりすわったままだ。「ガラル・ケットはゲック」

「わかりました。では――」ニュース・メカはずいぶん楽しそうだ。「ガラル、あなたはどうやって流刑地から出たのですか? あそこは脱出不能のはずです。いったん入ったら出られない一方通行では? それに警備もされているでしょう?」

「その点に関しては、今後もノーコメント」ガラルは明るくいった。「どんな生活だったかは語ってもよいし、ガルセッドの遺物の件ならいつでも喜んで話す」

「記録を見たところ、あなたの言い分はかなりショッキングですよね」オレンジ色のメカの声ははずんでいる。「いったいどうして……」言葉が途切れた。「そうか！　委員会はヘヴォムをザット殺害容疑で逮捕する決定を下したんですね！　そしてあなたは〈アーサモルの声〉は地元だから協力してやろうと、わたしをこの車に乗せてくれた！」

「同僚の記者さんたちに――」と、イングレイ。「屋敷に押しかけないよういってちょうだい。ヘヴォムはもういないから、屋敷に行っても無駄足よ」

「副部長は公式発表以上のことは話しませんので」トークリスがいった。

「ああ、イングレイ、あなたはアーサモル区の宝です」メカはガラルのほうを見た。「ミクス・ケット、バドラキム家所蔵のガルセッド遺物について、お話をじっくりお聞かせください。ただあまり時間がないので、手始めに、なぜ〝義務拒否宣言〟は偽物だと主張したのでしょう？」

「偽だから偽といったまでで、正確にいえば、決議草案はあり、議決された総会記録も残っている。しかしそのどれにも、実際に巻布を作成したという記録はない。ラレウムに展示されているような巻布はね。いうまでなく記念品はつくられ、総会に出席した議員たちがそれに署名した。しかし公式の巻布など、そもそも存在すらしなかった」

「いいかえると、フワエはいまなおティア政府に義務を負っている？」

「それはない。義務の有無に関しては、ほかの公文書を見ればすぐわかる。ラレウムに展示されている〝義務拒否宣言〟が真っ赤な嘘、作り物というだけのこと――」そこでやや間を置く。

「あの巻布は四百年まえ、トーレット・ヴァルモーによってラレウムに寄贈された。かなり古い家筋とはいえ、当時の彼女はほぼ破産状態で、第二議会の議席を失うのも目に見えていた。先代のトーレットは非フワエの星系外ステーションに向かう途中で死亡し、その時点で名前を継ぐ者は決まっていなかったが、娘がひとり、後継者は自分だ、先代は亡くなる直前に自分を指名したと、証人もいないのに表明した。そして彼女は先代から、ヴァルモー家に秘密の家宝があることを打ち明けられたという。それが〝義務拒否宣言〟の巻布で、彼女はそれをラレウムに寄贈した。

はかりしれない価値をもつ意義ある巻布に誰もが大喜びし、彼女を絶賛した――トーレット・ヴァルモーはなんと気高く、いさぎよいことか。彼女がその後も長く議席を保ち、財産を増やしたのはいうまでもない。

しかしおかしな点でまず目につくのは書体と布で、書体は〝義務拒否宣言〟からおおよそ百年後のもの、布はいまから四百年まえのものでしかない。要するに、ありもしない巻布を、それもずいぶん手を抜いて捏造(ねつぞう)しただけ。ただ結果的にうまくいったのだからそれはそれとして、問題点はほかにもある。歴史的に重要なものが、その存在すら知られていなかったものが、なぜいきなり表に出てきたのか。それも寄贈者にきわめて好都合なタイミングでね」

「でも、あなたが見抜けたのなら、ほかにもできた人がいるのでは？　たとえばラレウムの管理官とか？」

「断言できるよ、職員の一部は確実に知っている。気づかないわけがないんだから。ただ、それを信じたくないか、でなければだんまりを決めこんでいるだけか。疑問を口にして職を失った知人や同僚がいるのかもしれない。それに肝心なのは拒否宣言の文言であり、実際に送信され、受けとられ、議会は設立された。ラレウムに展示されている巻布が、いまやフワエの真の遺物、歴史的価値をもつもので、いまさら作り物だとわかったところで、たいした問題ではない」

「そうでしょうか?」メカは腹立たしげにいった。「当然、それは問題ですよ。どうしてあなたはそんなことを?」

「どうか全力で調べあげ、結果を公表してほしい。それがすんでからまた、わたしに尋ねてくれないだろうか。なぜラレウムの管理官が口をつぐんでいるのか、なぜたいした問題ではないと考えるのか」

「あなたに尋ねるのはきっと無理でしょう。そのころにはこの騒ぎに背を向け、おさらばして、蛮族(エイリアン)と遊びほうけている。あなたがここで失うものは、ひとつだにない」

「エシアト・バドラキムがわたしにしたことをフワエの住民すべてに知ってもらう。それ以上に重要なことはない」終始冷静だったガラルの声に怒りがのぞいた。「ほかのことは、わたしにはどうでもいい。あなたも証拠から目をそむけず、ガルセッドの遺物をしっかり見つめさえすれば、ほかのさまざまな遺物にも疑問を抱くようになる。答えを知るのが怖ければ、いまここでやめたらいい」

「どうやら、〈アーサモルの声〉への純粋な好意で、わたしを乗せてくれたのではなさそうね」

メカの声が沈んだ。

床のメカ蜘蛛がいった。「〈アーサモルの声〉から来たニュース・メカ、あなたは愚かだ」

「大使、その言い方はあんまりでしょ」と、イングレイ。「外交官は温厚なものよ」

「それに〈アーサモルの声〉は、いいところを突いている」と、ガラル。「わたしは彼女を苦しい立場に追いやったというのに、わたし自身は彼女のいうように、失うものは何ひとつない。でもね、わたしは真実を語っただけだから」

「外交すなわち温厚ではない」メカ蜘蛛がつぶやいた。「外交すなわち〝こっちへ来るな〟と蛮族にいうことだ」

「何人か、名前を教えるよ」ガラルがメカ蜘蛛を無視し、ニュース・メカにいった。「調査にとりかかりやすい場所もいくつか。あとは、あなたの気持ち次第だ」


エレベータ・ケーブルは多重コードでとんでもなく太く、それを囲む客車も巨大だ。デッキが数層あり、豪華な客室はもちろん、専門店やレストランまである。旅の記念品を販売する売店はいうまでもない。

ガラルの部屋の選択に関し、外務政策室は公安局に譲歩した。蛮族ゲックの大使が同伴する以上、万が一の条約違反を恐れ、できるだけ快適に過ごしてもらうのが通常のやり方だ。公安局はしかし、大使といってもメカなのだからさして気にする必要はない、ガラル・ケットはゲックであろうとなかろうと、過去に有罪判決を受けた者だと指摘した。そして外務政策室の本音としては、できれば費用を負担したくない。というわけで、ガラルたちは狭い客室を割り当てられた。寝台はひとつしかなく、それも人間三人が腰をおろせる程度で、メカ蜘蛛は床にしゃがみこむ。

エレベータが行程なかばを過ぎてしばらくしたころ、イングレイはトークリスに打ち明ける決心をした。これまでの話は嘘だらけで、ゲックの大使はガラル・ケットの保護をべつに望んでいたわけではない、と真実を告げるのだ。

エレベータは数時間まえに中間点を過ぎ、重力はもどりつつあった。厳密な意味での重力ではないだろうが、ともかくみんな寝台にすわれたし、ふわふわ浮いていたメカ蜘蛛も、床にしゃがんでいられた。

トークリスに告白するのは、頂上(ゼニス)プラットフォームからフワエ・ステーションに向かうシャトルを下りたときが、たぶんいちばん賢明で、いちばん安全だろう。

イングレイはしかし、トークリスに嘘をつきつづけているのがつらかった。少しでも早く打ち明けたい。

イングレイは大きく深呼吸した。

「あのね、トークリス、じつは……」

「なんてこと!」トークリスは背筋をのばし、いきなり立ち上がろうとした。と、半端な重力のせいだろう、寝台から向かいの壁にぶつかった。「ほんと、とんでもないわ……」小さくうめき、気をとりなおす。「問題が起きたわ。わたしたちに限らない問題。イングレイ、メッセージをチェックしてちょうだい。ステーションのニュースも」

いわれたとおりにすると、イングレイの視界にメッセージがあふれた。緊急速報まであり、それを読んだイングレイは言葉を失った。

イングレイとガラル、ユイシン船長がティアのゲートを抜ける一週間まえ、大型の貨物船が二隻、エンセンのゲートを抜けてフワエ・ステーションに入った。申告された積荷は、目的地では製造できないアラックや医療用品、星間ゲートの補充部品などで、なかにはすべてがラドチ産ではなかったが、お茶まであった。そしてフワエで積荷の一部のみ降ろし、新たに積みこむ品々を待っているあいだ、船員はステーションで過ごしたが、貨物船の船員なら誰でもするようなことをするだけだ。ごくごくふつうで、怪しげなふるまいなど皆無、法律に触れるような真似もしない——。しかしそれこそが、あとから思えば、なんともうさんくさかった。

エンセンはフワエの一ゲート先にある。また、オムケムからも一ゲートで行ける。エンセンの貨物船が運んでいたのは、アラックでも部品でも、ラドチの茶葉でもなかった。これらは表向きの積荷でしかなく、船はオムケムの戦闘メカをどっさり積んでいたのだ。そして一時間まえ、メカは貨物船から下りると、群れをなしてドックの外へ出た。

「何があった?」公安局を出てから、ガラルとフワエの通信は切断されている。

「おそらく緊急事態だな」と、メカ蜘蛛。「ステーションのニュースは見ていないが」

大使ではなくユイシン船長のしゃべり方になっていたが、トークリスはニュースを読むのに夢中で気づかない。

「ゼニス・プラットフォームとステーションをつなぐシャトルは一時運航見合わせよ」と、トークリス。「ステーションにいる人には避難命令が出ているわ」

「いったい何が？」ガラルの口調が荒くなった。

「オムケム連邦が仕掛けたみたい」と、イングレイ。「武装したメカをステーションに送りこんで、戦闘が始まったわ。オムケムの目的はいまのところ不明よ」

ガラルは眉をひそめた。「ザットの殺害とは無関係だな。時間的に、これほど早くここには来られない」

「そうだな」と、メカ蜘蛛。「一週間以上はかかる。殺害事件とは関係ないだろう。もしあるとすれば、あらかじめ殺害を知っていたことになる。その場合は大問題だ」

「まさか……」トークリスは目を見開いた。「イングレイ同様、彼女が見ているステーション情報も断片的で混乱し、意味をなさなくなっている。「ザット殺害は侵略の口実だったとでも？」

「可能性はある」と、メカ蜘蛛。いまや完全にユイシン船長だ。「おそらく連邦はへヴォムに、大丈夫だ、救ってやると約束したが、彼男（かれ）は縁戚関係といっても、しょせん端くれだ。本気で救う手立てを講じるとは思えない」

「あの……あなたは大使でしょ？」トークリスはここで初めてメカ蜘蛛に疑問を抱いた。

「違うんだよ」そっけなく。「長々と自己紹介する暇はないから手短にいわせてもらうと、おれはティク・ユイシン。船長ではあるが、船はメカごと盗んだものだ。メカがゲック製っぽく見えるのはたまたまでもなんでもなく、正真正銘、ゲック製だからだ。大使はイングレイにおれの居所を教えろと迫ったが、ガラルの釈放は要求しなかった。ガラルを引き渡せといったのは大使ではなく、このおれだ。大使はなりすましに気づいたはずだが、そのまんまにさせた。いまもたぶん、このエレベータのどこかにいる。おれの居場所を特定しようとしているだろう」

「そ、そんなことって……」トークリスはイングレイをふりむいた。

「ごめんなさい」イングレイは心の底からあやまった。「でもオムケム連邦はガラルを殺人犯だと決めつけたのよ。ザットはフワエで殺されて、犯人はヘヴォム以外ありえないのに、連邦はガラルに罪をなすりつけたの。ガラルは連邦に引き渡されるか、流刑地に送り返されるかのどちらかでしょう、やってもいない罪のために」

トークリスはイングレイをまじまじと見てからメカ蜘蛛を、ガラルを見た。

「今後の計画としては」ユイシン船長のメカ蜘蛛がいった。「ステーションに着いたらガラルは――イングレイが望めばイングレイも――バキュームスーツを着てステーションの外殻に出る。おれはメカを操作し、ガラルをおれの船まで運ばせる。バキュームスーツで移動するには長い距離だが、やる価値はあると考えた。まかりまちがってゲックに横取りされても、暴力をふるわれることはない」

トークリスは無言のまま、イングレイに目をやった。

「ほんとにごめんなさい」もう一度、心からあやまった。「ガラルをフワエに残してはおけないと思ったの」

「いずれは打ち明けるつもりだった」と、ユイシン船長のメカ蜘蛛。「現時点での問題は、おれの船のメカたちがすでにこちらに向かっていることだ。進路を変えるには、それなりの時間がかかる。いま進路計算中だが、ぎりぎりでなんとかなるだろう。で、いっしょに来るのは誰だ？　ガラルはさておき、イングレイはどうする？　おれの船に来る気はなかったと思うが、オムケムがステーションに戦闘メカを送った動機を想像するに、オースコルド家も狙われている。ほかの点を考えても、気を変えていっしょに来たらどうだ？　だが、トークリス捜査官は、おれたちのせいでむずかしい立場に追いこまれるだろう。ガラルをゲックに引き渡すのが任務だが、ゲックはそもそも彼人を要求などしていなかった」

トークリスはメカ蜘蛛をまじろぎもせず見つめ、空気が張りつめた。

「べつに、状況に変わりはないでしょう？　条約にのっとれば、ガラルが自分はゲックだというかぎり、彼人はゲックです」

「つまり、ゲックは彼人を受けいれるしかないわけか」と、メカ蜘蛛。「一度もそんな気配は見せなかったが」

「今後はわかりませんよ。ところで、あなたはユイシン船長でしょ？　こんな状況では、ガラルを送り届けるのがわたしたちには無理だけど、あなたならできるはず。彼人をゲックに渡してもらえますね？」

メカ蜘蛛はためらいがちに、「いや、できない」といった。

トークリスは顔をしかめ、腕を組んだ。

「どうして？」

「正直に答えただけだよ」苛立ちがのぞく。「さっきもいったように、おれたちのせいであんたはむずかしい立場に追いこまれるかもしれない」これにトークリスは小さく鼻を鳴らしたが、メカ蜘蛛は「そうなると」とつづけた。「イングレイが苦しむ。そしてこれ以上、嘘を重ねれば、あんたはイングレイに不満をもつかもしれない。だから正直にいっただけだ」

「でも、もし……」ガラルが静かにいった。「ゲックのところに連れていってほしいとわたしが頼めば、船長はそうしてくれるかな？」

「もちろん。だが、それを望む理由がわからない」

「ゲックの大使は」と、イングレイ。「〝ユイシン船長はゲック〟だといっていたわ。だからトークリスは、ガラルをゲックに届ける任務を完了したと考えてもいいわよね」

トークリスは腕を組んだまままいった。「わたしの任務はガラルを外務政策室に連れていくことで、その後、政策室が彼人をゲックに届ける予定だったけれど、現状ではどちらも無理そうね」

「そうね」イングレイは胃がねじれるのを感じたが、今回は重力のせいではない。喉を詰め、口からゆっくり息を吐く。

トークリスは組んだ腕をほどき、イングレイとガラルのあいだに腰をおろした。そしてため息——。

「イングレイはこの人たちといっしょに行ったほうがいいわ。メカの……ユイシン船長のいうとおりよ。しばらくフワエから離れていたほうが安全だと思う」

メカ蜘蛛がトークリスの膝を爪で軽く叩いた。

「心配するな。イングレイはできるだけ早くあんたのもとに帰すから。なんなら、あんたもいっしょに来るか？」

「そんなことをしたら職を失うわ。どっちみち、そうなりそうだけど。それにプラットフォームはパニック状態だろうから、公安局はひとりでも人員がほしいでしょう。で、進路の計算はすんだ？」

「すんだよ」と、メカ蜘蛛。「ともかくおれに任せとけって」

14

エレベータがそろそろ頂上(ゼニス)プラットフォームに到着するころ、ステーションからのニュースはすっかり途絶え、エレベータの職員は乗客に、到着してもプラットフォームには降りないようアナウンスした。ステーション行きのシャトルにはもちろん乗れない。

「むしろ好都合ね」トークリスがいった。「外務政策室と公安局の名前を使えば、無理押しで通してもらえるでしょう。あなたたちは一般人の目を気にせずに、外殻に出られるわ」

ところがアナウンスの内容が、〝プラットフォームに降りるな〟から〝廊下に出るな、出口に近づくな〟に変わった。それも数分おきに、しつこくスピーカから流れてくる。ふつうなら、到着まえのこの時間には荷物をまとめ、忘れものはないか確認し、仲間がいれば集まって、土産物屋やトイレに駆けこむ。イングレイたちは狭い客室をあとにした。エレベータがゼニス・プラットフォームにドッキングするまで、ゆうに一時間はある。しかしあんな放送があってもなお、ショップが並ぶ広いメイン通路には、出口階に通じるリフトや階段に向かう者たちが大勢いた。

そして地味な茶色タイルの出口階に着いてみると、通路は不満をいう客と手荷物がびっしり並び、いちばん手前の出口にもたどりつけないほどだった。

「まだ早いのに――」トークリスがいった。「みんな降りたくてたまらないみたいね」

「人のことはいえないよ」と、ガラル。

「いっしょにはできないでしょ」イングレイは近くの女性を見ながらいった。彼女（かのじょ）は横にいる無性（ネマン）に、ステーションで重要な会議があるので困るといい、彼人（かのと）はうなずいた。

「わたしのほうは家族がいるんですよ。ほったらかして引き返せとでもいうのかな」そしてふりかえり、トークリスの公安局の制服に目をとめた。抗議するつもりなのか、彼人は口を開きかけたが、前にいる人が急にあとずさり、あわててよけた拍子に足もとの鞄（かばん）につまずいた。

トークリスとイングレイは反射的に彼人の腕をつかんで支え、トークリスは前方の人にきつく注意して場所をあけさせた。助けられた無性はしっかり立つと、まごつきながらトークリスに礼をいった。

「困ったものね」トークリスは気にするなと手を振った。背後にも人は増える一方で、前を押しのけながら進もうとする。

「やっぱり計画変更だな」メカ蜘蛛（ぐも）のユイシン船長がつぶやいた。床に置かれた鞄がしゃべったことで、そばにいた人たちがぎょっとして身を引き、周囲はドミノ倒し寸前になる。客が次つぎ降りてきては、通路の混雑を見てうめき声をあげた。

「わたしはここに残るわ」トークリスはそういうと、来たばかりの人たちに向かって腕を突き出し、声をはりあげた。「もどりなさい！　出口通路に来てはいけません！　厳重注意！」とはいえ、ここは彼女の管轄外だ。

「あっちはどうなんだよ！」男性が、前方でひしめく人びとを指さした。

「あなたたちがそこにいたら、もどりたくてももどれません！」トークリスはすごみをきかせた。「厳重注意！　十秒後には罰金を科します！」数人が背を向け、出ていった。トークリスは声をおとし、「あなたたちも早く行って」といった。「これだけ人が集まると、何が起きてもおかしくないわ。わたしは公安局のエレベータ支部が来るのを待って、来たら少しでも手伝わないと」

「わかった」と、ガラル。

イングレイはあきらめて帰ったのが数人で、残りの大勢はトークリスをうさんくさそうに見ているのに気づいた。

「あなたをひとりで残しては行けないわ」

「平気よ。心配しないで。ここの支部をもう呼んだから、じきにやって来るでしょう」顔を寄せ、イングレイの唇にキスをする。「再会を楽しみにしているわ」

ガラルがイングレイの腕をとった。

「捜査官はここから出ていけといった。いわれたとおりにしよう」周囲にも聞こえるようにいい、イングレイの腕を引っ張って、歩きはじめたメカ蜘蛛についていく。そしてささやき声でいいそえた。「つまずくから、ふりかえるんじゃない。彼女は大丈夫。しっかりした人だから」

「ええ、そうね」イングレイは口調だけはしっかりさせたが、ついついちらっとふりかえった。

トークリスは険しい顔で、客たちに話している。「彼女なら大丈夫ね」

上階へ行くリフトにはすぐ乗れた。下りのリフトは満杯だが、トークリスの指示どおりにするのはひと握りでしかない。

「なんとかなりそうだな」リフトのドアが閉まり、ほかに人がいなくなったところでユイシン船長のメカ蜘蛛がいった。「エレベータはじきプラットフォームに着くが、おれはすでにそちらへ向かっている。この状態なら、人目を引かずにすむだろう。最上階のエアロックから外に出てくれ。通路を進めばたどりつく。客はみんな出口へ行き、エアロックにはいないはずだ」

最上階と最下階は、上下が逆の鏡像といっていい。最上階がフワエ惑星側の搭乗口となるが、ショップもレストランもなく、茶色のタイル通路に客室はない。ところどころにドアはあるものの、〝非常口〟とか〝ここを開くと警報が鳴ります〟、〝関係者以外立ち入り禁止〟と掲示されている。前々からイングレイは、いったん上昇が始まると、ここは無人になるのだろうと想像していた。

ところが実際は、無人どころではなかった。あちこちに荷物やよれた毛布があるから、客室料金を払えないか払う気のない人たちは、ここで眠っているらしい。そして数人どころではない人たちがわずかな荷をといて、そこにいた。出口階へ降りるのを断念したにちがいない。

なかには脚をほぐすためだろう、歩きまわる人もいた。だからイングレイとガラルも、気楽な様子でぶらつきながら進むことにした。ユイシン船長のメカ蜘蛛が、出ていくドアを決めたものの、人がちょくちょく通り過ぎていく。

せめて十秒以上、人がいなくなるのを待ってドア近辺をうろつき、五分ほどたったころ、メカ蜘蛛がささやいた。

「仕方がない。いささか過激なことをしよう。おれがふたりの後ろについて防波堤になる」

「そんなこと……」イングレイはやめさせようとしたが、ほかに方法はないように思えた。それにこれはメカであり、船長自身はどこか離れた場所の船内にいる。

「心配しなくていい」と、船長。「万が一——」メカ蜘蛛が、光る小さな黒玉を吐き出してガラルに渡した。「メカが同行できなくなった場合は、それをエアロックのコントロールパネルにかざせば、うまくやってくれる」

「いったい何を、どんな過激なことをする？」ガラルが訊いた。

メカ蜘蛛は返事をする代わりにくるっと回れ右をした。そして後ろの脚四本で歩きながら、前の脚を脅すように振りまわす。

「見ろ。こっちを見ろ。わたしは見ている！　餌はわたしか？　それともおまえか？」いちばん近くにいた者が逃げ出すと、メカ蜘蛛はふたりめに狙いを定めた。「これが見えるか？」

ほどなく通路は無人になった。

「急がないと——」メカ蜘蛛がイングレイたちのところにもどってきた。「職員がやってくる」そしてまた後ろ脚で立ち上がると、ドアに体を張りつけ、広げ、全体を覆っていく。ゼリー状の体ごしに〝関係者以外立ち入り禁止〟の文字が見えた。メカの脚は消えてなくなり、目だけがあちこちに向く。イングレイはぶるっと震えそうになるのをこらえた。メカは体をもとにもどしたが、完全な蜘蛛の形ではない。

「さあ、行こう」業務用通路のドアが小さな音をたてて開いた。「ほかのメカが到着するまで待つしかない」

通路の向こうから、人の足音とともに〝ここにいたんですよ、捜査官〟という声がした。

「行け！　あとで合流する！」と、メカ蜘蛛。

ガラルがイングレイの肘をつかんでドアを抜けた。メカは通路のカーブから現われた公安局職員に向かって床を這(は)っていく。

「そこの！」脚を数本振り、目の柄(え)をよじる。「苦情がある！　聞きなさい！」

ドアがカチッと音をたてて閉まり、イングレイとガラルは業務用通路の静寂に包まれた。

「ぐずぐずしている暇はない」ガラルがいった。

「そうね」イングレイはゆっくりと息を吐いた。頭が少しくらくらする。なぜなのか、原因はわからない。エレベータの外殻を登らなくてはいけないからか、たったいま危機一髪で逃れたからか。あるいは下の階で、トークリスにキスされたから――。「では行きましょうか」

エアロックの場所はすぐわかり、バキュームスーツとヘルメットの棚もあった。しかしガラルに合うスーツがなかなか見つからず、うろたえながらあせってさがす。

「自分の分をさがしなさい」と、ガラル。「わたしは隣のエアロックを見てくる」

五分後、ガラルはスーツを手にもどってきた。

「合うのは見つかったかな?」

「ええ」スーツの最終チェックをすませたイングレイは、全身に鳥肌がたった。これからこれを着て、もう一度点検し、エレベータの外に出るのだ。真空と自分を隔てるのは、薄っぺらなスーツ一枚きり。なにもこれが初めてではなかった。外に投げ出されたことはあり、そのテストには合格した。だから適応力はある、何もない宇宙へ出ても。ひとつまちがえば死ぬような場所へ行っても……。

「おちついて行動すれば、どうってことないよ」ガラルが自分のスーツを点検しながらいった。

イングレイを安心させようとしたのか、それとも自分自身か。イングレイは震えたかすれ声になりそうで返事ができない。過呼吸になるのが怖かった。指がちくちくひりひり痛む。おちつきなさい、冷静になりなさい、まえにもやったことがあるでしょ……。

ガラルがチェックを終えて、イングレイを見た。

「大丈夫?」

「怖いの」イングレイは正直にいった。やっぱり声はかすれたものの、思ったほどは震えない。

「ふうん……」ガラルの顔にほのかな微笑。「こっちは怖いどころか、血の気が引いている」

イングレイは笑いたくても笑えなかった。「スーツを着て、エアロックを抜けて、船長の迎えを待つ。やるのはたったそれだけ」

「了解」スカートの裾をまとめ、体をスーツにつっこんでいく。サイズはまあまあだが、彼女のようなぷっくり体型は想定外だから、スーツは調整機能の限界まで張りつめた。それから密閉し、ヘルメットをかぶろうとしたが、ヘアピンは全部はずすしかなさそうだ。イングレイは手のひらのピンをむなしく見下ろした。持っていてもたいして役には立たないだろう。彼女の髪は屋敷の召使が整えてくれなければ手に負えない。

ガラルはヘルメットをかぶって閉じると、問いかけるようにイングレイを見た。

彼女はピンをスーツのポケットにしまい、ヘルメットをかぶった。誰かに聞かれてはまずいので、通信は遮断する。そして余計なことを考えこまないうちにコントロールパネルに触れ、ハッチが開くとエアロックに入った。ガラルも入ってきて、船長から渡された光る黒玉をロック内のコントロールパネルにかざす。ふたりは減圧が始まるのを緊張して待った。警報機が鳴りでもしたら、職員が飛びこんでくるだろう。イングレイは呼吸の間隔をはかり、数をかぞえた。そうでもしないと心臓がどきどきし、息ができなくなりそうだ。

はてしなく長い時間が流れたように思える。ようやく外側のドアが開き、イングレイは深呼吸した。そしてもう一回大きく吸って意を決し、足を踏み出す。

外の張り出し(レッジ)の幅は二メートルほど。手すりがあって、ほっとする。頭上では、エレベータの極太ケーブルが太陽の白光を受け、ところどころに細い虹色が見えた。そしてさらにその上に、フワエが見える。濃紺のイスス海の西側は夜に眠り、東のアドス半島は地図で見る形そのままで、緑の筋やら渦巻きやらがある。新緑の森林と茶色の大地の南ウスティアには、うっすらと白雲のベール——。イングレイはレッジでしっかり立ってもなお、恐ろしくて手すりにつかまった。この光景はまえにも、エレベータのなかやゼニス・プラットフォームからながめたことがあるものの、平衡感覚がふわりと揺らぐ程度でしかなかった。けれどいまは、レッジからすべり落ちそうな、頭上のイスス海に飛びこんでしまいそうな感覚だ。

ガラルが自分のフェースプレートを、イングレイのフェースプレートにそっと当てた。

「もっと下のほうを見て」

「いやよ！」

「わたしを見なさい！」

イングレイは視線を下げた。大きく見開かれたガラルの目には、これまで彼人が見せたことのない恐れが、怯(おび)えがあった。

「それでいい」と、ガラル。「上のほうを見てはいけない」

だがそれは不可能に近かった。虹色の太いケーブルの向こうにはフワエがある。あんなに近く、あんなに大きいフワエ。

「イングレイ、もしパニックに陥って何か起きたら、トークリス捜査官にキスを返せなくなるよ」

イングレイは笑ったつもりだが、かすれ声はすすり泣きになった。

「船長はいつごろ来るのかしら」

「たいして待たずにすむよ。十分かそこらかな」一見おちついているものの、声は小さく震えた。

そんなに待てそうもないわ。イングレイが口にしかけたとき、視界の隅で動くものがあった。

気持ちをおちつけゆっくりと首をまわして見る。レッジの上には黒いメカ蜘蛛――。
「よかった、来てくれたわ」イングレイはガラルからフェースプレートを離し、片手を上げた。
メカ蜘蛛も爪をひとつ上げ、こそこそ這って近づいて、彼女に脚を六本巻きつけた。すると
レッジの端からもう一匹現われて、さらにもう一匹。もう一匹。船長は同時に何匹もメカ蜘蛛
を操縦しているらしい。
　きっとこれから何時間も、何時間もかかるのだろう。だがイングレイは、じっとしているだ
けでいい。目をつむっていても、ユイシン船長がすべて処理して、イングレイとガラルは彼男
の船に乗り、ほっと一息つけるはず――。
「船内で話しましょうね」イングレイはガラルにいったが、フェースプレートが接触していな
いので声は伝わらない。それでも彼人はイングレイの口の動きを見て何かいい、彼女のほうは
ガラルの口の動きが読めなかった。メカ蜘蛛が二匹、毛のはえた脚でガラルの体をくるむ。
イングレイに脚を巻きつけたメカ蜘蛛が、手すりを握る彼女の手を爪の先で引っ張った。
「あっ……」手を離した瞬間、足がレッジから離れて体が浮いた。ぎゅっと目をつむり、悲鳴
をのみこむ。頭のなかをからっぽにして、イングレイは呼吸の数をかぞえることに集中した。
　数がわからなくなった。何百もあともどっては、またくりかえしているような気がする。途
中でうとうとしたとか？　イングレイにはわからない。目の前の光景は変わらず、広い宇宙の
どこかに閉じこめられた気分だ。時刻なら星系通信に問い合わせなくても、まばたきすればわ

かる。だが現実を知るのが怖かった。まだあれからわずか数分で、なんの進展もないとか。もしくは何日もたったのに目的の場所には行けず、バキュームスーツを着たまま宇宙をさまよっているか。失敗したかも、と思う。あのままエレベータのなかにいたほうがよかったかもしれない。たとえ公安局の役人が来ようと、オムケムの戦闘メカに遭遇しようと……。

耳で警報が鳴り、イングレイはまぶたを開いた。視界でオレンジ色のアラームが点滅する。「船長？」声がかすれた。「酸素が少ないみたい」ユイシン船長は彼女に、自分の船まで来るにはスーツの酸素では足りない、追加の酸素タンクを用意すると約束した。なのにタンクを抱えているメカ蜘蛛は一匹もいない。イングレイはパニックになりかけた。

「あと少しの辛抱だ」フェースプレートごしに、声がかすかに聞こえた。通信媒体はわからない。メカ蜘蛛はどれも口を閉じているのだ。「おちつきなさい」

「わかった……」息をするのが苦しく、声はかすれる。なんとか呼吸を整えようと、また目をつむる。多少はましだが、指がちくちくし、歯を食いしばったせいか、頭もずきずきした。だが船長は、おちつけといった。あと少しの辛抱だとも。船長がそういってから、どれくらいの時間が過ぎたのか……。大丈夫、なんとかなる。嘔吐（おうと）はしない。スーツは汚れなくても、微小重力で吐きたくはない。そんなことは、しない。ドスッという感触。何かにぶつかったか。何かがぶつかってきたか。下へ――。足の下に実感。船だ、たぶん。重力が心地いい。あとはエアロックが開くのを待つだけでいい。それならできる。安全だとわかれば待てる。だが嘔吐をこらえるのは限界に近い。頭痛はひどくなり、息苦しさは限界を超えつつある。と、小さな音がして、ヘルメットがスーツから離れた。存分に空気を吸えるのが、これほどすばらしいことだとは——。スーツのシールをひとつずつはずしていくのがもどかしい。メカ蜘蛛がいっしょにはずしてくれ、スーツを脱ぐのも助けてくれた。

薄暗い部屋で、体がふらつく。隣では、ガラルもメカ蜘蛛に手伝われてスーツを脱いでいる。見たところ、無事らしい。すると、聞き覚えのある声がした——「おや、あなたまで！」

イングレイがそちらをふりむくと、たたみ皺のある白い上着、白いズボン、白い手袋の人が立っていた。あれはラドチャーイの対ゲック大使、ティバンヴォリ・ネヴォルだ。

「あなたが来るとは知らなかった。ここでは誰も、何も教えてくれない。まさかあなたまで、〝わたしはゲックだ〟宣言をするわけではないよね？」

どうやらユイシン船長は、イングレイたちを自分の船でなく、ゲックの船に運んだらしい——。

「お茶でもふるまいたいんだけどね」二十分後、ティバンヴォリ大使がいった。「ここにはそのてのものが、ひとつもない」たたみ皺のある白い上着を脱いで、いまは白いシャツに白いズボン、白い手袋。「こういう場面では、ゲック人間の場合——」顔をしかめる。「湯に塩を混ぜて飲む。それでよければ持ってくるが？」

「いえ、結構です。ありがとうございます」イングレイは壁の棚に腰をおろしていた。正確にいえば棚ではなく、壁が成長してできた出っ張り、という印象だ。薄暗い部屋は四角形ではなく、狭い入口から奥に向かってゆるく丸くふくらんだ形をし、壁や天井に、ねじれた大きな出っ張りが六か所ほどある。「上着を汚してしまってすみません」

ティバンヴォリ大使は気にするなと手を振り、近くの出っ張りにすわった。

「さいわい、あなたはあまり食事をしていなかったらしい。しかしそれより、次回バキュームスーツで長時間の移動をするときは――しないに越したことはないけどね――空気はたっぷり用意したほうがいい。頭のずきずきは?」

「はい、よくなりました」

「この船はいまもフワエ・ステーションに停泊中?」ガラルが尋ねた。

「そう。条約がどうのこうのは関係なく、もっと早く出航したほうがよかったのにね、大使がティク・ユイシンにこだわったから。彼女と彼女の船に。いや、彼男かな」疲れたため息。

「ステーションで何があったんでしょう?」イングレイが知っているのは、大量の戦闘メカがドックの外へ出たところまでだ。「戦いが始まったのでしょうか?」

ステーションで働き、暮らしている人びとを、イングレイはたくさん知っている。そして母ネタノも、ステーションにいるのだ。イングレイは危険を承知でさまざまなニュースメディアを確認したが、避難勧告しか返ってこなかった。いやな予感がしたものの、様子が見えないうちに考えすぎてはいけない。ナンクル・ラックは母の居場所を知っているはずだし、イングレイに関する情報も集めているだろう。何かわかれば、かならず彼女へ連絡してくれる。だからいまは余計なことはせず、おとなしくしているほうが無難だ。

「ステーションで何が起きているのか――」ティバンヴォリ大使がいった。「わたしには見当もつかなくてね。あなたもそのはずだよ、いくら自分はゲックだと宣言しようが」

「わたしは違います」と、イングレイ。「宣言したのはガラルです」

「まあ、ともかく、一日かそこらまえに、ドックで銃撃戦があったことはわかっている。しかし、そのあとのことはさっぱり……」

するど入口に、人がひとり現われた。ティバンヴォリ大使以外に初めて見る人間だ。びしょ濡れで、床に水をしたたらせている。長身でがっしり、というか、頭と肩が首なしで直接つながっているように見えた。体に密着したバキュームスーツふうの服はうぐいす色で、両脇にほぼ平行の黒い横縞(よこじま)がある。その顔のどこかに、イングレイは見慣れたものを感じたが、理由はよくわからない。

「イングレイ・オースコルド」その人間が、いやにかすれた声でいった。「ガラル・ケット。わたしといっしょに来なさい。大使が話したいといっている」

「はい、うかがいましょう」ガラルがありきたりの会話のように軽く応じて立ち上がった。ティバンヴォリ大使に礼儀正しくお辞儀をして部屋を出ていき、イングレイもついていく。外に出るといっても廊下はなく、奇妙な形の部屋がつづいているだけだ。そういえば――とイングレイは思い出した――ユイシン船長は船を改装したといっていた。盗んだときの船の内装は、こんな感じだったのだろうか。

だがまちがっても、そんな疑問は口にできない。船長はあくまでも、船を正当に買いとったのだ。

着いた先はやはり似たような部屋だったが、黒い水たまりがあった。幅は三メートルほどで、周囲には椅子まがいのゆがんだ出っ張りが四つある。

「すわりなさい」うぐいす色の服の人がいった。「水に入ってはいけない。その水には、あなたたちの体に不向きなものが入っている。大使はすぐここに来る」そして自分は黒い水に飛びこんだ。と、黒い水面の下で、着ていた服の横縞がふわりと外に開き、イングレイはぎょっとしてあとずさった。バキュームスーツに似たうぐいす色の服は服ではなく、横縞は鰓孔だったのか。

「すわったほうがいいよ」

ガラルの声がして、イングレイは彼人をふりかえった。

「すわろう、イングレイ」ガラルはくりかえした。

「あの人には鰓があったわ」

「そう、あったね」ふたりはゆがんだベンチに腰をおろした。

ユイシン船長はさっきの人のようになりたかったのね——とイングレイは口にしかけた——大きくなったらああなるんだと思い、大きくなってもなれずにくやしかったのだろう。イングレイはしかし、口にするのはよすことにした。

水面が揺れ、緑色にぎらつくものが現われて、イングレイはのけぞった。その塊は水をしたたらせながらせりあがると、水たまりの縁まで傾いて、穴がひとつ開き、横に広がり、またすぼんだ。

「ガラル・ケット」口笛のような声。「人間イングレイ」水中にはまだ、大きな塊の影が見える。たぶん、これがゲックの大使だろう。イングレイは実物のゲックを見るのは初めてだった。もちろん、ユイシン船長をべつにして――。

ここは正念場。イングレイは気をひきしめた。いくらまごつこうが、いくら疲れていようが、こういうときの対処は心得ている。

「大使、心より感謝しています」お招きいただき、といいかけて、考えなおす。「わたしたちを乗せていただき、ほんとうにありがとうございます」

「あなたはティク・ユイシンの友人」それが返事でもあるかのように、緑色の塊がいった。「ガラル・ケット、あなたは法律ではもはや人類ではない。しかしあなたは人類であり、ゲックであると宣言した。よってゲックはあなたを受け入れる。あなたは生命の危険を感じてそうした。わたしはたくさんのことを聞き、たくさんのものを見て、それがわかった。ティク・ユイシンはあなたを危険から救うべくこのようなことをした。あなたが孵化仲間でないのは知っている。だが人類の基準にも当てはまらない。わたしは多くの人類を知り、人類を理解している。しかし誰もが人類を深く理解しているわけではない。人類というのはそれほどむずかしい。たとえゲックの人類であれ。そしてティク・ユイシンは……」

言葉が途切れた。ため息にも似た奇妙な音が漏れ、体の緑色が青っぽくなる。

「ティク・ユイシンは、もはやゲックではない。残念ながら、それが現実。しかしわたしは彼男を理解し、あなたはティクの友人だと思っている。ガラル・ケット、あなたをこれからどうするか、現在検討している」全身が明るい青色に輝いたかと思うと、すぐ淡い緑になった。「ご迷惑をおかけして申し訳ない、大使」ガラルがいった。「大使に人類とみなされたことを知れば、ユイシン船長もさぞかし喜ぶことでしょう」

「そう。ティクは喜ぶ。わたしはこれまでそれはないと思いつづけてきた。しかし、いまならわかる。彼男は喜ぶ。人間イングレイ、わたしはあなたに迷惑をかけた。あなたの孵化きょうだいダナックに暴力をふるい、条約を破った」

「え?」ガラルは横にいるイングレイの顔をまじまじと見た。

「あとで話すわ。いまはもうどうでもいいことだから。大使、あなたは暴力なんかふるっていませんし、ぜんぜん問題ありません。ダナックは無事に家に帰って、すべて解決済みです」

「だがわたしは、してはいけないことをした。ダナックが無事と聞き、うれしくはない。しかしそれでも、してはいけなかった。その後わたしは、考えつづけた。わたしはよくないことをした。あやまらなくてはいけない——申し訳ありません、イングレイ・オースコルド。これが謝罪の言葉。わたしはそれをいう」

静寂。

水面が揺れて、深緑にもどった大使の体に、イングレイとガラルの足先に、さざ波が打ちよせる。大使の水面下の部分が動いたのだろう、とイングレイは思ったが、どんな形をしているか、どれくらい大きいのかは見当もつかない。しばらくして、イングレイはいった。

「ご心配にはおよびませんから、大使」

「いや、心配にはおよぶ。たいへん、およぶ。ひとつ伝えておこう。イングレイ、あなたに伝えよう。人類が現われて、さまざまなものが息絶えた。多くのものが死に、人類は食べても美味ではなかった。しかし、人類を排除せよというのが主流のなかで、反対する意見もあった。人類は摩訶不思議で、その行くところ、死がつきまとう。しかしそれでもなお、命と脳をもつ存在ではあるらしい。人類が生き延びるためにわれらが世界へ来たのであれば、よそでは生き延びられないのではないか？　死滅するのではないか？　苦しみもだえるのは目に見えている。人類という、この上なく奇妙でありながら、すでに存在しているものを殺すのか？　生きつづけさせてもよいのではないか？　そこでわれわれは、人類を変容させることにした。その結果、人類の行くところに死はなくなり、人類も生き延びることができている」

「おおむねね」と、ガラル。

「急いてはいけない、ガラル・ケット。それはわたしがいおうとしたこと。変容は完璧ではなく、生き延びられない者もいた。しかしそれが卵の、幼生の運命でもある。一度で何千もの卵が産まれるが、成長するのはわずかでしかない。わたしの場合、数千の孵化きょうだいがいたものの、日がたつにつれ数百となり、大人になれたのはわずか十二だ。そして最終的に、泳ぎきれたのは十でしかない」

「そ、それなら……」と、イングレイ。「人間には無理だわ」

「そう、人間はこのようにはいかない。かつても、うまくいかなかった。長い歳月にわたって、幼生人間は手数がかかり、付き添い見守っては食べものを与え、指導教授してようやく、仲間で泳げるようになる。そうやって歳月をかけて世話を焼きつづければ、その子たちは自分の孵化きょうだいのように思えてくるものだ。理不尽に思えるが、これは人間でもおなじだろう。同腹のきょうだいを見捨てて死なすことも、食べられるままにしておくこともできない。自分の生き残りしか考えない幼生は、成長できても不実になり、すべてがそうなれば生き残れるわけもない。

変容は完璧ではなかった。そのため、人間の幼生のなかには暮らしつづけることができないものもいる。しかしそれでも、仲間ではある。たとえ不適応でも、追放されることはない。仲間を追放するものは、仲間ではないだろう。だが辺界に、人類の棲家(すみか)ができた。そこでなら、不適応な人間幼生も暮らすことができる。不適応ではなく、立派に適応できるだろう」

「ティク・ユイシンは、鰓が発達しなかった」と、ガラル。「本人がそういっていた」

「それはわたしのせいだ。わたしはティクにあやまらなくてはいけない――申し訳ありませんでした、ティク・ユイシン」

大使は口をつぐんだ。静けさのなかで水たまりが揺れ、小さな音をたてる。

「大使のせい、なのですか?」イングレイがそっと尋ねた。

「わたしとともに泳ぎきった孵化きょうだいのなかに、人間がひとりいた。彼男の娘が、ティク・ユイシンの母親だ。わたしにとって彼女は、一孵(ひとかえ)りのきょうだいも同然だった。この意味がわかるだろうか? ティクの母親はわたしと同腹ではなく、彼女には彼女のきょうだいがいる。だがそれでも、わたしは孵化きょうだいのように感じた、という意味だ。ともに泳ぎきった人間の愛娘を愛さずにいられようか——。人間は、孵化幼生が死ぬと嘆き悲しむ。彼女も幼生がまったく泳ぎきれずに打ちひしがれ、わたしも彼女とともに悲しみにくれた。意味がわかるだろうか？　わたしたちは人間がゲック界で生きられるように変え、今度は人間がわたしたちを変えた。人間をわれらが世界に留まらせたのは、はたしてよいことだったのか？　わたしにはわからない。しかし彼女は一度ならず二度、三度と嘆きもだえた。彼女の幼生に泳ぎきる力がなければ、辺界へ送ってはどうか。辺界であれば、少なくとも生き残れる。彼女の嘆きも多少はやわらぐだろう。彼女はティクをわたしに会わせ、わたしはティクが泳ぎきれないのを感じた。そのままであれば、行く末はほかの幼生とおなじになるだろう。意味はわかるか？」

「いえ……」イングレイは恐ろしくてたまらなかった。意味がわからず、理由が不明のまま怯えきっている。「理解できません」

「あなたは手を下した」と、ガラル。「何らかの方法で、ティク・ユイシンの鰓が発達しないようにした」

「そう、わたしはやった。まちがったことをした。しかし、もしやらなければ泳ぎきれなかっただろう。もし泳がせれば、ティクは死ぬ。わたしはティクが、せめて生きつづけられるようにした。だがその後、ティクは船を盗み、わたしたちのもとから逃げ出した。ティクだから、やれたこと。ゲックであれば、そのようなことはしない。ティクは泳ぎきれなかっただろう。けっして、生き残れはしなかっただろう——」しばしの沈黙。「ティクの母は嘆いた。わたしの同腹も嘆いた。われらが世界の外で生き残れるか？　われらが世界の外で暮らす生物はいる。しかし、そのような生物は、かぎりない苦悩、苦痛、死のなかで暮らしている。わたしは以前、コンクラーベに参加し、やるべきことをやり、わが世界に帰った。外界に出たくはなかったが、蛮族（エイリアン）を寄せつけないためにはそうするしかなく、やるべきことをやりおえるとすぐに帰った。そして今回も、そのつもりでいた。しかし盗まれた船を目にし、ここにティクがいる、彼男を連れて帰ることができる、とひそかに思った。そうすればティクもかぎりない苦悩や苦痛を味わうことなく、母親の嘆きも終わる。だがティク・ユイシンは強情だ。いつもいつも、どんなときでも！　幼生のころから強情！」体の色がまた青っぽくなり、大使はいったん水中に沈んだ。そしてまた水をしたたらせながら水上に出てきていった。「おそらくわたしも強情なのだろう。ほんの少し、とはいえ」

「ほんの少し、ですね」イングレイは大使が何かいってほしそうだったので、それだけいった。ガラルは無言のままだ。イングレイはあえて彼人の顔は見ないようにした。

「そう」と、大使。「だからわたしはここまでティクを追いかけてきた。もしかするとティクは、悩みと苦しみのなか、悲しみと死に囲まれて、とるべき行動をとらないのかもしれない。わたしのしたことで、ティクはこうなった。だからわたしは目を離さない。ゲック界は出たくない、出るのが怖い、外界は恐ろしいところ。だがわたしはこの目でながめ、この目で見る。わが耳で聞き、わが耳をそばだてる。人間イングレイ、あなたは非常に奇妙。しかし、かぎりない苦しみや悲しみにくるまれているようには見えない。あなたはここが世界であるかのように泳ぎ、何事も正しく、心配事など皆無のごとく奇妙な人生を送っているように見える。ここは人類が生まれた場所ではないのだろう？　人類は外界で孵化し、外界で泳いでいる。辺界で生まれたものを生かしたわたしたちが悪いのか？」

「思うに――」と、ガラル。「あなたたちと暮らしている人間の多くは幸福でしょう。そこが自分の故郷、自分の世界なのだから」

「いや、そうとはかぎらない。残らず幸福というわけではない。いままでそのように考えたことはなく、外界での暮らしを選びたがるものがいるとは思いもしなかった。だがいまはそう考える。だからこうして、あなたたちと話している。ティクにいいたいことはあるが、彼男はわたしとの会話を拒否するだろう。ガラル・ケットとイングレイ・オースコルドは、ティクの友人。どうか、ティクに伝えてほしい。本気でゲックから離れたければ、わたしはティクが人間ティクになるのを認め、ゲックの配下にあるとは主張しないと。どうか、わたしの謝罪を伝えてほしい。ティクさえ望めば、たとえゲックでなくなろうと、辺界まで帰ってきてよいと伝えてほしい。さらに船に関しては、ティクのためであるならば、わたしは今後もう問わない。世界の外でしあわせに、元気に暮らすのならば、わたしはそれで満足だ。ティクの母親には、わたしから知らせよう。世界の外でも元気にやっている、より身に合った水で泳いでいる、友人もできたと。それで母親の嘆きもやわらぐだろう。どうかティクに、これだけ伝えてもらえないだろうか？」

「それは……」イングレイはためらった。「大使ご自身でおっしゃったほうがいいと思いますとイングレイは思ったが、うまい表現が見つからなかった。けど、彼男はたぶん会いたがらないでしょうね」だからといって彼男を責めることはできない。

「わたしなら、わたしとは話したくないだろう」と、大使。

「今後はいっさい、彼男にかまわないということですか？」大使の率直な言葉を聞いて、イングレイはいささか大胆になった。「でもきっと、そうではありませんよね。わたしたちに彼男の様子を尋ねたりなさるでしょう。いまの大使の思いをメッセージにして送ったらいかがです？　それで彼男のほうから話したいといってこないかぎり、今後はいっさい干渉しないことにするとか」

部屋が静まりかえった。イングレイはいつのまにか、よれて汚れて皺だらけのスカートを握りしめている自分に気づいた。そして疲れきり、お腹が減っていることにも。お風呂に入りたい、と思った。ヘアピンはバキュームスーツに入れたままで、なんともみすぼらしい姿だが、スーツを脱げただけでも良しとしよう。ガラルは隣で静かにしている。しかしたぶん、思いは彼女と似たようなもので、彼人のことだから表に出していないだけだ。

「人間イングレイ――」大使がいった。「あなたの提案は気に入らないが、検討はしてみよう。ガラル・ケット、あなたはゲックだ。世界の外にいつづけたいなら、それも不可能ではないかもしれない。わたしが世界にもどったあと、なんとか説明、説得を試みる。外界を選ぶなど考えられないことだが、その可能性があることも、わたしたちは認めなくてはいけないだろう、辺界で暮らす幼生のために」

「ありがとうございます、大使」ガラルは礼をいった。

「ただし、条約を破ってはならない。頭に叩きこみ、何があろうと順守するように。条約は蛮族の不可侵、不干渉を約するものだ。イングレイ・オースコルド、わたしにはこのステーションで何が起きているのかわからないが、あなたはこの船から出ないほうがよいだろう。人類が食べても安全な食料と水は用意してある。あなたが眠れる場所もある。わたしはこれからあなたの提案を検討する。後刻、また話し合うとしよう」

緑の塊は水中にもぐり、消えて見えなくなった。

15

メカ蜘蛛(ぐも)に連れていかれた部屋には、床に隆起した箇所がいくつかあり、いちばん大きなものはテーブルふうだった。メカ蜘蛛はそそくさと出ていったが——ユイシン船長のメカほど静かではないものの、大使よりはよほど優雅だ——すぐまたもどってきた。三本の腕いっぱいに抱えていた包みをどさりと隆起に、テーブルに置く。

「食料です」

「ありがとう」ガラルはイングレイが信じられないほど、いかにも日常的な口調でいった。

「湯はどこで使えるかな?」

「いまから食べるの?」イングレイはあきれた。メカ蜘蛛は無言で部屋の隅のほうを示す。

「こんな状況で?」

「それはそれ」と、ガラル。「食べようが食べまいが、おなじだよ。それに喉が渇いて空腹だと、頭の働きが鈍くなる」

イングレイはいい返したかったが、ティアからフワエに向かう船中で、ガラルが食料をためていたのを思い出した。流刑地では食べるものにも困ったという……。

「じゃあ、あなたは何も食べない?」と、ガラル。

イングレイは答えることができず、メカ蜘蛛が示した部屋の隅に行ってみた。壁の窪みにボウルがあり、そこに人肌の湯が入っている。おそるおそる手ですくい、軽く舌を触れてみた。

「ただの白湯よ」誰かの声がしてイングレイがふりむくと、ラドチのティバンヴォリ大使が入ってきた。「いくら頼んでも、それ以上熱い湯はゲックにはつくれない」

「ではゲックは、何をどうやって食べる?」ガラルがテーブル脇の隆起に腰をおろしながらいった。

「生で、そのまま」ティバンヴォリ大使の顔がゆがんだ。「でなければ、腐ったものか」テーブル上の包みを指さす。「でもそれは人間用。ティア・シーラスでこの船に積んだから。どんなものかは見当もつかないけどね」

「栄養バーだわ」と、イングレイ。「味つけしたイーストね」これに大使は顔をしかめた。

「ヌードルもある」と、ガラル。「ぬるま湯でもたぶん、食べられるだろう」

「それはどうかな」大使は見下したようにいいながら、ガラルの横に腰をおろした。

「スルバまであるよ」ガラルはイングレイにいった。「インスタントだけどね」

「スルバは飲みたいわ」と、イングレイ。「カップとかボウルとか、そんなものがあればだけど……」

「壁の窪みの上に触れてみなさい」大使がいい、イングレイがそのとおりにすると、壁が後退して空洞ができ、そこに浅めのボウルや小さなカップが重ねられていた。大きなスプーンもいくつかある。

「むしずがはしるわ」テーブル脇で大使がつぶやいた。たしかに、壁の動き方は気味が悪いとイングレイも思う。筋肉とまではいわないが、生き物の一部のようで、堅い壁とはほど遠い。「スルバというのは？」

「あのスプーンは水専用だから。ゲックは指で食べるんだよね」大使はぶるっと震えた。「スルバというのは？」

「温かい飲みもの」と、ガラル。「そこにあるやつ」

ティバンヴォリ大使は横目でガラルを見ると、ため息をついて立ち上がり、イングレイのそばへ来た。壁の空洞からカップを取って、「さあ」とイングレイに渡し、ボウルの湯を何杯かすくう。「スルバとやらが何であれ、ポイックよりはましだろうね」イングレイとガラルが首をかしげたので、「まえに話さなかった？　塩を混ぜた湯のこと」といった。「ヌードルは長めに浸けなくてはね。わたしが食べたのはたいてい冷めるとまずくて、まずくて――。生の水棲ミミズや海藻ペーストよりは格段にいいが」

「わたし、海藻ペーストは好きですよ」イングレイはテーブルにもどる大使についていった。

「お魚も、生でも火を通しても。だけどミミズは食べたことが……」

「わたしを信じなさい、それはもう、ひどいもんだから」大使はイングレイの手から皿を取ると、ぞんざいにいった。「すわって」

イングレイはいくつもボウルを持ったまま、どうすればよいかわからず突っ立っていた。

「すみません、ちょっと疲れていて」

「みたいだね」ティバンヴォリ大使はスルバの袋を破り、なかをのぞきこんだ。「これを湯に混ぜる?」

「そう」ガラルが答え、イングレイは椅子にすわった。大使はぬるい湯をヌードルにかけ、スルバの粉を入れたカップにもついだ。

「ステーションで何が起きているのか知っておかないと……」と、イングレイ。

「そんなにひどくもないわ」スルバをすすってそういうと、大使はテーブルの前に腰をおろした。「お茶ほどではないけど、結構いける。ゲックの星域に配達してもらうことにしようかね。熱い湯がないかぎり、お茶はだめ、ほんもののお茶は」

「ステーションの様子は……」イングレイはまばたきしてメッセージを呼び出し、読みはじめたが、疲れすぎて頭が働かない。だがいずれにせよ、母ネタノからも、ナンクル・ラックからもメッセージはない。イングレイはふたりに、何か情報があれば教えてほしいと、鈍った頭でごく短いメッセージをつくり、送った。

「ステーションで何があろうと、こっちには関係ないから」と、ティバンヴォリ大使。「あなたも友人のいうように、少しは腹ごしらえしたほうがいい。ニュースを見たければ、そのあとで。それに多少の睡眠もね。ただ残念ながら、この船には文明的な寝所がない。軌道で生活するものたちなんて、ところかまわず地べたに寝そべって眠るのが習慣だから。この部屋は――」スルバのカップを持った手でぐるっと周囲を示す。「よそから来た人専用の特別室でね。ゲックの人間も、ステーションのなかでさえ、しゃがんで食べたり立ち食いしたり。ぬるぬるした生物を素手でつかんで食べるなら、行儀もへったくれもないとはいえね」

「なぜかゲックの大使は、あなたをあまり歓迎していないように見える」と、ガラル。

ティバンヴォリ大使は薄笑いを浮かべ、はっ、と息を吐いた。

「気に入らないのは、お互いさま」

イングレイは生ぬるいスルバのカップを手に取った。ナンクル・ラックからメッセージが来ればわかるだろうし、ほかに何もすることがない。

「ではどうして大使をつづけてらっしゃるのですか？」

「わたしを任命した者は、友人ではないから。それに親族でもない。あくまでラドチ的言葉のあやとしてね」スルバをもうひと口飲んでから、ゆっくりふくらんでいくヌードルをスプーンでつつく。「まあ、体(てい)のいい厄介払いだわ。蛮族(エイリアン)に対する人類の代表といえば聞こえはいいけど、その蛮族がゲックじゃねえ……。自分たちの惑星以外で何があろうと無関心で、よその世界を排除しようとする。人類とは交流どころか、かかわりをもつのもいやがるからね。大使がやることなんて、コンクラーベを除いてなんにもない。よしんばコンクラーベが開かれたって、わたしの役職は実質的に無意味だから。今度のＡＩがからむコンクラーベなんて、出席する必要もないくらいでね。このまえの、ルルルルルの条約加盟に関するコンクラーベにも、わたしはただそこにいただけ。今度は来ないほうがよかったかもね……わざわざ来たのはただ、文明的な食事ができると思ったからで。対ゲック大使といえば、優秀で有能な外交官にはまたとないチャンス。というのは表向きで、わたしは最悪の侮辱的なやり方で左遷されたわけ」

「だったら辞職なされば？」イングレイはとまどいながら訊いた。

「辞職願は出してますよ。それも毎年。そして毎年、あなたはじつにすばらしい実績を残してきた、代わりの人材などいないといって、通訳局は受けとろうとしない」またヌードルをのぞきこみ、渋い顔をする。「そうね、コンクラーベに来た理由はもうひとつ、わたしを地獄のポストから救ってくれる人がいるかもしれないと期待したから」視線を上げてガラルを見る。「あなたは自分がどんな状況に陥ったかを認識している？　そのうち、流刑地にもどりたいと思う日が来る」

「それはない」ガラルは断言した。「けっして、ない」

「大使は本心からラドチに帰りたいのですか？」と、イングレイ。「ニュースによると、ラドチは……」

「だって、わたしの故郷なんだから。文明というものが、ラドチにはある。ほかにどこへ帰れと？　少なくともここは、わたしの居場所ではない。ドックで銃撃があったのは知っているよね？　さっきもいったように、わたしたちは埒外だから、その点はありがたい。ただし、ここは安全でもなければ、文明化されてもいない」

「何が起きているのか、見当はついているんでしょう？」と、ガラル。「こっちに関係ないといえる以上、何か知っているとしか思えない」

ティバンヴォリ大使はふっとため息をついた。

「知るかぎりの最新情報は、公安局がオムケム……だったかな……のメカを封じこんだ。ドックのいちばん奥と、ステーションのフロアの一部にね。公安局のステーション支部はたいして武装していないだろうから、オムケムの隊長はよほど無能か、それともステーションの占領が目的ではなく、何らかの計画の一段階にすぎないか」

「計画というのは、たとえば？」と、イングレイ。

ティバンヴォリ大使はテーブルの栄養バーをひとつ、ガラルのほうへ押しやった。そして、イングレイにも。

「知るわけないでしょ、ここの住民じゃないんだから。オムケムはフワエに何か要求しているとか？」

「バイットに行くゲートを使わせろと要求している」と、ガラル。

「ティアのゲートもね」と、イングレイ。

「ふうん。そういうことか」と、これは大使だ。「オムケムは自分たちの要求をのめと脅しをかけてきたか、でなければ、もっと大がかりな計画が進行中で、それを隠すための陽動作戦か。ただゲックがここに来たからね、タイミング的にはまずかったよね。大使が盗まれた船に執着するなんて知りようもなかったと思う。距離的に考えても、きのうきょう思いついて実行するなんてことはありえない。おそらく、ここにいる部隊は援軍の到着を待っている。たぶん大艦隊はすでにこちらへ向かっている」

「誰かに話さないと！」イングレイは思わず立ち上がった。

大使は面倒くさそうに手を振った。「軍のお偉いさんでこれくらい考えられなかったら、いくら話したところでおなじだって。さあ、食べて」イングレイの前にある栄養バーを指で押す。「それから眠って。このあと何をどうするか決めるのは、ひと眠りしてから考えればいい。あなたは――」ガラルのほうを向く。「何をするか決めたみたいだね」

「うん、決めた。イングレイ、大使のいうとおりだよ。いますぐできることはないのだから、食べて眠れば頭もすっきりする」


イングレイは栄養バーを二、三口かじり、ふやけて冷たいヌードルを一口、二口食べてから、暗い部屋で横になった。床はやわらかくはないのに、なぜか信じられないほど心地いい。一分とたたずに、彼女は眠りにおちていった。

夢のなかで、イングレイはバキュームスーツを着ていた。ヘルメットのフェースプレートの向こうは真っ暗闇で、耳に自分の呼吸音が響く。これは夢だとわかり、熟睡できていないのを感じた。ここは暗い部屋。船のどこかで話し声がする。そしてまた夢。バキュームスーツが苦しい。

まぶたが開き、まばたきする。思った以上に長く眠っていたらしい。いつからかバキュームスーツは消え、ぐっすり眠れた。体の下で床が変形し、本物のベッドのようになっている。イングレイは横になったまま、まばたきしてメッセージとニュースを呼び出した。

オムケムの戦闘メカはステーションの一部に封じこめられたとティバンヴォリ大使はいった。実際、メカはラレウムとそれに隣接する第一議会の議場、そこからオムケムの貨物船が停泊しているドックまでの通路にしかいない。それにしても、いちばん近いドックの出口でさえ、かなり距離がある。どうしてもっと短距離のルートにしなかったのか？　イングレイとガラルが数日まえに使ったルートなら、これより行き来が楽なはず。

イングレイはニュースを読みこんだ。メディアが触れない情報がたくさんあるのはまちがいないが、オムケムの貨物船が停泊しているドック周辺の地図はあり、二隻の貨物船のいる場所がオレンジ色の点で示されている。そしてそこから最短の出口につづく通路を見ていくと……緑色の点があり、これはまたべつの船だ。

ゲック船。ここにゲックの船は停泊し、そのなかにいま、イングレイがいる。うなじに鳥肌がたった。ドックへ行けば、オムケムのメカを見られるかもしれない。おそらく星系防衛軍がブロックしているだろうが、それでもかなり近くまでは行ける。

地図に添付のリポートを読むまでもなかった。オムケムはゲックとの接触を回避するべく、あんな場所に停泊したのだ。ゲックのメカやゲック人間が船を出入りするのは十分ありうる。だからオムケムは、目標地点からかなり遠い場所を選ぶしかなかったのだ。

ほかにたいした情報はなく、ステーション住民は騒ぎたてず冷静でいるようにとか、フワエの星系防衛軍が事態の収拾にあたっている、といったことが流れているだけだ。また、ステーション管理局と防衛軍は情報を随時すみやかに発信する、住民はローカル通信の私用および誤報の拡散をしないようにという警告もあり、ニュースメディアも同様の内容を流していた。

これを除けば、あとはゴシップと噂話だ。ステーションの外殻が壊れて何十人もの死者が出た、外殻の破壊はなく非常用出口が作動した、数百人の子どもが間一髪でラレウムから避難した、いいや何十人もの子どもたちが死んだか捕らえられたか行方知れずになった、戦闘メカはドックから出るときにフワエの人間を少なくとも十六人殺害した——。ドックの通路らしき場所に横たわり、頭から血を流す男性の画像まである。イングレイはあわててまばたきし、画像を消した。

母はドックにいないだろう。ゲックの予想外の来訪に対応するべくここに来たかたちだから、第一議会のオフィスにいるはずだ。ナンクル・ラックからの返信はなく、イングレイのメッセージを読む暇がないか、読んでも返信するほどの情報がないか。でなければ、ステーションとフワエ域との緊急私信が集中してクラッシュし、届くのに時間がかかっているか。

いずれにしても、不安はつのる。母のもとには安否を気遣う人のメッセージがあふれているだろうが、イングレイもそのひとりであるのは、母ならわかるはず。

そこで緊急問い合わせを送ることにした。まばたきひとつで既読を返信できるもので、いまのイングレイにはそれで十分だった。

が、返信はない。母は眠っている？　元気ながら諸事に忙殺され、メッセージを見る暇もない？

そこへ、ナンクル・ラックから返信が届いた。

イングレイはそれを読み、ゲック船を下りなくてはいけないと思った。人類であるから阻止されることはない。メカ蜘蛛か大使に下船すると伝えればいい。

イングレイは床を蹴り、食事をしたあの部屋へ走った。

「ガラル！」駆けこんで叫ぶ。「船を下りなきゃいけなくなったわ」

ガラルはテーブルまがいの隆起で、ねっとりしたヌードルを食べていた。寝起きらしいが、ねぼけてはいない。

「どうして？　何があった？」

「オムケム連邦がラレウムと第一議会の議場を占拠して、母がラレウムのなかにいるの、いまも」

「どうしてわかった？」きわめて冷静。「ゲックが受信した公式発表は、安全な場所に避難して外に出るなという警告だけだった」

「ナンクル・ラックからメッセージが届いたの。それによると、連邦はおそらく、審議中の議員がいる議場を占拠したかったのだろうと。でも想定外のゲック船がいたから、予定とは違う遠い場所に船をつけ、議場に着いたときはもう議員たちは避難していた。でもラレウムはまだそうではなくて、母はそこにいたの、アーサモルから来た養護施設の子に会うために」

ガラルは少し考えてから訊いた。

「じゃあ、子どもたちは？　まだラレウムにいる？」

「そうなの！　子どもたちと母と、ほかにも第一議会のディカット議長と、ラレウムの職員が何人か」

「議会が手に入らなければ、次善の策は議長か。そのディカットは跡とりじゃなく、年配のほう?」

「ええ。べつの養護施設の子と会っていたみたい。後継のディカットは議場にいて、避難したの」息子は何十年かまえに襲名して以来、議長職をこなしてきた。議会から見れば、議長は捕らえられていないに等しい。

「とりあえず、すわったら?」と、ガラル。「何か食べるといい。ポイックもあるよ。この味は……」鼻に皺が寄る。「慣れるとやみつきになる、という類かな。ともかく何か食べて、じっくり計画を練ってから出かけたほうがいい。さしあたり、ネタノに差し迫った危険はないし、あったとしても、あなたに助けることはできない」

イングレイには食事をする気などさらさらなかったが、ガラルとは話しておきたい。

「計画は立ててあるの」彼女は腰をおろした。「オムケムが来たのは子どもたちを人質にとるためじゃなく、狙いは第一議会だと思うの。オムケムはまだなんの要求もしてこないらしいのよ、少なくともナンクル・ラックがメッセージを送ってきた時点では。防衛軍は早く要求を知りたいみたい」

ガラルはテーブルの向こうから、彼女の前にカップを置いた。ぬるい湯に浸かり、まだ硬いヌードルのボウルも。

「要求リストのなかに、わたしの名前もきっとあるな」と、ガラル。「優先順位は高くなくても、ほぼ確実にある」

「たぶんね。ナンクル・ラックはぜんぜん触れていなかったけど……。でもあなたはもうゲックなんだから、オムケムには手が出せないわ。ただ、あなたをここに連れてきたのはわたしで、わたしはザットの殺害現場のすぐそばにいたでしょ」

ガラルはイングレイをじっと見た。

「母親の代わりに自分が人質になる気か」

「母と子どもたちの代わりよ」

彼人（かのと）はイングレイを見つめ、しばらくしてからいった。

「オムケムは了承するかな？　フワエ側は子どものためなら、やむなく同意するかもしれない。でもオムケムに譲歩する理由はない」

その点はイングレイも考えた。「二か所の養護施設から来ているの。ひとつは母のアーサモルで、もうひとつはディカット議長の管轄区から。少なくとも四十人以上、百人くらいはいるかもしれない。世話係が付き添っていたところで、それだけ大勢の怖くて震えあがっている子の世話はたいへんよ。交渉が始まったかどうかはわからないけど、長引けば長引くほど……」

「子どもたちは疲弊し、恐怖はつのる。オムケムはそれを相手にしなくてはいけない」

「防衛軍は、子どもたちのせめて一部でも解放させる方法を考えるでしょうけど」ゆっくり大きく息を吸う。「時間がかかればそれだけ、子どもたちの身の危険も大きくなる。オムケムが何か大きな交換条件を出してきても、防衛軍がきわめて重要なものを差し出すとは思えないわ。それについてはオムケムとの交渉で、触れることすらしないでしょう」

「だろうね。人質さえとれば、何とでも交換可能だと、敵に思わせてはいけない」

「ええ」背筋がぞくっとした。「でも、わたしはこの身を差し出せる。オムケムの領事は、ヘヴォムの扱いに不満をいっていたわ」そしてガラルのゲック引き渡しについても。だがこれは彼人も知っているだろう。「わたしは殺害されたザットの第一発見者なの。オムケムに、知っていることはなんでも話すから子どもと母を解放して、わたしを人質にするようにいってみる。母はまだ後継者を指名していないのよ、もし母の身に何かあったら……」

「今度の件は、ヘヴォムとは関係ないよ。ザット殺害事件は表向きの理由、口実でしかない。狙いはたぶん第一議会――フワエ・ステーションと、星系外ステーションを六つ管轄しているからね、頂上(ゼニス)プラットフォームも含めて。つまり第一議会を制する者が、ゲートを制する」そして惑星の資源、資産を手に入れられる。「オムケムが議会の開催中に襲撃したのは、たまたまなんかじゃない。ザット殺害事件はほんの数日まえなのに、戦闘メカを積んだ貨物船がドックに到着したのは一週間まえで、貨物船は高速ではないから、数週間まえにはすでにエンセンを発(た)っている。あなたを人質にしようがしまいが、おんなじだよ。むしろ、あなたが人質になれば――」

「やるだけやってみる」イングレイはほかにいいようがなかった。「子どもたちを救わなきゃ」

「あなたの責任ではない」ガラルはぴしゃりといった。「たとえ不幸な結末になろうとね」

その可能性は大いにある。

「それにネタノは、わたしの母なの」

「そうだね」ガラルはうなずいた。「あなたもわたしも養護施設からもらわれた。どんな小さなものでも、与えられれば大きい。口ではいわなくても、感謝しろよ、と家族は思い、家族以外もそう思っている。そして自分自身もね。わたしはその思いを必要以上に感じすぎたらしい。ただ、養父がわたしにしたようなこと、その百分の一、千分の一でもひどいことをネタノはあなたにしなかったし、あなたはオースコルド家に迎え入れられて以来、ネタノに恩義を感じつづけた。彼女はいまのところまだダナックを後継者に指名していないから、もし彼女の身に何かあれば、ネタノの名前はそこで途切れておしまいになる。でもね、もしあなたの身に何かあれば、あなたの命がおしまいなんだよ。エシアト・バドラキムは例外として、世の多くの親は、わが身を犠牲にしても子を守ろうとする」

「そうかもしれないけど」イングレイの胃が縮まった。無視しつづけてきた不安が無視できなくなる。「でもやっぱり」

「悩みつづけていた。あなたはオースコルド家を出ていこうと、ずっと悩みつづけていた。それくらいは、いやでもわかるよ。ダナックを蹴落とそうとして、こんなことを——」自分を指さす。「したわけじゃない。多少の期待はあったにせよ、どのみち無理だとわかっていたはず」

「それはちょっと……」イングレイはとまどい、顔がほてるのを感じた。これまでそんなふうに考えたことはなく、考えようともしなかった。ここまでずばりといわれ、侮辱された気もする。なのに訳もなく、ほっとした。

「あなたがそれほどのことをするとは誰も思わないだろう」と、ガラル。「ネタノはいうまでもなく。しかし、ネタノがもし……」その先の言葉を消すように、手を振った。

「あんなこと、できるはずがなかったの」と、イングレイ。「いくらお金を積んでも、流刑地脱走の仕事を引き受けるティアのブローカーなんているはずがないの。でもそれを知ったのは、ついこのまえ。あのときは気づきもしなかった」

ガラルの体が硬直した。ポイックのカップをゆっくりとテーブルに置く。彼人と長く過ごしたイングレイだから感じとれるくらいの微妙な変化。

「あなたはティアの仕事をしているの？ ううん、していた、と過去形にしましょうか。ゲックになったいまは、もうできないでしょうから」ガラルは返事をしない。「ちょっと考えてみたの。ティア政府はわたしがあなたのサスペンション・ポッドをフワエで解凍すると思ったんじゃない？ そしてあなたはフワエでティア政府のために何かをする計画だった……。でもユイシン船長はポッドのままでは乗船させず、あなたは目覚めたけれど、わたしの計画に従う気など毛頭なかった。転入事務局で会ったとき、わたしと話すのさえいやそうだったわ。だけど寝る場所も食べるものもなく、だったらわたしやユイシン船長にせびろうか、と考えた」流刑地での経験から、ガラルにとっては食料を手に入れることが強迫観念のようになっていただろう。「どうして翌日の朝まで待ったの？」

「ティア政府の仕事などしていない。協力はしない、フワエに帰るつもりなどないとはっきりいったよ。するとこういわれた――おまえは法律上は死んだ人間で、ティア・シーラスにいることを知っているのはイングレイ・オースコルドだけだ、おまえはみずから道を断ったのだ、自分たちのいうとおりにしなければエアロックから放り出してやる。そこでわたしは、偽ＩＤ

さえあれば最低なんとかなるだろうと考えた」小さな笑みが浮かぶ。「その後の成り行きは説明不要だよね？　ティア政府はティク・ユイシンの船の出航を禁止した。そしてティアを出られるようになったころ、わたしはあなたといっしょにいたほうがいいと考えた」

「何をしろといわれたの？　まあ、見当はつくけど。バドラキム議長を窮地に陥れろ、でしょ」

「それならいくらでもやれる。ただティアのためにやるんじゃないと明言したよ。そんなことをしたってろくなことにはならない。ティアがわたしを救いに来るどころか、手を差しのべることさえしないのは確実だから。協力しろと迫ってきたときでさえ、トラブルになった場合の救援は約束しようとしなかった。たとえ口先だけでもね」それは当然だろう。ティアで数少ない重罪のなかでも最悪なのが、契約違反だ。口約束だけでも対象になる。「ティア政府はわたしに何ひとつ提供する必要がないのをわかっていた。自分たちにとって利益になると考えれば行動を起こすが、それがはっきりしないうちに、あるいはべつの理由で動くことはない。有効だとみなせば、わたしを送りこむ以外のこともしたはずで、このステーションにもおそらくティアのエージェントがいる。問題は、それは誰か、こちらに有利に働くか」

「最後に関しては、ティアの目的に添わないかぎり、こちらに有利に働いたりしないと思う」

「ゲックは傍観するしかない。深刻な条約違反の可能性があるからね。いいかえると、わたしには何もできない。そしてあなたは、この船にいるかぎり安全だよ。ネタノが母親としてどうかはさておき、娘に危険な真似だけはしてほしくないのが親心というもの」

「でもね、オムケムが議員を人質にしたかったのは、ゲートを思いどおりにするためじゃない？　ほかに理由は考えられないもの。だけど議場はからっぽで、押さえたのはラレウムと大勢の人質だけだわ。そもそもどうして、ラレウムなんかを狙ったのか？」

「ラレウムは議場に隣接している」

「それはそうだけど、狙いを変更せざるを得なかったんじゃない？」ガラルの眉間に皺が寄ったが、イングレイはつづけた。「ラレウムにはいったい何があるか？　わたしたちはフワエ人だと思わせてくれるもの――〝義務拒否宣言〟よ。『今後はティアへの義務をいっさい拒否する』は、フワエが独立した存在であることを実感させてくれるの。議員がいなくなった議場には何が残る？」

「そうか、号鐘か」ガラルはここで気づいたらしい。号鐘といっても大きな陶器の丸鉢で、第一議会がただひとつしかない〝議会〟だったころ、ティアへの債務終了を検討しはじめたころに使われた。フワエでは有名な話だが、もとはキャベツの酢漬け用の鉢で、それをスプーンで叩くことで審議開始を知らせたのだ。

「でも号鐘は遺物でしかなく、オムケムは遺物に興味がない」

「それが、あるのよ。ザットは公園で何をさがしていた？　ほかの星系では、フワエの遺物が笑いものなのは知っているけど、よその人がどう思おうと、わたしたちフワエの人間にとって価値があればいいんじゃない？　そして第一議会は、あの号鐘が鳴らないかぎり、正式の会議は始められない。議会を操るとかなんとか、そういう問題とは別格なの。オムケムはここに来たはいいけど帰ることもできず、なくてはならない何かを手に入れたいのじゃないかしら」

「〝義務拒否宣言〟は明らかな偽物としても、号鐘のほうは……」声が小さくなる。「年代的には当時のものかな。初期の会議は当座をしのぐ程度で小規模だったから、場を引きしめるために酢漬けの鉢をスプーンで叩いていたとしてもおかしくはない。でもイングレイは、号鐘とおなじ形をしたキャベツの酢漬け用の鉢をひとつでも見たことがある？」

「ないわ……」イングレイは正直にいった。「でも……」

「酢漬け用の鉢はふつう、側面はまっすぐで丸鉢ではなく、丸鉢でも口はすぼんでいる。キャベツが外気に触れると発酵が進まないからね。つまり、議会の号鐘は酢漬け用の鉢ではない、当時の議会で実際に使われたものではない、ということになる」

「でもいまは、あれが議会の号鐘よ。何かあったら、代用品ですませることは可能でしょう。ラレウムの〝義務拒否宣言〟だって、何か起きたところでフワエが消えてなくなるわけじゃない。でもオムケム連邦の目的は、フワエを消すとか侵略するとかではなく、自分たちのやりたいことを第一議会にやらせること。そのためにもし、第一議会を第一議会たらしめるものをすべて手に入れたら……」

「存在の象徴たる遺物か。いいたいことはわかったよ。ただ、イングレイが行ったからといってどうなるものでもない」

彼女は大きく息を吸った。「でも、もし」もう一度、大きく。「盗まれたものをわたしたちで盗み返せれば……」

「わたしたち?」おちついた調子ながらも苛立ちがのぞく。「わたしがゲックなのを忘れないでほしい」

「ええ、もちろん。それでも何かアドバイスとか、提案をしてくれないかと思って」

「もうひとつ、忘れないでほしい。わたしは盗みなどはたらかない」ヌードルのボウルを脇に押しやる。

「ええ、それももちろん。だけど、そういう人たちを知ってはいるでしょう? それに、自分は贋作者だといったわ。そんなのは嘘っぱちだけど、最高の嘘のなかには真実がある。あなたは流刑地で贋作者と知り合ったんじゃない? 知り合って、いろんな話を聞いた。わたしの屋敷で見たものが、その人の贋作だとわかるくらいに。自分でやったことはなくても、何人もの人から贋作の話を聞いた。盗みをはたらいたことはなくても、どういうものかはわかっている。だからお願い、忠告とか提案とかをしてちょうだい。朝ご飯を食べながらの雑談よ、条約違反にはならないわ」ガラルが置いてくれたカップを取って、ひと口する。塩味の生ぬるい湯に、うっ、と顔をしかめた。「これがポイック?」

「さっきもいったように、慣れるとたぶんやみつきになる。で、ご想像どおり、流刑地ではいろんなことを学んだよ。でもアドバイスできることはない。わたしが濡れ衣を着せられたような窃盗、あなたが企てているような窃盗は、おおむね力業といっていい。そんな力があればとっくに使っていただろうから、助言など必要ない。力に頼らない窃盗は内部の犯行か、でなければ管理責任者が何らかの方法で操られているか。娯楽作品のように、アラーム解除できる古代の異世界遺物などはない。そして用意周到な計画もね」ポイックをすすり、顔をしかめる。

「周到に計画したところで、たいていは思ったようには運ばないし、逮捕されるのがおち」

「じゃあ、周到でなくてもいいわ」本音ではなかったが、できるかぎり冷静にいう。可能ならティアの支援が、そうでなくても協力者がほしかった。「現実的な計画にしたいだけ。もし失敗しても、母と子どもたちは少なくとも救いだせるもの」

「ナンクル・ラックの意見は？」

「よしてちょうだい」イングレイはヌードルを指でじかにつまんだ。「話すわけないじゃない。やめろっていわれるに決まってるわ」

「彼人を好きになりそうだな」

「わたしがことあるごとにナンクル・ラックに相談していたら、あなたはいまも流刑地よ」ヌードルを口に入れ、即座に後悔——。そもそも食べる気分ではなかったうえ、冷えてべとべとのヌードルはおいしいにはほど遠い。こらえて嚙んで、なんとか飲みこむ。「そうならなくて、ほんとによかったわよね」

ガラルはため息をつき、目を閉じた。

「なにがなんでもやる気らしい」

「まあ……」自信たっぷりにいいたくてもいえない。「とりあえずはね」

16

　イングレイ・オースコルドという名前は、フワエ星系防衛軍の上隊長ユートゥリの注意をひくには十分だった。ステーションの小部屋で彼女を迎えたユートゥリは、背は低いながらたくましく、堂々とした印象の女性だった。無地のベージュの壁、無骨なプラスチックのテーブルと椅子に、青と金色の制服が映える。

「だめです」彼女はイングレイの提案を却下した。「民間人をこれ以上危険にさらすわけにはいきません。率直に申し上げて、わたしがこうしてお目にかかっているのは、上層部がお母さまのオースコルド議員に配慮したためです。あなたのお気持ちはよくわかりますが、人質を無事にとりもどす最善の道は、時間を浪費せず、わたしが任務に専念することです」そして最後に、「失礼を申し上げるようですが」と、付け加えた。

「でも――」

「できません」声を荒らげることなく、イングレイの言葉を制する。「わたしはあなたに会い、あなたの提案を聞き、却下しました。あなたはいますぐ安全な場所へ行き、そこから出ないように。ふたたびあなたの姿を見かけたら、母親が誰であれ、逮捕します。いいですね？」

イングレイの目にくやし涙がにじんだが、泣いたりわめいたりはしない。

「わかりました」

「よろしい」上隊長は背を向け、部屋を出ていった。

そしてすぐ、兵士がひとり入ってきた。

「安全な場所までお連れします」

「あら……」こらえていた涙があふれた。計画は失敗。安全な場所で、知らない人たちといっしょにただ手をこまねいているしかない。「化粧室に行ってもいいかしら？」

「あなたを安全な場所にお連れします。それが上官の命令です」

「だけど顔を洗いたいの。それから……ほかにもちょっと」

「化粧室はあなたの背後にあります。わたしはここでお待ちします」

入ってみると、洗面所はなんとも狭くて窮屈だった。イングレイは鼻をかみ、手を洗い、顔に水をばしゃばしゃかけた。大丈夫、我慢はできる。避難所で待つことくらいできる。ほかに選択肢がないのだから、やれることをやるしかない。

ヘアピンが洗面台に落ち、排水口まで行かないうちに拾う。

と、視界の隅で何かが動いたような……。イングレイは左右を見まわし、天井を見上げた。なんと黒いメカ蜘蛛が一匹、天井に張りついている。目の柄が何本もまとまって、イングレイに向けられていた。

「聞いたところでは――」細い小さな声。「ラレウムに入りたいんだな」

イングレイは言葉もなく見つめるだけだ。

「おれだよ」と、メカ蜘蛛。「ティク・ユイシンだ。ラレウムの近くまで連れていってやるよ。防衛軍に捕まらないうちに、人質交換を伝えればいい。もし本気でやる気だったらね。諸手をあげて賛成はしかねるが」

「もちろん本気よ」外の兵士に聞こえないよう声をおとす。

「ただし、〝義務拒否宣言〟と号鐘を手に入れられるかどうかは約束できないし、計画も立てられない。どこに何があるか、どんな配置でどんな状態かがわかるまではね。それにはしばらく時間がかかるだろう。そのあいだ、あんたは危険にさらされる」

「船長！」気がはやりつつも、小さな声で。「ここで長話はできないわ。でも何があっても、やるしかないの」

「よし、わかった。やるとしよう」

ラレウムのファサードは二階分を占め、幅広の扉（五つ六つある）の高さはその半分ほどだ。染みだらけ傷だらけで、伝えられるところでは、ステーションの建設当初の外郭パネルらしい。ラレウムの正面には、黒タイルと緑タイルの高い天井がついた広場があり、ラレウム訪問者や行き交う人びとでにぎわうが、いまは人っ子ひとりいない。ただ一見そうでも、ユイシン船長の話では、いたるところで防衛軍の目が光っているとのこと。また、ラレウムの閉じた大扉の向こうにオムケムの戦闘メカがいるのは確実らしい。

そしてイングレイは、広場にいた。ここにいるだけでも危険なのに、ぐずぐずすれば危険どころではなくなる。

　大きく息を吸って、吐く。

「わたしはイングレイ・オースコルド」バンティア語が通じない場合を考えてイール語にした。「ネタノ・オースコルド議員の娘です。ザット殿のご遺体を発見したのはわたしなので、当時の状況をお話しできます。子どもたちと母を解放してください。代わりにわたしがそちらへ行きます」

　物音ひとつしないが、オムケムにも考える時間は必要だろう。

「ミス・オースコルド！」ラレウムの玄関ではなく背後から声がして、イングレイはふりかえった。小さな箱型の清掃メカがごろごろ近づいてきて、彼女のそばで停止。「ミス・オースコルド、ここで何をしていますか？」イングレイはメカを見つめるだけで答えない。「上隊長はこの状況下で武装したメカを送るのはよくないと考え、清掃メカにしました。玄関の向こうにオムケムのメカがいるのは確実であり、ここも安全ではありません」

「広場は大丈夫だと思ったの」意思に反し、イングレイの声は小さく震えた。

「ではここで何をしていますか」

「聞こえたでしょう？　わたしを子どもたちと、母と、交換してもらうの」

「避難場所からどうやって出ましたか？　どうやって、ここまで？」

「歩いてきたの」けっして嘘ではない。

「続行させることはできません。わたしといっしょに安全な場所までもどってください。運がよければ、このまま何も起こらずにすむでしょう」

「ごめんなさいね」さりげなくいったつもりが、震え声になる。「いっしょには行かないわ」

ほんとうにこれでいいのだろうか。イングレイはだんだん自信がなくなってきた。

「それでは申し訳ありませんが、あなたを抱えて連れていきます」

「そんなことをしたらニュースメディアが騒がないかしら、防衛軍は子どもを救おうとしただけのわたしに乱暴な真似をしたって。あそこには母もいるのよ！」つい声が大きくなり、ごくっと唾を飲む。冷静さを失ったら、泣きわめいたら、二度と立ち直れない気がした。

あんたを追い払おうとするだろう、とユイシン船長はいった。いうなりになってはいけない、あんた自身が心変わりしないかぎりはね、おれがなんとか邪魔してやるから。

だが船長は、イングレイが広場の中央まで行くとどこかへ消えた。いったい、どんな邪魔をしてくれるのだろう？

「あなたはニュースメディアに話すつもりですね」清掃メカがいった。

「あなたはわたしを阻止するつもりね」

メカは何もいわず、イングレイはラレウムの玄関をふりかえった。扉は閉じられたままで、音もしない。落胆して目をつむりたいのを、イングレイはこらえた。ただでさえ頭が少しくらくらするのに、目をつむれば倒れてしまうかもしれない。代わりに、呼吸の数をかぞえることにした。バキュームスーツを着たときは、これでなんとか乗り越えられたから。

通信は切断し、時刻も視界に出ないようにしていたので、時間の経過はわからない。だがおそらく五分ほどたったころ、清掃メカがいった。

「あなたの身に何があっても、上隊長は責任をもたないといっています」

「ええ、それはもちろん」ラレウムの玄関をふりむいたまま返事をする。

「あなたが生還した場合、上隊長とは法廷で再会することになります」

法廷――。当然、そうだろう。イングレイは防衛軍の作戦を妨害したのだ。だが、かまわない。いまの課題はラレウムに入ること。母と子どもたちをラレウムから出すことだ。うまくいけば、遺物も救い出す。

「上隊長との再会を楽しみにしているわ」とはいったものの、口先だけにしか聞こえない。イングレイは清掃メカの反応を待った。自分を説得にかかるか、強引に連行しようとするか。ところが数分後、メカはその場を立ち去った。タイルをごろごろ打つ音が小さくなって、じきにあたりは静まりかえる。

イングレイはひとりきりになった。あんたといっしょには行けない、とユイシン船長はいった。おれがいるのをオムケムに嗅ぎつけられたら、あんたの命まで危うくなる。こっちはこっちのやり方で近づく。

いまごろきっと、彼男(かれ)はやってくれているだろう。

脚が震え、疲れ、イングレイはゆっくりタイルにすわりこんだ。オムケムが人質交換を拒んだらどうする？　無駄な骨折り、徒労でしかなかったら？

それならそれで、仕方がない。自分の愚かさをしみじみ感じたところで問題ない。こんな場所でひとりぼっちで、どんなに怖くても――。それにヘアピンはあるべき場所にあり、とても心強かった。なんといってもメカ蜘蛛が、わざわざ留めてくれたのだから。

こらえきれずにまばたきして、時刻を確認した。ここに来てから二時間近くたっている。またまばたきして時刻を消した。一秒、一秒、時間がたつのをながめていたってしょうがない。

するとカチッと音がして、ラレウムの大きな扉のひとつが細い隙間程度に開いた。

「交換する」ひどい訛りのイール語だ。「あなたは何も持ってこない。あなたは調べられる。そこで立ち上がれ」

そろりそろりと、イングレイは立ち上がった。

扉がもっと大きく開き、子どもたちが一列でおどおどしながら出てきた。数は十人ほどで、みんな皺の寄ったベージュの上着とズボンを着ている。ということは、養護施設の子たちだろう。何人かはずいぶん幼く、べそをかいていた。あの年齢でラレウムまで来られるなら、たぶんこのステーションにある施設の子だ。

そんな子のひとりがイングレイに気づき、鼻をすすりながら何かいおうとした。すると後ろにいた年かさの子が「しっ。そのまま歩いて」といい、緊張した行進は黙々とつづいて、目には涙が光る。

そんなベージュ色の列のいちばん後ろに、ネタノがいた。人質として何日か過ごしたというのに、スカートと上着が多少よれているだけで、髪のほつれもない。イングレイは〝お母さん！〟という声をぐっとのみこんだが、ネタノはそれが聞こえたかのように、娘の目をまっすぐ見つめた。ただし、眉ひとつ動かさず無表情のままだ。イングレイがもっと若く、いじけたところがあれば、母の顔つきに背筋が寒くなっただろう。だがいまは、よくわかる。母があんな顔つきをしているのは、怒りや失望はもとより、強い感情を隠しているせいだ。

「交換！」扉の向こうから大声がした。言語はイール語で、抑揚はない。「直進！　おかしな行為があれば射殺！」

ネタノはちらともふりかえらず、歩きつづける。

イングレイは首をかしげた。オムケムはイングレイの身柄を押さえるまえに、十人以上の子どもを解放したのだ。しかしあれこれ推測する余裕はなく、彼女は母のほうへ歩きはじめた。母につづいて、また何人かの子どもたちが現われた。八、九歳くらいで、青と黄色のお揃い（そろ）の服を着ている。そう、ネタノはアーサモル区の施設の子に会いにここへ来たのだ。あれはイングレイがいた施設の園服だった。

イングレイと子どもの列はゆっくりと距離を縮めた。真ん中あたりにいる母がすぐ目の前まで来たとき、イングレイはたまらず「お母さん」と声をかけたが、泣いたりはしない。そんなことは絶対にしない。

「イングレイ」ネタノは顔を寄せ、「このことは、けっして忘れません」といった。

けっして忘れない——。イングレイは、ぞくっとした。どのようにも解釈できる表現だからか、自分のしていることをあらためて実感したせいなのかはわからない。

イングレイは母の横を通り過ぎた。後ろの子どもたちはまっすぐ前を向いたまま、目だけ動かし彼女を見ながら歩いていく。

ラレウムの扉の向こうには、鈍色（にびいろ）の巨大な四角いメカがいた。関節のある脚は四本で、上部には腕まがいのものが三本あり、そのひとつが大きな銃を構えている。イングレイは母のように眉ひとつ動かさず無表情を保った。母ほど自信たっぷりとはいかないものの、べつに母とおなじでなくていい。ネタノになろうとしたところでなれるわけもなく、彼女はイングレイでしかないのだ。そしてオムケムはイングレイ・オースコルドを手に入れたいと思い、イングレイは子どもたちと母を解放させた。母はネタノの名を絶やさないよう後継者を指名するが、イングレイはそのためにこれをやったのではない。とはいえダナックには、きょうのことを忘れないでほしいとは思う。たとえイングレイがフワエからいなくなってもずっと――。

巨大メカの向こうに、さらに二機のメカがいた。その手前には、元館長二名の記念品と、第一議会議長がラレウム設立許可をしたためた布が飾られている。また券売機があり、これに料金を入れると、日付と番号が記された記念カードが出てくるのだが、イングレイはもしここでそれをやったら巨大メカはどうするだろうか、と考えた。きょうのような経験はそうそうあるものではないから、記念カードを取っておけば、ダナックなら高額で買いとるだろう。そうだ、どうせならカードに署名し、オムケム側にもサインをしてもらえばもっと価値が出る。鈍色の巨大メカが大きな銃と小さなカード、そして筆を持つ姿を想像し、イングレイは唇を噛（か）んでにやつくのをこらえた。いや、ひょっとすると、泣きそうになるのをこらえたのかもしれない。

どっちなのかはわからないまま、ユイシン船長にもサインをしてもらおうと思った。メカ蜘蛛の姿はどこにもないが、船長はああいったのだから、きっとどこかにいるはず——。

券売機から少し離れたところに、青と紫の棒や箱が雑然と積み重ねられていた。でもよく見ると、ラレウム内を案内するガイド・メカが潰され、壊されたものだった。遠隔操作されるタイプではないものの、念には念を入れたのだろう。

「イングレイ・オースコルド」二機のメカの片方がいった。「こちらへ来い」ずいぶんおかしな訛りのバンティア語で、イングレイは首をひねった。さっきのメカはイール語をしゃべり、彼女の知るオムケムは例外なくイール語を使っていた。

だがいまは、そんなことはどうでもいい。イングレイはメカについていった。銃を持つ巨大メカが後ろにいるかどうかは確認しない。

ラレウム中央の広く長いホールを進んでいった。ここにはフワエ創建時の遺物がずらりと並び、深緑の壁には古い書類や布、粘土タイルが飾られている。ほかにも台にのったガラスの展示ケースがあちこちにあり、古いカップやスルバのデカンタ、ネックレス、なかにはサンダルまで収まっていた。

そしてホールの突き当たり、細長い閃緑岩（ダイオライト）の台の上では、〝義務拒否宣言〟がガラスケースのなかで吊（つ）るされている。イングレイが歩く位置からだと真横を向いて表の文字は見えないものの、いつだって暗唱できる。〝フワエ人民を代表する者たちにより……〟で始まるのだが、大切なのは綴（つづ）られた文言だ、とイングレイは思う。ガラルのいうように、たとえこれが偽物だとしても。
広く長いホールには子どもでもわかるようなガイドや説明が用意されているが、イングレイは通信をカットしているので文字も図も見えず、異様なまでにがらんとした印象だった。まばたきしても、なんの変化もない。ここに来るまえに読んだニュースでは、ラレウムにいる人質と交信できないとあったから、おそらくオムケムが何らかの方法で通信遮断しているのだろう。

メカは全部で五機いた。部屋の入口左右に、これまでと同種のメカがそれぞれ一機、三機めはホールの中央に立ち、足もとの淡黄色のタイルには人がふたりすわって、近づくイングレイを見ている。片方はかっぷくのいい無性（ネマン）で、髪は灰色。イングレイはひと目で、第一議会のディカット議長だとわかった。もうひとりは若く、議長よりイングレイの年齢に近いだろう。女性でほっそりし、床にすわっていても議長より長身なのがわかる。たしかあの人は……そうだ、あの人は、独立後の遺物を担当する上級管理官の後継者だ。

〝義務拒否宣言〟の展示ケースの端にメカが二機いた。が、こちらは小型で、見た目はメカというより人間ふうだった。イングレイが近づくと同時にふりむき、片方がいった。

「ミス・オースコルド、そこで止まってください」言語はバンティア語だ。

イングレイは立ち止まり、二機のうち小さいほうが近づいてきた。動きもメカとはぜんぜん違う。と、そこで彼女は気がついた。どちらもメカではなく、鈍色のアーマーをまとった人間なのだ。オムケムは一般に背が高く、アーマーが縦も横も全体に、冷たく無機質な姿に見せているだけだ。

二機めの、いや、ふたりめの人間が何かいったが、イングレイには理解できなかった。

「ミス・オースコルド」最初のほうがバンティア語でつづけた。「ヘアピンをはずしてもらえますか？」

「ええ、いいわよ」軽い調子でいえた自分にほっとし、イングレイはヘアピンを全部はずしてから差し出した。「こんなものが、何か問題？」

ふたりめがまた何かいったが、イングレイにはわからない言語だった。

「床に置いてください、ミス・オースコルド」もうひとりがいった。「置いてから、離れてください」

イングレイは身をかがめ、ヘアピンを床にまとめて置いた。そして体を起こしながら、翻訳ユーティリティが使えるかも、と思った。ティア・シーラスに行ったときに何度か使ったが、さして役には立たず、辞書を加える暇もなかった。が、それでも言葉の識別くらいはできるだろう。わけがわからないよりは、まだましだ。

ふたりめが床のヘアピンを見下ろして何かいい、イングレイの耳に「ばらばらの床張り」と単調な翻訳文が聞こえた。

もうひとりがかがんでピンをすくおうとしたが、アーマーの手から三つほどこぼれ落ちた。「ばかばかしい」つぶやいた言葉を訳すとそうなるらしい。手のアーマーが後退して腕のなかに消え、両手が上がって頭を、いやヘルメットをはずし、現われたのは黒い髪に青白い肌、なんとも温和な表情の男の顔だった。「これらの兵士がどのようにこれをするのか、わたしにはわからない」そして不機嫌そうな声を発したもうひとりに向かい、「いやはや、隊長、不在はあなたの口であった」といった。彼男は素手でヘアピンをすくって体を起こし、イングレイにほほえみかけた。「失礼します、ミス・オースコルド。そこにそのままいてください」彼男は近くのドアにいるメカのほうへ歩いていった。するとメカは側面の大きなパネルを開き、彼男はそこにヘアピンを入れてパネルを閉じると、イングレイのほうへもどってきた。「怖がらないでください。不愉快なことをするつもりはありませんから」

「そんなことをいわれたら、急に怖くなってきたわ」

彼男は小さく息を吐いたが、笑ったわけではなさそうだ。

「隊長とわたしは話さなくてはいけないことがあります。しかし、ひとつお尋ねします。これは——」〝義務拒否宣言〟に手を振る。「本物？」

「ほ、本物だと……わたしはずっと思ってきたわ」やはりオムケム連邦軍は、第一議会の掌握に失敗し、矛先をフワエの最重要遺物に向けたのだろう。それをこんなに早く確認できたのはラッキーだったのかもしれないとイングレイは思った。ガラルがなんといおうと、フワエにとって〝義務拒否宣言〟はきわめて貴重な遺物なのだ。

彼男は隊長のほうを見た。

「認める。わたしの口のとおり」翻訳によると、そういったらしい。

「通常の残留」と、隊長。「通常はしない。注目は、議題は、議長。疑問が提示され、レベルは下がる。わたしは他所を見るのを理論化する」

「残留」イングレイにバンティア語で話した男はいった。「数日まえは機能不全。いまも不全」

「あなたはいったい誰なの？」イングレイは彼男に訊いた。「どうしてこんなことをしているの？」

「わたしの名前はチェンス。わたしは、あなたたちのいう……民族誌学者。専門はフワエの文化。そしてこっちは――」アーマーをつけたもうひとりを指さす。「ハトケバン隊長。わたしたちがここでしていることに関し、ミス・オースコルド、あなたのような人から訊かれるとは驚きです。わたしはザットを知っていましたが、好感をもっていた、とはいえません。とても傲慢な人で、自分より劣っている相手には横柄でした。そして、歴史に関しては荒唐無稽な学説を唱えた。はっきりいって、〝学説〟とも表現したくないほどです。ザットは荒唐無稽な思いつきを広め、信じさせ、人に時間と資源を使わせて証明しようとした。だからといって、殺されてよいわけではありません」

「ええ、ほんとにね」イングレイはうなずいた。「でも、これは彼女とは関係ないでしょう？殺害されたのはほんの数日まえで、あなたたちの船は数週間まえには出航していたはずだから。それに殺害した犯人は、彼女と姻戚関係にあるヘヴォムよ。ザットとヘヴォムは母の屋敷に滞在はしたけれど、それを除いてフワエの人間はいっさい関係していないわ」

「ヘヴォムは殺害には関与しておらず、非難される筋合いはありません」チェンスはあっさり断定した。「あなたたちフワエの公安局はパーラド・バドラキムを犯人として逮捕しました。ザットを殺したのはどちらでしょうか――過去に有罪判決を受けた者？　それともザットに触れるどころか、会話すらできない姻戚関係者？　また、古代ガラスはあなた方にとって厄介なもの、好奇心をかきたてるもの、あるいは建築材料でしかないでしょう。しかし、古代ガラスにまつわるザットの荒唐無稽な思いつきには政治的意味合いがあった。フワエの人びとを怒らせるような意味合いが」

「そうなのよね。彼女が証明したかったのは、フワエに最初に来たのはオムケム、少なくとも彼女の直系の祖先だったということでしょう。わたしは彼女からそう聞いたのだけど、あなたのいうように、たしかに荒唐無稽な思いつきだと思うわ。フワエじゅうの古代ガラスを発掘したところで、証明するのは無理だったでしょう」

「ザットなら、発見したものは何であれ自分に都合よく解釈したはずで、オムケム連邦に少なからぬ影響を与えたと思います。信じてください、ミス・オースコルド、ザットは連邦内で味方をつくることしか頭になく、フワエの人びとがどう考えるかなど気にもしなかった。気にかけるとすれば、自分がほしいものを手に入れられるときだけでしょう。あなたの母上がそれに気づかずお屋敷に招いたとはとうてい信じがたい」

いわれてみればたしかにそうだ、とイングレイも思った。母は何を考えていたのだろう？　いいや、もし公園の発掘を拒否したら、ザットは謀略だ、まずいことがあるから拒否するのだと声をあげたにちがいない。

「聞いてちょうだい」イングレイはチェンスにいった。「事件の日、わたしはザットといっしょにいたの。彼女はひとりで丘を登っていったわ。古代ガラスが川までつづく、公園でも有名な丘よ。頂から全体を見渡すつもりだったんだと思う。そのあいだ、メカのユートは斜面を調べていたの」とはいえ、調査の成果などほとんどなかったはずだ。「彼女は頂にひとりきりで、そろそろ昼食にしようということで、わたしが呼びにいったのよ。メッセージを送っても返事がなかったから。きっと、そのときはもう……」先の言葉がつづかない。チェンスは黙って彼女を見つめるだけだ。「ガラルがパーラド・バドラキムだというのを、わたしはまだ知らなかったの。公園にもいっしょに行ったけど、彼人はメカを操縦なんかしていないわ。わたしとずっと話していたし、丘を登っていったのはユートだけなのよ。ガラルのインプラントじゃ、オムケムのメカを操作できないわ。あの場所でそれができたのはヘヴォムくらいで、ザットに強い感情を、殺害するほどの思いを抱いているのもヘヴォムしか考えられない。わたしはあのとき公園にいたのよ」

チェンスはわずかに眉をひそめただけで何もいわなかった。

「彼女はどうしてヘヴォムを連れてきたの？　話しかけすらしないのに。ふつうに会話ができる、気心の知れた助手とか秘書にすればよかったように思うけど」

チェンスは顔をしかめた。「そこが彼女の残酷なところです、あなたが想像できないほど残酷な。ヘヴォムの系統で、ヘヴォムよりまえの世代の者が、ザットの家系に逆らった。あなたたちの言葉でいえば政治的問題です。そしてあなたたちがいうところの〝姻戚〟は不和を解消するためだったのに、ザットはヘヴォムの系統に対し、侮蔑の根拠として使った。そしてヘヴォムは、彼女に抗議するという間違いを犯した。その結果、ザットはヘヴォムとその身内に対し、ある種の教訓を叩きこむ態度をとるようになったのです」

「十分、動機になりそうに思えるけれど。いったん殺害を決意したら、フワエの人間に罪をなすりつけるのは簡単にできるでしょうし……」ヘヴォムはなんと表現した？「フワエの人間はお人好しで無知で、法の執行機関はよそでは物笑いの種だもの。わたしたちの命なんて軽いわよね、きっと」

チェンスはため息をついた。「パーラド・バドラキムに罪がないとは思えません」

「彼人はいまは、ガラル・ケットよ。そして人殺しなんかしていません。わたしはあのとき公園にいたの」

いずれにせよ、こんな話をしても意味はない。ガラルがゲックになった以上、オムケムは手も足も出せないのだから。それにいまのこの状況は、ザットともヘヴォムとも無関係だ。オムケムのメカと兵士は、殺害事件の何日もまえにエンセン／フワエ・ゲートを通過した。ただ何日もまえから、ザットの殺害を知っている者がいたとすれば、話はべつだ。

「あなたは理解していないし――」と、チェンスはいった。「したくても、できないでしょう。ヘヴォムのような立場の人間がザットを殺すなど論外、ありえないことなのです。わたしがいくら説明しても、おそらくあなたには理解できない。あなたの家族はまったく違うからです。たとえば……自分の親を殺す者を想像できますか？」

「できるわけがない、という人はいくらでもいるでしょう。わたしだってそう思うわ。だけど現実には起こるのよ」

チェンスは肩ごしにアーマー姿の隊長を見てから、イングレイのほうに顔をもどした。

「ミス・オースコルド、あなたはザットの死の状況を知っている。でなければ、ハトケバン隊長は人質交換に同意しなかったでしょう。隊長はあなたと直接話したいと考えていますが、いまは喫緊の課題があるため、時間は少しあとになります。彼女はバンティア語が話せず――」それはイングレイにも想像がついていた。「イール語も得意ではありません。かといって、翻訳ユーティリティを信頼していないので、場合によってはわたしが通訳します」

「隊長もザットの親族？」イングレイはさりげなく訊いてみた。

「いいえ、違います」どこか残念そうに聞こえたのは、イングレイの気のせいだろうか。「隊長はヘヴォムの系統です。ですから彼女の……隊長の親族の名を汚すような発言は避けたほうがよいでしょう」

「そういう人が、今度の作戦の指揮官に指名されたの？　すごい偶然だわね」

顔に一瞬何かがよぎったものの、チェンスは静かにこういった。

「あちらにいる二名といっしょにすわってください、ミス・オースコルド」

「この作戦を計画した人たちは、ヘヴォムの身の安全を考えなかったのね？　問題なく帰れると彼男に約束したのに、それができるだけの満足な準備をしてやらなかった？」

これが娯楽作品なら、ヘヴォムは証拠の捏造ができただろう。包丁に偽の指紋やＤＮＡを残すとか、公安局に犯人をにおわす発信元不明のメッセージを送りつけるとか。オムケム連邦なら、計画段階でしっかり練れば、その種のことをひとつやふたつはできるはずだ。もし、それをやる価値がある、と考えれば。そしてヘヴォムは、価値がないとみなされた。

「すわりなさい、ミス・オースコルド」と、チェンス。「わたしに乱暴な真似はさせないでください」

「はい、わかりました」思いきり、つくり笑いを浮かべる。「隊長とメカが、あなたに代わって喜んでそうするかもしれないものね」笑みを浮かべたままチェンスに、〝義務拒否宣言〟に背を向け、床にすわっている人質ふたりのほうへのんびりと歩いていった。いかにも悠々と、これっぽっちも怯えてなどいないかのように。もし少しでも急ぎ足になれば、こらえきれずにわめきながら走ってしまいそうだから。あせらず悠然と歩けばそれだけ、恐ろしくて震えているのをごまかせそうな気がした。

17

第一議会の議長と上級管理官のあいだの床に、イングレイはすわった。見張りの四本脚メカには目を向けないようにする。若い管理官はイングレイをちらっと見ただけで、すぐまた正面を向いた。

「ネタノは――」ディカット議長がイングレイに話しかけた。「運よくここから逃げられた。子どもたちは彼女(かのじょ)が施設まで送り届けるだろう。オムケムもチャンスがあれば子どもらを追い出したかったとは思うがね。べそをかき、大声で泣き、ひっきりなしにトイレへ行く。オムケムとしては、子どもたちを勝手に歩きまわらせるわけにはいかない。あそこにいる隊長が無慈悲でなくてよかったよ。どうせ名家の子弟ではないからと、撃ち殺されてもおかしくなかった。ネタノはニュースメディアに向け、ヒーローを演じるだろう。あなたの身に何かあれば、選挙で同情票が集まるのは確実だ。あなたは彼女の実子でもなければ血縁でもなく、有力支持者の子でもない。てっとり早く犠牲にできるのは養護施設の子どもくらいで、子どもたちも進んでそれに従う。ほかに行くところがないからね」

てっとり早く犠牲にできる――。そう、イングレイに異論はない。いままで生きてきたなかで、それはよくわかっている。〝このことは、けっして忘れません〟と母はいった。その言葉に嘘はないだろう。と同時に、母は今回の娘の行為をかならず政治的に利用するとも思う。娘が無事に生還しようがしまいが関係なく。

それにしても、ディカット議長は平気で侮辱的なこと、施設の子を見下したことをいった。イングレイは彼人（かのと）にいい返したくてたまらなかったが、勢いで口を開けばわめいてしまいそうな気がした。だから気持ちをおちつけて、愛らしくいった。

「お目にかかれてほんとによかったです、ディカット議長」余計なことはいわないよう、すぐ口を閉じる。

反対側にいた上級管理官がしくしく泣きはじめ、ディカット議長がたまりかねたようにいった。

「いいかげんにしてくれないか。じつに大人げない。まわりをいらいらさせるだけだ」

イングレイは若い女性管理官に身を寄せた。

「わたしはイングレイ・オースコルド。以前お目にかかったことがありますよね？」

「ニケール・タイといいます。泣いてしまってすみません」

「ううん、わたしもいっしょに泣きたいわ。みんなで思いきり泣いたら床が涙で湿って、メカがショートするかもしれない」イングレイは思いつくまま、ばかげたことをいった。死が目前に迫っている恐怖心からか。あるいはユイシン船長が来てくれる、すでに来ているかもしれないという期待感からか。

ニケールは震えながら弱々しく息を吐き、手の甲で涙をぬぐった。それでも涙は頬を伝って流れていく。

「いいえ、空調が働いて乾燥されます。湿気は遺物によくないので」

「だったら――」頭がまともに働かないまま、口だけが動く。「メカを直接、濡らしてしまえばいいんじゃない?」銃を構えたメカを見上げる。「耐水性かしら?」メカが答えるわけもない。「きっとそうね」

「戦闘メカなら当然です。でなければ、バケツとホースで倒せてしまいます」

「うるさい!」ディカット議長が声を荒らげ、ニケールがまたしくしく泣きはじめた。議長は彼女に対し、ずっとこの調子だったのだろうか?

ディカット議長は、何事もずばずばいうので知られ、地元の有権者にはそれが受けていた。あやふやな返答で逃げたりせず、相手の顔色をうかがうタイプでもないらしい。イングレイはしかし、顔色をうかがうことができなければ議長になれるはずがないことを知っている。

「議長、体がおつらいのでは?」イングレイはそう訊いてから顔を上げ、イール語でメカにいった。「あなたたち、いったい何を考えているの? 弱ったご年配の方をこんなふうに――」

「弱った年配だと!」議長は憤慨した。

「クッションも背もたれもなく、床にじかにすわらせるなんて。せめてベンチくらい用意すればいいのに」メカは無言で微動だにしない。「あなたは自分のおじいちゃんやおばあちゃんに、こんなことができる?」メカはまったく反応しない。

「お嬢さん」と、議長。「ひとつ教えてやろう。いいか――」

「よしてください」ニケールが声をあげた。「わたしたちは死ぬかもしれないんです。議長が失礼な態度をとるなら、こちらも礼儀を守ってはいられません」

「沈黙！」オムケムの隊長が近づいてきた。黒いヘルメットをつけたままだから、おそらくアーマーのどこかに増幅器がついているのだろう。彼女のすぐ後ろにチェンスがいた。「子どもとおなじ！」

「ご存じないでしょうが……」イングレイはハトケバン隊長にいった。「議長は腰を痛めているんです」これはほんとうで、数年まえ、エレベータの下で開かれた会合に出席したとき痛めたのだ。「それから背中も。鎮痛剤はあっても、たぶん飲めていないのでしょう。床にこんなふうにすわらされたら……」

「沈黙！」隊長はイール語で怒声をあげた。「でなければ撃たれる！」

ニケールはイングレイの横で縮こまり、肩を丸めてささやいた。「わたしたちが〝義務拒否宣言〟のケースを開けるまでは撃てないわ。この人たちが開けたら緊急警戒システムが作動して、ドアが全部閉まるから。そうなったら力ずくで外に出るしかなくなるもの」

イングレイは隊長の鈍色のアーマーを見上げ、恐怖に頭がくらっとした。自分は第一議会の議員でもないし、遺物の展示ケースを開けることもできないのだ。ザットの殺害事件はたまたま時期が重なっただけのはずだが、オムケムは何らかの理由で、イングレイの人質交換に応じた。ディカット議長がいったように、ハトケバン隊長は子どもを追い払う理由をさがしていたのかもしれない。もしイングレイがここで面倒を起こせば、隊長は躊躇なく引き金をひくだろう。だったら、どうすればいい？　やはり黙っているほうがいい。どのみちイングレイは一般人で、頭脳明晰でも美人でもなく、誰にとってもさして重要な、大切な人間ではない。

ほんとうに？　彼女はイングレイ・オースコルド。無実の罪で流刑地に送られた人を自由にし、掘削メカで脅されても武器を使わずダナックを降参させた。これまでも協力者はいたし、摩訶不思議な蛮族でさえ力を貸してくれたのだ。だからこの場も……きっとなんとかなる。

「納得できません」イングレイはヘルメットで顔の見えない隊長にきっぱりといった。「議長に椅子を持ってきてください。背もたれとクッションつきの椅子を」隊長は答えず、そばにいるチェンスが渋い顔で何かいいかけたが、「問答無用です」と制止した。自分の口調に自分で驚きつつも、いまはゲックの、蛮族の大使を真似ようと思う。「早く椅子を！」

「ばかな女だ」ディカット議長が静かな怒りをにじませつぶやいた。「ここまでなんとか殺されずにすんだというのに」

「議長は殺されたりしませんよ」イングレイはいい返した。「隊長が議長と管理官にやらせたいことをやらせるまでは。生かしておく以上、椅子くらい持ってきます」とはいえ、正直なところ不安は残る。そしてイングレイには身を守る盾がひとつもない。オムケムにとって、彼女はなんの価値もないのだ。

　チェンスが隊長に何かいったが、声が小さすぎて翻訳されない。

「はっ！」と、隊長。「椅子が静寂を提供する」

「おとなしくしていると約束するなら」チェンスがいった。「椅子を持ってきましょう」

「わたしたちにいったいどうしろというの？」ニケールがつぶやいた。

「調子にのりすぎないほうが身のためです」と、チェンス。「隊長はご機嫌がよくないので」

「展示ケースを開けるまで、あなたはニケールに手出しできないでしょう」イングレイは断定的にいった。「それくらいはみんなわかっているわ。あ、ごめんなさい――」やさしい声で。「隊長は、というべきだったわね。あなたは兵士ではないのだから、民間人を脅したりはしませんよね」

「椅子はじきに届きます」チェンスはそれだけいうと、隊長とともに〝義務拒否宣言〟のほうへ歩いていった。

首を長くして待っているとメカが現われ、椅子とクッションをディカット議長のそばに置き、水のボトル三本と紙に包まれた何かを三つ、床に置いた。

「きっと夕飯ね」ニケールがささやいた。「栄養バーだわ。文字は読めないけど、ゴミ風味ってところかしら」そしてもっと声をおとした。「議長は自力で床から立ち上がれないと思うわ」

彼女とイングレイの手を借りて、議長は立ち上がった。皮肉も礼もいわず、無言で椅子に腰をおろし、イングレイたちはまた床にすわると、栄養バーの包みをむきはじめた。

食べおわってから、イングレイはユイシン船長をさがしてきょろきょろしないよう自分にいいきかせた。ニケールは議長の椅子の横側にもたれ、うつらうつらしている。すると足音がして、ハトケバン隊長とチェンスがやってきた。ニケールはびくっと目を開けたが、ディカット議長は正面を向いたまま、ふたりのほうを見もしない。

「ミス・オースコルド」チェンスがイングレイに話しかけた。「隊長からいくつか訊きたいことがあります」

「はい、いいですよ」イングレイはなぜか怒りを覚えた。

「ミス・オースコルド」アーマー姿の隊長がイール語でいった。「ザットの死の真実を語れ」

「こちらのチェンス殿にお話ししたとおりですけど」イングレイは立ち上がりたかった。隊長とチェンスに、巨大な戦闘メカに見下ろされていると、自分が小さく、無力に感じる。しかし怯(おび)えている印象を与えるのもいやだった。そこで議長の椅子の脚に背中をあずけ、「あの日、わたしは公園にいたの」といった。「ガラル・ケットはずっとわたしといっしょだったわ」

「ガラル・ケット?」と、隊長。

これにはチェンスが答えた。翻訳文では「現在呼称。パーラド・バドラキム」だ。

「ザットもずっと、わたしから見える場所にいたけれど」イングレイはつづけた。「丘の頂上に、ほかに人はいなかった。メカも彼女のユートしか見なかったわ。派手なピンク色だから、見間違えようもないし」

「ユートならね」チェンスはうなずいた。「すぐ目につく」

イングレイはちらりと彼男(かれ)を見ただけだ。「丘を登って、彼女を見つけたの。杭(くい)で木の幹に固定されて……。杭は彼女がユートに持たせていた目印用の杭だった。凶器の包丁はうちの屋敷から持ち出されたもので、公安局がイオフ川で発見したユートの収納部に、その包丁が入っていた」

「屋敷から包丁を持ち出したのは」と、隊長。「パーラド・バドラキム。でなければ、あなただ」

「彼人の名前はガラル・ケットよ」イングレイは冷たくいった。「まったく違う星系の慣れないメカを操縦したことがありますか？」

しばしの間。「わたしはある。しかし簡単ではないこと、手こずることは認める。それでもフワエ軍なら、操縦技術を知っている」

「ガラルは軍人じゃないわ。仕事は遺物の管理だから、メカの操縦技術といっても一般人とおなじよ。それに、百歩譲って操縦できたとしても、なぜ屋敷の包丁を使ったのかしら？　目印用の杭で十分だったと思うわ」しゃべりながら、首筋に鳥肌がたつ。「ヘヴォムに濡れ衣を着せたければ、包丁は事態を混乱させるだけでしょう。ユートが実行したというだけで、最初に疑われるのはヘヴォムよ。それにガラルには、ザットを殺害する動機がないわ」ましてや彼人が父親のためにやるはずもない、と付け加えようか。イングレイは迷ったが、隊長が納得する説明はできそうになかった。チェンスの話では、ヘヴォムは隊長の親類で、近縁か遠縁かはさておき、隊長はヘヴォムを犯人だとは考えたくないらしい。そこから類推すれば、ヘヴォムに対するザットの態度も快く思っていなかっただろう。

「ガラルと比べれば、隊長のほうがよほど、ザットの死を望んでいたのではないかしら？　でもどちらにしろ、隊長が今回の任務に就いたとき、彼女の殺害は任務に含まれていなかったでしょう？　でなければ、いまわたしに尋ねたりしないもの」話の流れとしては、よくないかもしれない。ハトケバン隊長は世間知らずの子どもではなく、経験を積んだ軍人であり、軍人は私的感情を抜きにして命令に従う。「隊長がこちらへ向かったのは殺害事件の何週間もまえだから、真犯人とか当時の状況とかは、軍人として任務を遂行するうえで意味がないと思いますけど」

「軍人とはどういうことか。命令が意味をなさないことはある。道理にかなわないこともある。しかしそれでも従う。最善を尽くす」

最善を尽くす――。この作戦はたぶん、計画どおりにいっていないのだろう。だからできるかぎり軌道修正しようとしている？

黙っているイングレイに、隊長はいった。「ゲックがここにいる理由を話せ」

「かつてゲック市民だった人をさがしに来たの」市民という表現は適切ではないけれど、イングレイはほかに思いつかなかった。「ゲックの大使が個人的に知っている人で、暮らしぶりが心配だったみたいで」ユイシン船長はたぶんここにいる、とイングレイは思った。行動を起こすタイミングを見計らっているにちがいない。

「それはパーラド・バドラキムではない」隊長は質問ではなく断定した。「失礼、ガラル・ケットではない」

「ええ、ガラルではなく、べつの人よ」

「ゲックは故郷を離れない。ただし、不可避の場合は除く。ゲックは人間ではない。ゆえにどこへ行こうとかならず目につく」

「条約のもとでは、ゲックと暮らしている人間も〝ゲック〟よ。大使がさがしていたのもそういう人で、以前、ゲック界にいた人間なの」

「ゲックはパーラド……もといガラル・ケットを、ゲックとみなした。ガラルもそういう人間なのか？　みなした理由は？」

　イングレイは小さく、そっけなく手を振った。「理由はゲックに訊いてください。だけど、そんなことは問題ではないでしょう？　ガラルはザットを殺してなどいません。ヘヴォムを信じたい気持ちはわかるけど、犯人はガラルじゃありません」

「では、あなただ。包丁はあなたの母親の屋敷にあった。あなたは丘を登り、包丁で刺すことができる」

　イングレイは目を丸くした。「どうしてわたしがそんなことをするの？」

「道理のある理由はない。さっき自分でいったように事態を混乱させるため。しかしそれは、あなたと母親の役には立たない。ガラル・ケットの役にも」

「もはやガラル・ケットには手を出せませんよ」チェンスがいった。

　隊長は何もいわずにくるりと背を向け、〝義務拒否宣言〟のほうへ歩きはじめた。

　チェンスはイングレイに、詫(わ)びるように小さくほほえむ。

「隊長には考えることが山のようにあるもので」

「でしょうね」かといって、イングレイに同情する気はない。

チェンスは少し身をかがめ、イングレイの目を真正面から見た。

「隊長はフワエを、フワエの人たちを理解していません。人質にとった子の親たちが解放を要求してこなかったことに憤慨しました」

「でも、子どもたちの親は……」

「わかっています」チェンスは首をひねって隊長のほうを見てから、顔をもどした。「子どもたちの境遇について説明するのがはたして賢明かどうか、わたしにはわからなかった。説明したところで、違いはなかったでしょう。隊長は子どもを撃つような人ではありません」たとえそうでも、子どもたちの身を本気で心配する大人がいないことくらいはいってもよかったはず、とイングレイは思う。「隊長は子どもたちがいなくなってほっとし、いまは不思議に思っているだけです。なぜあなたは身内でもない子のために、みずから人質になったのかと。そしてあなたの母親は、なぜそれを了承したのか。ネタノは躊躇することなく、悩み苦しむ様子もなく、すぐに子どもたちを連れて出ていきました。それゆえ隊長は、人質交換に同意はしたものの、あなたが進んでここに来たことに疑念を抱いています」

「母はまだ後継者を指名していないけど、したところで、わたしになることはほぼないわ」背後でディカット議長が鼻を鳴らした。

「知っています」チェンスはアーマーを身につけたまま、半端にしゃがんだ姿勢をくずさない。

「わたしは隊長にそれを説明し、隊長はあなたがここに来た理由として、わたしの説明を受け入れました。しかし、理解はしていません。あなたは養子なのだと付け加えれば、おそらく間違った方向で理解し、納得したでしょう。それがよいことだとは思えません」

「さあ、どうかしら」

チェンスはまた、申し訳なさそうにほほえんだ。「少なくともわたしには思えませんでした。人質交換に応じる相応の理由はあったものの、隊長は策略の可能性を否定できずにいました。わたしがこうしてここにいるのは、バンティア語が話せるからです。翻訳ユーティリティはあまり頼りになりません。なじみのない言語や文化では、誤解という過ちを犯しがちです。隊長はそれをよく理解しています。そしてゲックがこの星系に来たのは異例であることも理解している。わけても、この時期に。ゲックのパーラド……ガラル・ケットへの関心も考えあわせると、単なる偶然としては受け入れがたい」

「でも偶然よ。たまたま重なることだってあるわ」

「しかしその結果、われわれの計画は混乱した。ゲックだけでなく、ガラル・ケットの存在により、想定していた状況が変化したのです」

イングレイは首をひねった。バドラキム議長はパーラドが流刑地からもどってきたのを知って、急遽引き返した。あのとき議長がステーションに向かっていたのは、ゲックが来たからではない？　もし来なかったら、ほかの理由でいまごろステーションにいた？

当時、ステーションでは第一議会が開会中だった。八人の議員は離れた場所にいても会議できるが、直接顔を合わせなくてはいけない場合もある。また、議長に立候補しようと思うなら、ステーションの有権者とは親しく交わっておきたい。支援者がひとりでも増えれば、それだけ選挙で有利になる。

オムケム連邦は、ゲック船がいたせいで遠回りし、議場に着くのが遅れた。ゲック船さえいなければ、議員たちを人質にし、いうなりにさせただろう。ひいては星系の貴重な資源、ステーションそのものと、他星系へのゲートをコントロールできる。惑星へのアクセスも。ティア政府にとって、パーラドがフワエに帰るほうが都合がよかった――と、ナンクル・ラックはいい、ティアはバドラキム議長を困らせたかった――とイングレイはいった。そしてガラルは、その両方が正しかったことを語った。

ゲックが来なくても、バドラキム議長はステーションに行っただろうか？　彼男は第一議会ではなく、第三議会の議長だ。あのときステーションで開かれていた第一議会の会議に参加する必要などない。ひょっとして、オムケムが議場を襲うことを知っていた？　しかも一役演じることになっていたとか？　恐ろしい緊張に包まれた議場で、堂々とオムケムと交渉する勇者の役を……。

それをティア政府が知っていた可能性は？　ゲックの登場を予期していたとは考えにくいが、オムケムの計略を察知した可能性はある。といってもたぶん、今回の襲撃計画ではないだろう。流刑地の逃亡者であるガラルでどうにかできるようなことではないからだ。何かほかにある。エシアト・バドラキム議長がからんでいると、ティアが考える何かが――。バドラキム議長はさまざまな顔をもつが、けっして愚かではなく、裏切り者でもない。と、ナンクル・ラックはいった。

「オムケム連邦はバドラキム議長に賄賂を贈ってるんじゃない？」イングレイはチェンスにいった。「軍艦がフワエ経由でバイットに行けるよう、ゲートの通行許可で有利な発言をさせるために？　議員にも金品を贈ってきたんでしょうけど、なかでも議長たちに集中して。そしてこの作戦を実行するとき、バドラキム議長に——たぶん一部の議員にも——ステーションにいるようにさせた。第一議会の議場で人質になるか、でなければ外で防衛軍を制止するか。自分が交渉役になるから何もするな、と防衛軍にいうのよ。ね？」チェンスの表情に変化はない。

「でもバドラキム議長はガラルのことを知って引き返し、あなたたちはゲック船を避けたせいで時間がかかり、議場に着いたときは全員が避難していた」

チェンスはイングレイを見つめ、黙って聞き入るだけだ。イングレイの推測では、バドラキム議長の後継者はこの件にかかわっていないだろう。あるいは父親が、娘を巻き添えにしたくなかったか。ガラルの以前の話しぶりでは、姉はそれなりに信頼できる人のようだった。姉は計略を知っても拒んだのかもしれない。

「わたしの想像でしかないけど——」イングレイはチェンスにいった。「バドラキム議長は交渉役を演じ、フワエ／バイット・ゲートの使用許可を条件に人質を解放させる計画だったのではない？　あなたたちはバイットに行けるルートを確保でき、議長はそんなことはどっちでもよく、それよりヒーローとしてもてはやされ、うまくいけば大議長の椅子を狙えるかもしれない。ところがパーラドが帰ってきて、オムケムとの取り決めを実行するどころではなくなった。

わが子の無実を承知のうえで流刑地送りにしたことが知られたら、はかりしれないダメージになる。勇敢な交渉役をしようが何をしようが、埋め合わせができないほどの深傷にね」

ただし、とイングレイは思った。ティア政府がここまで細かい流れを狙っていたとは考えにくい。ティアはおそらく、バドラキム議長はオムケム連邦がティアへの足掛かりをつくるための駒でしかない、とりあえずその駒を除外しよう、と考えたのではないか。

「ザット殺害事件は、あなたたちがこれほどのことをする立派な言い訳のひとつになるわ。ザットを排除して、オムケムのニュースメディアには、フワエでこんなことまでされたんだと報道させるのよ。ハトケバン隊長がヘヴォムの類縁なのは偶然でも何でもない。隊長はザットが殺されたと知ってびっくりしたでしょう。でなきゃわたしに、あんなことは訊かないもの。ヘヴォムの血縁ならヘヴォムの逮捕に腹を立てる、という理由から、彼女が隊長に指名されたのではない？」

チェンスは黙ったままで、ディカット議長はまた鼻を鳴らした。

「すべてあなたの想像です」ようやくチェンスが口を開いた。「ニュースメディアがどう報じようと、オムケムの人びとは、ザット殺害事件を軍事行動の理由に結びつけるのはおかしいと考えるでしょう。ただし、ザットがいなくなると喜ぶ者は大勢いると思いますから、そういう人は望ましい結果を得つつ、地元以外の人びとに罪をなすりつけたがるかもしれません。軍事とは無縁の者がザットを殺害しても不思議ではない」

「もしくはザットが死んでも悲しまない連中で——」と、ディカット議長。「まえもってあなたたちに殺害計画を教える必要はないと考えた」

「ええ」イングレイはうなずいた。「ヘヴォムの血縁を指揮官に任命すれば十分だわ」

チェンスはため息をつき、背筋をのばした。「隊長に話してみますよ。でもどうか、軽率な行動はとらないでください。あなたたちを傷つけたいとは、誰も思っていないのですから」

「軽率な行動？」チェンスがその場を去ると、ニケールがいった。「どういうつもりかしら？わたしたちに何ができるっていうの？」

「ばかもほどほどにな」と、ディカット議長。「隊長には時間がないんだよ。だから思いきった手に出るしかない。後続の支援部隊が到着するまえに、やるべき仕事をやりおえたければね。それが何であれ、わたしたち三人の誰かがからむのはまちがいない。抵抗すれば殺されるだろう」

隊長には時間がない——。イングレイはユイシン船長のことを考えて心配になった。ここに入ってこられなかったとか？　いいや、彼男を信じて待とう。

「バドラキム議長がオムケムとつながっていたのはご存じでした？」

イングレイがディカット議長に尋ねると、彼人は冷ややかな笑みを浮かべた。

「議長なら誰だって、オムケムにすりよってこられた経験がある。あなたがいったようにね、オムケムは議長や外務政策室をいいなりにできそうな人間には賄賂を贈りたがる。しかし、エシアト・バドラキムが欲深で権力欲の強い裏切り者かどうかという点になると……」疲れたようにふっと息を吐く。「そう、昔から欲深で権力欲が強かったが、野心のある議員はみんなそうだよ。しかし、裏切り者というのは初耳だな」

「裏切っているつもりはなかったのかも」ニケールがおずおずといった。「フワエをオムケムから救うように見せたかっただけで」

「エシアト・バドラキムが」と、ディカット議長。「オムケムを招いたところで好き勝手なことをするはずがない、と考えるほど愚かであればね」

「パーラドがもどってきたのは」と、イングレイ。「結果的に、議長をある意味、救ったのね」

ディカット議長は不満げに、不快げに鼻を鳴らし、反論しようと口を開いた。と、そのとき、すさまじい音がして、イングレイは反射的に両手で頭を覆った。いったい何があったのか、おそるおそるあたりを見ると、ハトケバン隊長が入口のメカのほうへ走っている。銃口を上へ、白い天井へ向けて──。

気がつくと、イングレイの横にチェンスがいた。

「動くな！」走ってきたのだろう、肩で息をし、イングレイに負けず劣らず驚愕(きょうがく)の表情。

ニケールは手を頭にのせて床に伏せ、ディカット議長は椅子のなかで体をふたつに折っている。

ハトケバン隊長がメカに近づくと、なんとメカは天井に向かって発砲した。すさまじい音に、イングレイはまた頭を抱えた。

「いったいどうしたの！」いやでもわめき声になる。

「知るもんか！」チェンスもおなじだ。「床に伏せて！　議長も！」

「議長はひとりじゃ無理よ！」

メカはまた天井に向かって発砲し、プラスチックのかけらと粉が降り注ぐ。ニケールは両手で頭を押さえたまま、しくしく泣きはじめた。

「議長を椅子から下ろそう」チェンスはヘルメットをかぶった。

メカは七発、連射。白い天井から、何か大きな黒いものがぶらさがったかと思うと、びしゃっと音をたてて床に落ちた。数メートル離れたところに、うつぶせのニケール。

「ばかやろう！」チェンスの罵声が翻訳された。「あれは何だ？」

イングレイはうめいた。あれはメカ蜘蛛で、長い目の柄が三本、上へ伸びようとしてだらりと下がった。毛のはえた脚が一本、爪の先までぶるぶる震えたかと思うと、青い液体がにじみでて、周囲に青い滴が飛び散っていく。

「愚の骨頂！」ハトケバン隊長が、出血して動かなくなったメカ蜘蛛に近づいた。「愚の骨頂！　ばかやろう、ゲック大使！」イングレイをふりむき、イール語でいう。「大使はあなたを追ってきた」

イングレイの目に涙がにじんだ。命の危険を感じ、助けてくれる者はない。

「違うわ！　大使はほしいものを手に入れたもの。ガラルとか……」ティク・ユイシンの名前はいえなかった。いえば自分を抑えきれずに泣きわめいてしまいそうだ。「大使はわたしのことなんかどうでもいいわよ」

「ハトケバン隊長」チェンスがイール語でいった。「まさかゲックの大使を撃ったわけじゃないですよね？」

「でも、あれは……」イングレイは〝メカでしかない〟といいかけて、よした。ゲックがどんな姿形をしているのか、ニュースメディアではほとんど報じられていない。メカは動かなくなり、目は床の青い水たまりのなかに……。あれは青い血液？　イングレイの口からうめき声が漏れた。

「まずいことになったな」ディカット議長が体を起こし、椅子の背にもたれて冷ややかにいった。

「彼女はなぜここに来た？」ハトケバン隊長がイングレイに訊いた。

「知りません！」思わず大声になる。「わたしが知るわけないでしょ！」

「ハトケバン隊長」チェンスがいった。が、イール語ではない。「この出来事の理由は何か。ゲックにはもっともらしい妨害理由がない」

「パーラド・ガラル・ケットがこれの味方。でなければ好奇心。大使は異常」

「あなた方が条約に違反すれば――」議長がそっけなくいった。「どこの人類政府もゲックに対し、平謝りするだろう。そして賠償として、あなたとあなたの部隊をゲックに引き渡すにちがいない。かなりの可能性で、オムケム連邦そのものも」

「沈黙！」隊長はそういうなり、その場でぴくりとも動かなくなった。何か検討しているか、べつの場所にいる部隊と通信しているか。あるいは、その両方か。イングレイは鼻をすすって泣くのをこらえた。だが涙は、いやでも頬を流れていく。

チェンスがヘルメットを取った。「ミス・オースコルド、大丈夫ですか?」

「ええ、大丈夫」イングレイは嘘をついた。頼れる者はなく、助けが来るとも思えない。

「議長は大丈夫ですか?」と、チェンス。

「本気で心配しているようには見えないが」

「本気ですよ、わたしは――」

「ニケール・タイ殿!」いきなり隊長がイール語でいった。「〝義務拒否宣言〟のケースを開けろ。警報を鳴らさずに開けろ」

しばしの静寂。それから――「できません」と、ニケールがいった。

「やれ。やらなければ」隊長は静かにつづけた。「オースコルド殿を撃つ」アーマーの腰の近くがゆるみ、隊長は何かを引き出した。あれは、銃。イングレイは娯楽作品で見るくらいで、銃には詳しくない。だが、自分にまっすぐ向けられている黒い銃の細長い筒、その空洞は銃の黒さよりももっと黒々と見えた。銃口――。あそこから、弾が飛び出してくるのだ。イングレイは目をそらすことができなくなった。ほかのものはすべて遠のき、うつろになる。涙があふれ、こぼれた。

助けてくれる者はひとりもいない。

「立て、三人!」隊長が命令した。「全員、ケースまで行け。タイ殿がケースを開け、〝義務拒否宣言〟を取り出す」

「どうしていま、それを?」と、イングレイ。

「なぜなら」ディカット議長がいった。「オムケムはゲックの大使がどうなったかを知られるまえに、ここから逃げるしかないからだ」

「なぜなら」隊長がいった。「わたしが命令したからだ。立て！」

イングレイは震えながら腰を上げた。まともに立てるかどうか自信がない。これまでにも、震えるほど緊張した経験はある。ガラルを流刑地から脱走させる取引をし、ティア・シーラスから逃げるようにして帰り、ダナックに掘削メカで脅され、バキュームスーツでエレベータの外に出て——。だがどれも、いうとおりにしなければ殺すと、銃を向けられる恐怖とは比べものにならない。イングレイは体を丸めて泣きたかった。悲鳴をあげて逃げ出したい。しかしチエンスは、軽率なことはするなといった。

泣いて体を丸めたりできない。叫んで逃げても意味はない。イングレイが死んだところで、どうなるものでもないのだ。ゆっくり、ゆっくりと息をして、イングレイは口がきけるようになるまで気持ちをおちつけた。

「議長、お手伝いしますので立ってください」涙をぬぐいたかったが、隊長がもしそれを勘違いして引き金をひいたら、と思うとできない。

ニケールは床の上で泣きじゃくっている。

「いいかげんにしなさい」ディカット議長は彼女をにらみつけた。「早く立ってケースを開けに行きなさい」

「議長、彼女を責めないで」イングレイの声はかすれた。恐怖のせいで、自分ではなく別人がいったような気がする。「怖くてたまらないのは、みんなおなじですから。さ、どうか――」

議長は怒りの目でイングレイを見ながらも、彼女が差し出した腕をとった。ニケールも声を殺して泣きながら立ち上がる。

「歩け」隊長が命令し、全員がケースに向かって歩いた。イングレイとニケールは議長をはさんで支え、監視役だったメカもついてくる。

ケースから数メートルほど手前で、隊長が停止を命令した。

「タイ殿、開けろ」

ニケールは袖で涙をぬぐい、ためらいつつ〝義務拒否宣言〟に近寄った。隊長はイングレイの腕をつかんで、頭に銃口を向ける。イングレイの全身が固まり、息をするのも苦しくなった。

ニケールは展示ケースの下、閃緑岩（ダイオライト）の台座を指先で撫（な）でてから手のひらを当てた。そしてしばらくそのままじっとする。と、継ぎ目も何もないケースの前面が扉のように左右に開いた。

「宣言書を取り出せ」隊長が命令した。「取り出して丸めろ」

ニケールの顔に怒りがにじんだ。「そんなことをしたらぼろぼろになります！　何百年もまえのもので……」

「宣言書を取り出せ。取り出して丸めろ」

「取り出してぼろぼろになったりしたら」ディカット議長がイングレイの腕をつかんだままいった。「元も子もないだろう」

「手伝おう」チェンスがヘルメットを床に置き、ニケールのところへ行った。

ふたりは幅もある長い布を吊り具からはずすと、ゆっくり慎重に巻いていった。そしてあと少しというところで、いったん手を止める。巻いた部分の重みのせいで、端が六センチほど裂けたのだ。そしてそこを巻くとさらに二センチほど裂けたものの、ようやく完了。チェンスはからっぽのケースの前でしくしく泣くニケールをその場に残し、〝義務拒否宣言〟をメカのところへ持っていった。するとメカのサイドパネルが開いたが、そこに入れたはずのヘアピンがないことにイングレイは少し驚いた。きっと、あのときのメカはこれではなかったのだろう。隊長ならメカの区別がつくだろうが、イングレイの目にはどれも似たようなものだ。チェンスはメカの収納部のサイズに合わせて〝義務拒否宣言〟の端を折ってからつっこみ、ニケールはあからさまに不満の声をあげた。メカのサイドパネルが音をたてて閉まる。

隊長は銃を下ろし、「歩け」と命令した。

「議長はそんなに長く歩けないと思うわ」イングレイは隊長にいった。銃口が自分に向いていないというだけで、痛いほどの安堵感がある。いまは何もかもあきらめ、泣きくずれてしまいそうなのが怖かったが、それは絶対にだめ、と必死で自分にいいきかせた。

「歩けなければ抱えて運べ」と、ハトケバン隊長。「さあ、行け!」

18

イングレイは泣きつづけるニケールとともにディカット議長を支え、一歩一歩、進んでいった。ラレウムと第一議会の議場は隣りあっているはずなのに、議場にいちばん近い出口が、何キロも先にあるように感じる。銃を持った大きなメカが二機も後ろをついてくれば、頭のなかはそれだけでいっぱいになり、ほかのことは何も考えられなかった。片方は銃口を天井に向け、先頭にいる隊長も銃を手に周囲をうかがいながら歩いている。

展示室を黙々と歩いて通り過ぎ、しばらくたつと、そこかしこに潰された水色の護衛メカがころがっていた。

「カートがあるわ」議場との境の通路に出るドアが近くなり、ニケールがいった。ごく小さい声だったが、数メートル先にいる隊長には聞こえただろう。ニケールは鼻をすすった。「車輪がついた小さなボックスで、歩くのがつらい人が見学するときに使うの。議場のエントランスの外にもひとつ置いてあるのよ」

「カートはだめ」隊長がふりかえりもせずにいった。

「どうしてですか?」と、ニケール。

「よしなさい。殺される」ディカット議長がつぶやいた。

ハトケバン隊長は何もいわず、横にいるチェンスがちらっとふりかえった。そして目であやまり、また正面を見る。

「カートはたぶん使えないわよ」イングレイは小声でいった。「オムケムに悪用されないように、電源が切られていると思う」

「あら……。でも、オムケムはどこに行ったの？　ラレウムを襲ってきたときはもっとたくさんメカがいたわ。でもそのあとは、三機か四機くらいしか見ていない」

「全体に散ったんじゃない？」隊長に聞こえないように。「フワエの軍を寄せつけないために……」と、そこでイングレイはディカット議長にささやいた。「おっしゃるとおりかもしれません。隊長は、さっきあったことを知られるまえに、早くここから出たいんでしょう」空いたほうの手でまぶたをこすり、これ以上、泣いてはいけないと自分を叱る。ユイシン船長のメカがあそこで青い血を流して息絶えたとは考えない。「議場に早く入れる方法は教えないほうがいいですよね」

ディカット議長は疲れたのか腹立たしいのか、大きなため息をついた。

「やっとまともな台詞が聞けたな。ふたりの頭はからっぽなのだと思いはじめていたところだ」

イングレイはむっとしたものの、いい返しはしなかった。議長の顔が苦痛にゆがんでいるからだ。人質として自由を奪われたうえ、これだけの距離を杖なしで歩かなくてはいけない。いつも使っている杖は隊長にとりあげられたか、行方不明になったのだろう。だからイングレイは口答えせず、ニケールにそっと目くばせし、彼女（かのじょ）は返事の代わりに渋面をつくった。

それからしばらく歩いて、ラレウムの別室につづく戸口に着くと、そこにいた大きな灰色のメカがディカット議長に近づいて、三本腕のうち二本で抱え上げた。

「これで少しは楽でしょう?」チェンスが議長にいった。メカは議長を抱え、ずんずん進んでいく。

「オースコルド殿、タイ殿」隊長がふりむきもせずにいった。「もっと速く歩け」しんがりにいた戦闘メカがスピードをあげたため、イングレイとニケールも歩を速めた。

そうしてラレウムの外、議場との境界の広い通路に出た。イングレイはこの通路に来るたびに、方向感覚がなくなったような不思議な気分になる。床はステーションではありきたりの茶色と金色のタイルだが、壁面には宇宙の光景が広がっているのだ。だから真空のなか、タイルの橋を歩いているような錯覚に陥る。壁の映像はライブではなく録画で、恒星が上や下や横を通り過ぎていく。いまこのとき、フワエは映っていないが、そのうち現われては流れ、またどこかへ消えるだろう。

バキュームスーツでエレベータの外に出たときのことがよみがえり、イングレイは足がすくんだ。しかし、前方には銃を手にした隊長、後ろには戦闘メカがいる。イングレイは歩きつづけた。視線を上へ、白くて広い天井へ。こちらのほうがまだしもだ。まだなんとかほっとできる。

だが心からほっとできるはずもない。ユイシン船長はここにはいない。それでも撃たれたのはメカであり、船長自身ではないのだ。ただ、流れた青い液体は血液だと思うと、イングレイの目に涙がたまった。ぐっと唾を飲み、まばたきして涙を払う。

前方で、ハトケバン隊長がいきなり立ち止まった。そしてイングレイとニケール、ディカット議長をふりかえる。イングレイの首筋に鳥肌がたった。隊長の顔は鈍色のヘルメットの向こうで見えないが、銃口は少なくとも横を向いている。チェンスも立ち止まり、とまどったように隊長を見た。

「動くな！」隊長がイール語で命令した。「沈黙！」

イングレイとニケール、議長を抱えていたメカはその場で止まった。

「わたしたちは……」ニケールが何かいいかけた。

「沈黙！」

静かな時が流れた。隊長は先を急いでいるはずなのに、どうしたのだろう？　イングレイのように、通路の映像で不安を覚えるはずはない。軍人なのだから、むしろなじんだ宇宙の光景だろう。隊長は何かを待っているとか？

小さな音がして、ハトケバン隊長とメカたちがいっせいに左を向いた。何もなかった壁にドアのような亀裂が入り、数秒後、大きく開いて現われたのは、ラドチのティバンヴォリ大使だった。両手を上げて、手のひらをこちらに見せている。

その後ろに、ガラルがいた。こちらは両手をだらりと垂らし、一見ふだんと変わらない。

イングレイはぎょっとした。オムケムが占拠した場所に来るなどあまりに無謀だ。しかしひょっとして……彼女を助けに来たとか？　いや、それは考えられない。危険を承知で救いに来るのはありえない。ガラルはゲックであり、イングレイは人類だ。

「あなたがハトケバン隊長？」ティバンヴォリ大使はラドチ訛りのイール語で訊いた。「銃を下ろすか、せめて銃口をよそに向けなさい。わたしはあなたのために来たのだから。わたしたちはみな、アマートの加護のもとにある。それにしても、あなたがあそこまでのことをするとは予想だにしなかった」

「銃は下ろさない」と、ハトケバン隊長。「あなたを撃っても問題にはならない。わたしに礼をいう者がいるだろう」

「だけど、わたしを撃つことはできないよ」ガラルがおちついて、世間話でもするような調子でいった。「そんなことをしたら、あなたはいまよりもっと大きな問題を抱えることになる」隊長は何もいわず、ガラルはつづけた。「わたしたちがここに来たのは……」わかるだろう？というように手を振った。「そういうこと」

静寂。

「あれはゲックの大使ご本人だったのですか？」チェンスが訊いた。

ティバンヴォリ大使があきれた顔で何かいいかけたが、ガラルがさえぎった。

「ほかに誰が考えられる？」

大使はびっくりしたように目を見開いたが、何もいわない。

「ゲックの大使はなぜ来た？」隊長が訊いた。「なぜここに来た？」

「イングレイに興味があったとしか思えない」と、ガラル。「しかし、そんなことはどうでもよいのでは？　遺体をここに放置しておけないから、船まで運ぶ」

「いまはラレウムにある。われわれが去ったあとで運べ」

「それはできない。いますぐ連れて帰る。何も恐れる必要などないよ。わたしが条約であなたから守られているように、あなたも条約でわたしから守られている。そしてティバンヴォリ大使は、あなたの安全を確認する立会人だ。だから何も心配しなくていい」

「わたしたちの安全」隊長は確認した。

「条約に違反すれば、ここにいる全員が無事でなくなりますよ」ティバンヴォリ大使がいった。

「わたし自身、こんなことにかかわらなければよかったと後悔しつつあるくらいで」

「隊長もご存じかと思うが」と、ガラル。「ゲックは何事も秘密主義なものでね。あなたたちが仕事をやりきるまで待てないんだよ」

そうか、そういえば——。イングレイはいまになって気がついた。あれはユイシン船長のメカで、本来はゲックのものなのだ。だからゲックとしては、ほかの者の手には渡したくない。そこでガラルとティバンヴォリ大使を派遣した。ガラル以外のゲックは船外に出たがらなかったのだろう。だがティバンヴォリ大使のほうは？　なぜ撃たれたのがゲックの大使本人ではないといわない？　おそらく大使は状況を知らなかったのだ。知っていれば、来るのを拒否したにちがいない。オムケムがユイシン船長のメカを撃っても条約違反にならないし、大使にはゲックを援助する気などさらさらないのだから。

ガラルはいった。「わたしたちゲックは、あなたがラレウムに残したものをそのままフワエの手に委ねるほど、フワエを信用していない。だからできるだけ早く、船に持ち帰りたい」

「条約違反にならないようなやり方でね」ティバンヴォリ大使が横目でガラルを見ながら釘を刺した。

「ゲックは条約を破ったりしない」ガラルは真剣なまなざしでいった。「ティバンヴォリ大使は、それを確認する者としてここにいる」

大使は目をむいた。「みんなでね」うんざり気味に。「わたしだけじゃなく、みんなで確認」

しんと静まりかえったなか、チェンスがいった。

「わたしがこの人たちといっしょに行こう」

隊長はそれが聞こえなかったかのように、「誰がザット殿を殺したのか?」と訊いた。

「わたしではない」と、ガラル。「ずっとイングレイといっしょにいたからね。それに、動機がない。彼女は傲慢で不愉快だったが、それくらいで殺したりはしないよ」隊長は無言だ。

「このイングレイも犯人ではないから、解放してやってほしい」

「だめ。できない」

ガラルはイングレイをふりむいた。「残念ながら、そうらしい」

「ほかにも仲間がいるか?」と、隊長。「別のゲック。姿は見えないが、きっといる」

「わたしとティバンヴォリ大使だけだよ。これ以上……事件を起こしたくなかったのでね」隊長は何もいわず、動きもしない。「あなたは大使がいるのを見抜いたのだから、もしほかにゲックがいたらすぐわかるはず。わたしたちが来た目的は話したとおりで、それ以上のことは——」にやりとする。「人類の内輪もめに介入することになり、条約違反だ。個人的には、介入したいけれどね。イングレイは友人で、もし彼女の身に何かあれば……」

イングレイは息をするのも苦しくなった。床にすわりこんで泣いてしまいそうな気がする。

「そうなっても、あなたに手出しはできないからね」ティバンヴォリ大使が厳しい調子でガラルにいった。「だから余計なことはいわないように。これ以上のいざこざはごめんだから」

「わたしがこの人たちについていこう」チェンスがまたいった。「もどってこなかったら、何か起きたと考えてください」

「あれは事故」隊長がティバンヴォリ大使にいった。「そう伝えてくれ」

「努力はするわ」大使は冷たくいった。「ただし、保証はしませんからね。銃を振りまわすのは厳禁です」

ディカット議長がメカに抱えられたまま大笑いした。

「よくそんなことがいえたもんだ、ラドチャーイ」

ティバンヴォリ大使は議長を恐ろしい目でちらっとだけ見た。

「この件でわたしは全人類の代表ですからね。あなたとおなじく条約違反は望みませんけど、何事も約束はしかねます」

「甘受のみ」隊長はチェンスに手を振った。「いっしょに行け」

こうしてチェンスとティバンヴォリ大使、ガラルの三人が歩きはじめ、ガラルはイングレイの横を通り過ぎるときこういった。

「イングレイ。わたしの力ではどうしようもない」

「え、ええ」イングレイは喉をごくっとさせた。「わかってるわよ、条約が……」言葉がつづかない。

「ここにも頭のまともな人がいるみたいだね」ティバンヴォリ大使がつぶやいた。

イングレイは去っていくガラルたちをふりかえって見ることができなかった。ハトケバン隊長に歩けと命令されても歩ける自信がないが、それでもニケールの横でなんとか足を踏み出した。誰かに足を動かしてもらっているような気さえする。まぶたは涙で濡れないものの、パニック寸前であることに変わりはない。まだ子どものころ、オースコルド家でおおやけのレセプションに向かう途中、ナンクル・ラックが小さなイングレイの手をとって、耳にささやいたことがある。もし怖かったら周囲を見まわして、恐ろしい人やものを見てごらん、それがすんだら今度は助けてくれそうな人やものを見つけるんだ——。ひとっつもなかったらどうするの？幼いイングレイは心のなかでつぶやいたが、やってみるととてもよかった。心が傷ついたときに逃げこむトイレの場所はわかったし、大勢いるなかで養母ネタノの支援者はどの人か、その人なら養子にやさしい目を向けてくれることがわかったのだ。

だがいまは、期待できる余地がない。せいぜいニケールと議長くらいで、チェンスはやさしく接してくれたが、ラレウムにもどってしまった。あのふたりといっしょに……。もう考えるのはよそう。イングレイは心に決めた。冷静に、理性的にならなくては。
彼女はしっかりした足どりで、ニケールとともにハトケバン隊長について議場へ向かった。

議場は第一議会の重要な会議が開かれるわりに狭く、十メートル四方くらいだった。といっても、議員はフワエのステーション代表がひとり、六つあるフワエ外ステーションの代表がそれぞれひとり、そして上議会に対する第一議会の代表者である議長がひとりで、合計八人しかいない。なかに入ると壁沿いにぐるりと傍聴席があり、スロープを一メートルほど下ったところが会議席で、背もたれとクッションのある椅子が八脚、低いテーブルがいくつか円形に並んでいる。そしてその中央に、〝義務拒否宣言〟の台と似たような閃緑岩(ダイオライト)の台があり、こちらのガラスケースには号鐘(ごうしょう)が入っていた。号鐘、つまりキャベツの酢漬け用の丸鉢には持ち手がふたつあり、色は緑と紫で、横には木製の大きなスプーンがひとつ。

メカがディカット議長を抱えてスロープを下り、いやにやさしく椅子にすわらせた。イングレイとニケールもスロープを下る。

「すわれ」アーマー姿の隊長が、号鐘の横で銃を持ったまま、椅子のほうに手を振った。ニケールは議長の近くの椅子にすわり、その横にイングレイが倒れるようにすわりこむ。座面がクッションなので床よりはるかに心地いい。やっと助けになるものを見つけた、とイングレイは思った。たいして役には立たないささやかなものだけれど。

議長を運んできたメカが、さっきとは違う奥のほうのスロープを上がってイングレイたちを見下ろし、もう一機は入口ぎわに立った。

オムケム連邦が襲ってきたとき、ここで会議が開かれていたのはすぐわかった。あっちのテーブルにはカップとデカンタ、こっちには端末とスタイラス、イングレイがすわっている椅子の下には脱ぎ捨てられた靴。あのときディカット議長がラレウムではなくここにいたら、こんなことにはならず脱出できていただろう。もちろん、議長だから会議に出席はしていたが、それは後継の若いほうのディカットだ。イングレイのそばのテーブルには、金彩のデカンタとスルバが半分残ったグラスがあった。二日間、誰にも飲まれることがなかったスルバ。

ハトケバン隊長は号鐘の横に立ち、むっつりしている。ニケールとディカット議長も黙りこくり、イングレイは汚れたスカートを握りしめ、飲みかけのグラスを横目でながめた。時間とともにいくらか蒸発したのだろう、残っているスルバの上に白い細い筋があり、たぶん埃も落ちているはずだ。どう見ても、おいしそうとはいいかねる。だがイングレイは、喉がかわききっていた。残りものでも飲めるのではないか？　スカートをぎゅっと握り、カップに手をのばしたいのを我慢する。

しばらくして、チェンスが議場に入ってきた。片手にヘルメットを持ち、アーマーの腕には青い血の染み――。

「ふたりとも帰りましたよ」チェンスはイール語で報告した。これまでイール語で話していたからか、それともイングレイたちにも伝えたかったたか。「ミクス・ケットは大使の、その……すべてを持ち帰りたいと主張し、時間をかけて拾い集めました。ミクス・ケットには、残らず集めたことをティバンヴォリ大使の前で断言してもらい、大使もたしかに聞いたと証言しました。ミクス・ケットは自分には権限がないからと、それ以外のことはいっさい意見をいいませんでしたが、ティバンヴォリ大使はこれで問題はないだろう、ゲックも今後あえて条約に触れるような真似はしないだろう、とのことでした」

ずっと黙っていたディカット議長が、ここで初めて口を開いた。

「てっとり早い善後策は、大使の殺害犯をゲックに引き渡すことだな」

静まりかえった。議長はどうしてここまで露骨な挑発をするのだろう？　イングレイは首をかしげたが、そういえばティバンヴォリ大使が、こんなことは思いつきでできるものではないといっていた。ハトケバン隊長は議員を人質にとることに失敗したが、それなら早々に撤退すればよいものを、そうはしなかった。それはなぜか？　やるべきことが――オムケムの艦隊が到着するまでに、仕上げておくべきことがあったからか？　いずれにしても、隊長には時間がない。しかも、ゲックの大使を撃ってしまったのだ。ガラルがメカの残骸を集め、ティバンヴォリ大使がなんとかしようといってくれ、隊長は胸を撫でおろしたにちがいない。

だがディカット議長はさすがに鋭く、隊長たちを狼狽、動揺させればそれだけ、何か失敗をやらかす可能性が高まると見抜いたのだろう。しかしそんな失敗は、オムケムだけでなく、イングレイたちにとっても致命的となりかねない。イングレイは背筋が寒くなった。ディカット議長のことだから、そこまで考えているのは確実だ。イングレイは震えているのを悟られないよう、両手でスカートを握りしめた。

「わたしのすることはわたしが決める」隊長がイール語でいった。「議長、このケースを開けられるか?」

「それは議会の遺物管理官の職権だ。彼男(かれ)なら開け方を知っている」

「彼男はここにはいない」

「それは残念だ」冷ややかに。

隊長は何もいわず、静けさのなか、チェンスが議長たちにバンティア語でいった。

「フワエの養護施設の子どもは誰でも、議会の号鐘を知っているでしょう。号鐘がないと、議会が開かれないこともね。議長を人質にとったところで、第一議会をいうなりにさせるのは無理だと隊長に説明はしたのですが……」これに議長は苦々しげに鼻を鳴らした。「隊長はフワエがわかっていないんですよ。しかしもしわかっていれば、遺物の重要性をわたしが解説するまでもなく、あなたも子どもといっしょに解放して、このケースを開けられる人がいなくなる」

「ケースを開けろ」ハトケバン隊長がイール語でいった。

ディカット議長は隊長を凝視してから訊いた。

「もし開けなければ、ミス・オースコルドを撃つか?　でなければミス・タイを?」

「どちらかを撃つ。その後も拒否すれば、残りも撃つ」

「もし開けたら、女性はふたりとも解放するか?」

「あなたは残ってもいいのですか?」チェンスが訊いた。

「たいした人間じゃないからね」冷めた声で。

「わたしたちにとっては、そうではありませんよ」

「ふたりを解放すれば、わたしがケースを開けよう」表情はなく、冷ややかに。

「論外」隊長がいった。

「ふたりがいなくなったあとで」と、チェンス。「あなたは開けるのを拒否するかもしれない」

「メカにやらせたらどうだ？　一分とかからないだろう」

イングレイはこれを聞いてまばたきしたが、それ以外の反応はしないよう気をひきしめた。メカがケースを割れば緊急警戒システムが作動し、ニケールがラレウムでいったように扉が閉まるだろう。隊長たちはここに閉じこめられるか、最低でも外に出るのに時間を要する。

ニケールと議長が見たという多くのメカは、そのせいでどこかべつの場所にいるのだろうか？　何らかの原因でシステムが作動して、メカは閉じこめられたとか？　貨物船にもどるルートを防衛するのが困難になり、ひいては貨物船そのものも……。

だがもしそうだとして、隊長とチェンスはどうしてまだここにいる？　号鐘であれ、ラレウムの遺物であれ、ケースを開けるのなら、メカにやらせたほうがよいのでは？　警戒システムが作動したらメカを失うだけで、人間は失わずにすむ。

そうなのだ――イングレイはここで気づいた――隊長たちは、おそらく孤立しているのだ。そうではないとしても、貨物船にもどるよりはここに残ったほうが危険が少ないと考えたか。たぶん、フワエ防衛軍はすでにオムケムに何らかの対抗手段をとったのだ。時間が限られているのに加え、ゲックの大使も死亡させた——。いまの隊長はかなりの緊張状態にあるはずで、かつ手もとには人的、物的資源が少ない。もし隊長が、何か失敗をやらかしたら？　やらかすように仕向けたら、防衛軍にチャンスが訪れるかもしれない。

ハトケバン隊長が銃口をニケールに向けた。

「議論の時間は終了。ケースを開けろ、議長」

ニケールはひっと小さな声をあげた。イングレイの視界にも、自分に向けられたときの銃口、漆黒の空洞がよみがえった。息を詰め、ほかのことは何も考えられなくなる。〝義務拒否宣言〟は、たとえ真正であれ、オムケムにはほとんど役に立たないはずだ。ガラルは偽物だと主張したから、フワエはそれを連邦への盾として利用するだろう。号鐘の丸鉢も似たようなもので、防衛軍はかまわず攻撃するにちがいない。

ディカット議長にとって、ケースを開けてもいいことはほとんどない。せいぜいつぎの要求がくるか、隊長が引き金をひくまでの時間稼ぎ程度だ。だが号鐘は、第一議会の証なのだ。号鐘がなければ、第一議会は第一議会でなくなってしまう。べつの一派が号鐘を手に入れ、これを持っているから自分たちが第一議会だなどと主張できるか？　いいや、そんなことはない。ただ、議会の象徴であることに変わりはない。議場を掌握できなかったオムケムにとって、号鐘は次善の策だ。少なくとも、いまのハトケバン隊長にとっては。

それが遅れれば遅れるほど、防衛軍に時間ができる。ディカット議長は、展示ケースを開けるのをできるだけ先に延ばしたいだろう。その点ではイングレイも、おそらくニケールもおなじで、いちばん単純な引き延ばし作戦は、議長が命令を拒否することだ。

その結果、もし議長が殺されたら、後継のディカットに大きな政治的遺産が残る。もしイングレイが殺されたら、ネタノもそれを最大限、政治利用するだろう。ニケールの場合は……彼女以外の親族が、新たにニケールの名を継げばいい。要するにある意味で、三人ともが消耗品、交換可能ということだ。

ディカット議長はぴくりとも動かなかった。呼吸すらしていない。イングレイの目には、何もかもが凍りついて見えた。恐ろしい考えだけが、頭のなかを駆けめぐる。ニケールに突きつけられた銃口。黙りこくった議長の眉間には苦痛と、まぎれもない恐怖が刻まれている。だが議長は、敏腕の政治家だ。イングレイが考えたようなことは、とっくに考えているはず。その顔は、いまが正念場、と心を決めたようにも見えた。自分のために、フワエのために、展示ケースを開けるのを断固として拒否し、ニケールが、つぎにイングレイが銃弾に倒れるだろう。そうなればハトケバン隊長は、みずからケースを壊すしかなくなる。隊長にそれをさせるためには、人質の三人が死ぬしかない。

「わたしはケースを開けない」ディカット議長がいった。

と、イングレイの腕が勝手に動いて、横にあった金彩のデカンタをつかみ、号鐘のガラスケースに投げつけた。

あたりが真っ暗になり、何かが光ると同時に大音響、そして悲鳴——。それはイングレイだった。彼女は悲鳴をあげると、反射的に椅子から床へ身を投げ出した。狭い空間で、耳をつんざくようなたてつづけの銃声。イングレイはうつぶせて、冷たいタイルに顔を押しつけ息を殺した。心臓は破裂寸前で、ベンチにぶつけたらしく、膝が割れるほど痛い。

　静寂。激しく揺れ動くような明かり。

「チェンス！」隊長のわめき声。「チェンス、聞け、チェンス！」

「自分、いい状態」と、チェンス。「いわないことではない、ヘルメット」

　イングレイが首をひねって見ると、すぐそばにライトを持ったハトケバン隊長が立っていて、チェンスが脇でひざまずいていた。彼男の頬には、赤い血の筋。

「アーマー、ないように見える」ハトケバン隊長がいった。「通信状態ない状態。メカの動きは不在」

　動きが不在、つまりメカは動いていないということだろう。そしてなぜか、通信不能なのだ。イングレイは体を起こした。ほんの少しだけ――。

「動くな、オースコルド殿」隊長がイール語で命令した。「おまえはチェンス殿を殺しかけた」

　わたしじゃないわ、銃を持っているのはあなたでしょ、という代わりにイングレイは尋ねた。

「議長はどこ？　ニケールは？」

「ここにいる」議長の声がして、隊長がライトをそちらへ向けた。

　彼人は床にひざまずき、その横にうつぶせのニケールがいた。薄暗いライトが揺れるなか、ニケールの肩にのせた議長の手には赤い血が見える。ニケールは苦しげにあえぐだけで、まったく動かなかった。

イングレイは戦慄(せんりつ)した——ニケールは撃たれたのだ、自分のやったことが原因で撃たれ、このまま死んでしまうかもしれない。

でももし何もしなかったら、ふたりともが死んでいた。それにニケールは、まだ息をしている。どうか、お願い、死なないで。イングレイは必死で祈った。

「傍聴席の奥に救急医療キットがある」ディカット議長は冷淡なほどおちついていた。

チェンスはすぐ体を起こし、スロープを上がっていった。スロープの下には、ころげ落ちて起き上がれないのか、銃を握ったまま動かないメカがいる。ハトケバン隊長は銃口をイングレイに向けた。

「ためらわない。いつでも撃てる」

「でしょうね」イングレイの声はいやでも震えた。伏せた体もぶるぶる震え、まともに立てる自信がない。

チェンスが医療キットを手にもどってくるとニケールのそばに行った。議長の横で膝をつき、ふたりで箱の中身をよりわけ、調べる。

「通信遮断の原因は何か?」ハトケバン隊長が訊いた。「遮断の情報は知らされなかった」

隊長はたぶん自分に訊いている、とイングレイは思った。ニケールは意識を失い、チェンスと議長はニケールの手当てに専念している。

「見当もつきません」と、イングレイは答えた。ニケールならきっとわかっただろう。「セキュリティについては、細部まで公表されないと思います」

「動くな」隊長にいわれ、イングレイは仕方なく頭を床につけた。痛む膝で、震える体で、抵抗などできるはずもない。ニケールのために何かすることも。

「あとは様子を見るしかありませんね」しばらくして、チェンスの声がした。「いまはこれで精一杯だ」

「よくやってくれたよ」ディカット議長は、バンティア語で話したチェンスにイール語で冷ややかに応じた。ニケールの浅く速い呼吸は、いくらかゆっくりになったように思える。これはいい徴候？　イングレイはショック状態の頻呼吸と体温低下について学んだことをぼんやりと思い出し、チェンスたちにニケールの肌の温かさや湿り具合を尋ねたいと思った。せめてニケールの足を上げたかどうかを見たいが、たぶんおせっかいでしかないだろう。救急医療品には処置方法が書いてあり、チェンスたちがやみくもに手当てをするはずもない。イングレイにできるのは邪魔をしないことだけだ。衝動的にあんなことをしたせいで、ニケールは撃たれてしまった。撃ったのはメカではなく、おそらく隊長のほうだろう。

暗闇のなか、ライトの明かりがイングレイたちから離れ、足音が上のほうから聞こえはじめた。たぶん隊長が傍聴席をまわって、出口をチェックしているのだろう。

「閉じこめた状態」隊長の声とともに、スロープを下る足音がして、ライトの明かりがもどった。「われわれの現在が強制的に気づきを与える」翻訳文では漠然としたことしか把握できない。だがおそらく、隊長との通信が途絶えたせいで、部下の兵士が議場にやってくると思っているのだろう。「時間は有限。しかし、所有状態は所有」イングレイは目の前の床をにらんだ。

前半は、時間には限りがある、残り時間は少ないということだろうが、後半は？

「ハトケバン隊長！」チェンスの声に、イングレイはつい顔を上げた。

チェンスは床に膝をついたままだが、視線はニケールではなく、号鐘が置かれた台座に向けられている。

ガラスの展示ケースはからっぽだった。隊長がライトを当てたが影も形もない——丸鉢もスプーンも、消えていた。

「おまえ、何をした？」隊長はイングレイをふりむいた。

いきなり顔にライトを当てられ、イングレイはまぶしくて顔をそむけた。

「何もしていません。デカンタを投げたら照明が消えて、わたしはベンチから床へ……」

「立て！」

イングレイはベンチの脚をつかんで体を支え、ゆっくりと立ち上がった。

「膝を痛めたみたいで」顔をまともに照らされて、イングレイはもはや恐怖を感じることもできなくなった。これから何が起きるのか、いったいどうなるのかなど、考える力もない。

隊長はイングレイの脚をスカートの上から叩き、裾を軽くめくった。

「彼女は持っていませんよ」チェンスがイール語でいった。「大きな号鐘をそんなところに隠せるわけがない」ニケールや議長についてはいうまでもなかった。

隊長はライトをスロープのほうへ向け、動かないメカのところへ行った。かがんでメカのサイドを押し、収納部のパネルが大きく開くとライトで照らす。

「宣言は不在！」

「〝義務拒否宣言〟が消えたの？」

「ありえない」と、ディカット議長。「緊急警戒システムが作動すれば、ドアは閉まりロックされる」

「諜報(ちょうほう)はわたしにそういった」と、隊長。「しかしきっと、きょうは、すぐにロックされなかった」

「隊長がライトをつけるまで、十秒とたっていませんでしたよ」チェンスはイール語でいった。「十秒のあいだにここへ入ってケースを開け、号鐘を取り、メカの収納部から〝宣言〟を抜き出して消え去る、なんて無理でしょう。しかも議長や議員の娘を置き去りにし、撃たれた管理官にも知らんふりしますかね？　まったく考えられませんよ」

「不明人物の存在」隊長は、痛む膝でベンチの前に立つイングレイに顔を向けた。「おまえは何をした？　どんな計画を立てた？」

「なんのことかわかりません」と答えたイングレイだが、少なくとも計画を立てようという計画は立てた。

「おまえが警戒システムを動かした」

「だって、あなたがわたしかニケールを撃つといったから……」声が震えてしまい、ひと呼吸置いてからつづける。「緊急警戒システムが作動すれば、あなたの状況はもっと苦しくなるわ。だからやったの」こらえきれずに涙があふれ、頬を伝った。

静寂。ハトケバン隊長は何もいわない。

「わたしを撃てばいいわ。子どもたちも母も無事だから。わたしが来た目的は果たせたから」

声を出すのさえつらかった。反抗的に顎を上げてみたいが、首がぶるぶる震えるだけでしかないような気がした。

静寂はつづき、イングレイは泣きながら考えた——隊長は子どもを解放してくれたのよ、議長に椅子を用意してくれたの。でもだからといって、人の命を奪わないとはかぎらない。隊長は、彼女は兵士。しかしそれでもたぶん、もしかしたら、残酷な行為はできるかぎり避けようと思っているかも……。

しばらくして、隊長がいった。

「椅子から動けば、少しでも話せば撃つ」

イングレイは黙って椅子にすわった。すると隊長はゆっくりと歩きだし、隅々までライトを当てながら、部屋を調べはじめた。

イングレイはできるだけ音をたてないように鼻をすすって泣きながら、膝の痛みをこらえて両脚を椅子に上げ、両手で胸を抱いた。ハトケバン隊長は、ベンチや机の下にライトを当ててのぞきこんでは、さらに二度ゆっくりと周回し、ときに壁をこつこつ叩いたり、床のタイルを強く踏んだりもした。隠れたスペースがないか確認しているのだろう。

隊長のライトがゆっくり動くなか、イングレイはしくしく泣きつづけた。ディカット議長とチェンスはニケールの脚の下にクッションを重ねて敷き、医療キットに入っていたのだろう、薄いブランケットを体に掛けていた。イングレイはもう、ニケールが撃たれたときの状況について考えたくなかった。自分の行為が引き起こした結果なのは否定しようがないのだ。わが家が、自分の部屋がなつかしい。フルーツとチーズ、温かいおいしいスルバ。窓の向こうではしとしと雨が降り、ほかに行く場所はなく、誰にも何も求められない。しかし、いまそれはかなわず、おそらく二度とかなわないだろう。イングレイにできるのは、椅子に横になって泣くことだけだ。

隊長の周回は六度めに入った。と、何やら重い音がしたかと思うとドアが勢いよく開き、まぶしい光が流れこんできた。スロープの下に倒れていたメカがぴくぴくっとして起き上がる。だがイングレイは動かなかった。動くのも、しゃべるのも、何をするのも拒否するつもりだ。部屋の向こうで、もう一機のメカが立ち上がった。そういえばメカは二機いたはずで、椅子や机に隠れて見えなかったにすぎない。

「ついに」隊長がいった。ドアから連邦のメカが一機入ってくる。「迅速な仕事はよい。指定の捕虜数人は船を提供する。時間は有限。追加は退去のみ。調査は詳細を網羅すべし」

「確認、隊長」入ってきたメカが応じ、隊長はドアから出ていって、チェンスがつづく。メカはスロープを下るとニケールの横にかがみ、体から伸ばした板に彼女をのせて議場を出ていった。そしてもとからいたメカの一機がディカット議長のもとへ行き、慎重に抱きあげて外へ連れていく。

これまでイングレイには見えなかった三機めのメカが、彼女のそばに来て静かに訊いた。

「膝をくじいた以外に問題はありませんか、ミス・オースコルド?」言語はバンティア語だった。

「とくに……ないけど……」イングレイはメカをじっと見つめた。

メカは四本脚、三本腕の、ありきたりの四角いメカだ。

「どうか大きな声を出さないように、ミス・オースコルド」と、そのメカはいった。「自分はフワエ防衛軍の専門官、チャー・ネイカル。連邦の貨物船を奪取し、メカ制御を掌握しました。ハトケバン隊長とチェンスはまだ気づいていません。気づくまえにわれわれはあなた方三人を救出します。隊長は銃器を所有し、おそらくチェンスもそうでしょう。われわれは連邦のメカに不慣れであり、戦闘は避けたい。こうしてあなたに話しているのは、自力で脱出しようなどと考えないでほしいからです。あなたならそうしかねないと聞いた」

「わたしが……」イングレイはとまどった。自力で脱出しかねない? いったい誰がそんなことを?

ユイシン船長かもしれない。イングレイはメカに船長のことを尋ねようと、口を開きかけた。

「静かに」メカはしゃがんでイングレイを抱きあげた。「ここに長くいるとハトケバン隊長が怪しむ。おっと、あなたの靴を忘れてはいけない」メカは大きな銃を脇に掛け、ベンチの下から靴を拾うとイングレイの膝にのせた。

「それはわたしの靴じゃ……」

「しっ!」メカは二本の腕でイングレイを抱え、スロープを上がっていった。

いまは何も訊かないほうがいいだろう。イングレイはおとなしく、外の通路まで運ばれていった。それにしても靴は重く、ブーツといってもいいくらい底は分厚くて、彼女には大きすぎる。イングレイがティア・シーラスに行っているあいだに、このタイプが流行したのだろうか。でなければ、この靴を履いていた議員は仕事を人任せにせず、みずから歩きまわることをアピールしたくて丈夫な靴を選んだのかもしれない。だが、そんなことはどうでもいい。いまのイングレイに大切なのは、ネイカル専門官が議場から出してくれること、前方を行く大きなメカ二機も防衛軍がコントロールし、ニケールと議長を安全な場所へ連れていってくれることだ。そしてイングレイに役に立てることがあるとすれば、冷静でいること、しゃべったりしないこと。それくらいならできると思った。いくらでも、簡単に――。廊下は暗く、メカが床を踏む音だけが響いて、イングレイはほっとするものすら感じた。

ラレウムとの境の通路は、太陽の映像でとても明るかった。右の壁の床近くに、フワエが少しだけのぞいている。広々した通路に出て、前方のメカ二機がわずかにペースをおとし、ネイカル専門官のメカとの距離が縮まった。もっと前方には、ハトケバン隊長とチェンスの背中が見え、チェンスはまたヘルメットを脱いだらしい。

と、急に隊長が足を止め、ふりかえった。すぐそばを歩いていたチェンスも立ち止まり、とまどい気味に彼女をふりむく。

「止まれ！」隊長が命令した。

三機のメカはそれぞればらばらに、ためらいがちに停止した。隊長の灰色のフェースプレートが、じっと何かを見つめている。イングレイの首筋に冷たいものが走った。そういえば、メカの動かし方に関し、ユイシン船長とゲック大使は明らかに違っていた。ただ、人によって違いがあるのを知ってはいても、イングレイはほとんど意識しなかった。誰が操縦しているかがわかっていればなおさらだ。

「動くな」隊長はゆっくり、ゆっくり、メカたちに近づいた。

気づいたのだ、おそらく。しかし、イングレイには何もできない。ただネイカル専門官のメカに抱えられたままじっとしているだけだ――。隊長は彼女の前まで来ると、銃を引き抜き、メカに発砲した。

メカはよろめき、ハトケバン隊長はイングレイの腕をつかむと、銃口を頭に押しあてた。

「誰も動くな」イール語で命令する。「動けばミス・オースコルドを撃つ」

イングレイは恐れと失望でわめきたかった。だが、オムケムの貨物船とメカは掌握したとネイカル専門官はいったから、防衛軍の部隊が近くで待機しているにちがいない。問題は、引き金がひかれるまえに助けに来てくれるかどうかだ……。自分にできることはないか？　イングレイは必死で考えた。ニケールは血を流し、意識がない。イングレイが緊急警戒システムを作動させたせいで撃たれたのだ。だからいま、ハトケバン隊長の不意をつくのは得策ではない。しかし、あれをやったからこそ、隊長の計画を阻止できた――。

「下におりろ」隊長はイングレイの腕をつかんだまま命令した。「おまえとわたしとチェンスはオムケム領事館へ行く」

「それは無理だ」ネイカル専門官のメカがいった。

「やるだけやる」と、隊長がいったところでイングレイは、手もとの重い靴を握りしめ、隊長の銃に叩きつけた。

銃声がとどろきわたり、イングレイの腕に激痛が走った。視界が一瞬真っ暗になり、靴が手から床に落ちた。撃たれたかどうかなど心配する暇もなく、イングレイは靴の残りの片方を握りしめると、隊長のフェースプレートをがつん、がつんと殴りつけた。するとまた銃声がとどろいて、隊長はよろよろっとあとずさった。

いや、違う。隊長は後ろに引きずられたのだ。彼女の体をつかんだのは、青と金の軍服を着て、手には銃を持つ者たちだった。床ではチェンスが、ヘルメットを持ったまま横たわっている。

「チェンス……」イングレイは呆然(ぼうぜん)とした。「まさか……」

「考えるな」ネイカル専門官のメカがいった。「ヘルメットを脱いだのが間違いだった」

「われわれがあなたをお連れします」青と金の軍服がイングレイの視界をふさいだ。「ネイカルのメカは歩けなくなりましたので」

「改良が必要だな」ネイカル専門官が明るい声でいった。「それにしても、ミス・オースコルド、あなたはわたしが聞いたとおりの人だった」

「腕を撃たれているので――」兵士がイングレイにいった。オムケムのメカ二機は議場のほうへもどっていくように見えたが、イングレイは腕の激痛のせいで視界もぼんやりしている。

「医療施設へお連れします」

「わたしよりニケール・タイを先に連れていってちょうだい！　それから議長も！」

「ご心配にはおよびません」救急メカが近づいてきた。「議長は無事です。ミス・タイはすでに医療メカが医者のもとへ運びました。さあ、どうぞ乗ってください」

「ひとりで歩けるわ」と、強がってはみたものの自信はない。

「はい、そうだとは思いますが――」兵士がいうそばで、ネイカル専門官のメカがイングレイを医療メカに乗せた。「いまは可能不可能ではなく、歩いてはいけない、ということです」

イングレイの袖もスカートも血だらけで、これから医療メカが検査して医者に診せることになるだろう。イングレイを乗せたメカが動きはじめた。

「ちょっと待って！」兵士が声をあげ、「靴を忘れないでください」というと、床の靴を拾って駆け寄り、イングレイに渡した。

「わたしの靴じゃないのよ」イングレイは抵抗したものの声に力はなく、メカはずんずん進んでいく。兵士が何かいったところで、もはやイングレイには聞こえなかった。

19

長めでゆったりしたシャツにルンギ姿の医者が、廊下で医療メカを待っていた。

「ミス・オースコルド――」彼人(かのと)はイングレイの横を歩きながらいった。「まず診察して、腕と膝を治療しましょう」

「ニケールは大丈夫?」心配で目が潤み、イングレイはまぶたをこすった。

「現在、手術中です。さあ、仰向(あおむ)けになって。ヘッドレストを出しましょうか?」

「お願いします」

兵士がひとりやってきて、イングレイの無事なほうの手にスルバのカップを持たせた。

イングレイはお礼をいい、兵士はまたどこかへ去っていった。

「さ、ヘッドレストに頭を預けて」

医者がいい、イングレイはいわれたとおりにした。カップを持つ手が震えたが、なんとか口もとまで持っていく。温かい、よい香りがして、ひと口飲んでから目をつむった。

「軽い脱水状態だな。血糖値も低い。それから、膝関節の捻挫(ねんざ)。命にかかわる場所を撃たれずにすんだのは幸運としかいいようがない。かなり痛むでしょうが、傷としては軽傷の部類だから、じき動きまわれるようになりますよ」

「ディカット議長は？　どんな様子？」イングレイは目を開けて、スルバを飲んだ。インスタントなのに、おいしくてたまらない。

「われらが議長殿は、じつにタフなご老人だ」医者は満足げにいった。「兵士数人がかりでも手に負えないでしょう」

「ええ、きっとね」イングレイはうなずいた。

広い通路に出ると、ずいぶんたくさんの人がいた。といっても、議場見学の子どもでも、役人でも議会関係者でもない。ほとんどが青と金色の軍服姿の兵士で、一般市民は、少なくとも平服姿の人たちは、ほんのひと握りだった。

「イングレイ！」ネタノの声がした。メカに運ばれるイングレイのほうへ、ほとんど駆け足でやってくる。ネタノがこれほど乱れた姿を見せることはめったになく、ジャケットはよれて、ずれて、顔はゆがんでいた。

「イングレイ、大丈夫？」

演技かどうかは見分けがつくイングレイだが、ネタノはネタノで、他人の目にどう映るかをしっかり意識してふるまう人生を送ってきた。そしてイングレイの人生も、ある程度はそうだといえる。彼女は涙を止めることができなかった。

「大丈夫よ、お母さん」亡くなった人がいるの、わたしのせいで撃たれた人も――。そういいたくてもいえず、「家に帰りたいわ」とだけいった。

「まずは診療室だよ」医者が厳しい口調ではないものの、きっぱりといった。「それにユートゥリ上隊長が、あなたと話したいらしい」眉をぴくっと上げたが、それ以上はいわない。「オースコルド議員、お嬢さんの症状は膝関節捻挫で、腕の怪我もそうひどくはない。ただ、ゆっくり体を休めるのはもう少し先になるでしょう。そろそろメカを動かしますが、よければ議員もごいっしょに」

ネタノはイングレイの無事なほうの腕をとった。「ええ、ええ、もちろんいっしょに行くわ」

兵士たちのあいだから、オムケムの灰色の大きなメカがぬっと現われた。四角いベージュの紙を二枚持ち、べつの腕には筆が一本。

「ちょっと待って！　わたしです、ネイカルです！」

「歩けるの？」イングレイは驚いた。「メカは歩けなくなったんじゃ……」

「そう、これは借りものでね。恐縮なんですが、入場券にサインしてもらえませんかね？」

「あら……」イングレイの目にはまだ涙がたまっている。

「ミス・オースコルドはそれどころではないんだよ」医者が叱（しか）った。

「かまいません」と、イングレイ。「サインします」スルバのカップを母に預け、母はメカから入場券を一枚取ると、イングレイの膝の上の靴に置いて押さえつけた。メカが筆を彼女に渡す。

イングレイはこれまで、自分とせいぜい友人数人が大切に思う程度の記念品にしかサインをしたことがない。そしてこの入場券も、見方によっては似たようなもので、観光地の記念カードと大差ない。しかしべつの見方をすれば、まったく違うようにも思う。

彼女は入場券にサインした——イングレイ・オースコルド。手が震えているわりにしっかり書けて、われながら驚いた。そしてふと思いつき、助けてくださって感謝しています、と書き添えてから、入場券と筆をメカに差し出した。

「はい、どうぞ」

メカは自分のカードにサインして、それをしかめ面で見ていた医者がいった。

「なにもこんなときまで、記念物のことを考えなくてもいいだろう」

「いいえ、大切なことです」と、ネタノ。

「そういえば、号鐘(ごうしょう)はどうしたの?」イングレイが訊いた。「〝義務拒否宣言〟は?」

「それは難問ですね」メカがサインしたカードをイングレイに渡した。「ありがとうございます」そしてメカは回れ右をするとそそくさと去っていき、イングレイは手のなかのカードを見下ろした——〝お疲れさまでした、あなたも靴も。メカを操縦したフワエ防衛軍専門官チャー・ネイカル〟。

医療メカがイングレイを診療室に連れて行き、十分とたたないうちに、腕と膝は透明の硬い治療帯にくるまれた。ここの医者もさっきの医者とおなじように、イングレイの全身をざっと診てから、ほかにとくに問題はないといった。

「もう外に出てもいいですか?」

イングレイが尋ねると、医者は事務的に答えた。

「いや、まだだめです。ユートゥリ上隊長から、自分が行くまであなたを外に出すなと命令されているので」


一時間後、イングレイは入ってきたメカに起こされた。メカはヌードルの箱とスルバのカップをテーブルに置くだけで、すぐ出ていった。

イングレイは医療メカの上で横になったまま、目をつむった。母にメッセージを送ろうとしたのだが、通信網にアクセスできない。あなたのアカウントはセキュリティ上の理由により無効です、というメッセージが出るだけなのだ。イングレイはため息をつき、ヌードルを食べることにした。

半分ほど食べたところで、なんと、よりにもよってダナックが現われた。

「こんにちは、イングレイ」いやに明るく、行儀がいい。「さっき母さんがイングレイに会いに来たんだけどね、まだ眠っていたから。いま母さんはメディアの対応に追われているよ」

ダナックの言葉が、イングレイはすぐに理解できなかった。

「そうなの……」何かがおかしい、と感じたものの、具体的にはわからない。いや、そうだ、ダナックの立っている様子、話しぶりがいつもと違うのだ。「あなたは屋敷にいるとばかり思っていたから、びっくりしたわ」

「母さんが人質になったと聞いて、じっとしていられるわけがないだろ?」露骨にむっとし、いつものダナックにもどったようだ。たぶん、イングレイの言葉を非難と受け止めたのだろう。息子のくせに母親の身を案じないとか、どうでもいいと思っているとか。ダナックのことだから反撃してくるにちがいない、と身構えたイングレイだが、あにはからんや、彼男はしょぼんとした。

「やっぱりね、ナンクル・ラックのいうとおりなんだよ。ぼくらは角突き合わせるより、力を合わせるべきなんだ」

ナンクル・ラックはそうはいわなかったし、初対面でいきなり角を突き出してきたのはあなたのほうよ……。と思ったところで、イングレイははたと気づいた。もしかして、ナンクル・ラックは以前から、ダナックにそういいつづけてきたのではないか？　それをダナックはダナックなりに、いま正直に口にしたとか？

しかしもう、そんなことはどうでもいい。イングレイは養子になってからずっと、母に認められなければ将来はない、と思いつづけて暮らしてきた。ダナックを蹴落とすのは無理だとわかっていながら、それをやらなければ未来はないと。だがこの数日、恐怖だの使命感だの、後悔やら安堵やら、いろんな思いを味わって、強迫観念にも似たこれまでの感情は消え去った。母が誰に名を継がせようが、ダナックがおれの勝ちだと胸を張ろうが、そんなことはもうどうでもいい。ここまでなんとか乗り切ったのだ。この先何が起きようと、乗り越えられそうな気がした。ともかくいまは家に帰りたい。家に帰って、静かに時を過ごしたい。

「そうねえ……」イングレイはダナックに返す言葉を思いつかなかった。

「ナンクル・ラックはイングレイがお気に入りだからな」くやしげに。「まえからずっとそうだった」

なんの関係があるのだろう？　たとえダナックのいうとおりでも、べつにくやしがる必要はないのでは？

それに――と、イングレイは思った――母はもうじき後継者を指名するだろう。将来に対するダナックの不安は、それで解消されるはずだ。ダナックは望みどおり〝ネタノ〟になれる。

しかしそうなると、彼男は事務局長のナンクル・ラックと緊密に連携しなくてはいけない。首をすげかえたところで、ナンクルほど有能で信頼できる人はいないだろう。

ナンクル・ラックはイングレイがお気に入り――。ダナックは彼人がイングレイを後継に指名すると推測している？

イングレイは笑いそうになった。ナンクル・ラックからほのめかされたことすらないし、イングレイにあれだけの仕事をこなす力がないのは、やるまえからわかりきっている。しかしそう考えると、ダナックの〝力を合わせるべき〟という言葉は納得がいく。

あるいは、母が後継に自分ではなくイングレイを指名すると思っているとか？　ダナックは大勝負で負ける覚悟をした――。

いいや、そんなことにはならない。母はダナックに、とくに目をかけてきた。もし今度の件でニュースメディアがイングレイを持ち上げたら、後継者であろうとなかろうと、母には有利に働くだろう。何か事情が変わるとすれば、母は日にちを置かずにダナックを後継者に指名し、子どもたちの競争に終止符を打つことくらいだ。

そうなっても、イングレイはべつにかまわない。この騒ぎを終えて、家を追い出されることはなさそうだと感じたし、ずっとネタノの子どもでいられる。そしてもうじき、後継ネタノの妹になる。ナンクル・ラックが仕事を与えつづけてくれれば、収入も得られる。それにもしクビになったら、どこかよその土地へ行けばいいだけだ。なんなら、いますぐ行ってもいい。ゲックの大使に頼んで、コンクラーべに連れていってもらうとか？　ゲック界へもどるにはティア・シーラス経由だから、イングレイも帰ってくることができる。コンクラーべというのは、いったいどんな感じなのだろう？

あるいは、公安局に雇ってもらえるかもしれない。トークリスのように——。

イングレイは彼女のことを考えると、いますぐフワエを去る気にはなれなかった。なにはともあれ、今後の選択肢はいくつもあるだろう。

「そんなことはどうでもよくない？」イングレイはダナックにいった。「大切なのはお母さんが無事だったことよ。ステーションもね。始まりはともかく、オムケムは自分たちの星系に引き返すしかないわ」

「まあね」精一杯、明るい調子で。「たしかにそのとおりだ」

「早く家に帰りたいわ」せめて、ステーションの宿泊所に移りたい。ここよりはましだろうし、ユートゥリ上隊長も何か話があれば来ることができる。「目が覚めたばかりなんだけど、これのせいで——」膝を指さしたが、治療帯はスカートに隠れて見えない。「脚を曲げられないから、杖か何か、頼れるものがないと歩けないのよ。悪いけど、ダナック、手を貸してくれない？　お母さんのところに行きたいの」ステーションのどこかにいるのはまちがいない、というか、よそに行きたくても行けないだろう。

いつものダナックの偉そうな態度がもどった。

「申し訳ないが、イングレイ、それはしたくてもできないんだよ。外の廊下に公安局の警備官がいてね、イングレイが他所に行かないように、未許可の者がここに入らないように見張っている」

そこへ上隊長のユートゥリが入ってきて、ダナックは通り道をあけた。

「あなたも未許可ですよ、ミスター・オースコルド」彼女はダナックに反論する間を与えずつづけた。「緊急事態が発生し、ここに来るのが遅れました。まだ解決はしていませんが、待ち時間ができたので立ち寄った次第です」

「まさかオムケム軍が星系に入ったとか？」と、イングレイ。

「ええ、入りましたよ。しかしわたしの管轄はこのステーションですから。ハトケバン隊長をはじめ、捕らえたオムケム軍の処置に関する指示を待っている状態です。指示はエンセン・ゲートの現況次第で大きく変わりますが、わたしはそれに従うにすぎません。ミスター・オースコルド、そろそろここから引き上げられたらいかがでしょうか」

「承知しました、上隊長」ダナックは軽く頭を下げて、感じよくいった。「じゃあ、イングレイ、またあとで」

「では、ミス・オースコルド」上隊長はダナックが出ていくのを見届けてからいった。「ディカット議長の聴取はすませました。ミス・タイは手術を終えて眠っていますが、命に別状はありません」

「彼女が撃たれたのはわたしのせいなんです」イングレイはニケールが無事だと聞いて大きく胸を撫でおろしつつ、罪悪感に襲われた。「わたしが余計なことをしたので」

「その程度の表現ではすまされませんね。わたしが避難所に行くよう指示したにもかかわらず、あなたはあそこに留まった。避難命令に従わなかった場合の刑罰を知っていますか？　ステーションでは、惑星上より重いんですよ。理由はいちいち説明するまでもないでしょう。いったい何を考えていたんです？」

「それはあのとき、話したとおりで……」

「一歩誤れば大惨事だった。それがわかっていますか？　あなたたち三人が死ぬくらいではすまなかった。ハトケバンが部隊にステーション攻撃を命令していたら、どうなったと思います？　それを防げるなら、三人の命くらい差し出したってかまわない。オースコルド議員にも、わたしは面と向かっておなじことをいえますよ。しかしディカット議長には、いわなくてもすむ。彼人はちゃんとわかっていましたからね」

「でも子どもたちがいたでしょ？」

「宴会でゲームをやってるんじゃないんですよ。わたしだったらあなたを世間の批判にさらし、何年も強制労働を科すでしょう。母親が誰であれ、ゲックの友人が何人いようが、ティア・シーラスのどんな人間を知っていようがかまわずにね」

イングレイは驚いた。そして戸惑いと不安——。「ティア・シーラスに知り合いなんていませんけど」ただし、厳密にいえばいないこともない。あれだけの期間をティアで過ごせば顔見知りはたくさんできたからだ。しかし友人と呼べる人はなく、ましてや今度の件で影響を与えるような人はまったく知らない。

「あなたがラレウムの前にいるとき——」ユートゥリ上隊長は冷たくいった。「ティク・ユイシン船長がわたしに接触し、計画がある、といったんですよ。もっと正確に再現すれば、あなたのことだから、ラレウムに入れば何らかの計画を立てるだろう、とね。最初はうろたえ、あわてても、その後は状況をうかがうと。だから彼男もラレウムに入り、あなたから目を離さないようにする、何かあれば援助するといったんです」

「そうか……だから上隊長は、清掃メカは、わたしをむりやり連れて帰ろうとはしなかった?」

「本意ではありませんでしたけどね。しかしユイシン船長が、自分のメカを自由に使ってかまわないといったので承知しました。といっても数は少なく、あと五、六機あれば、数時間で決着をつけられたはずですが。ゲックならもっとたくさんのメカを持っていたでしょうが、条約に抵触する可能性があるので依頼できませんでした」

ゲックといえば——。「オムケムは自分たちのほうが条約に違反したと考えています。大使といっても、ただのメカでしかないのを知らなかったから」

「そう」上隊長は軽くうなずいた。「オムケムはゲックの大使を射殺したと思いこんでおり、ラドチのティバンヴォリ大使は、その点を問題視している。ミクス・ガラル・ケットはハトケバン隊長に、明確な説明をしなかった。ただ、たとえメカであれ撃ってしまえば、外交上の問題を引き起こしかねません。ゲックがよほど寛大でないかぎりはね」

「でも……」

「オムケムが疑念をもたずにいてくれて、ほんとうに助かりましたよ」上隊長は冷静な、険しい口調でいった。「ゲックが回収しにきたメカは、じつはティア市民のメカだったのではないか、その場合、何かべつの目的があったのではないか、と考えずにいてくれて。たとえば、ほかの偽装メカをもぐりこませるとかね。もしそんなことをしていたら、あからさまな条約違反です」

イングレイはハトケバン隊長の言葉を思い出した——ほかにも仲間を連れてきたか、姿は見えないがいるのはまちがいない。しかしガラルは否定した。もしいれば、隊長なら見抜けるはずだと。

「そんなことは考えられません」と、イングレイはいった。「ゲックの大使が許可するはずがありませんから」しかし、ガラルなら？　そう、彼人が許可したのだ。

「もちろん、大使は許可しないでしょう」と、ユートゥリ上隊長。「しかし、ゲックがメカを回収するとわかっていれば、われわれはその機会を利用できました。ゲックには知られずにね。もしばれたら問題どころではすみませんから、そんなことはしませんでしたが。もちろん、ユイシン船長が独断でやってのけた可能性はありますが、それに関し、われわれに責任はありません」

イングレイは顔をしかめ、上隊長はつづけた。

「ユイシン船長は、わたしが出会ったなかでも頭抜けて腕のたつメカ・パイロットですよ。彼男の協力がなければ、オムケムの貨物船制御をそう簡単にはこちらのものにできなかった。しかしそれでも状況は厳しく、ハトケバン隊長に何かおかしいと勘づかれ、あなたたち人質の命が危険にさらされる可能性はある。そこで選択肢を検討していたところ、あなたが緊急警戒システムを作動させ、われわれはそれに乗じた。つまり警戒システムの一環に見せかけて、議場の通信を遮断した。貨物船がこちらのものになれば、メカの制御くらいなんとかなりますからね。ハトケバン隊長に気づかれずに自由に使える。まあ、ある程度の時間は」

「だけど、遺物は？〝義務拒否宣言〟や号鐘はどこに？」

「確保してあるので心配無用です」

「でも、どうやって……」

「どちらもネイカル専門官が操縦するメカのなかに入っていました。どうやって入ったのかはミステリーとしかいいようがない。こういってはなんですが、あなたはかなりの時間を悪名高い盗賊とともに過ごしたのでは？　そして盗みの技術をたっぷり学んだとか？」

「そんな……」イングレイはなかば呆然（ぼうぜん）とした。自分はふたつの遺物のどちらにも、手を触れてすらいないのだ。「わたしは何もしていません。それにガラル・ケットは盗賊ではありません」

しかし、ユイシン船長は？　彼男はゲックの鼻先で、船を三隻も盗んだのだ。ゲックに鼻はないけれど、要するにそういうことをした。イングレイは議場で、助けてくれる人はいないと思っていたが、ユイシン船長もあそこにいたのだ。しかしユートゥリ上隊長は、それをけっして認めないだろう。

「つまり――」イングレイは少し考えて、こういってみた。「わたしが貴重な遺物をハトケバン隊長から守りぬき、防衛軍としてはとても助かったと？」

「調子にのらないように、ミス・オースコルド。あなたが勾留（こうりゅう）されずにここから出ていけるのは、ユイシン船長があなたの友人であり、上層部が条約違反にならないかたちで彼男のメカを手に入れたいからにすぎません。それから、念のためにいっておきますが、ラレウムと議場で起きたこと、およびここで話したことは、他言無用です。公式見解はすでにニュースメディアで流れていますが、真実とそう大きくかけはなれてはいませんので、その点はご心配なく。それにあなたは、メディアではヒーロー扱いですよ」上隊長の口調も表情もとくに変化はないが、不満なのはイングレイにも伝わってくる。「ディカット議長とミス・タイも同様です。公式見解をしっかり頭に叩きこむまで、通信にアクセスすることはできません。アクセスできても、今度の件で何か訊かれたら、政府の見解に添ったこと以外、口にしないように。当面、ニュースメディアに対しては、疲労を理由に答えないほうが無難でしょう」

「わ……わかりました」イングレイにはこれまでの会話も、いまの言葉も、何もかもが現実ではないように思えた。

「わかろうがわかるまいが、やるのです。選択の余地はありません。よろしいですか?」

「は、はい」

「わたしがすべてに不満だと思われても困るのでいっておきますが、あなたが身命を賭(と)したおかげで、大量の血を流さずに解決することができ、ステーションも破壊されずにすみました。ティア政府とバイット住民も感謝するでしょう」

イングレイは言葉に詰まった。泣くべきか笑うべきかさえわからない。

「わたし……家に帰りたいのですが」


ステーションの交通機関はどれも運転を再開し、イングレイは防衛軍の兵士の手を借りて短い距離を歩くだけでトラムに乗れた。母の宿泊所の向かいでトラムを降り、ナンクル・ラックのアシスタントに付き添われて宿泊所に入る。そしてすぐ入浴し、そのあいだに衣類は洗濯され、アシスタントに支えられながらベッドに横たわった。ブランケットは厚手でふんわりし、痛めた腕の下をはじめあちこちにクッションが置かれた。

「オースコルド議員は会議中なので」と、アシスタントがいった。「終わり次第、こちらにいらっしゃいます。お水をお持ちしますが、スルバはいかがです?」

イングレイは議場の椅子で願ったことがようやくかなったように思えた。自分の部屋ではないものの、ベッドに横になり、スルバを飲める。そういえば、お腹がすいているような気がした。

「くだものとチーズは無理かしら?」

「大丈夫ですよ、すぐに用意しますね」

イングレイはクッションに背を預け、目をつむった。数時間もすれば治療帯は消えてなくなるだろうが、そのあとはいったい何をどうしたらいいのか……。しかしとりあえずはなんの心配もなく、心地よいベッドで体を休めることができる。自分の足で歩けるようになれば、どこにでも行ける。

イングレイはメッセージをチェックした。緊急用件はナンクル・ラックからで、〝アシスタントにメッセージのふりわけをさせる、中傷やいたずら、イングレイがすぐに読む必要のないものははじく〟とあった。そのアシスタントは何年もまえからよく知っている人で、たまっているメッセージは山のようにあり、イングレイはナンクルの思いやりがありがたかった。

一部のメッセージには優先マークがついていて、その最初はラレウムにいた子どもからのものだった——親愛なるミス・イングレイ、わたしの命を助けてくれてありがとうございます、大人になったらミス・イングレイのために働きます、算数が得意でヌードルもつくれます。アシスタントによると、同様のメッセージはほかにもたくさんあるとのこと。

つぎはトークリスのメッセージで、イングレイはじっくり読み、じっくり返事を書いた。そしてひと息ついてから、ステーションのニュースに目を通す。

ユートゥリ上隊長がいったように、表面的には実際の出来事とさして変わらない。そしてイングレイたち三人は残虐なハトケバン隊長と巨大な戦闘メカに敢然と立ち向かい、〝義務拒否宣言〟と号鐘も守り抜いた、とヒーローまがいに描かれている。記事をあちこち見たところ、ディカット議長に関する記述はおおむね当たっているとはいえ、しっくりこない。ニケールもどこか別人のようで、イングレイ自身についてもそうだった。メディアに情報を提供した〝政府筋〟が誰なのかは不明だが、イングレイは書かれているのが自分だとは思えなかった。

ため息が漏れた。まばたきしてニュースを消し、個人メッセージを見てみたが、トークリスからの返事はない。ユイシン船長に送りたくても、アカウントがあるかどうかも知らなかった。ではガラルなら、ゲック船に送ればいいか？　どうやれば、船に送れる？　ナンクル・ラックなら知っているだろうと思い、イングレイは問い合わせてみた。目をつむっていると音がして、アシスタントがスルバと軽食を持ってきたらしいのがわかったが、目を開ける気にはなれなかった。そしてたぶん眠ってしまったのだろう、気がつくと膝の治療帯はかさぶたのような残骸だけになり、ドア口にアシスタントが立っていた。

「ミス・オースコルド？」控えめな小さな声。「診療室から、お忘れものだということで靴が一足届きました。それから、トークリス・イセスタ捜査官がお目にかかりたいとのことです」

20

イングレイはトークリスが来てくれたらいいのにと思ってはいたが、いざこうして顔を合わせると、何を話せばいいのかわからなかった。ふたりはベッドのクッションに並んですわり、イングレイは治療帯の残骸をアシスタントに渡して、無事なほうの肩をトークリスの肩にもたせかけた。この数日で経験したことをそのまま話すことはできないが、かといってニュースとおなじ内容を話しても意味はなく、不誠実だと思う。

しかしアシスタントが新しいスルバのデカンタを持ってきますといって部屋を出ていくなり、トークリスがいった。

「イングレイがほんとうのことを話せないのはわかってるわ。ニュース報道がすべてなのよね。だからわたしは何も質問しない。イングレイもそのほうがいいでしょ?」横目で彼女(かのじょ)を見る。「ドラマか何かを楽しんだほうがいいかも」

それはいい、とイングレイも思い、明るく楽しい新作があるかしら、どれを見ようかしらと会話がはずんだ。じきに話題はあちこちに飛び――トークリスの仕事、イングレイの今後の仕事への不安、親やきょうだい、お互いのこと――見る作品は決まらないまま、あっという間に時間が過ぎていた。そばのトレイには、くだものの種とチーズのかけらのみ。そこへアシスタントが、ユイシン船長とガラルを連れてきた。

「お邪魔だったかな?」船長はふたりがすわっているベッドをちらっと見た。「メッセージを送ってみたんだが、公安局の仕事をしないとシステムが受けつけないらしい」

「仕事をする気はないの?」イングレイはベッドにすわるよう、船長とガラルに手を振った。

ふたりは並んで腰をおろし、船長がいった。

「自分のメカを手放せというのか? 公安局の望みはそれだ」

「ガラルとティバンヴォリ大使がメカの残骸を回収しにきたとき、船長はこっそり議場にもぐりこんだんでしょ? どうやったかわからないけど、誰にも見られずに遺物をメカに入れたのも船長ね?」

「いったいなんの話だ?」真顔で尋ねる。

「こっちを見ないでほしいな、ティク」と、ガラル。「わたしはいっさい知らない」

「一機めが見つかったあとで、そんなことはとても無理、無理」と、船長。

「ユートゥリ上隊長は船長のことを、頭抜けて腕のたつメカ・パイロットだといっていたわ」

イングレイはまばたきし、スルバと軽食を頼んだ。

「彼女のいうとおりだね」と、ガラル。

「あなたは大丈夫なの?」トークリスがガラルに訊いた。「ゲックとして認められたけど、何をしても許されるわけではないでしょ? 船を下りても問題ないの?」

「何をしてもいいわけではない」ガラルは薄い笑みを浮かべた。「でも大使は許可があろうとなかろうとどこにでも行くし、防衛軍はゲックのメカを買いとりたがっているらしいから」首をすくめる。「わたしがここに来るのは許可してもらえた。よほど愚かなことをしないかぎりは問題ない」

「じつは……」ユイシン船長は珍しくためらった。「この話はしないことになっていたんだが」トークリスにちらっと目を向ける。「この騒ぎにおれが首をつっこんだのは、イングレイの身を守るためと……オムケムをティアに近づけない、ティアの脅威にならないようにするためだった。危うく犠牲者がでるところだったが」

犠牲者はでたのよ――とイングレイは思った――それも、わたしのせいで。しかし船長はニケールのことを指しているのだろう。それにしても彼男は、照明が消えた短いあいだに何をしたのか？　ニケールが撃たれたあの何秒間かに。

「彼女は命をとりとめたみたいよ」

「ああ、ほっとしたよ。だが軍隊というのは人殺しをするもので、おれはかかわりたくないね。それに公安局がほしがっているのは、おれのメカだから。いまは完全ロックして、目を離さないようにしている。あの上隊長は軍人らしく姑息なことはしないだろうが、大事をとっておきたいからね。ティア市民になるのに大枚はたいたんだ。いまのところ船長職も楽しいし。そのうち気が変わるかもしれないが……」先のことは知るか、というように手を振る。

「でもゲックは？」トークリスが訊いた。「ゲックは干渉してこないかしら？」

「それはないと思う」ガラルはクッションを引っ張って、そこに肘をついた。「コンクラーベがつづくかぎりはね。そして終われば、まっすぐ故郷に帰る」

ユイシン船長がガラルとおなじクッションに肘をついていった。

「ゲックの大使からメッセージが届いたんだが、返信していないし、するつもりもない」表情はとくに変わらなかったが、どこかおちつかない様子。「あんなメッセージを送られても……」

いいよどむ。「まあね、しばらく時間がたてば、検討する気になるかもしれないが」

「水棲（すいせい）ミミズも送ってきたのでは？」と、ガラル。

「うん。よほど送り返そうかと思ったが、ずいぶん久しぶりだったから」

船長は生きたミミズを食べるんだ……。イングレイはぞっとしたものの、顔には出さないようにした。あらためて考えれば、船長にはスルバやチーズやくだものよりも、生きた水棲ミミズや室温の海藻ペースト、生ぬるくてしょっぱいポイックのほうが、ゆったりくつろげるのだろう。

「大使はポイックも送ってきたの？」イングレイは訊いてみた。

船長は多少ひきつった笑い声をあげた。

「ああ、送ってきたよ。まさかイングレイはポイックが気に入ったとか？　ガラルに飲ませてもらったんじゃないか？」

「ええ、少しだけ」イングレイは顔をしかめた。

「慣れるとやみつきになる、といったんだけどね」ガラルの言葉に船長は笑った。今度は心からの笑い。「コンクラーベに行こうかとも思ったが、しばらくはのんびりすることにした」

「では、ユイシン船長といっしょに?」トークリスはふたりがいっしょに現われ、ベッドに仲良くすわるのを見ても、とくに驚きもしなかった。

「大使の許可はある」と、ガラル。「ただ、ゲック船がティア・シーラスに向かうまでに条約を暗記するよういわれたし、禁止事項リストも渡された。大半は行った先の法律を守れというもので、もちろんそうする。なかには理解不能のものもあったけどね。たぶんゲック特有の生態にからんだものと思う」

「もちろんそうだよ」と、船長。「それにありがたいことに、水棲ミミズの養殖は条約違反にならない。非ゲックの海に捨てるのはだめらしいが、そんなことをする気はさらさらないよ」

「あるだけ食べるからね」ガラルがさらりといった。「イングレイなら、頼めばコンクラーベに連れていってもらえるよ。ただ、早めに訊いたほうがいいとは思う。大使はきっと了解してくれる」

イングレイは考えこんだ。コンクラーベにはルルルルやプレスジャーが集まり、背筋が寒くなることに、ラドチに反旗をひるがえしたAI、意義ある存在として認めろと要求しているAIも参加する。どんな決議がなされようと、歴史に残るコンクラーベとなるだろう。それを目の当たりにできるのは、フワエのなかでイングレイただひとりだ、たぶん。フワエ市民はこれまで、コンクラーベに出かけたことがないはずだから。

かなりの冒険、といっていい。ここでトークリスと肩を寄せあっているほうが安心安全で、ガラルとおなじくイングレイも、のんびりしたいと思った。この先しばらくは――。

「ううん、それより早く家に帰りたい。フワエに、アーサモルに」そしてナンクル・ラックの事務局で仕事をし、まえとおなじ生活にもどりたい。ただ、トークリスとのことは違ってくるかもしれないが、それはうれしい違いといっていい。「コンクラーベは何年もかかるのでしょう？　全員が集まるのに何年もかかって、今回はむずかしい議題だから、結論が出るのにさらに何年もかかると聞いたわ」

「たぶんね」と、ガラル。「この先、五年も六年もゲックと交わって暮らすより、気が向いたときに訪ねるほうがいいかもしれない」

「それにしてもイングレイは、いささか自分を卑下しすぎだよ」と、船長はいった。「母親に評価されないとしたら、それは母親側の問題だ。どうやらネタノ・オースコルドは愛情あふれる母親とはいえないようだから、イングレイも多少は距離を置いたほうが気楽かもな。だがそれでも、おれの目には彼女なりにイングレイを思いやっているようには見える。ナンクル・ラックもイングレイを評価しているしね」

「ダナックも後継に指名されれば」と、ガラル。「いまよりはきっと丸くなるよ。でもそれはそれとして、しばらく家族と距離を置くのもいいような気はする」

「おれたちといっしょに来るかい？」と、船長。

「せっかくだけど……当分は家でゆっくりしたいわ」

そこへアシスタントがパンとチーズを持ってきた。

「ミス・イングレイ、お母さまが少しお話ししたいそうです。ここの向かいの部屋にいらっしゃいます」

そこはイングレイがいた部屋とほとんどおなじだったが、ベッドは片づけられ、ネタノは座面がクッションのベンチシートにすわっていた。右手の壁には椅子にすわったナンクル・ラックの姿が映り、背景は何もない水色の部屋だ。

「お話って?」

「まあいいからすわりなさい」ネタノはベンチシートの隣を指さし、イングレイは腰をおろした。「報道を見ましたか? あなたはヒーローね」

「なんだかそうみたいだけど」ヒーローなどという実感は、イングレイにはまったくない。

「あなたにあやまらなくてはいけないと思っているの」壁のナンクル・ラックに目をやるが、彼人(かのと)はぴくりとも動かない。「ラックからも、そういわれたのよ。わたしはいつもあなたたちに、誰が後継者になってもおかしくない、いちばん優れた子を選ぶだけ、といってきたわ」

「べつにいいのよ、お母さん」イングレイは正直にいった。「跡を継ぐのはダナックだとずっと思ってきたから。わたしだけじゃなく、みんながね」

ネタノは苦笑いした。「ダナックは小さいころから、なんというか……何かをもっている子だったわ。やると決めたことは、何をしてでもやり抜く子だった。家族のためになることは、自分のためにもなると信じてね。エスウェイの件も……方針を変えるべきと感じたら、すぐに変えたでしょう?」

何かをもっている子。たしかにダナックは、ほかの子とは違ったとイングレイも思う。旧家の出であり、養護施設からもらわれてきたのとはわけが違うのだ。だがいまのイングレイにはもう、ねたむ気持ちも腹立ちもない。自分には自分の人生があり、何ももっていなくても、わが道を行けばいい。自分を卑下しすぎだと船長からいわれたが、それは過去のこと。これからは母やダナックの顔色をうかがう必要などなくなるのだ。

「ネタノは自分のことを――」ナンクル・ラックがイングレイにいった。「民主的で平等を重んじる人間だと思い、施設の子を養子にして、後継者になるチャンスを平等に与えた。だが残念ながら〝何かをもっている〟子はそうはいなくてね、ヴァオアは家を出ていった」

イングレイは顔には出さず、心のなかだけで驚いた。ナンクル・ラックがここまではっきりと母について話すのを聞いたのは初めてだった。しかも本人がいる前で、こういう内容で――。

「いまはそんな話をするときではないでしょ」ネタノが険しい調子でラックにいった。

「まあね。しかしいつかは、それも早いうちに話しておくべきことだ」

ネタノはため息をついた。「一時間ほどまえ、ディカット議長からメッセージが届いたんですよ。ネタノの後継者に関する噂が流れている、噂が正しいとすると、わたしの人選はまちがっている、という内容だったわ。ええ、議長のいうとおりね。わたしの跡継ぎはあなたよ、イングレイ」

イングレイは足もとの床が、地面がいきなり消えて、自由落下していくようなめまいに襲われた。

「え？　そ、それは……」

「ネタノはイングレイに名を継がせたいんだよ」ナンクル・ラックがあっさりいった。

「でも、わたしには……」

「無理だといいたいのだろうが、けっして無理ではない」と、ナンクル・ラック。「それに自分の手でやる仕事はそうそうないよ、最初のうちはね。それが短い期間であるのを願っているが」

「あなたはヒーローよ」ネタノがいった。「報道されていることがすべて事実だとは思っていませんけどね。ニュースメディアとはそんなものだし、防衛軍もすべてを語ろうとはしないでしょう。だけどみずからラレウムに行って子どもたちを、フワエを救おうとしたのは事実です。そして、いまがある。途中の細かいことなんてどうでもいいわ」

「それにディカット議長の高評価も得たしな」と、ナンクル・ラック。「なかなかないことだよ。どれほどありがたいことかは、じきにわかるだろう。バドラキム議長は次回の選挙で、自分の蒔いた種を自分で刈り取るしかなくなるはずだ。来年のいまごろは、ネタノが第三議会の議長になっているかもしれない」

ダナック——。このことをダナックは知っているのだろうか？　少なくとも察していたから、診療室であれほど感じのよい態度をとったのか。イングレイはナンクル・ラックのお気に入り、という発言も。

「ティア政府はイングレイに借りができたといって――」と、ネタノ。「永住許可の書類を送ってきたわ。無料でね」

「ただし、居住費や市民権は無料ではない。ティアはティアだからね、そこまでのことはしない」

「バイットも感謝の意を表明したわよ。それにイングレイは、ゲックの大使とも個人的なつながりができたでしょう」

「手短にいえば」と、ナンクル・ラック。「いまとなっては、よほど愚かでないかぎり、母親はイングレイを後継に指名するということだ」

ついに――ついにイングレイはやったのだ。長年ダナックと競り合って、究極の、これ以上ないかたちで勝利した。想像することさえ、夢見ることさえかなわなかった輝かしい勝利。イングレイはダナックに勝ったのだ。

彼女はオースコルド議員になる。いずれはオースコルド議長になる。アーサモルの屋敷、美しい色ガラスのフロント、花が咲きみだれる中庭がイングレイのものになるのだ。もちろん彼女はおおらかで寛容だから、ダナックを追い出したりはしない。

イングレイは大きくひとつ深呼吸してから、こういった。

「いいえ、わたしにはできません。お母さんの後継者はダナックだと思います」

「何をいってるの。わたしがいやいやあなたを指名するとでも？　そんなことはありませんよ。ネタノの名を継ぐのはイングレイしかいないの」

「いいえ、わたしはネタノを継ぎません」自由落下するような恐怖感が薄まっていく。「その自信がないし、ふさわしくないと思うし。いまはメディアも騒いでいるけど、そう長くはつづかないわ。だいたい、政治は苦手だもの。だからダナックを指名してちょうだい」母親に盾をついたらどうなるか。イングレイは気持ちをひきしめた。

ところがなんと、笑い声がした。声の主はナンクル・ラック——。

「ほらほら、いったとおりだろう、ネタノ?」これまた驚いたことに、ネタノはため息をついただけだ。「イングレイにはわたしの、ラックの名を継いでくれと頼んでも、答えはおなじだろうな。ダナックと緊密に協力するしかなくなり、それはかなりの負担だろう。でなければ、とっくにイングレイに打診していた」

「お願いよ、イングレイ」ネタノは黙りこんでいる娘にいった。「わたしは心から……」

「よしたほうがいい」と、ナンクル・ラック。「イングレイは自分の気持ちがよくわかっているよ。親と子の気持ちが違ったところで、不思議でもなんでもない。イングレイにとっては、よい選択だろう」

「そうじゃなくて」と、イングレイ。「ダナックのほうがふさわしいと思うからなの。ダナックがずっと望んでいたことでもあるし」

「望んでいるからといって、かならずしもふさわしいとはかぎらない」ナンクル・ラックは語気を強めた。「しかしダナックがいかに欠点を……いや、いま話すことではないな」これにネタノはまたため息をひとつ。「まあ、どの程度ふさわしいかはさておき、ダナックのことだから、ネタノの名を汚さないよう懸命にやるはずだ」

「ええ、その点はまちがいないわね」と、ネタノ。

「ところでナンクル……」イングレイは尋ねた。「わたしは仕事をつづけられるのかしら？」

イングレイが部屋にもどると、ガラルが何かしゃべったところで、トークリスと船長が声をあげて笑った。そしてイングレイに気づき、本人はふだんどおりにしていたつもりだが、トークリスにはぴんときたらしい。

「何かあったの？」

三人の視線がイングレイに集中し、彼女はごくっと喉を鳴らした。

「お母さんがね、わたしに名前を継がせたいって」

「おめでとう！」船長が声をあげた。「フワエじゃ後継選びは重要だと聞いたし、それがネタノ・オースコルドとくればなおさらだ」

トークリスの心配げな顔つきは変わらず、つぎに口を開いたのはガラルだった。

「つまり、流刑地の現況を改善できる立場になるんだね？　期待しているよ」

イングレイは何かいわなくてはと思いながらも、涙がこみあげてきた。ベッドに腰かけていたトークリスが駆け寄って腕をまわし、イングレイは彼女の肩に顔をうずめた。しばらくして、なんとか声をしぼりだす。

「わたし、断わったの」

部屋の空気が凍りついた。イングレイはトークリスの緑のシルクのシャツしか見えず、涙で濡らして申し訳ないとだけ思う。

「それは、それは……」船長がつぶやいた。「議員になったイングレイは想像できなかったが、それを本気で望んでいるなら悪いと思って、からかうのは遠慮していたんだ」

「ええ、本気で跡を継ぎたかったわ」彼女はトークリスの肩に顔をうずめたままいった。「でもね、実際にそうなるとわかったときは、母にありがとうでも、がんばりますでもなく、〝できません〟といったの」

「さあ、すわって、イングレイ。スルバでも飲む?」と、トークリス。

イングレイがベッドにすわり、トークリスがカップに手をのばしたところでガラルがいった。

「ごめん。悪かった」

「何が?」と、イングレイ。

「流刑地の話をもちだしたのがいけなかった。何も責任を感じる必要はないからね。イングレイが議員でなくたって、わたしはわたしで流刑地の問題にとりくむよ。何より大切なのは、イングレイが自分の気持ちに正直に生きることだから」

「泣いたのはそういう理由じゃないの……」イングレイは涙をぬぐい、トークリスからスルバのカップを取った。「ちゃんと聞いていたかもわからないくらいだから」また涙があふれそうになる。ほんとうは、ガラルの期待を裏切ったと感じ、こらえきれずに泣いてしまったのだ。

「仕事は?」と、トークリス。

「つづけてもいいみたい。跡を継がなくても、屋敷にはいられるわ。お母さんはそういってくれたから」

「わが子だものね」トークリスはうなずいた。

「みんながみんな、そうじゃないよ」と、船長。「うちの親は違った」

「うちもね」と、ガラル。

「ええ……」イングレイは少し間を置いてからいった。「わたしはミミズを食べろとまではいわれなかったわ」

「おれほどラッキーなやつは、そうそういないってことか」船長は大きくうなずいた。


あくる朝、イングレイはナンクル・ラックに会った。

「事務局からいなくなるのはさびしいが——」イングレイの部屋の壁で、彼人はいった。「イングレイはベッドで、トークリスと並んで足を組んでいる。「なかなかよい選択だとは思う。流刑地の改善はネタノひとりの力では無理だが、イングレイがおおやけに力を貸すのはプラスになる。慈善活動は、とくに養護施設に関するものは、ネタノの名前を使おうが使うまいが、無条件によいことだ」そこでため息。「ここでニュースメディアに会見でもしてくれるとうれしいが、まっすぐ家に帰りたいのを止めることはできないな。わたしでも、きっとそうするだろう」

「〈アーサモルの声〉はスクープに飛び上がって喜ぶでしょうね」トークリスがいった。

「そうだな」ナンクル・ラックはにっこりした。「それにネタノにも確実にプラスに働く。目が覚めたら、その点はしっかり話すつもりだ。ゆうべ、ダナックに後継指名を伝えたら、目を丸くして驚きながら、すばらしく喜んだよ。もちろん、イングレイが辞退したのを察しないほど鈍くはないし、それをあえて尋ねるほど愚かでもなかった。ただ公表は、イングレイを軽視した印象をもたれないよう、しばらく控えることにした。その意味でも、イングレイの今後の予定が固まるのはよいことだ」

「そうですね」公表に関し、ナンクル・ラックもおなじ考えだと確認できて、イングレイは胸を撫でおろした。ダナックの襲名がすぐに公表されれば、イングレイはしばらくここを去ることができないだろう。母の選択に不満はないこと、心から兄を祝福していることを世間に知らしめなくてはいけない。「時間をかけて、公表の時期や披露パーティの準備をしてください」

ダナックはパーティに嬉々とするだろう。

「そうしよう。しかしパーティの主役はダナックだけではない。イングレイも来てくれるな？早くても数か月先になる」

「はい、もちろん出席します」

ナンクル・ラックの姿が壁から消えるとすぐ、イングレイとトークリスはニュースメディアを避けて通用口から宿泊所を出た。これからリフトとトラムを乗り継いで、エレベータ・シャトルのドックに向かうのだ。最初に来たトラムに乗って、視界にニュースを呼び出してみると、見出しのひとつに〝ゲック使節団、明後日に出発〟とあった。ガラルのことは記事の最後のほうで軽く触れられる程度で、メカ蜘蛛(ぐも)のことはもちろん、ユイシン船長の名前はいっさいない。ほかには〝エンセン・ゲートで戦闘〟もあり、〝連邦船を拿捕(だほ)、三人逃走〟という記事を読んでみると、ハトケバン隊長はいまも防衛軍に拘束され、チェンスに関する言及はない。ディカット議長と第一議会の議員たちはティアとバイットの大使と会談したらしい。襲名したほうのディカット議長はニュースメディアに〝けっして戦争は望んでいないが、連邦が決断すれば喜んで願いをかなえよう〟と話し、オムケム領事館は無言を貫いている。

第三議会の管轄区にあるニュースメディアは、エシアト・バドラキムは辞職するか提訴されると推測し、父も娘もメディアの取材には応じていない。

イングレイはまばたきしてニュースを消すと、娘のほうのエシアト・バドラキム宛の下書きメッセージを呼び出した。ガラルは姉をそれなりに信頼しているように見えたし、姉としては弟の身に起きたことや先週の出来事に関してできることは何もなかっただろう。当面、政界から退くしかなさそうだが、原因をつくったのは彼女ではないから、今後は流刑地の改善に力を貸してくれるのではないかと考えたのだ。

乗り換えたトラムの座席で、トークリスが隣のイングレイにいった。

「ダナックは目が覚めたみたいよ。いまメッセージが届いたから」

「こっちにも来たわ。すぐに返信はしないけど」

シャトルのドックに到着し、寄り道して着替えを買う。エレベータに乗ってからずっとおなじ服だからよれよれで、ずいぶんみっともない。母の宿泊所にいるときや、このまえのようにステーションからアーサモルに行くくらいならあきらめもつくが、やはり今度は着替えよう。やわらかい合織の青とオレンジを選び、ヘアピンはもどってこなかったので、髪をまとめる青いスカーフも購入。ピンだとフワエに着くころにははずれ、髪はほどけてしまうだろう。

ロビーに入ると、先週のあの日にもどったようで、その後のことが再現されるような軽いめまいを覚えた。ロビーの光景がそっくりなのだ――施設の制服を着た子どもたちがシャトルに乗るのを待ち、壁の上にはフワエの歴史をたどる映像が流れている。ティアに最後の返済をする大議長、その背後には巻かれた〝義務拒否宣言〟。フワエの人間なら一度や二度はかならず見たことのある映像が、いまのイングレイにはどこか違って見えた。宣言書が歴史を語る神聖なものではなく、ただの古布のように破れながら巻かれ、メカの収納部にしまわれるのを見たからか。壁に映る宣言書は偽物だと知ってしまったからか。でなければ、あまりにいろんな出来事を経験して心が疲れ、次つぎ流れていく映像に気持ちを集中できないだけか……。

「彼男が来たわよ」トークリスがいった。

見るとダナックが、ロビーの中央を歩いて彼女たちのほうへやってくる。

「やあ、イングレイ」冷たい響き。「話したいことがあったんだが」

「ごめんね」とりあえずあやまっておく。「エレベータ行きのシャトルに乗らなきゃいけなかったから」イングレイの横で、トークリスは何もいわない。

「ぼくには理解できなくてね」一見して不機嫌。「どうして拒んだ？　わかってるんだよ、母さんがイングレイに継がせる気なのは感じていたから尋ねてみたんだ。じゃあ、ナンクル・ラックが跡継ぎに指名したのかと思ったら、ナンクルはそんなことはしていないと」

「わたしがラック・オースコルドになったらいやでしょ?」

「ああ、いやだね。しかしどのみち、誰か信頼できる人間に〝ラック〟になってもらわなくてはいけない」壁を流れる映像に目をやり、イングレイに視線をもどす。「ナンクル・ラックにいわせると、イングレイがラックにならないのはぼくのせいだから、ぼくはそれに対処するしかないと。公平じゃないよ、ナンクルは。イングレイを贔屓(ひいき)してばかりだ」

「かもしれないわね。だけどもう、関係ないでしょ。お母さんはわたしに名を継がせたいといい、わたしはいやだと答えたの。だって、ほんとうにいやだから。議員になる気はないし、議長にもね」ただ、もしその気になればそうなる可能性があったことを忘れないでほしいとも思う。「議員の事務局長にもなりたくなかったの。わたしはただイングレイ・オースコルドでいたいだけ」

ダナックは信じられないらしく、黙ってイングレイを見つめた。

「シャトルに乗るみたいよ」トークリスが列に並びはじめた制服の子を見ていった。

「ちょっと待ってて」イングレイは売店へ走って〝フワエ訪問〟カードを買い、ふたりのところへもどった。トークリスは警戒心まるだしでダナックを見ている。

「筆を持ってる?」イングレイが訊くと、ダナックはジャケットから一本取り出した。イングレイの腕にはまだ治療帯がついているので、トークリスがカードをしっかり持ち、イングレイは〝おめでとう、次代のネタノ。あなたの妹イングレイより〟と記し、日付も書き添えた。筆を先に返してから、カードを差し出す。

「はい、どうぞ。このカードを見れば、わたしの気持ちがわかるでしょ？　自信をもっていいのよ、わたしを怖がる必要なんかないわ」

「いいかげんにしてくれ、イングレイ！　喧嘩をしに来たわけじゃない！」

「だったらここに来た目的は？」トークリスが訊いた。

「それは……」ダナックはいいよどみ、眉間の皺が深くなった。「見返りとして、何がほしい？」

トークリスはさげすんだような声を漏らした。

「ううん、いい質問よ」と、イングレイ。「わたしの答えはね——いいえ、何もほしくありません。それでも不安なら、ひとつだけ。もし議長になったら、流刑地の環境を調査してくれない？」

「そんなのは有権者の反発をかうよ。流刑地には犯罪者が送られるんだ」

「ええ、あとはお好きなように。じゃあね」イングレイは背を向け、歩きかけた。

「待てよ、イングレイ！」ほとんど怒声。「母さんが……母さんがイングレイを選んだと知ったときはショックだった。頭のなかが真っ白になって、これはフェアじゃないと思った。ただのまぐれで、イングレイは運がよかったにすぎないとね。ぼくはこれからイングレイと仕事をしなくてはいけない、やるしかないならやる、それもうまくやってやると思った。だけど……。

ぼくはネタノになりたいと思いつづけて生きてきた。だからもしぼくだったら、イングレイのために身を引いたりはしなかっただろう」

「ええ、わかってるわよ」もしダナックが家族でなかったら、母の政敵か何かだったら、イングレイはやさしくほほえみかけていただろう。しかしダナックなら、しっかり見抜く。彼男自身、必要に応じてやることなのだ。いまダナックは、我慢の限界にいる。口には出さなくても、彼男はイングレイに感謝しているのだ。それが心の負担になるのはわかっていても。感謝などするもんか、といくら思ったところで。

「ダナックのために辞退したわけじゃないわ」と、イングレイはいった。「だからお礼なんていわなくていいですよ」軽い調子でいったが、ダナックの表情は硬い。「いまはすごく忙しいんじゃない？　わざわざここまで来てくれてありがとう。わたしはそろそろシャトルに乗らないと」

「流刑地の環境改善は、かなり用心してかからないとだめだ。運がよければ、ぼくがただ議会に提案するより、住民のほうから声があがる可能性もある。ひとつ以上の地区から提案があればもっといい」

「そうね……。わたしも少し手を打ってみたんだけど、ダナックの力があれば助かるわ。考えるだけでも考えてくれたらうれしい」

ダナックは大きくうなずいた。「うん、わかった。どうすればいいか、素案ができたら知らせるよ」我慢するより先に、口が勝手に動いているように見える。「何か必要なものがあったら連絡してくれ。ぼくもそろそろ帰らないと、やることがたまっている。どうか、よい旅を！」

ダナックはそういうと、去っていった。

「ただのまぐれですって」トークリスは眉をひそめた。「イングレイは運がよかったにすぎないなんて、よくいえるわ」

「当たらずとも遠からずってところかしら」

「そんなことないわよ。だけどいくら彼男でも、イングレイに大きな借りができたのはわかったでしょう」

「きっとね」シャトルの乗降口に向かうと、上着とズボンが青と黄色の子どもたちの団体が自分を見ているのに気づいた。背後には公安局の職員がふたりいる。

「ミス・イングレイ！」子どものひとりが声をあげた。「わたしたちといっしょにエレベータに行くの？」

「そうみたいね。付き添いの先生はどこにいるの？」

「ラレウムでぼくらを置いて逃げちゃった」べつの子がいい、そばにいた子たちの顔がひきつった。「どっかで違う仕事を見つけるんじゃない？」

「しーっ！」と、近くにいた子。「そんなこと、いっちゃだめ」

「自分たちがエレベータまで付き添うことになったんですよ」公安局の職員がいった。

「じゃあ、わたしたちとしばらくいっしょね」と、イングレイ。

「ニュースの人たちからインタビューされたんだよ！」ひとりが大きな声でいった。

「ミス・イングレイは百万回もされてるわよ」最初の子が訳知り顔でうんざりぎみに、半面、有名人に会えて興奮気味にいった。

「はらはらどきどきだったわね」と、イングレイ。「わたしはこれからお家に帰ってのんびりするの。みんなもそう？」子どもたちはいろんな声でいっせいにそうだと答えた。「こちらはわたしの友だちのトークリス・イセスタ。惑星公安局の捜査官よ」

「こんにちは、イセスタ捜査官！」まるで大合唱だ。

「さあ、シャトルに乗ろう」公安局の職員がいった。

「ぼくたちを乗せないで出発したら、ミス・イングレイがシャトルに靴を投げつけるもん！」子どもたちは大きな笑い声をあげ、職員がたしなめた。

「あれはね、わたしの靴じゃないのよ」と、イングレイ。

「シャトルのスタッフをおどかさないほうがいいんじゃない？」

トークリスの言葉に、公安局職員は腕を振り、子どもたちをまとめた。

「イセスタ捜査官のいうとおりだよ。さあ、ミス・イングレイといっしょにシャトルに乗ろう」

「ご迷惑はおかけしないようにしますので」べつの職員が、わいわい騒ぎながら乗降口に向かう子どもたちのほうへ手を振った。

「でも……」最後の子がシャトルに乗ったのを見て、トークリスがいった。「退屈な旅にはならずにすみそうね。イングレイ、何か忘れものはない？」

イングレイは背後をふりかえった。人がいなくなり、がらんとしたロビー。壁を見上げると、ティアに最後の返済をする大議長の姿。

「ええ、忘れたものはひとつもないわ」

彼女はトークリスの手をとり、乗降口に向かった。にぎやかなステーションを飛び立つシャトルへ、エレベータへ向かうシャトルへ。そして、ふるさとフワエへ――。

解説

山之口洋

本書『動乱星系』はアメリカの作家アン・レッキーの第四長編 *Provenance* の全訳である。世界中のＳＦ賞を総ざらいした三部作に続く、《叛逆航路》シリーズの第四作に当たる。

小説本の「解説」には三種類ある――先に読むべき解説、後で読むべき解説、読まなくてもよい解説。拙文は真ん中のカテゴリに属する（最後のには……ならないよう努力する）。物語の謎や伏線をいくつかバラすことになるし、前三部作の特異な世界設定にも触れなければ、同じ宇宙を舞台とした本書の絶妙な立ち位置を理解してもらえないからだ。筋書きや登場人物に直接の繋がりはなくとも、そう言う意味では三部作を先にお読みになる方がいっそう楽しめよう。

原題の *Provenance* は「起源・由来・出所」を意味し、物語は国家の歴史的起源と、その証拠または象徴としての「遺物」を巡る人々の情念を描く。舞台は広大なラドチ圏の周縁に位置する辺境の小星系国家フワエ。有力女性政治家の娘イングレイは、自らの将来と全財産を賭け、母の政敵バドラキムに大打撃を与えうる秘密を握った人物を流刑地から脱走させる。それだけが世襲政治家の座を争っている高慢な兄に勝つ手段なのだ。だが、人工冬眠から目覚めた脱走者本人の口から、自分は別人だと言われてしまう。彼人を、バドラキム家の遺物を盗み、どこかに隠した養子パーラドと信じ込んでいた彼女は途方にくれるが、苦境を脱するべく「偽」パーラドを伴って兄と接触する。だが、遺物にまつわるある殺人事件を境目に、事態は地滑り的に辺境国家同士の陰謀と紛争へと発展し、主人公らはひとたまりも無く巻き込まれる。

全編にわたって、家の由緒来歴や国家の起源を証拠立てるさまざまな「遺物」が登場するが、有り体に言ってその真正性や正統性は怪しい。「偽」パーラドことガラルによれば、祖国フワエが隣国ティアから独立したことを象徴する「義務拒否宣言」（アメリカの「独立宣言」のパロディか）も、他国の専門家からは後世の偽作と見なされているし、遺物を偽造することで家系や国家の来歴に箔をつけようとする行為も後を絶たないという。

極めつきが、終盤の舞台であるステーションに「宣言」とともに収められているフワエ議会の「号鐘」。攻撃の名分が欲しいオムケム連邦側が、主人公らフワエ国の号鐘と宣言を奪おうとして紛争が起きるが、日本の読者にはこの「号鐘」の姿や意味合いがピンとこないかもしれない。英米では国や地方議会の議事堂に開会や休憩・散会を告げる青銅製の鐘があることが多い。ロンドンのウェストミンスター宮殿にある「ビッグ・ベン」も、今は大時計や時計台自体を呼ぶようだが、本来は英国議会の号鐘を指す。作者の祖国アメリカでは各州の議事堂に号鐘があり、最も有名なのはアメリカ植民地議会（現ペンシルベニア州議会）にあった「自由の鐘

（The Liberty Bell）」で、後に奴隷制度廃止論者たちが奴隷解放の象徴としたところからこの名が付いた。物には本来の利用価値を超えた記号的意味がしだいに蓄積してゆく。本作の号鐘も、フワエ議会の正統性を担保し、開会に不可欠なものとされている。

しかし、ものに象徴的意味を認めることと、争奪戦を演じることとは次元が違う。フワエ議会の号鐘は、モノ自体は「キャベツの酢漬け用の丸鉢」だというのだから、これも出自が怪しいが、そもそも命がけで奪い合う価値はあるだろうか。あるとすれば、動機の源はなんなのか。歴史をひもとけば、こうした紛争は、敵味方の双方が、たとえはかない虚構と知っていても同じ象徴的意味や価値（ここでは、号鐘がなければ議会を開けないということ）を共有する場合に起きる。しかも、双方がより巨大な共通の権力に支配されていなければならない。「自由の鐘」は独立戦争期にはイギリス軍の攻撃を避けて疎開させられたが、争奪戦にまではなっていない。むしろ天皇を戴いているわが国の歴史にこそ、こうした例は多い。奈良時代には皇権の発動に必要な鈴印（御璽と駅鈴）を奪い合って激しい内戦が起き（藤原仲麻呂の乱）、壇ノ浦の合戦で幕を引いた源平合戦も「三種の神器」を巡る争奪戦であった。

本作におけるスーパーパワーとはもちろん、ローマ帝国を彷彿させる帝国ラドチであり、はるかに進んだ科学技術を持ちながら人類とは思考回路が異なる蛮族プレスジャーだ。人類を代表したラドチとプレスジャーを含む蛮族諸国とが締結した「条約」は、国際法に匹敵する重要性を持ち、各国ともそれに違反することを、あるいは違反したとプレスジャーに判断されることを極度に恐れている。

「でも、条約に影響しかねないから、いうことをきくしかなかった?」と、イングレイ。条約の縛りがなくなったプレスジャーは想像するだけで恐ろしいし、通常でも蛮族(エイリアン)の使節団は細心の注意と配慮をもって迎えられる。そしていまは、通常のときではない。「今度のコンクラーベには、どこもぴりぴりしているでしょう」(本書58ページ)

だから、陰謀を巡らしたり、主人公らを銃で脅迫する時でさえ、各国の当事者たちはどこか腰の引けた、腫(は)れ物に触るような対応をする。この辺りの背景は、前三部作の読者でなければ分かりにくいかもしれない。どの登場人物も、その行動を制約している家や国家といったシステム自体も、さらに上位からの強い制約を受けている。母の政治基盤を世襲しようとするイングレイの野心も、当然こうした拘束・制約の場にある。この特殊な状況下における感情の揺らぎや人間関係の諸相を、作者は実にていねいに、共感を込めて書き綴(つづ)る。

扱う世界が大きいためか、SF作家はとかく人類学者とかイデオロギー的な歴史家の視点で俯瞰(ふかん)的・分析的に語りがちだ。そうした目には、人類発祥の惑星も分からなくなったはるかな未来に、家柄や建国史や宗教にこだわり、それらを象徴する遺物を奪い合い、ときには偽造に手を染めることは、あるいは無意味でささいな事柄と映るかもしれない。だが、ある社会の内部で生活している人間にとって、そうしたささいな事柄の集積、それらが織りなすテクスチャーこそがまさに「文化」なのである。そして過去からの光は、その表面に陰影をつける。作者レッキーの関心は異文化と、そこでの生活を描くこと自体にあり、その視点は学者よりも、むしろ旅慣れた旅行者を思わせる。長年世界中を見聞きするうちに、「どこに行っても人々の生活があるだけだな」という詠嘆に似た感慨が生まれるものだが、それでもなお旅を続けるとすれば、それぞれの場所の生活の細部(ディテール)と手触りを味わいたいからではないか。

「もし、祖先の遺したものが偽物だとしたら、わたしたちはいったい何者？」（本書239ページ）

そう言うイングレイの不安を、作者は共感を持って受け止める。美味(おい)しそうなお茶会シーンも、不味(まず)そうな食事シーンも、仮想敵国から政治献金を受け取る政治家も、世襲の座を争ってのきょうだい喧嘩(げんか)も、メカを駆使するようになってもしつこいマスコミ取材も、同性や無性(ネマン)との恋愛感情も、自らの選択で蛮族(エイリアン)の仲間入りをすることも、みなこの辺境文化の一部であり、永遠に変わらない人間性の表出なのだ。それらが戦闘や救出劇のシーンと同じ重要さをもって書き込まれていることに、この作者の著しい個性がある。

繰り返し論じられてきた作中の性別表記を巡る問題も、結局はそこに帰着する。三部作を未読の方に簡単に解説すると、ラドチ圏内でも、男女、それに無性という性別(セックス)自体は存在するが、誰もそれを気にしていないため、言葉の表面に性別が反映されず、たとえば三人称はすべて「彼女」と表記される。読者は登場人物の性別を判断する手がかりを文面から何一つ得られない。これはテクストという鏡に読者自身のジェンダー意識が映り込む、なかなか巧みな仕掛けだが、実は三部作のストーリー自体には別段影響していない。小説の場を借りた作者の「社会実験」だったのである。脳にＡＩ人格を上書きされ、多くの場所に同時に存在できる属躰（アンシラリー）という、ヒトがヒトでなくなるぎりぎりの設定、多視点による認識の描写は、もう一つの際立った特徴だったが、作者の眼はやはり、それによって可能になる行動や戦闘より、意識のあり方や人間関係の変容へと向いていた。

同じ舞台世界でも辺境の小国家を舞台にした本作では、またパラメータを変えた社会実験が行われている。属躰は登場しないので「個とは何か」と悩むことはないが、三部作では徹底して抑圧されていた性別描写が許容され、主人公イングレイが、緊張するとスカートを握りしめたり、銃口を向けられれば涙目になってしまう、いたって普通の女子として描かれていることに安堵（あんど）しつつ読み進めると、ちょっと惹かれ合うペアが女性と女性、男性と無性だったり、無性のくせに（これってセクハラ？）「お嬢さん、ひとつ教えてやろう。いいか」などとセクハラおやじめいた発言をする登場人物もいたりで、作者独特のジェンダー的揺さぶりも健在だ。どうも作者には、ジェンダーの多様化を足掛かりに文化的に多様な物語世界を築き、読者の一考を促す意図があるようだ。

　となるとなおさら、人間存在の境界に突き進む三部作の文化と、古き良き本作の文化とが、今後の作品でどのように融合してゆくかが気になる。二〇一九年前半に本国で刊行予定の次回作はファンタジー長編 *The Raven Tower* だそうだから、《叛逆航路》シリーズの続編はしばしお預けのようだが、本作のラストでイングレイは、ＡＩを人類や蛮族（エイリアン）と同格の「意義ある存在」と認めるかを議題とする「コンクラーベ」への参加が暗示されている。誰も知らないラドチの「巨大なダイソン球」の内側や、それを目の当たりにしたイングレイのカルチャーショックを早く読みたいのは、もちろん私だけではないはずだ。

付録　用語集

フワエ星系の近隣情勢

本作中には、フワエ、ティア、オムケム、バイットという四つの勢力が登場する。

フワエは、惑星フワエといくつかのステーションを領有する小規模な議会制民主主義国家。かつてはゲート建設費の支払いをめぐり隣国ティアに支配されていたが、現在は独立している。出来事の記念品を珍重する習慣をもつ。近隣国家からは概して、文化後進国として見下されている。地元のバンティア語を主な言語として用いている。

ティアは、フワエに隣接するティア星系を中心とする商業国家。ほかの宙域につな

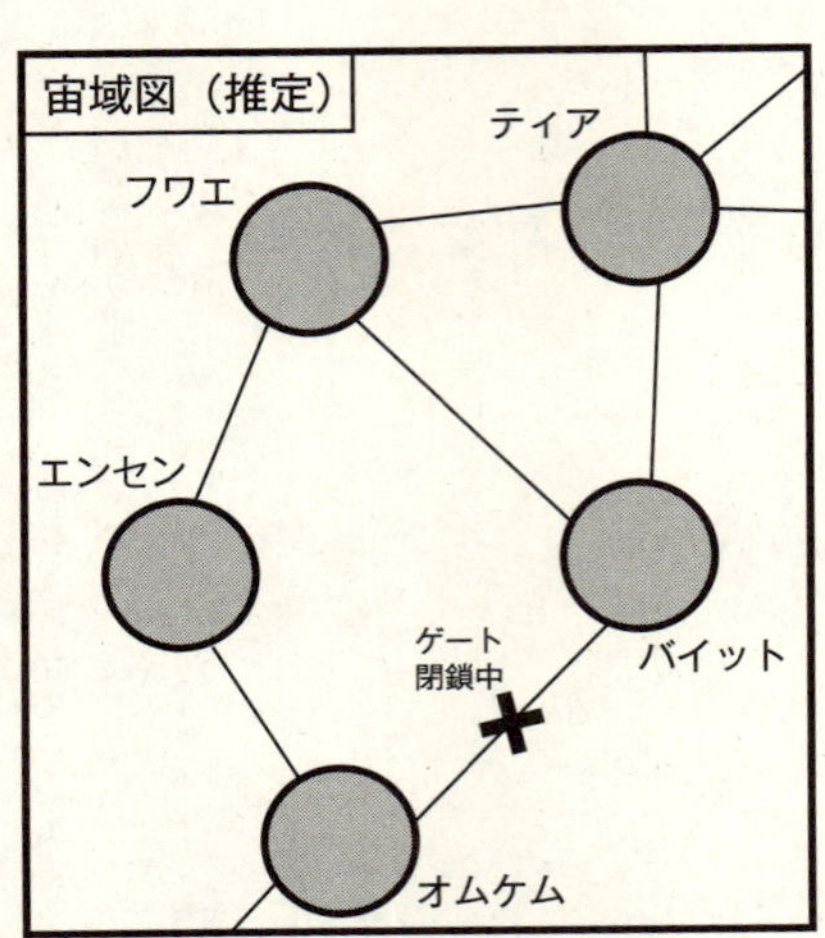

がるゲートを多数擁(よう)し、交易中心地として栄えている。ティアの主な言語であるイール語は、域内の共通語のようなものとしてフワエやオムケムでも学ばれている。

オムケムは複数の星系からなる連邦国家で、十年ほど前まではバイット星系を事実上支配していた。フワエに対しては軍艦の通行許可を要求しており、緊張関係にある。

バイットは、オムケムの傀儡(かいらい)政権に反乱を起こして独立した星系。現在、管理下にあるゲートをオムケム船が使用することを禁じている。

フワエ近隣宙域の文化とフワエの家族制度

フワエ近隣宙域の人類には、男性・女性・無性(ネマン)という三種類の性別がある。外見で区別できるが、社会的役割とはほとんど関係ないようで、また出生後の性別変更は（あったとしても）ごく稀(まれ)であるらしい。恋愛関係においてはいかなる性別の組み合わせも自然に成立する。

フワエにおいては、家（家族）が社会の中心単位となっている。家の統率者でもある親はひとりのみで、後継者として指名された子が先祖伝来の名前を含めて家を世襲する。実子だけでなく養子縁組も広く行なわれている。

無性の人物の呼び方については、人称代名詞（彼男(かれ)／彼女(かのじょ)に対応）は彼人(かのと)、親（父親／母親に対応）は親人(ナザー)、親のきょうだい（おじ／おばに対応）は叔人(ナンクル)、敬称（ミスター／ミスに対応）はミクス、としている。

ゲート

物体や情報のショートカット（超光速移動）を実現する技術。作中世界では数多くの一般ゲートが建設されており、各星系を結んでいる。遠くに移動する際には、複数のゲートを経由しなければならないこともある。ごく一部の大型艦船は、独自にゲートをつくって移動することもできる。

ステーション

宇宙空間に建造された人工居住施設。大きなものはメトロポリス級の規模があり、惑星を凌（しの）ぐ交通や商業、政治のハブとして繁栄している。

プレスジャー

人類が接触した蛮族（エイリアン）の一種族。人類をはるかに凌ぐ科学技術を有するが、言葉を用いず、あらゆる存在を意義の有無で区別するなど、人類には理解しがたい独特の思考形態をもつ。かつては他種族を気ままに殺戮（さつりく）していたが、約千年前に人類を代表するラドチと平和条約（後述）を結び、今では人類の有力な交易相手となっている。

ゲック

人類と密接なかかわりをもつ蛮族の一種族。故郷の星系からめったに出ようとしない。水棲（すいせい）

種族であり、陸上では遠隔操作のメカを用いて活動する。水中生活に適するよう肉体を改造してゲック市民となった人類も多数存在する。

ルルルルル

人類が接触した蛮族の一種族。蛇のように長く、多肢で、柔毛に覆われ、唸(うな)り声と咆哮(ほうこう)で語る。四十年ほどまえに人類と遭遇し、コンクラーベ(後述)を経て条約に加盟した。

条約

プレスジャーと人類・ゲック・ルルルルルとのあいだで結ばれている平和条約。もし条約を破った場合、圧倒的な力をもつプレスジャーによって種族ごと滅ぼされる危険を招く。プレスジャーの行動原理や思考はきわめて理解困難であるため、他種族は細心の注意を払って、条約に少しでも抵触しそうな事態を可能なかぎり避けるようにしている。条約のなかでもっとも重要な規定のひとつは、他種族への不可侵、不干渉である。

コンクラーベ

条約にかかわる重要な問題を検討する会議。本作の開始時点では、ラドチのAIの一部が独立を宣言したことに伴い、このAIたちがプレスジャーにとっての新種族、すなわち〝意義ある存在〟であるかどうか、ひいては条約に加盟する資格があるかどうかを検討すべく、全条約加盟種族がコンクラーベに招集されている。

ラドチ圏

巨大なダイソン球を発祥地とする、人類世界における最大の星間勢力。約三千年前からアナーンダ・ミアナーイを絶対的支配者として戴く専制国家である。男女の性別をいっさい区別せず、あらゆる人物が〝彼女〟と呼ばれる文化・言語をもつことが大きな特徴。ラドチ圏の住民は、彼女らの言語で「文明人」を意味するラドチャーイと自称する。また、軍艦やステーションの制御にあたり、意識をもつAIを広範に利用している。

現在、複数の身体をもつアナーンダ・ミアナーイの自意識が分裂し、またAIの一部が独立を宣言して内戦状態に陥っている。

ガルセッドの事件

ガルセッドは約千年前、ラドチに侵略・併呑された人類の国家のひとつ。彼らはすぐに降伏したが、それは策略であり、プレスジャーから手に入れた特殊な銃を用いて、併呑に携わっていたラドチ軍艦を撃沈した。激怒したアナーンダはガルセッド人を虐殺し、星系を徹底的に破壊した。

（編集部・編）

検印
廃止

訳者紹介　津田塾大学数学科卒業。英米文学翻訳家。主な訳書に、レッキー《叛逆航路》シリーズ、ベア『スチーム・ガール』、ハインライン『天翔る少女』、マキャフリー&ラッキー『旅立つ船』ほか多数。

動乱星系

2018年9月21日　初版

著者　アン・レッキー

訳者　赤尾秀子（あかおひでこ）

発行所　（株）東京創元社
代表者　長谷川晋一

162-0814/東京都新宿区新小川町1-5
電話　03・3268・8231-営業部
　　　03・3268・8204-編集部
URL　http://www.tsogen.co.jp
萩原印刷・本間製本

乱丁・落丁本は、ご面倒ですが小社までご送付ください。送料小社負担にてお取替えいたします。

ISBN978-4-488-75804-2　C0197